FABULAE LOPAE ANTIQUAE
PLAUTUS

古罗马戏剧全集
普劳图斯
中

王焕生 译

吉林出版集团有限责任公司

目　录

普劳图斯
中　卷

库尔库利奥 …………………………………… 001
埃皮狄库斯 …………………………………… 071
孪生兄弟 ……………………………………… 149
商人 …………………………………………… 245
吹牛的军人 …………………………………… 339
凶宅 …………………………………………… 457
波斯人 ………………………………………… 559

库尔库利奥
CURCULIO

导　言

　　按照当时古罗马的戏剧常规，普劳图斯的这部剧本无疑也是根据古希腊新喜剧改编的。不过由于剧本本身对这一问题未作任何提及或暗示，也未见其他任何史料对此有所涉及，因而对于这部剧本究竟是根据古希腊新喜剧的哪位作家或者某个作家的哪部作品改编的，人们无从知晓。

　　这是一部描写一般市民家庭的年轻人的爱情的喜剧，剧本的情节结构符合当时流行的结构框架。一个名叫费德罗穆斯的涉世不深的青年爱上了一个处于妓馆老板羁绊之下的姑娘，但是无钱为她赎身，不得不派遣门客库尔库利奥前往小亚细亚的卡里亚找朋友借贷。库尔库利奥在那里不期遇到一个军官。原来那个妓馆老板已经把姑娘出卖给了这个军官，军官将派人前去凭他自己的戒指印信从钱庄主那里取款，向妓馆老板付账领人。这是他们三方的当面口头约定。库尔库利奥从军官那里知道了这个情况后，借喝酒玩儿骰子的机会，机敏地得到那个军官的印信戒指，回来后蒙骗钱庄主，让其按照既有的约定向妓馆老板付款，为自己的主人赎出了那个姑娘。军官知道自己受了骗，气急败坏地赶来，找妓馆老板要人，却意外地发现，那个落入妓馆老板之手而急待援救的少女正是他早年失散的亲妹妹。兄妹相认，顺利地成全了彼此相爱的年轻人的婚姻，使剧本圆满结局。

　　这部剧本基本包含了当时喜剧中的一些主要人物类型、如陷入爱情的青年、落入妓馆老板之手的少女、机敏的门客、思想保守的保傅、吹牛的军人、贪婪的高利贷者、厚颜无耻的妓馆老板、嗜酒的老婆子等，剧作者基本按照各类人物固有的性格特征刻画他们。剧中陷入爱情的富家子弟费德罗穆斯的形象比较鲜明。费德罗穆斯年轻而略显幼稚，陷入爱情的诱惑而难以自拔。他没有像常见的那样打自己父亲的钱财的主意，而是不得不派门客前往距离遥远的小亚细亚去尝试向朋友借贷赎妓。他想不出别的办法解脱自己，被动地受情感摆布，焦急地忍受期待的煎熬。其实派门客前去遥远的地方向朋友借贷只是剧作家的托词，为的是好让门客在那里意外地遇见那个军官，从而进入剧作家预设的喜剧计谋，而那位朋友则成为多余的人物而没有出现。费德罗穆斯在妓馆老板门外吟唱了一段忧伤曲。这样的忧伤曲主要形成于公元前3世纪的希腊化时期，后来成为盛行一时的罗马哀歌体诗歌的重要因素。

在这部剧本里，思维敏捷的门客替代了经常见到的机敏的奴隶的形象。他利用偶然出现的有利时机，机敏地自作主张，构思了让少主人摆脱困境的计谋，并且成功地得以实现。门客的基本特点是贪吃，永远填不饱肚子。剧中对库尔库利奥的这一特点特别作了充分的描写，饱含幽默，娱乐观众，不是为了进行嘲讽。

普劳图斯在剧中对妓馆老板作了尖刻的嘲讽。妓馆老板卡帕多克斯大肚皮、蓝眼睛，形象怪异。剧中称妓馆老板如同苍蝇、蚊子、臭虫、跳蚤、虱子，危害人民，令人见了生厌。卡帕多克斯按照当时的习惯，夜里睡到医神庙里，求医神为他治病，结果甚至连医神都远远地回避他，不愿意搭理他。在整部剧本里，妓馆老板一直受到非常尖锐、严厉的嘲讽和谴责。在剧本最后，在妓馆老板的请求下，少女普拉涅西乌姆还是为这位老板向自己的兄长求了情，使他免于遭受更为严厉的对待，因为在她自己落难时这位老板对待她"还算有节制"。

像当时的喜剧中常见的那样，普劳图斯在这部喜剧里对高利贷者钱庄主也进行了无情的嘲讽。剧作家把他们与妓馆老板视为同类。妓馆老板用腐化、淫荡败坏人，而高利贷者则是不择手段地用高利盘剥坑害人。尽管国家制定了种种法律来限制他们的害人行为，但是他们总能想出办法，找到理由和借口逃避法律的惩罚。普劳图斯的这些抨击针对当时的金融经济的消极方面，反映了传统的罗马农业阶层对当时以工商业为基础的金融经济发展的抵触和不满。

妓馆老板的看门女奴在剧中是一个辅助角色。她的代表性特征是嗜酒成性，终日浑浑噩噩，以酒提神。虽然剧中对她着笔不多，但这一形象的性格特征却很鲜明、逼真，给人印象深刻，与其病魔缠身的主人相映成趣。

剧中其他人物一般都是人们熟悉的形象，如头脑简单、好自我吹嘘的军人，不过他在意外地发现了自己的亲妹妹后，仍然表现出了一定的亲情天性。

剧中对当时生活在罗马的希腊人进行了尖酸的嘲讽，表现出一定的蔑视。随着罗马对意大利半岛和西西里岛的扩张，特别是对那里的希腊移民地的征服，以及后来对巴尔干半岛的涉足，使得许多希腊人以奴隶或获释奴隶的身份来到和逗留罗马。这些希腊人通常属于有文化的群体，但国破家亡，使得他们不得不流落于异国他乡。虽然他们实际上是当时罗马文化发展迫切需要而不可或缺的积极因素，但是他们处于无权和附属的地位，贫困潦倒，受到尚武而傲慢的罗马人的藐视。

这部剧本在结构方面有一个明显的特点，那就是剧中第四幕开始时有歌队领队出场。这在当时的喜剧中是不多见的。歌队本是古代希腊喜剧的主要组成部分，后来随着时间的推移，歌队在剧中的作用逐渐缩小，由剧中人物本身的戏剧行动所替代，最后在新喜剧里歌队表演萎缩成为幕间娱乐，甚至消失。在罗马喜剧里，只是偶尔可以见到歌队的痕迹。在这部剧本里，歌队领队的出场并不是为了带领歌队演唱歌曲，娱乐观众，而是为他安排了一段较长的独白（第467~484行），超乎寻常地打破了剧本的希腊外表，直接展示罗马的现实生活，以半开玩笑的形式向人们介绍，在罗马的哪些地方可以找到哪些类型的鄙陋之人。这段独白是对罗马现实生活的形象描绘，一定能激起下层民众的观赏兴趣。

这部剧本可能演出于第二次布匿战争之后。剧本没有开场词，第一幕中完整地交待了剧情背景。一般认为，现在传世的不是完整的原剧，而是一个缩编本。通常非常繁复的认识场面在这部剧本里可以说仍然保留了面面俱到的特点，但又显得如此明了、简洁，可以明显地说明这一点。

剧情梗概

库尔库利奥被费德罗穆斯派往卡里亚,①
去筹集一笔钱。他在那里骗得敌手的
印信戒指;写了一封信,钤上那印记。
吕科看到信函后,认出是军人的印信,
把钱付给妓馆老板,让后者释放女子。
军人拉着吕科和妓馆老板前去打官司。
结果发现那女子正是他失散的亲妹妹,
在妹妹的恳求下,嫁给了费德罗穆斯。

---

① 卡里亚是小亚细亚西南部一地区。

人　物

帕利努鲁斯　费德罗穆斯的奴隶
费德罗穆斯　青年
勒埃娜　老媪
普拉涅西乌姆　少女
卡帕多克斯　妓馆老板
厨师
库尔库利奥　门客
吕科　钱庄主
特拉蓬提戈努斯　军人
童奴　哑角
歌队领队

地　点

希腊埃皮道罗斯①一街道，卡帕多克斯和费德罗穆斯毗邻而居。卡帕多克斯门外有一座维纳斯祭坛，近旁有一座医神庙。

时　间

凌晨至当日白天。

---

① 埃皮道罗斯是伯罗奔尼撒半岛东北部海滨古城，那里至今仍然有一座保存基本完好的古剧场遗址，可供演出。

第一幕

第一场

［费德罗穆斯上，衣着整齐，手持点燃的蜡炬；
　帕利努鲁斯随上，众奴隶手持火把，捧着酒食随后。

帕利努鲁斯
　　费德罗穆斯，我说夜还这么深沉，你究竟
　　出门去哪里，衣着整齐，带着整队的随侍？
费德罗穆斯
　　去维纳斯和库皮得命令去的地方，去阿摩尔①
　　吩咐我去的地方；不管是夜深或是傍晚，
　　也不管与对手约定的开庭日期已经到来，　　　　　　　　　　5
　　只要他们吩咐，无论你愿不愿意，都得去。
帕利努鲁斯
　　哎哟，可是，可是——
费德罗穆斯
　　　　　　　　可是什么？真令我讨厌。
帕利努鲁斯
　　像你现在这个样子实在不雅观，也从未见过：

---

① 维纳斯是古罗马神话中爱与美女神，库皮得是她的儿子，小爱神，阿摩尔是库皮得的别名，意为"爱"。

你自己给自己当童奴，衣着整齐，手持蜡炬。①

费德罗穆斯

难道我不能把这蜜蜂的劳作，由甜蜜　　　　　　　　　　10
堆起来的物质，献给我甜蜜的心肝儿？

帕利努鲁斯

我说你究竟要去哪里？

费德罗穆斯

　　　　　　既然你这样询问我，
我这就告诉你。

帕利努鲁斯

可我一再问你，你怎么还不回答？

费德罗穆斯

这里是艾斯库拉皮乌斯的庙宇。②

帕利努鲁斯

　　　　　我一年多前就知道。

费德罗穆斯

紧挨着这座庙宇，
（指卡帕多克斯的住屋）
　　　　　　　有一扇最最亲爱的屋门，　　　　　　15
（走近，对那门）
我向你致敬，你一向可好？

帕利努鲁斯

　　　　　　最最紧闭的门啊，
你昨天，或是前天，发高热了没有呢？
你昨天晚上吃饭了吗？

费德罗穆斯

　　　　　你是在讥笑我？

---

① 夜间主人外出，通常由奴隶在前面手持火炬，为主人照路。由此段可以看出，帕利努鲁斯可能是费德罗穆斯的保傅。
② 艾斯库拉皮乌斯是古罗马医神，其希腊原名是阿斯克勒皮奥斯（Asclcpius）。古罗马人于公元前291年把希腊医神迎来罗马，为医神建立庙宇。

帕利努鲁斯

你这个疯子，怎么询问屋门一向可好？

费德罗穆斯

请海格力斯作证，这是一扇无比美好而静默之门， 20
它从来不说一句话：当它被打开时，它静默无语；
当她夜里偷偷地从中向我走来时，它也静默无语。

帕利努鲁斯

费德罗穆斯，你是不是想干什么会对不起你自己
或你们家族的事情，或者要干什么不光彩的事情？
你是不是想对某个贞洁的女子或者是对某个应该 25
被视为贞洁的女子安排什么圈套？

费德罗穆斯

完全不是那样！
愿尤皮特不允许我那样做。

帕利努鲁斯

我也希望能够是这样。
你若是个聪明人，你就应该使自己的爱情永远是：
即使人们知道你在相爱，但人们对你也无可指责。
你可要时时注意，切不可败坏了你自己的好名声。 30

费德罗穆斯

你这话是什么意思？

帕利努鲁斯

要你小心谨慎地走正道： 32
你爱吧，不过要正大光明地爱你之所爱。 31

费德罗穆斯

这里住着一个妓馆老板。

帕利努鲁斯

谁也不会阻挡，不会禁止，
那是公开出售，只要你有钱，你就可以爱。
谁也不会阻挡任何人在公共的道路上行走， 35
只要你不想越过他人宅院的栅栏踏出小径，

只要你能不去纠缠有夫之妇、寡妇、少女、
自由人青年或童男，其他你都可以随意爱。

费德罗穆斯

这就是妓馆老板的住屋。

帕利努鲁斯

愿这座屋子遭殃！

费德罗穆斯

为什么？

帕利努鲁斯

因为它为可鄙的行业提供服务。　　　　　40

费德罗穆斯

你就诅咒吧！

帕利努鲁斯

愿它遭大殃！

费德罗穆斯

你还不住嘴？

帕利努鲁斯

是你要我诅咒的呀。

费德罗穆斯

现在我不让你诅咒它。
你认真听我说，他有一个年轻的女奴。

帕利努鲁斯

谁？住在这里的妓馆老板？

费德罗穆斯

你理解得完全对。

帕利努鲁斯

我不用担心她会跑掉。

费德罗穆斯

你真令人讨厌。　　　　　45
老板想让她成为伴妓。她很爱我，
可是我也不想把她的爱交还给她。

帕利努鲁斯

  为什么？

费德罗穆斯

    因为我想让她属于我；我也很爱她。

帕利努鲁斯

  这样偷偷地爱最糟糕，会使你倾家荡产。

费德罗穆斯

  是的，会像你说的那样。

帕利努鲁斯

    你们已经有过接触？   50

费德罗穆斯

  她和我相处如此清白，就像是我的亲妹妹，
  只除非我有的时候稍许有些放纵地接个吻。

帕利努鲁斯

  你要永远记住，火焰与冒烟是近邻，
  烟不会烧毁任何东西，火焰却能够。
  谁想吃核桃仁儿，总是先砸碎核桃壳儿。   55
  谁想躺上卧榻，谁就首先用接吻来开道。

费德罗穆斯

  她是个贞洁女子，没有和任何男人接触过。

帕利努鲁斯

  我很愿意相信，如果妓馆老板也知道贞洁。

费德罗穆斯

  你可不要这样看她。她只要一有机会，
  便出来见我，刚刚一接吻就立即跑开。   60
  现在的情况是：老板因生了病正躺在
  艾斯库拉皮乌斯庙里，他折磨我。①

帕利努鲁斯

    为什么？

---

① 指当时病人求医神治病时，夜里睡在庙里，等候医神降梦，指点医治的方法。

费德罗穆斯

他一会儿要求我为她付给他三十谟纳,

一会儿又要求付一整塔兰同。你无法

向他要求任何公平和信义。

帕利努鲁斯

这就是你的不对, 65

竟向他要求任何妓馆老板都不具有的东西。

费德罗穆斯

现在我已经派我的门客前往卡里亚,

去那里向我的一位朋友借贷一点钱。

他若借不来,我真不知该怎么转悠。

帕利努鲁斯

如果你祈求神明,我想该是向右转。 70

费德罗穆斯

(转向卡帕多克斯门前的祭坛)

现在这就是维纳斯的祭坛,在它门外边;

我曾经向维纳斯许愿,要给她奉献早餐。

帕利努鲁斯

什么?你要把自己奉献给维纳斯作早餐?

费德罗穆斯

(激动地)

把我,把你,把这里所有的人。

帕利努鲁斯

那你会把维纳斯撑死。

费德罗穆斯

(对童奴)

小孩,把酒罐①拿来。

帕利努鲁斯

你想干什么?

---

① "酒罐"原文是 sinus 或 sinum,这是一种较大的酒罐。

费德罗穆斯

你这就会明白。 75

（转向卡帕多克斯门前的祭坛）

这里通常躺着一个看门的老女人,

她叫勒埃娜,嗜酒,还得喝纯醪。

帕利努鲁斯

你说的倒像是一只可用来盛基奥斯酒①

的酒罐。

费德罗穆斯

那还用说吗?一个真正的酒罐。

我只要用酒一把门浸湿,她根据气味, 80

就会知道我的到来,便立即把门打开。

帕利努鲁斯

这酒罐装满酒带来就是为了她?

费德罗穆斯

愿你不会反对。

帕利努鲁斯

不,海格力斯作证,愿端罐子的砸了它。

我还以为把它带来是为了我们。

费德罗穆斯

你怎么不住嘴?

她只要能剩下一点儿,也就足够我们喝。 85

帕利努鲁斯

难道竟然有那种不会被大海吞没的河流?

费德罗穆斯

（接过酒罐）

帕利努鲁斯,跟我到门边来,嘿,快过来!

帕利努鲁斯

好,遵命。

---

① 基奥斯岛是小亚细亚西部爱琴海中一岛屿,产的酒很有名,在罗马时期仍保持盛誉。

费德罗穆斯

（向门上淋酒）

愉快的门啊，你们快喝吧！
请你们喝个够，对我满怀善心发慈悲。

帕利努鲁斯

（模仿费德罗穆斯）

你们不想来几颗橄榄，来点儿荤菜或白花菜？ 90

费德罗穆斯

请为我唤醒你们的看守，让她到这里来。

（继续倒酒）

帕利努鲁斯

（着急地）

你这是在倒酒！什么东西使你这样着迷？

费德罗穆斯

别阻拦！
你看见了吗？这座令人无比愉快的房屋打开了，
门的枢纽在响。真令人愉快！

帕利努鲁斯

你怎么还不去吻它？ 95

费德罗穆斯

你别说话！让我们遮住火光，别出声。

帕利努鲁斯

好吧！

第二场

[勒埃娜缓步来到门前。

勒埃娜

一股陈年老酒的浓郁香气
钻进我的鼻子，
真惹人动心，在这昏暗中

把嗜酒的我引诱。
这香气来自哪里？它离我不远。哈哈，找到了。
你好，我的心肝儿，
利柏尔的欢乐。
我这老婆子多么想念你这老陈醪！ 100
所有香膏的气味和你一比，都令人厌恶。
对于我来说，你是没药，你是肉桂，你是玫瑰，
你是番红花油，你是香树，
你是香草膏，
你从哪里流出来，我愿意就埋葬在哪里。
（急切地）
这香气到目前为止还只是追逐我的鼻子， 105
现在该是让我的喉咙高兴高兴的时候了。
我真拿你没办法，你在哪儿？我很想能
尝尝你的嗞味，把你一直灌进我的肚里，
让我一口气灌下。
（嗅酒香）
嘿，香气从这里出来，我跟上它。

费德罗穆斯

（旁白，对帕利努鲁斯）
这老婆子馋酒了。

帕利努鲁斯

她能喝多少？

费德罗穆斯

通常能喝一夸德兰塔尔①。 110

帕利努鲁斯

请波卢克斯作证，照你这样说，一季收获的葡萄
（注视勒埃娜）
都不够她一个人喝。她显然更像是条狗，

---

① 夸德兰塔尔（quandrantal）是古罗马容量单位，约合26.26公升。

看她的鼻子多敏锐。

勒埃娜

（转身，注意听）

好啊。

附近是谁在说话？

费德罗穆斯

（对帕利努鲁斯）

我认为

应该叫住这老婆子。

我走过去。

（对勒埃娜）

勒埃娜，你回来，回过头来瞧瞧我。

勒埃娜

谁在对我下命令？ 115

费德罗穆斯

是酒的主人，愉快的利柏尔。

你总是咳嗽，口干舌燥，半睡不醒，

他给你送来饮料，准能够解你的渴。

勒埃娜

（巡视周围）

它距离我很远吗？

费德罗穆斯

（挥动蜡炬）

请看这蜡炬。

勒埃娜

请你把步子迈大一些，到我这里来。 120

费德罗穆斯

（走近勒埃娜）

你好！

勒埃娜

我正渴得要命，怎能好啊？

费德罗穆斯

现在你就喝吧!

勒埃娜

早就想喝了。

费德罗穆斯

（递酒杯）

亲爱的老奶奶,给你。

勒埃娜

你好,我的眼珠儿。

帕利努鲁斯

（对勒埃娜）

快把酒倒进水坑里,快把酒倒进下水沟。

费德罗穆斯

住嘴!不要这样恶言恶语。

帕利努鲁斯

那我就来点更厉害的。

勒埃娜

（转身对祭坛）

维纳斯,我从这一点点酒里

不情愿地给你祭奠这么一点儿。

所有的恋人为求你发慈悲,他们总是

一面喝,一面祭奠你,

至于他们奉献给我,这样的慷慨馈赠却不常见。

（饮酒）

帕利努鲁斯

你瞧这恶婆,多么贪婪地灌纯酒,直往喉咙里灌。

费德罗穆斯

（思索）

啊呀,我完了,不知道该怎么对她说。

帕利努鲁斯

你就像对我说的那样对她说。

125

费德罗穆斯

  我怎么说了?

帕利努鲁斯

     你不是说你完了?

费德罗穆斯

      愿神明让你遭殃!

帕利努鲁斯

        你就这样对她说。   130

勒埃娜

  (满足地)

  啊,啊!

帕利努鲁斯

    这酒怎么样?很好吗?

勒埃娜

  (咂嘴)

       好极了。

帕利努鲁斯

      我看该用木橛头把你戳穿!

费德罗穆斯

  住嘴!

帕利努鲁斯

    既然你不让说话,我就不说。你看她

      喝酒像长虹,我想今天准会下大雨。

费德罗穆斯

  我就这样对她说?

帕利努鲁斯

    你对她说什么?

费德罗穆斯

    我说我完了。

帕利努鲁斯

      就这样说吧。

费德罗穆斯

        老奶奶,请听我说。
  我想告诉你:我是个可怜人,我完了。

勒埃娜

  (把酒喝干)
  我却完全得救了。不过你这是怎么回事?   135
  你为什么说自己完了?

费德罗穆斯

       因为我见不到我心爱的人。
  (落泪)

勒埃娜

    我的费德罗穆斯,亲爱的,不要哭。
  你多关心点不要让我挨渴,我就会马上
      把你心爱的人带来。

费德罗穆斯

  如果你对我言而有信,我定会为你立像纪念,
  是一座酒像,而不是铜像,   140
     那是你的喉咙的纪念碑。   140a
〔勒埃娜进屋,下。
  帕利努鲁斯,如果她真的向我走来,那世上有谁
  能像我这样幸福啊?

帕利努鲁斯

    天哪,一个人想爱,又没有钱,
       主人,那是在制造忧伤。

费德罗穆斯

  事情不是这样,因为我敢肯定,门客今天会给我
  带着钱回来。

帕利努鲁斯

    你在做一件大的事情,既然你
      在期望永远不可能的东西。

费德罗穆斯

要是我站到门前给她唱支歌？

帕利努鲁斯

你看着办，我不反对，也不主张，　　　　145
主人，既然依我看，你的习性变了，
性格都发生了变化。

费德罗穆斯

门闩啊，喂，门闩，我真心地问候你们，
我爱你们，我求你们，我央求恳告你们，
迷人的门闩啊，请给陷入爱情的我快乐，
请你们为我跳起蛮族的舞蹈，　　　　　150
请你们跳起来，让她出门来，
她正吮吸着我这个陷入爱情的人的血。
你看哪，这些可鄙的门闩都在睡大觉，
不愿为我快点儿把门打开。
我知道，我的请求对于你们毫无意义。　　155

（静听）

别说话，别说话。

帕利努鲁斯

我根本没有说话。

费德罗穆斯

我听见声音。
波卢克斯啊，这门闩终于听从了我的祈求。

第三场

勒埃娜

（从屋内）

请你把脚步放轻点儿，不要让门吱吱嘎嘎地响，
主人会听见我们的动静，亲爱的普拉涅西乌姆，
请等一等，让我给它们浇点儿水。

（门稍开，勒埃娜给门枢浇水）

帕利努鲁斯

（对费德罗穆斯）

看见没有，这颤悠悠的老女人　　　　　　　　　160

正在行医呢。她自己喝纯酒，却只让门喝清水。

［普拉涅西乌姆打开门，走出门外。

普拉涅西乌姆

（环顾）

你把我传唤到维纳斯法庭，你自己在哪里？

我就站在你面前，我要你也站到我面前来。

费德罗穆斯

（上前，抚爱地）

我就在这里。我要是不出庭，我的蜂蜜，

你就骂我，我不会还嘴。

普拉涅西乌姆

（羞怯地）

我的心肝儿，你不应该这样远离你所爱的人。　　　165

费德罗穆斯

（欣喜地）

帕利努鲁斯，帕利努鲁斯！

帕利努鲁斯

你这样着急叫帕利努鲁斯，说吧，什么事？

费德罗穆斯

你看她多亲切。

帕利努鲁斯

（厌烦地）

一点儿也不亲切。

费德罗穆斯

我成了天神。

帕利努鲁斯

不，仍然是个不值钱的凡人。

费德罗穆斯

你曾经见到过，或者可能会见到

有什么更堪与神明相比拟？

帕利努鲁斯

你这样不中用，让我感到痛心。

费德罗穆斯

你这样不理解我，住嘴。

帕利努鲁斯

一个人看见所爱，可以得到她，却又不知道

如何才能得到她，那他是在自我折磨。　　　170

费德罗穆斯

（对普拉涅西乌姆）

你责备得完全对。还从未见过有什么东西

令我如此长久地希望得到它。

普拉涅西乌姆

那就请你抓住我，拥抱我吧。

费德罗穆斯

（热烈地吻普拉涅西乌姆）

这就是我为什么想活着。你的老板

阻止你同我相会，我却背着他得到你。

普拉涅西乌姆

他阻止我们相会？他不可能阻止，

也阻止不了，唯有死亡可以使我的心灵与你分开。

帕利努鲁斯

（旁白）

我实在无法控制自己，要我不责备我的主人：　　　175

稍许理智地爱是好事，失去理智地爱就不好。

我的主人现在的行为正是完全失去理智地爱。

费德罗穆斯

让国王统治自己的王国，富人拥有自己的财富，

让他们享有自己的荣誉和英武，彼此厮杀争斗；

只要他们不嫉妒我，他们都可以享有自己的一切。　　　　　　180

帕利努鲁斯

你怎么啦？费德罗穆斯，你向维纳斯许过愿不睡觉？
请波卢克斯作证，再过一会儿，天就要放亮。

费德罗穆斯

　　　　　　　　　　　　　　你住嘴！

帕利努鲁斯

还要我住嘴？你去不去睡觉？

费德罗穆斯

（继续拥抱普拉涅西乌姆）
　　　　　　　　　　我正在睡觉，你别大声叫嚷。

帕利努鲁斯

你正兴奋着呢。

费德罗穆斯

　　　　　　　　我这是按我的方式睡觉：我正睡着呢。

帕利努鲁斯

（对普拉涅西乌姆）
喂，姑娘，你不应该伤害一个不应该受伤害的人。　　　185

普拉涅西乌姆

如若有人要把正吃饭的你从桌边赶走，
　　　　　　　　　　你也会生气。

帕利努鲁斯

（失望地）
　　　　　　　　　　　　　　完了！
我看他们两人与爱情都一样完了，都失去了理智。
你看见没有，他们多么紧紧地拥抱？抱得没有够。
你们就不能分开吗？

普拉涅西乌姆

　　　　　　　　任何人都不可能永远地享受快乐：
例如目前我们的欢乐就碰上
（指帕利努鲁斯）

这么个讨厌鬼。

帕利努鲁斯

无耻的东西，你说什么？ 190

你这个长着夜猫子眼的东西，还说我是"讨厌鬼"？

喝得醉醺醺的，一文不值的东西。

费德罗穆斯

你怎么咒骂我的维纳斯？

（对普拉涅西乌姆）

一个挨鞭子的奴隶，竟然还敢对我这样说话？

（对帕利努鲁斯）

请海格力斯作证，你说这些话会让你自己倒霉。

（打帕利努鲁斯）

这就是对你的咒骂的报应，好让你知道

应该约束自己的嘴。 195

帕利努鲁斯

夜里不睡觉的维纳斯，我求求你！

费德罗穆斯

该挨鞭子的，还敢继续辱骂人？

普拉涅西乌姆

亲爱的，不要再揍石头了，免得伤了你自己的手。

帕利努鲁斯

费德罗穆斯，你正在干巨大的、令人感到羞耻的事情：

你对忠心的劝告者报以拳头，却爱上了一个

一文不值的东西。

难道不是这样？你已经不能控制你那失去节制的习性。 200

费德罗穆斯

你指出一个能控制自己感情的恋人来，

我按他的重量付给你金子。

帕利努鲁斯

请给我一个我可以理智地侍候的主人，

我按他的重量付给你黄铜。

普拉涅西乌姆

（静听）

再见，我的亲爱的，我听见门闩在嘎嘎响，
那是看门人在开庙门。你说说看，我们就
这样偷偷地相爱，那要一直到什么时候呀？ 205

费德罗穆斯

不会太久，四天前我已经派门客去卡里亚，
寻求借贷，他今天应该会回来。

普拉涅西乌姆

      你拖得太久了。

费德罗穆斯

愿维纳斯保佑我，我不会让你在这座屋子里
再待上三天，我一定要把你赎出来做自由人。

普拉涅西乌姆

请你记住说的话。在我离开之前，再吻我一次。 210

费德罗穆斯

神明作证，即使给我一个王国，我也永远不会要。

（放开普拉涅西乌姆）

什么时候我们再见面？

普拉涅西乌姆

     你的这些话等于宣布了我的自由：
你要是爱我，就赎我，不要只祈求，要努力争取，
祝你成功。再见。

〔下。

费德罗穆斯

     我被留下了？帕利努鲁斯，我美美地完了。

帕利努理斯

而我呢，挨了一顿揍，还把睡觉毁了。

费德罗穆斯

       你跟我来！ 215

〔二人回屋，同下。

第二幕

第一场

［卡帕多克斯由医神庙内上。

卡帕多克斯

　　我现在终于不得不从庙里走出来，
　　既然我看出了艾斯库拉皮乌斯的意思，
　　他不想为我做什么，不想让我康复。
　　我身体越来越虚弱，病痛越来越剧烈。
　　我行走时脾脏就像被腰带紧紧地捆住，　　　　　　220
　　样子就好像肚子里怀着一对双胞胎。
　　我真担心，我会被可怜地分成两半。

［帕利努鲁斯由屋内上。

帕利努鲁斯

　　（回身对屋内）
　　费德罗穆斯，放理智些，听我的话，
　　从你的内心里驱除这不必要的烦恼。
　　你为门客还没有从卡里亚返回来而不安。　　　　　225
　　我相信他会带着钱回来；不过即使他
　　没有带着钱，甚至铁索也阻留不住他，
　　他仍然会奔回自己的食槽以求能饱餐。

卡帕多克斯

　　（疲惫无力地）

是谁在这里说话?

帕利努鲁斯

（旁白）

我听见何许人的声音?

卡帕多克斯

（仔细看）

是不是费德罗穆斯的家奴帕利努鲁斯?

帕利努鲁斯

          这个人   230

挺着个大肚子，一对草绿色眼睛，是谁呀?

他的样子很面熟，但从他的肤色认不出来。

（仔细辨认）

噢，我认出来了，是妓馆老板卡帕多克斯。

我上前去找他。

（走上前）

卡帕多克斯

    帕利努鲁斯，你好!

帕利努鲁斯

          啊，无耻之徒，

你好! 近来怎么样?

卡帕多克斯

     勉强活着。

帕利努鲁斯

       你确实理应是还活着。   235

（指卡帕多克斯的肚子）

你这是怎么啦?

卡帕多克斯

    脾脏折磨我，肾脏有毛病，

两肺就像快要被撕碎，肝脏疼痛难忍，

心脏根部完了，所有的内脏都不舒服。

帕利努鲁斯

这样看来，显然表明你正在患肝病。

卡帕多克斯

嘲笑不幸的人很容易。

帕利努鲁斯

（装着关心地）

      你还需要继续坚持，   240
再忍耐几天，你的内脏暂时还没有糜烂，
现在它们还需要腌制。如果你能这样做，
你将会使你自己变得比你的肠子还便宜。

卡帕多克斯

我的脾脏痛得要命。

帕利努鲁斯

      你散散步，对脾脏会很有好处。

卡帕多克斯

不再说这些。我有问题相询，请你回答我。 245
如果我现在告诉你，昨天夜里我在睡眠中
做了一个怎样的梦，你能不能给我圆一圆？

帕利努鲁斯

啊呀，我是唯一通晓神明的事情的人。
那些圆梦之人都前来倾听我的指导。
凡是我的答复，他们都当作箴言听从。 250

第二场

［厨师由费德罗穆斯屋内上。

厨师

帕利努鲁斯，你怎么站在这里？怎么还没有把
需要的东西给我取来，以便门客回来时就已经
为他把饭菜准备好？

帕利努鲁斯

      请你等一等，我要给他圆圆梦。

厨师

（对卡帕多克斯）

如果你做了什么梦，你应该亲自直接来找我。

帕利努鲁斯

（发窘，转而高兴地）

那好吧。

厨师

你去吧，去取东西。

帕利努鲁斯

（对卡帕多克斯）

你把梦对这个人说说，　　　　　255

我现在为你提供一个比我自己更好的圆梦人。

我所知道的都是

（指厨师）

从他那里学得。

卡帕多克斯

希望他能做好事。

帕利努鲁斯

他会那样。

［帕利努鲁斯下。

卡帕多克斯

（目送帕利努鲁斯离开）

他像为数不多的人那样：紧紧遵循老师的教导。

（对厨师）

请你帮帮我的忙。

厨师

尽管我不认识你，不过我仍愿意为你效劳。

卡帕多克斯

就在昨天夜里，我在梦中恍惚看见　　　　　260

艾斯库拉皮乌斯远远地离开我坐着，

看见他不向我走近，显然他不把我

放在眼里。
厨师
　　（郑重其事地）
　　　　这就是说，其他神明也会这样，
　　因为神明们互相心心相印，协调一致。
　　这没有什么好奇怪，如果你的病没有　　　　　265
　　任何好转，你最好睡到尤皮特庙里去，
　　好请求他为你降恩，他或许会帮助你。
卡帕多克斯
　　要是伪誓者都前去他的庙宇里躺着，
　　卡皮托利乌姆①便不会有那么多地方。
厨师
　　那你听着：你请求艾斯库拉皮乌斯垂怜，　　270
　　使你不会遭遇不测，让你不会遭遇像你
　　梦中兆示的那种巨大的不幸。
卡帕多克斯
　　　　　　　非常谢谢你，
　　我这就去祈求。
　　（重新进庙，下）
厨师
　　（对着卡帕多克斯离去的背影）
　　　　　　愿这件事情会让你遭大殃！
　　［下。
　　［帕利努鲁斯由屋内重上。
帕利努鲁斯
　　（遥望街道远处）
　　不死的神明啊，我看见谁了？那是谁呀？
　　那个人不就是曾被派往卡里亚的门客吗？　　275
　　（对屋内）

---

① 卡皮托利乌姆是古罗马主要山冈之一，那里建有主神尤皮特的庙宇。

喂，费德罗穆斯，出来，我叫你快出来！

［费德罗穆斯由屋内上。

费德罗穆斯

你在这里大声叫唤什么？

帕利努鲁斯

我看见你的门客

正匆匆地一直从街道的尽头跑过来。

让我们在这里听他怎么说。

费德罗穆斯

好主意，我同意。

(二人退到一旁)

第三场

［库尔库利奥匆匆地跑上。

库尔库利奥

请你们快给我让开道，不管你们相识不相识，	280
我正在履行职责，你们都跑开、躲开、让开，	
免得我奔跑时脑袋、胳膊、胸部或膝盖撞着你们。	
现在任务如此突然、迅速、急迫地降临于我，	
你们不管如何富有，也请别挡住我的去路，	
不管是将军、僭主，也不管是市场管理员，	285
不管是乡长、村长，或其他地位相等的人，	
都得让开道，只可从道边伸过头来向街上瞧。	
至于身穿披衫、蒙着脑袋在街上漫步，	
手里握着书卷，肩上背着背袋的希腊人，	
经常聚在一起，互相谈论，一群逃跑奴隶，	290
站在那里挡住道，宣讲着自己的格言行走，	
人们经常可以看见他们在小酒馆里饮酒，	
从某个地方偷来东西，包着脑袋喝热酒，	
喝得醉醺醺的，满脸悲愁地在街上游荡，	

如果我碰上他们，我就把他们捣成大麦糊。 295
还有那些纨绔公子们的奴隶，他们当街玩耍，
有的扔球，有的接球，我要把他们撞倒地上。
因此他们最好坐在家里，好躲避这场灾难。

费德罗穆斯

（对帕利努鲁斯）

若他真有权力，他肯定会展示。现在的风气，
就是这样当听差：没法让他们受约束听从你。 300

库尔库利奥

（继续匆匆地奔跑）

有谁能告诉我，我的保护神费德罗穆斯在哪里？
现在事情急迫，我需要尽快见到他，愈快愈好。

帕利努鲁斯

（对费德罗穆斯）

他在找你呢。

费德罗穆斯

让我们上前招呼他？

（走上前）

喂，库尔库利奥，我叫你呢。

库尔库利奥

（四处张望）

谁在叫我？谁在叫我的名字？

费德罗穆斯

那个很想见到你的人。

库尔库利奥

（看见费德罗穆斯）

你想见我，不会比我更想见到你。

费德罗穆斯

啊，我的机遇， 305
我所期盼的库尔库利奥，你好！

库尔库利奥

      你好!

费德罗穆斯

         看见你能

健康归来,很高兴。握手吧。我的期望如何?

请海格力斯作证,请说说。

库尔库利奥

      你说说,我的期望呢?

费德罗穆斯

  (见库尔库利奥站立不稳)

你怎么啦?

库尔库利奥

     我两眼发黑,饥饿使我的双膝发软。

费德罗舟穆斯

  天哪,把你累成这个样子。

库尔库利奥

      请你快扶住我,快扶住我。   310

费德罗穆斯

  (扶住库尔库利奥)

看他的脸色多么苍白?

  (对屋内)

      你们怎么不端把椅子来,让他坐下,

怎么不赶快用水罐装水来?还不快点儿?

库尔库利奥

       我感觉很不好。

〔奴隶端来椅子,送上水罐。

帕利努鲁斯

  (扶库尔库利奥在椅子上坐下)

想喝点水吗?

库尔库利奥

    如果有肉块,求你给我,我会把它吞下去。

帕利努鲁斯

　　　　你这个该死的东西。

库尔库利奥

　　　　　　　　请给我来一点儿，让我高兴高兴。

帕利努鲁斯

　　　　好！

　　（给库尔库利奥扇风）

库尔库利奥

　　　　　　天哪，你们这是干什么？

帕利努鲁斯

　　　　　　　　　给你扇风呀。①

库尔库利奥

　　　　　　　　　　　　我不要　　　　　　315
　这微风。

帕利努鲁斯

　　　　　那你要什么？

库尔库利奥

　　　　　　　　给我来点儿，让我高兴高兴。

帕利努鲁斯

　　　　愿尤皮特和众神明让你遭殃！

库尔库利奥

　　　　　　　　　我完了，眼睛模糊不清，
　我的牙齿已经全部化脓，饥饿使我的喉咙发痛，
　我一路上一直都是这样地缺少食物，缺少乳汁。

费德罗穆斯

　　　　那你就吃点儿什么吧。

库尔库利奥

　　　　　我想知道不是吃点儿什么，而是究竟吃什么。　　320

---

① 此处是一个同意词文字游戏。库尔库利奥要求人们给他送吃的东西来（ventum，源自动词 venio 意为"来到"），帕利努鲁斯故意误会，将来它理解为"风"（ventum，名词 ventus 的宾格）。

帕利努鲁斯
　　既然你想知道,我就告诉你,一些剩余。
库尔库利奥
　　　　　　　　　　　　我很想知道,
　　它们在哪里,因为我的牙齿迫切需要那些东西。
费德罗穆斯
　　有火腿,猪肚,猪奶,猪口条——
库尔库利奥
　　　　　　　　　　　你说的这一切都有吗?
　　你可能说它们挂在肉钩上吧。
费德罗穆斯
　　　　　　　　　　　　不,它们都在盘子里,
　　它们已为你准备好,我们估计你很快会回来。
库尔库利奥
　　　　　　　　　　　　　　　你当心,　　　　325
　　不要愚弄我。
费德罗穆斯
　　　　　　　　　我以我所爱的人起誓,我不是在欺骗你。
　　可是我还不知道我派你去办的事情怎么样。
库尔库利奥
　　　　　　　　　　　　　一点儿都没带回来。
费德罗穆斯
　　你把我彻底毁了!
库尔库利奥
　　　　　　　　　只要你们帮助我,我就能找到。
　　在你派遣我之后,我便立即出发前去卡里亚,
　　见到你的朋友,请求他为我们准备一笔款子。　　　330
　　你应该相信,他很想帮助你,不想让你失望,
　　就像朋友之间通常应该做的那样,帮你的忙。
　　他的回答很简单明了,而且确实是真心实意,
　　事实是他的处境也像你一样:欠着一大笔债。

费德罗穆斯

你的这些话让我完了。

库尔库利奥

不,我能救你,也很想救你。 335
在我得到他的回答之后,我忧伤地离开他去广场,
心想白白来了这一趟。可这时我看见有一个军人。
我向他走去,走近问候。"你好!"他也问候我,
抓住我的右手,带我离开,问我为什么前来卡里亚。
我说去那里是为了消遣心灵。这时他又询问我, 340
在埃皮道罗斯①认不认识一个名叫吕科的钱庄主。
我说认识。"那你认不认识妓馆老板卡帕多克斯?"
我点头承认。"你与他何干?""我向他买了个女子,
三十谟纳,此外还有衣服,金饰,又增加十谟纳。"
"你付款了吗?"我问。"不,钱还存在钱庄里, 345
就是那个叫吕科的钱庄主。我告诉他,谁带来
钤有我的印记的信函,他就把钱交给那个人,
好让那人去妓馆老板那里领走女子和金饰、衣服。"
他向我说了这些,我离开他。这时他又把我叫住,
说要请我吃饭,我审慎思考,最后决定不拒绝他。 350
他说:"让我们去入座吧。"我同意他的提议:
"怎么也不应该耽误午饭,以免继而又影响晚餐。"
"全都准备好了。""既然是这样,那我们走吧。"
我们酒足饭饱之后,他要来骰子,抓在自己手里,
要我一起与他玩赌博,当时我压上自己的披衫, 355
他则摆上自己的戒指,还请求普拉涅西乌姆保佑。

费德罗穆斯

什么?我的情人?

库尔库利奥

你暂时别插嘴。他掷出骰子,四个"鹰"。②

---

① 埃皮道罗斯位于希腊西北部伊利里亚境内,是亚得里亚海岸边的商业中心之一。
② 掷骰子时,"鹰"点是失败。

> 我抓起骰子，求我的亲爱的奶妈海格力斯保佑，①
> 掷出去，"国王"。②我举起大杯敬他，他一饮而尽，
> 脑袋立即歪向一旁，睡着了。我取下他的戒指， 360
> 轻轻地把我的双脚从餐榻放下，免得被他发觉。
> 奴隶们问我去哪里，我说去饱食之人常去的地方。
> 我观察好出口的情况，立即一溜烟离开了那里。

费德罗穆斯

> 太好了！

库尔库利奥

> 待我安排好你所希望的事情，你再称赞我。
> 现在让我们进屋去，写封信，钤上印记。

费德罗穆斯

> 难道我会拖延？ 365

库尔库利奥

> 且首先让我们吞下点东西：火腿，猪奶，猪口条。
> 胃的主要支柱当然是这些东西：面包和烤牛肉之类，
> 高大的酒杯，粗大的酒罐，各种主意也就会出现。
> 你现在准备写信，
>   （指帕利努鲁斯）
>   这个人他会侍候你，我得吃点东西。
> 我会告诉你怎么写。现在就跟我进屋。

费德罗穆斯

> 好，我跟着你。 370

［三人同下。

---

① 喜剧中常把海格力斯描写成狂饮暴食的饕餮。门客的基本特征就是贪吃，因此把海格力斯视为他们的保护神，故库尔库利奥在这里以海格力斯的名义起誓。
② 掷骰子时，"国王"点是胜利。

第三幕

[吕科上。]

吕科

我觉得自己很幸运。我清算了一下账目,
包括我自己有多少钱,他人存了多少钱,
我发现我是富翁,只要我不偿还债权人。
[要是我如数偿付他们,那我就要吃大亏。]
我经过反复盘算,天哪,我决定就么办: 375
若债权人逼我,我就把事情提交裁判官。
[现在许多钱庄主通常都采用这样的办法:
若是有人向另一个人讨债,谁也不会还,
若是有人坚持要讨,就让拳头解决问题。]
通常是如果一个人有时碰巧赚了一些钱, 380
要是他不能适当珍惜,到时候就得挨饿。
我想给自己买个童奴,现在他是我临时
为自己雇佣,我得趁我现在正好有点钱。
[库尔库利奥用布蒙着一只眼睛,
　由屋内上,一童奴由屋内随上。]

库尔库利奥

（回身对屋内）
你不用提醒吃饱肚子的我。我记得,我知道。
我会把这件事为你办得很顺溜。你不要再多说。 385

（自语）

请波卢克斯作证，刚才我把自己好好填了一下，

不过在胃里还是保留了一块可另作储存的地方，

以便还可以贮放那许多剩余物资中的其他剩余。

（看见吕科）

这人是谁，包着脑袋，在向艾斯库拉皮乌斯

做祈祷？哈哈，他正是我想找的人！①

（对身后的童奴）

        你跟我来！   390

（旁白）

我装着好像不认识他。

（对吕科）

      喂，你好，我叫你呢！

吕科

  独眼先生，你好！

库尔库利奥

     请问，你是在嘲笑我吗？

吕科

  我想你应该是属于科克勒斯家族的血统吧，②

  因为他们是一只眼睛。

库尔库利奥

      我是被投石机砸伤，

在西库昂。

吕科

    你说这些与我有什么关系？   395

哪怕你是被装满灰烬的破罐子扣着。③

---

① 罗马人包着脑袋祈祷，希腊人祈祷时不包脑袋。

② 贺拉提乌斯·科克勒斯（Horatius Cocles）是古罗马早期传说中的人物，一次在与敌人作战中受伤，瞎了一只眼睛。这里代指古希腊神话传说中的独目巨人库克洛普斯（Cuclops）。

③ 暗讽那些寄人门下、受主人欺凌的门客。

库尔库利奥
（旁白）
他倒是个高妙的猜测者，说的是事实；
事实上这种投石机经常这样向我投射。
（对吕科）
年轻人，我这记号是为了国家的事业，
给我留下的印记，请不要当众嘲辱我。 400

吕科
如果不能进行嘲辱，那可以揭揭短吧？

库尔库利奥
请你也不要揭短，无论是公开揭短，
或者是当众嘲辱，我都完全不喜欢。
不过如果你能告诉我我所询问的人，
你肯定会从我这里得到巨大的感激。 405
我正在寻找钱庄主吕科。

吕科
　　　　　　　　不妨请你告诉我，
你为什么找他？或者你是何许人？

库尔库利奥
　　　　　　　　　　我这就告诉你，
军人特拉蓬提戈努斯·普拉塔吉多鲁斯派我来。

吕科
请波卢克斯作证，我很熟悉这个名字，
我记账时有整整四页都写着他的名字。 410
不过你找吕科有什么事？

库尔库利奥
　　　　　　　　因为我受委托，
需要把这封信交给他。
（展示信函）

吕科
　　　　　　那么你是什么人？

库尔库利奥

　　我是他的释放奴隶，人们都叫我苏曼努斯。

吕科

　　（惊奇）

　　苏曼努斯，你好！你怎么叫这么个名字？

库尔库利奥

　　因为我喝醉了酒，常常把衣服尿湿，　　　　　　415

　　因而人们便用这么个名字来称呼我。①

吕科

　　你最好到别的什么地方去找个住处，

　　我这里可没有可以让你尿湿的地方。

　　不过我就是你想找的那个人。

库尔库利奥

　　　　　　　　　请告诉我，

　　你果真是钱庄主吕科？

吕科

　　　　　　　　　本人正是。

库尔库利奥

　　　　　　　　　你好，　　　　　　　　　　　420

　　特拉蓬提戈努斯吩咐我要好好问候你，

　　并且要我把这封信交给你。

吕科

　　　　　　　　　交给我？

库尔库利奥

　　　　　　　　　是这样。

　　（把信函交给吕科）

　　请你接信，检查印记。你认识吗？

吕科

　　　　　　　　　我怎么会

---

① 苏曼努斯（Summanus）是罗马夜雷和露珠之神，吕科故对库尔库利奥用此名感到惊奇，但库尔库利奥戏谑地把此词与动词 summare（尿湿）同源。

不认识它?持盾者用剑在上面刻着大象。

库尔库利奥

  他要求我必须认真恳求,让你按照   425
信中写的去做,他定会好好感谢你。

吕科

  你走开些,我好看看信中写着什么。

库尔库利奥

           可以,
听便,我只要能得到我希望得到的东西。

吕科

  "军人特拉蓬提戈努斯·普拉塔吉多鲁斯
谨向在埃皮道罗斯客居的吕科衷心地致以   430
崇高的敬意。"

库尔库利奥

  (旁白)

      他已经属于我,正在吞钩子。

吕科

  "我曾经在你们那里购买过一个女子,
我请求你把她交给送来这封信的人,
我办这件事时你在场,还是中间人,
此外还有金饰和衣服。你知道约定: 435
你付钱给妓馆老板,他把女子交给来人。"

  (对库尔库利奥)

军人自己呢?他怎么没来?

库尔库利奥

       我告诉你:
因为只在四天前我们才从印度去到
卡里亚,他决定在那里建造一座
结实的黄金雕像,用腓力纯金铸造,①   440

---

① 腓力是马其顿国王,有多位马其顿国王采用这个名字。马其顿国王一向以富有著称。

吕科

什么丰功伟绩？

库尔库利奥

你听着，因为他一个人
在二十天之内把波斯人、帕弗拉贡人、
西诺普斯人、阿拉伯人、卡里亚人、
克里特人、叙利亚人、还有罗得斯人　　　　　　445
和吕西亚人、贪食国、贪饮国、斗牛国、
羊乳国以及利比亚海岸整个酒神国海岸，
也就是世界上一半的民族全都被他征服。

吕科

啊呀！

库尔库利奥

有什么好惊奇？

吕科

因为他们像雏鸡那样
被赶进了笼子里，即使花上一年时间，　　　　　450
也不可能绕着转一圈。我相信你是从
他那里来，因为看你竟能这样地胡扯。

库尔库利奥

要是你愿意，我还可以继续说。

吕科

不，用不着。
我们走吧，让我为你办你专程来办的事情。
（见卡帕多克斯从庙内上）
我看见他来了。你好，妓馆老板。

卡帕多克斯

愿神明保佑你。　　　　　455

吕科

你知道我找你有什么事吗？

卡帕多克斯

请你告诉我,什么事?

吕科

请你收钱,

(指库尔库利奥)

把那个女子交给这个来人。

卡帕多克斯

你知道我起过什么誓。

吕科

只要能拿到钱,

还管它什么誓言?

卡帕多克斯

好的劝告就是真心相助。 459,460

跟我走吧!

库尔库利奥

(对卡帕多克斯)

老板,可别耽误我的事情。

[一同进卡帕多克斯的屋,下。

第四幕

第一场

[歌队领队上。

歌队领队

天哪,费德罗穆斯确实找到这样一个灵巧的大骗子。
我都不知道是称他为坏蛋,还是称他为恶棍更合适。
我可真担心,租出去的舞台服装有可能没法收回来。①
尽管我是把它们交给了费德罗穆斯本人,我同此人　　　　　　465
没有任何关系,但我仍需小心。趁他现在还没出场,
我告诉你们,去什么地方比较容易找到什么样的人,
使得你们如果想找一个人,不管是找缺少德性的人
或高尚之人,尊贵的人或卑贱之人,都不用太费心。
有谁想找道德败坏之人,那他不妨前去民会会场②;　　　　　470
有谁想找说谎者、吹牛家,请去克洛阿基娜女神庙③;
如果有谁想找富有的色欲之徒,那就请前去大宫殿④。
那里也经常聚集成年的放荡者和吹毛求疵的买卖人,

---

① 指当时由领队负责为演员准备服装、道具。这时舞台空场,有时由乐队演奏音乐(如《普修多卢斯》,第573行后),本剧则由歌队领队上场,与观众对话,告诉观众,在罗马什么地方可以找到什么样的人,有如希腊旧喜剧中的"插曲"(例如阿里斯托芬的喜剧),剧作家在其中借题发挥,谈论社会问题或文学问题等。
② "民会会场"指举行市民大会的会场,也是市民大会进行审判的地方。
③ 克洛阿基娜(Cloacina)是维纳斯的别名。
④ "大宫殿"(basilica)指罗马一失传的古代建筑。

至于说那些喜欢拼份子吃喝的人，他们通常在鱼市。
在最下面的市场，高尚之人和富有之人在那里游荡；　　475
在中间市场，水道近旁是货真价实的自吹自擂的人，①
妄自尊大者、喜好饶舌之人、用心险恶之人在湖区②，
那些人好放肆地随意凌辱人，把别人贬得一文不值，
至于人们会怎样议论他们自己，他们倒完全不在乎。
在旧街区，聚在那里的是提供贷款者和需要借贷者。　　480
聚在卡斯托尔神庙后面的是一些不可随意信赖之人。③
在图斯库斯街区④，好在那里聚集的人自己出卖自己。
[在维拉布鲁姆区聚集的是面包师、屠户、占卜师,]
他们在那里或是企图蒙骗他人，或是自己遭人蒙骗。
[徒然遭受财产损失的富有丈夫们聚在劳卡狄亚街区。]　　485
（静听）
不过我听见门在响，我得控制住自己，不能再多说话。
[下。

第二场

[库尔库利奥带领普拉涅西乌姆上，
　卡帕多克斯、吕科等随上。

库尔库利奥

姑娘，你走前面。这样我没法照应我后面。
（对卡帕多克斯）
军人说，姑娘的金饰、衣服都归姑娘所有。

卡帕多克斯

没有人会不承认。

库尔库利奥

---

① 普劳图斯时期的水道后来由地下水道代替。
② "湖区"指库尔提乌斯湖（Lacus Curtius），位于帕拉提乌姆山冈下。
③ 古罗马广场至今仍然存有卡斯托尔庙遗址。
④ 图斯库斯街区（Tuscus vicus）即埃特鲁里亚人聚居的街区。

吕科

　　（对卡帕多克斯）

　　请你记住条件，如果有人能证明这女子　　　　　　490
　　是自由人出身，到时候你得把钱还给我，
　　一共三十谟纳。

卡帕多克斯

　　　　　　记得，这一点你尽可以放心。
　　我现在可以再说一遍。

库尔库利奥

　　　　　　我也希望你记住你说过的话。

卡帕多克斯

　　记得，我现在依法把她交给你。

库尔库利奥

　　　　　　　　难道我能从妓馆老板那里
　　合法地得到什么？他们除了舌头，其他什么都没有；　　495
　　舌头用来毁誓，如若立了誓约，你们拿别人买卖，
　　把不属于你们的人释放，对不属于你们的人发号施令；
　　谁也不会为你们担保，你们也不可能给任何人作担保。
　　在我看来，从事妓馆行业的这帮人在人类中
　　就像是那些苍蝇、蚊子、臭虫、跳蚤、虱子，　　　　500
　　除了憎恨、瘟疫、悲伤，你们不能带来任何好处，
　　任何诚实之人在广场上都不会和你们站在一起；
　　同你们站在一起的人便会受责备，遭蔑视，挨谴责，
　　他会毁了事业，失去信誉，尽管他什么也没有做。

吕科

　　天哪，独眼人，我看你对从事妓业的人了解真透彻。　　505

库尔库利奥

　　我把你们与妓馆老板视为同类：你们和他们完全一样。
　　他们至少还隐蔽在阴暗的地方，你们却出现在广场上；
　　你们是用利率坑害人，他们则是用放荡和娼妓残害人。

人民针对你们的行为已经颁布了无数条法规，
它们都被你们破坏，你们总是能找到某种空子。　　　510
犹如让沸腾的水变凉，你们就这样对待法规。

吕科

我不想和你争辩。

卡帕多克斯

你说话很尖刻，但并非不了解真相。

库尔库利奥

我认为，指责不该指责的人，那是恶语中伤人，
如果指责的是该受指责之人，那是行高尚之举。
我知道，你或其他妓馆老板都不会赞成我的看法。　　515
吕科，还有什么事吗？

吕科

再见吧！

库尔库利奥

再见！

卡帕多克斯

（对库尔库利奥）

喂，我有话对你说。

库尔库利奥

你说吧，你想说什么？

卡帕多克斯

请你好好关心她，照顾她。
我在家里教育她要高尚，知廉耻。

库尔库利奥

你既然这样可怜她，
你出什么代价让她好好受照顾？

卡帕多克斯

该死的东西！

库尔库利奥

你才应该这样受关照。

卡帕多克斯

（对普拉涅西乌姆）

傻东西，你哭什么？不要怕，我把你卖得不错。 520
你要让自己做个高尚之人，现在好好跟他去吧。

吕科

苏曼努斯，现在我还有什么事？

库尔库利奥

再见，祝你健康，
因为你为我们效了力，既费了心，又费了钱。

吕科

请向你的主人转达我的衷心问候。

库尔库利奥

一定转达。

［领普拉涅西乌姆、小奴下。

吕科

老板，你还有事吗？

卡帕多克斯

你要把那十谟纳给我，趁我现在 525
感觉还好，我好调养自己。

吕科

会给你的，明天就给你。

［下。

卡帕多克斯

既然事情已经顺利办成，我想进庙去祈祷一番。
从前她还是个小孩子，我花十谟纳把她买下来，
那个把她卖给我的人，我后来再也没有见到过，
我想他已死去。管他怎样呢？我现在钱已到手。 530
如果神明们想对谁发慈悲，便会把钱财抛向他。
我现在去向神明献祭。我要好好照顾照顾自己。

［进庙，下。

第三场

[特拉蓬提戈努斯和吕科气愤地上。]

特拉蓬提戈努斯

（气愤地）

我现在气愤极了，是非同寻常地气愤，

就像我通常给城市送去毁灭时那样子。

如果你现在不赶快把三十谟纳还给我， 535

就是我存在你那里的钱，你就得等死。

吕科

神明作证，我现在也不会像寻常那样和你善甘罢休，

而是要像通常对那些我不欠他债的人那样对待你。

特拉蓬提戈努斯

请不要在我面前发疯，或者认为我会恳求你。

吕科

你也别想让我再付给你钱，我已经给过你， 540

我不会再给你。

特拉蓬提戈努斯

    我当初把钱存放在你这里时，

我就想过，你一个小钱也不会还我。

吕科

    那你现在为什么向我要？

特拉蓬提戈努斯

我想知道你把钱给了谁。

吕科

    给了你的那个独眼释奴，

他说人们都叫他苏曼努斯，我就是把钱给了他。

[他交给我这封铃有印记的信。

特拉蓬提戈努斯

    就是你给我的这封信？] 545

你在做梦,梦见了什么独眼释奴、苏曼努斯?
我没有任何一个释放奴隶。

吕科

你做事比那些妓馆老板
要聪明一些:你有释奴,但是不承认他们。

特拉蓬提戈努斯

现在怎么办?

吕科

我完成了你的委托,为了你的荣誉;
他给我带来了你的印记,我不应该藐视使者。　　　　　550

特拉蓬提戈努斯

你竟然相信那些书信,你真比愚蠢人还愚蠢。

吕科

通常公事私事都这么办,我怎么能不相信它?
我走了,与你的账目已经结清。军人,再见。
(转身离开)

特拉蓬提戈努斯

什么?与我再见?

吕科

要是你愿意,就为我伤心一辈子吧!
〔下。

特拉蓬提戈努斯

我现在怎么办?要是连这个阴险小人今天都这样　　　555
嘲弄我,那么我让那些国王服从我又有什么用啊?

第四场

〔卡帕多克斯由庙内上。

卡帕多克斯

要是神明真对一个人发慈悲,我看他们便不会
对他生气。在我献完祭之后,我想到一件事情,

钱庄老板不要一溜烟逃跑了,我得把钱要到手,
宁可我自己,而不是他把它们挥霍掉。

特拉蓬提戈努斯

         我向你问候!   560

卡帕多克斯

特拉蓬提戈努斯·普拉塔吉多鲁斯,你好!
         你健康无恙地
来到埃皮道罗斯,你今天得去我那里——
         决不会让你舔盐。

特拉蓬提戈努斯

你盛情邀请,事业定然不错——
(旁白)
         但愿你会遭殃!
(重新对卡帕多克斯)
不过我和你的那桩买卖怎么样?

卡帕多克斯

        你与我已没有任何关系,
用不着请证人,我不欠你什么。

特拉蓬提戈努斯

       怎么会不欠我什么?   565

卡帕多克斯

我已经完成了我的允诺。

特拉蓬提戈努斯

       你还不还给我那女子?
无耻的东西,是不是要我用这柄剑捅了你。

卡帕多克斯

我会叫人把你狠狠地痛打一顿,你用不着吓唬我。
女子已被人领走,你要是继续辱骂我,我就让人
把你抬走,既然我什么也不欠你,除了让你倒霉。   570

特拉蓬提戈努斯

你威胁要让我倒霉?

卡帕多克斯

请神明作证,不是威胁你,是给你,
如果你继续讨人嫌。

特拉蓬提戈努斯

一个妓馆老板竟然这样威胁我,
而我却是一个曾身经百战,把敌人彻底打垮的人。
我的剑和圆盾……①
会在我作战时很好地帮助我。如果你不还我女子, 575
我就会立即让大群蚂蚁把你从这里一块块地拖走。

卡帕多克斯

但愿我的手术钳、梳子、镜子、卷发钳子,
还有剪刀、抹布,愿它们都能来为我作证,
我像尊重为我洗刷厕所的那个老女奴那样,
认真看待你发出的这些狂妄的言辞和威胁。 580
我把她交给了从你那里送钱来的人。

特拉蓬提戈努斯

那个人是谁?

卡帕多克斯

他说是你的释奴,名叫苏曼努斯。

特拉蓬提戈努斯

我的释奴?

(旁白)

请神明作证,我想准是库尔库利奥在捉弄我,
是他偷走了我的戒指。

卡帕多克斯

什么?你丢失了戒指?

(旁白)

看来这位军人巧妙地被从中队名册里注销了。② 585

---

① 此处原文残缺。
② 通常指由于违反军规,如拒绝作战、开小差等而被开除。

特拉蓬提戈努斯

  我现在到哪里去找库尔库利奥？

卡帕多克斯

        到小麦堆里，

  你在一个小麦堆里甚至可以找到数百只。①

  我走了，再见，祝你健康。

  〔下。

特拉蓬提戈努斯

        祝你病倒，愿你遭殃！

  （旁白）

  我现在怎么办？是留下还是离开？我就这样被人捉弄？

  （对观众）

  如果有人能告诉我此人在什么地方，我会好好奖赏他。 590

  〔下。

---

① "库尔库利奥"（curcurio）原意为麦甲虫，此处妓馆老板故意误解。

第五幕

第一场

〔库尔库利奥由费德罗穆斯屋内跑上。

库尔库利奥

我曾经听说,有位古代诗人①在悲剧中写道:
两个女人比一个女人坏。事情确实是这样。
可是比费德罗穆斯的这个情人更坏的女人
我却从未见过,没有听说过,也难以描述
和想象出比她更坏的女人。她一见我的戒指,
便问我从哪里得到它。
　　　　　"你为什么问这个?" "我必须问。"
我不回答她。她就想夺走戒指,
　　　　　　　　　　上前抓住咬我的手。
我好容易挣脱开,跑了出来。你们瞧,
　　　　　　　　这就是那条小白狗!

第二场

〔普拉涅西乌姆由屋内跑上。

---

① "古代诗人"具体所指不详。

普拉涅西乌姆

（回身对屋内）

费德罗穆斯，快出来！

［费德罗穆斯由屋内上。

费德罗穆斯

为什么要我快出来？

普拉涅西乌姆

你不要放跑了门客。

事情很重要。

库尔库利奥

我可是一个钱也没有，凡是有的，我都花掉了。①   600

普拉涅西乌姆

（抓住库尔库利奥）

我抓住他了。

费德罗穆斯

你有什么事？

普拉涅西乌姆

你问他从哪里得到那只戒指。

我父亲往日常戴那只戒指。

库尔库利奥

我的——我的姑母经常戴。

普拉涅西乌姆

我的母亲给我父亲戴。

库尔库利奥

你的那位父亲又交给了你。②

普拉涅西乌姆

你胡扯。

---

① 上行普拉涅西乌姆说的"事情很重要"中的"事情"原文是 res，此词又作"钱财"，库尔库利奥在这里故意曲解。

② "交给了你"有的版本作"交给了我"。

库尔库利奥

　　　　　　我习惯这样，这样可以使生活变轻松。

普拉涅西乌姆

　　现在怎么样？我求你，请不要夺去我的双亲。　　　　605

库尔库利奥

　　我怎么夺？我把你的父母亲藏在宝石戒指里了？

普拉涅西乌姆

　　我本是自由人出身。

库尔库利奥

　　　　　　现在有许多这样的人在为奴。

费德罗穆斯

　　（对库尔库利奥）

　　你可惹我生气了。

库尔库利奥

　　　　　　我对你说过我从哪里得到这只戒指。
　　我要对你说多少遍？我说过我玩骰子时捉弄了军人。
　　〔特拉蓬提戈努斯忧伤地上。

特拉蓬提戈努斯

　　（认出库尔库利奥戴着的戒指）
　　我有救了，这就是我正在找的人。
　　（上前）
　　　　　　好汉，你好啊！

库尔库利奥

　　　　　　　　　我听着呢。　　　　　　　　　610
　　你不想再掷一次，用披蓬作赌注？

特拉蓬提戈努斯

　　　　　　你怎么不带着骰子，
　　长着脓泡见鬼去？你还我钱，要不就交出那女子。

库尔库利奥

　　你向我要什么钱？你跟我胡扯什么？你向我要
　　什么女子？

特拉蓬提戈努斯

  无赖,就是你今天从老板那里领走的那个女子。

库尔库利奥

  我没有领走什么女子。

特拉蓬提戈努斯

  (指普拉涅西乌姆)

    我看见她就站在这里。

费德罗穆斯

      这个女子是自由人。 615

特拉蓬提戈努斯

  难道我的女奴是自由人?我从来没有释放过她。

费德罗穆斯

  谁让你对她享有这样的权利?你从谁手里

    买得她?你告诉我。

特拉蓬提戈努斯

  我曾经通过我的钱庄主为她支付过足够的款项,

  我现在要向你和妓馆老板四倍地讨回那笔款子。

费德罗穆斯

  我看,你竟然买卖被拐走的自由人出身的女子, 620

  走,去法庭!①

特拉蓬提戈努斯

    不,我不去。

费德罗穆斯

    你想要证人吗?

特拉蓬提戈努斯

      完全没有必要。

费德罗穆斯

  军人,愿尤皮特让你见鬼去,这就给你证人。

  (对库尔库利奥)

---

① 罗马有法律规定,不得买卖自由人。

喂，我叫你，由你作证。你过来。

特拉蓬提戈努斯

让奴隶作证人？

库尔库利奥

你看着！

好让你知道，我是自由人。

（让费德罗穆斯作释放状）

现在走，去法庭！

特拉蓬提戈努斯

（上前打库尔库利奥）

我叫你去法庭。　　　　624,625

库尔库利奥

啊，市民们，市民们！

特拉蓬提戈努斯

你叫唤什么？

费德罗穆斯

你怎么打他？

特拉蓬提戈努斯

因为我愿意。

费德罗穆斯

（旁白，对库尔库利奥）

你过来，

（指库尔库利奥，对普拉涅西乌姆）

我把他交给你。

（对库尔库利奥）

别说话！

普拉涅西乌姆

费德罗穆斯，我求你救救我！

费德罗穆斯

就如同救我自己和我的守护神。

（对特拉蓬提戈努斯）

军人，请告诉我，我的门客从你那里骗得的戒指，
你是从哪里得到它？

普拉涅西乌姆

（对特拉蓬提戈努斯）

我以你的守护神的名义请求你，　　　　630
请你明确告诉我们，让我们知道。

特拉蓬提戈努斯

（傲慢地）

这同你们有什么关系？
我想你们还会问我这披蓬、这佩剑是从哪里得来。

库尔库利奥

一个傲慢的自大狂！

特拉蓬提戈努斯

（指库尔库利奥）

你放开那家伙，我把一切都告诉你们。

库尔库利奥

他的话毫无意义。

普拉涅西乌姆

（上前恳求，对库尔库利奥）

请你告诉我们，好让我们知道。

特拉蓬提戈努斯

（对普拉涅西乌姆）

我这就说，你起来。现在请你们认真听仔细。　　　　635
这戒指是我父亲佩里普拉涅斯的。

普拉涅西乌姆

啊，佩里普拉涅斯！

特拉蓬提戈努斯

他临终前按照通常的做法，像应该做的那样，
把它交给了我，他的儿子——

普拉涅西乌姆

啊，尤皮特啊！

特拉蓬提戈努斯

让我做他的财产继承人。

普拉涅西乌姆

啊,对亲人的孝敬之心,

我一直把你保留在我的心中,请你救救我;　　　　640

亲爱的兄长啊,你好!

特拉蓬提戈努斯

我该怎样检验你的说法?

就这样,如果你还记得,那么你的母亲是谁?

普拉涅西乌姆

她名叫克勒奥布拉。

特拉蓬提戈努斯

你的奶妈是谁?

普拉涅西乌姆

阿尔克斯特拉塔。

那天她带着我去看狄奥倪索斯节演出。　　　　644,645

我们到了那里之后,她刚让我坐下来,

突然刮起了强烈的风暴,戏台崩塌了,

我害怕起来,这时有人把我抓起抱走。

我当时心惊胆颤,吓得不知是死是活。

我现在说不清楚那人是怎样把我抱起。　　　　650

特拉蓬提戈努斯

我也记得那场风暴。不过请你告诉我,

那个把你抓走的人现在在哪里?

普拉涅西乌姆

不知道,

但是我一直总是随身保存着一只戒指。

就是我丢失时戴着的。

特拉蓬提努斯

你给我看看。

库尔库利奥

（见普拉涅西乌姆拿戒指）

你把戒指给他看，你还有理智吗？

普拉涅西乌姆

你不要管。

特拉蓬提戈努斯

啊，尤皮特啊！　　　　　　　　　　655

这只戒指是在你生日那天我送给你的。

我像认识自己一样认识它。你好，妹妹！

普拉涅西乌姆

亲爱的兄长，你好！

费德罗穆斯

愿神明让这件事情给你们带来好运！

库尔库利奥

我也这样祝愿你们大家。

（对特拉蓬提戈努斯）

你今天找到妹妹，应为此设宴招待我们，　　　660

（指费德罗穆斯）

明天他将举办婚宴。我们保证一定出席。

费德罗穆斯

你别插嘴！

库尔库利奥

发生了这样美好的事情，我没法沉默。

军人，你把她许配给他吧，由我来提供嫁妆。

特拉蓬提戈努斯

你给什么嫁妆？

库尔库利奥

我？像通常那样只要我活着，就让她供养我。

请海格力斯作证，我说的是真话。

特拉蓬提戈努斯

（对库尔库利奥）

        我很愿意你这样做。   665

（对费德罗穆斯）

不过这里的这位妓馆老板欠我三十谟纳。

费德罗穆斯

为什么?

特拉蓬提戈努斯

    因为他曾经这样向我保证:
    如果有人能证明她是自由人出身,
    他将无争辩地把全部款项退还我。
    现在让我们去找妓馆老板。

库尔库利奥

       好!

费德罗穆斯

        我希望能首先   670
把我的事情定下来。

特拉蓬提戈努斯

     什么事?

费德罗穆斯

       请你把她许配给我。

库尔库利奥

军人,你还迟疑什么? 让她做他的妻子吧。

特拉蓬提戈努斯

只要她愿意。

普拉涅西乌姆

    兄长,我愿意。

特拉蓬提戈努斯

    好吧。

库尔库利奥

      你做得对。

费德罗穆斯

　　军人,你把她许配给我作妻子吗?

特拉蓬提戈努斯

　　　　　　　　我把她许配给你。

库尔库利奥

　　还有我,我也完全同意。

特拉蓬提戈努斯

　　　　　　　　你真让人快活。

　　(望远处)

　　那就是妓馆老板,我的宝库,他来了。

第三场

　　〔卡帕多克斯上。

卡帕多克斯

　　(旁白)

　　有人胡说钱庄老板不可信,依我看,有的可信,
　　有的不可信。关于这一点,我今天有亲身体验。①　　　　680
　　把钱存给不付账之人是把钱丢掉,不是没存好。
　　有如今天吕科为付我十谟那跑遍了所有的柜台。
　　我眼看什么也没有,便大声催讨,要他去法庭。
　　我很害怕,担心他会在裁判官那里把账目赖掉。
　　朋友们一再劝说他,他终于从家里把钱给了我。　　　　685
　　现在我得赶紧回去。

特拉蓬提努斯

　　(上前)

　　　　　　　　喂,妓馆老板,我叫你!

费德罗穆斯

　　我也找你!

---

① 原文第670~680行只有8行。

卡帕多克斯

      对你们俩我却谁也不想见。

特拉蓬提戈努斯

          你站住！

  我要你赶快把钱吐出来！

卡帕多克斯

  （对特拉蓬提戈努斯）

        你与我有什么关系？

  （对费德罗穆斯）

  或者你与我有什么关系？

特拉蓬提戈努斯

      因为我今天想把你做成投射炮弹，

  用弦绳把你投射出去，像投射炮通常投射的那样。   690

费德罗穆斯

  我今天要把你揉软，和小狗睡在一起，我指的是

  那种铁狗[①]。

卡帕多克斯

      我今天却要让你们两人进地牢受折磨，

  直到折磨得死去。

费德罗穆斯

      捆住他的脖子，把他拖上十字架。

特拉蓬提戈努斯

  （上前抓住卡帕多克斯）

  不管怎样，还是让他自己走。

卡帕多克斯

        啊，神明啊，凡人啊！

  没给我判刑，没人证实我有罪，就这样把我拖走？   695

  普拉涅西乌姆，我求你，费德罗穆斯啊，帮帮我。

普拉涅西乌姆

[①] "铁狗"指镣铐。

兄长，请你不要伤害他，既然他没有受到控告。
我在他家时，他待我还算有节制。

特拉蓬提戈努斯

那不是他的本意，
你受到他的善待，应该感谢艾斯库拉皮乌斯。
要知道，如果他身体健康，他早就把你卖掉。　　　　　　700

费德罗穆斯

你们请听我说，如果我能够得到你们的赞同。
（对特拉蓬提戈努斯）
你放了他。
（对老板）
老板，你过来。我告诉你我的想法，
如果你们同意让我做中间人。

特拉蓬提戈努斯

我们同意你做中间人。

卡帕多克斯

请海格力斯作证，要是你能这样判决，
让他们谁也不向我要钱。

特拉蓬提戈努斯

你不是答应过？

卡帕多克斯

我怎么答应过？

费德罗穆斯

用舌头。

卡帕多克斯

我现在用它否认。　　　　　　705
我长舌头是为了说话，不是为了毁我的钱财。

费德罗穆斯

胡扯。捆住他的脖子。

卡帕多克斯

（害怕）

特拉蓬提戈努斯

　　不，我按你的吩咐办。

特拉蓬提戈努斯

　　如果你说话算数，那就回答我的问题。

卡帕多克斯

　　　　　　　　　　　　随你问吧。

特拉蓬提戈努斯

　　你是否答应过，若有人能证明她是自由人出身，
　　你便退还全部款项？

卡帕多克斯

　　　　　　　　我不记得曾经这样说过。　　　　　710

特拉蓬提戈努斯

　　什么？你否认？

卡帕多克斯

　　　　　　　是的，我否认。有谁在场？在什么地方？

特拉蓬提戈努斯

　　我自己在场，在钱庄老板吕科那里。

卡帕多克斯

　　　　　　　　　　你怎么不闭嘴？

特拉蓬提戈努斯

　　不，我不会闭嘴。

卡帕多克斯

　　　　　　　我才不把你当回事，你别想吓唬我。

特拉蓬提戈努斯

　　（对费德罗穆斯）
　　是我在场，还有吕科在场的情况下的约定。

费德罗穆斯

　　　　　　　　　　我完全相信你的话。

　　（对卡帕多克斯）
　　现在你认真听着，妓馆老板，好让你知道我的意见：　　715
　　这女子是自由人，他是她的兄长，她是他的亲妹妹，
　　她将嫁给我：你得把钱退还给他。这就是我的判决。

特拉蓬提戈努斯

  你将会被缚在弦绳上,如果你不把钱退还给我。

卡帕多克斯

  天哪,费德罗穆斯,你的判决太背信弃义,

  它会害了你;

  (对特拉蓬提戈努斯)

      军人,愿男女神明让你遭殃!   720

你跟我走。

特拉蓬提戈努斯

    跟你去哪里?

卡帕多克斯

      去见我的钱庄老板——

  我的裁判官。我通常在那里偿付我的债主。

特拉蓬提戈努斯

  我却要把你缚上弦绳,而不是

     去见裁判官,如果你不退还款项。

卡帕多克斯

  我却希望你好好地遭殃,好让你真正地知道我。

特拉蓬提戈努斯

  是这样吗?

卡帕多克斯

    神明作证,是这样。

特拉蓬提戈努斯

  (走上前)

     我却要让你知道知道我的拳头。   725

卡帕多克斯

    (退缩)

  然后呢?

特拉蓬提戈努斯

    你还问"然后"?如果你今天激怒我,

  (上前比试)

卡帕多克斯
　　　　　　　　　我就这样让你变安静。
卡帕多克斯
　　　　　　　　　　　请你别那样，我给你。
特拉蓬提戈努斯
　　　　　　　　　　　　　　　　我同意。
费德罗穆斯
　　军人，请你去我那里赴宴，今天将举行婚礼。
特拉蓬提戈努斯
　　愿我和你们事情顺利！

　　（对观众）
　　　　　　　　　观众们，请你们鼓掌！

剧　　终

埃皮狄库斯
EPIDICUS

导　言

　　普劳图斯在剧本中对自己的这部剧本的希腊原作未作任何涉及和交待，也未见古代任何其他直接材料可资参考，因而后代人对此只能就一些相关情况作一些对照和推测。一些研究者认为，无论是狄菲洛斯或是菲勒蒙，都不可能是普劳图斯的这部剧本的希腊原剧的作者，由此有的研究者认为那就可能是米南德。也有研究者考虑到推断的希腊原剧的写作时间与米南德的生平时间不相符，因而认为它可能是某位与米南德同时代的新喜剧作家的作品。

　　关于希腊原剧的写作时间，剧中提到雅典人与特拜人之间的战争，剧本中人物参战归来（第206行）。研究者们根据有关历史事件，曾经企图把希腊原剧的演出时间推定在公元前292年或前289年。作这样的推测的前提是剧中提到的事件必须确实是在剧本演出前不久发生的历史事件，不过根据当时的喜剧实践，剧本中提及某个历史事件往往只是为了剧中的某种需要，如为人物提供某种行动环境或事件前提，因此所提及的事件在时间方面不一定就发生在戏剧演出期间或者演出之前不久。

　　研究者们也曾经企图推定普劳图斯的剧本的演出年代。普劳图斯的喜剧《巴克基斯姐妹》第214～215行称：

　　　　即便埃皮狄库斯，我非常喜欢，就像喜欢我自己，
　　　　然而若由佩利奥表演，便没有那部剧更令我厌恶。

　　这里的佩利奥（Pellio）就是公元前200年在普劳图斯的喜剧《斯提库斯》（一译《主人和奴隶》）一剧中担任主演的那位提图斯·普布利乌斯·佩利奥。

剧中第349行提到杀亲罪。普鲁塔克在《罗慕卢斯传》中提到，第一次作这样的指控是在第二次布匿战争后不久对卢基乌斯·霍斯提乌斯（L.Hostius）提出的。①剧中好像是在暗示这一事件。若由此推想，剧本的演出可能是在公元前2世纪初。

　　无论是在计谋的动人性方面，还是在喜剧状态的丰富性方面，普劳图斯的这部剧本都富有自己的特色。剧本内容也像通常那样，以年轻人恋妓赎妓为题材。青年斯特拉提波克勒斯爱上了一个竖琴女，出征时托奴隶埃皮狄库斯帮他把竖琴女赎出来。机智的奴隶想方设法完成了他交给的任务，然而战争结束时年轻人又买了一个女俘带了回来，要放弃先前那个。整个戏剧矛盾就围绕着这一故事展开，引起父子之间一系列的矛盾和冲突。奴隶埃皮狄库斯机智地纵横捭阖，嘲弄主人，帮助年轻人实现愿望，使得情节变得非常错综复杂，扑朔迷离。最后事情真相暴露，矛盾化解。

　　令人感到惋惜的是，流传下来的剧本情节本身有一些粗疏、模糊和前后不相呼应的地方。从现在这部规模不算大的剧本看，流传下来的可能不是完整的原始版本，而是对原本的缩编本，情节发展的一贯性方面明显地表现出的紊乱和模糊可能是由于后来不精心的缩编和原文出现残损造成的。例如对于老人佩里法涅斯是怎么知道自己的女儿被俘，而且还知道那个从未见过面的女儿叫特勒斯提斯，剧中未见有任何交代。

　　在现今传世的文本中，对剧情本身展开前的事件没有作任何交待。由此有的人推测，剧本可能轶失了开场词，那里可能介绍了与埃皮狄库斯安排计谋的有关情节。该开场词的朗诵者可能是一个特别角色，不参加后来的的戏剧进程，或者也可能是埃皮狄库斯本人。埃皮狄库斯的独白（第81~90行）包含了一些这方面的事件。在普劳图斯的其他剧本里，观众通常是从开场词里知道那些情节。

　　这部剧本的结尾与古代喜剧的通常结尾有很大的不同。剧中除了埃皮狄库斯完全实现了自己的计谋外，其他人的事情似乎都没有作最后的交代，即便能像《卡西娜》中那样，说明那些事情发生在后台。例如研究者们还注意到，在剧本的第一部分佩里法涅斯得知儿子爱上了竖琴女，已经在考虑让儿子成婚，邻居阿佩基得斯也为此操心（第189~191、283~285行），而且还已经准备好婚礼（第361行）。可是在这之后，剧作者却再没有提到这件事。这一情况使得有些研究

---

① 普鲁塔克：《罗慕卢斯传》，第22章。

者推测，剧本可能佚失了最后的两场，那些场面应该包含妓馆老板受到应有的报复，作为佩里法涅斯和腓力帕的女儿的特勒斯提斯的身份得到应有的明确交代，佩里法涅斯和腓力帕正式成婚，斯特拉提波克勒斯与阿克罗波利斯提斯也举行婚礼等。

剧中对斯特拉提波克勒斯与阿克罗波利斯提斯的婚礼未作任何涉及这一情况让人想到，希腊原剧中事情可能是另一个样子。在希腊，青年可以同自己的后父或后母的姐妹结婚，并且这样的婚姻在希腊戏剧里经常可以见到，米南德在喜剧《农夫》里描写的就是这样的婚姻。也许是由于这种婚姻与罗马的习俗有尖锐的矛盾，从而使普劳图斯偏离了原作，变成了要把为儿子买来的女子转卖给军人，还可以从中获利。

在普劳图斯的笔下，希腊剧本被改变的不只是故事的框架，变化显然还表现在深化人物性格描写方面。佩里法涅斯回顾自己青年时期行为的独白（第382~391行）促使人们设想，希腊原剧中他的后悔和反思可能表现得要更鲜明些，从当时的哲学学说的角度出发进行阐述可能要更深刻一些，但是当时的罗马普通观众不习惯思考那些问题，那些学说对于他们来说是相当深奥的，理解它们是比较费力的。

这部喜剧有趣的场面不算很多，甚至在第1~80行作为开场交待的两个奴隶的争论中的逗乐场面也较其他剧本要少得多，那些场面通常在这种场合是满足罗马观众兴趣的佐料。剧中在后来的情节发展过程中能够激起笑的场面也不很多，甚至通常被作为嘲笑对象的军人的出现（第437行）与剧作家的其他剧本，如《吹牛的军人》中的军人的出现相比，也被简单化了。在这部剧本里，埃皮狄库斯称剧中的军人是个"吹牛高手"（第301行），引起人们的期待，然而在那个军人出场后一开始吹嘘自己（第442~443行），便被佩里法涅斯打断，反而对军人的吹嘘恶习作了一番批判，从而取消了这一形象最富有戏剧表现力的重要方面。这可能也是对剧本进行缩编的结果。

尽管如此，剧中仍然包含一些很幽默的场面和不少讥诮的对白。例如剧本一开始，奴隶特斯普里奥匆忙奔跑时顾不上看一眼是谁在拽他的衣服，埃皮狄库斯回答是"一个亲近之人"。"亲近之人"的原文是familiaris，意为"同一个家庭的人"，包括同一个家庭的奴隶。特斯普里奥听了后，随即借用此意，改用副词familiariter，答称"亲近得令我讨厌"。又如第17~18行中，由"各种颜色"引申为"色彩斑斓"，喻奴隶被鞭打后背上留下的颜色深浅不等的条条伤痕。在第26行中，埃皮狄库斯对特斯普里奥的提问若有所指地反问："现在在雅典还有谁更适合当裁判官？"而特斯普里奥则趁机嘲笑埃皮狄库斯该挨树枝鞭打。从第261行起幽默地反讽奴隶主比奴隶聪明的流行偏见，其实埃皮狄库斯是借迎合而顺水推舟，引诱对方上钩，进一步施展计谋，结果对方反而说他"太聪明"。如此等等。

剧本中的老人得到比较鲜明的刻画的只有佩里法涅斯。佩里法涅斯的邻居阿佩基得斯一段格律复杂的独白对他进行了描绘（第166~171行），不过佩里法涅斯的形象并没有得到比较完整的刻画，因此这一形象与其他剧本中类似的形象相比，仍然显得苍白。人名Periphanes（佩里法涅斯）意为"非常著名的"。他青年时期曾经以出色的战功为国王们效力，获得了巨额财富，闻名遐迩（第450行），使得他后来认为自己在市民中很有名，受人们尊敬（第517行），然而实际上他却头脑简单，显得非常愚蠢。

佩里法涅斯的邻人阿佩基得斯（Apecides）一名意为"通晓法律者"，剧中称他"办事谨慎"、"通晓正义和法律"，实际上遇事只是一般地发发议论，显得也很愚蠢。诗人借他之口涉及当时喜剧中常见的主题，谴责嫁妆风俗和由此而产生的妻子在家庭生活中的强横和霸道，使得丈夫感到与这样的妻子一起生活比海格力斯干苦差事还艰难（第178~179行）。这些是对奴隶主阶层的代表人物的明显嘲讽。

青年"斯特拉提波克勒斯"（Stratippocles）这一名字意为"由于英勇作战和战马而闻名的"，但实际上他是一个惯于在战场上丢盔弃甲的花花公子。"凯里布卢斯"（Chaeribulus）一名意为"乐于提供劝告的"，实际上他甚至无能力用劝告帮助朋友，更不要说用钱。凯里布卢斯在剧中是辅助性质的配角，不过对他却作了有趣的细节描写，强调他的吝啬。他担心别人算计他的钱，从而只作空洞的口头帮助。这两个人物代表了富有阶层的年轻一代。

主要人物埃皮狄库斯得到很好的刻画。这一形象可能就是由那个著名演员波利奥表演的，只是不知道波利奥的表演为什么引起了普劳图斯的不满。在剧中，埃皮狄库斯为寻找佩里法涅斯而跑遍了整个城市，奔跑得精疲力竭。这种"奔跑的奴隶"情节常见于古希腊罗马喜剧，诗人借以列数地名。埃皮狄库斯除了具有机敏的奴隶通常具有的那些特点，从而推动整个剧情的发展外，他还具有一种并非他的所有同伴都具有的个人特点，那就是诗人让他显得比较有文化修养。他在剧中恰到好处地称引史诗（第36行），谈论名画（第626行），恰到好处地运用神话比喻（第610，675行）。具有这些学识的奴隶不多见。

在剧中，奴隶特斯普里奥虽然只有一段情节，但形象仍然比较生动，富有活力，颇具有幽默色彩。他是少主人的侍从，少主人出征时帮主人拿武器，侍侯主人，类似于后来的勤务兵。他是一个惯偷，不过他在战场上改成了抢劫。

剧中的高利贷者只有几句没有特色的台词，从而使他的形象是刻板式的，剧作者没有对他作进一步的描绘。

普劳图斯的这部剧本除了幽默特色外，另一个特点是准确地刻画人物性格。剧作者很少进行夸张性讽刺，只是对埃皮狄库斯的描写有时略带夸张。这些特点可能源自希腊原剧，而对于普劳图斯来说是很少见的。特别是只要认真阅读剧本，便可以明显地感觉出这方面同那些与这部剧本相近似的其它剧本之间的区别，例如《卡西娜》。确实，后者受到普劳图斯很大的改动。

喜剧中奴隶通常都惯于欺骗，很少表现出诚实。这是由当时奴隶的生存条件造成的，欺骗不是恶劣习惯的后果，而是奴隶制度的自然产物，奴隶只能进行欺骗，才能完成迫使他们进行欺骗的主人交给他们完成的任务，也才能让自己获得生存。

埃皮狄库斯（Epidicus）一名的本意为"通过法庭判决而为自己争得某种东西的"。在剧中，他成功地实现了自己所有的计谋，并且从主人对他的惩罚最终变成主人向他恳求而获得快乐。也许正是由于这一点，普劳图斯非常喜欢这部剧本。

剧情梗概

老人听从奴隶的劝说,赎了一个竖琴女,以为那是自己的女儿;奴隶赎了另一个,好让那竖琴女去顶替主人的儿子的情人。给老板付了钱。年轻人从中意外地认出,那是他的亲妹妹。老人认出了自己当年服军役时被他强暴过的一个女子的面容,那个女人正在寻找的恰好就是他的女儿。由于找到女儿,老人乐意地释放了奴隶。

人　物

埃皮狄库斯　佩里法涅斯的奴隶
特斯普里奥　斯特拉提波克勒斯的奴隶
斯特拉提波克勒斯　青年，佩里法涅斯之子
凯里布卢斯　雅典青年，斯特拉提波克勒斯的朋友
佩里法涅斯　雅典老人
阿佩基得斯　雅典老人，佩里法涅斯的朋友
竖琴女　伴妓
军官
菲力帕　老媪
阿克罗波利斯提斯　竖琴女，伴妓
达尼斯塔　特拜人，高利贷者
特勒斯提斯　少女，菲力帕的女儿

地　点

雅典，一街道。两房座子，佩里法涅斯和凯里布卢斯毗邻而居。

时　间

上午。

第一幕

第一场

[特斯普里奥奴隶装束,肩背行囊,急速地跑上;
埃皮狄库斯跟踪而至,随上。

埃皮狄库斯

(追赶特斯普里奥,拽住特斯普里奥的衣角)

喂,年轻人!

特斯普里奥

(未回头,生气地)

我正在奔跑,谁拽住了我的衣服?

埃皮狄库斯

一个亲近之人。

特斯普里奥

我承认,而且还亲近得令我讨厌。

埃皮狄库斯

特斯普里奥,你回头看看。

特斯普里奥

(回头张望)

啊呀,
我看你不就是埃皮狄库斯吗?

埃皮狄库斯

你那双眼睛看得倒也真准确。

特斯普里奥
　　　　　你好！

埃皮狄库斯
　　　　　　　　愿众神明让你一切如愿！
看见你健康归来，我很高兴。

特斯普里奥
　　　　　　　　然后呢？

埃皮狄库斯
　　　　　　　　　　像通常那样，
请你吃饭。

特斯普里奥
　　　　　我保证。

埃皮狄库斯
　　　　　你保证什么？

特斯普里奥
　　　　　　　　只要你邀请，我保证会接受。

埃皮狄库斯
你怎么样？一向可好？
（仔细打量特斯普里奥）
　　　　　　　　样子看起来还不错。好啊，
（拍打特斯普里奥）
体格显得更丰满，也更健壮。

特斯普里奥
（伸出受伤的左臂）
　　　　　　　　都是由于这支胳膊。　　　　10

埃皮狄库斯
（上前察看）
　　　　　其实你本该早就
　　　　　失掉了这支胳膊。　　　　　　　11a

特斯普里奥
我现在已不像以前那样经常偷窃。

埃皮狄库斯

        为什么？

特斯普里奥

        现在是公开抢劫。

埃皮狄库斯

  愿众神明让你遭殃，你走起路来迈着那么大步子。
我在港口①那里就看见了你，一直在奔跑着追赶你，
现在才好不容易地把你追上。

特斯普里奥

  （自负地）

        因为你娇养惯了。

埃皮狄库斯

         我知道，   15
你是个名副其实的大兵。

特斯普里奥

        你说起话来还是那么放肆。
你自己怎么样？一向很好？

埃皮狄库斯

        各色各样。

特斯普里奥

        若是一个人
色彩斑斓，
  （查看埃皮狄库斯的肩头）
    如同山羊或者豹子那样，那我可不喜欢。②

埃皮狄库斯

  除非是事实，你要我怎么说？

---

① "在港口"的原文是 apud portum。鉴于特斯普里奥同少主人是从内陆城市特拜返回来，由此有的研究者认为，此处原文应是 apud portam，意为"在城门口"。

② 这里的答话是一个文字游戏。"各种颜色"的原文是 varie。此词的本意是"各种各样的"，又意"色彩斑斓的"，特斯普里奥借用此意，引申喻奴隶的脊背经常挨树枝鞭打而伤痕累累。

你怎么样？回答我！

特斯普里奥

很顺利。

埃皮狄库斯

我们的少主人呢？

特斯普里奥

很健康，如同拳击手、运动员。 20

埃皮狄库斯

特斯普里奥，你回来带来了令我快慰的好消息，
不过他现在在哪里？

特斯普里奥

他一起回来的。

埃皮狄库斯

他究竟在哪里？除非你是
把他装在行囊或背包里带回来。

特斯普里奥

愿神明让你遭殃！

埃皮狄库斯

我想你——[1]
（稍停，庄严地）
我问你，你回答，对你的答复我会认真听取。

特斯普里奥

你倒像是在审判。

埃皮狄库斯

（一本正经地）
我应该这样。

特斯普里奥

（傲视地）

---

[1] 此处埃皮狄库斯起初可能想说"你该遭殃"，但是随即又改变了想法。

　　　　　　　　　　你在对我们履行裁判官职务？① 25

埃皮狄库斯
　　　　你说说看，现在在雅典还有谁更适合当裁判官？

特斯普里奥
　　　　　　　埃皮狄库斯，你的裁判官履职
　　　　　　　暂时还缺样东西。

埃皮狄库斯
　　　　　　　　　　缺什么？

特斯普里奥
　　　　　　　　　　　你知道： 27
　　　　　　　你暂时还缺少两个持树枝束者，
　　　　　　　还需要两捆榆树枝条。②

埃皮狄库斯
　　　　　　　　　　你见鬼去吧！ 28
（稍停）
　　不过你说怎么样？

特斯普里奥
　　　　　　　你问什么？

埃皮狄库斯
　　　　　　　斯特拉提波克勒斯的装备呢？③

特斯普里奥
　　　　天哪，它们逃向了敌人那边。

埃皮狄库斯
　　　　　　　　　　盔甲逃跑了？

特斯普里奥
　　　　　　　　　　　还逃得很快。 30

埃皮狄库斯

---

① 以上对话戏拟罗马司法程式。罗马裁判官（praetor）主管司法审判。雅典的司法术语与其相近似，因此这段对话可能来自原剧，不过"裁判官"系罗马官职。
② 取笑埃皮狄库斯该遭鞭打。
③ 当时罗马军队出征时，一般是自备武装，包括枪矛、盔甲等，甚至还自带口粮。

你在认真说话?

特斯普里奥

我是在认真说话。敌人得到了它们。 31

埃皮狄库斯

请波卢克斯作证,可耻的行为!

特斯普里奥

以前其他人也这样干过。

这会给他带来荣誉。

埃皮狄库斯

为什么?

特斯普里奥

以前对于其他人就是这样。

我想是穆尔基贝尔亲自为

斯特拉提波克勒斯锻造了铠甲。①

它们都飞到敌人那边去了。

埃皮狄库斯

就让忒提斯的这个儿子 35

丢失武器吧,涅琉斯的女儿们会给他送来另一副。②

只是应该想到,需要为制造武器准备必要的材料,

若是他每年服兵役时都要这样把武装遗留给敌人。

特斯普里奥

不要再说这件事。

埃皮狄库斯

如果你愿意,你自己就别再说它。

特斯普里奥

你就不要再询问。

---

① 诗人在这里戏拟悲剧风格。穆尔基贝尔(Murciber)是一火山名,代指罗马火神武尔坎努斯,在古希腊神话传说传入罗马后,武尔坎努斯与古希腊火神赫菲斯托斯混同。
② 特洛亚战争期间,希腊将领阿基琉斯让好友帕特罗克洛斯穿戴他的盔甲,代他去杀敌,结果帕特罗克洛斯在战斗中被杀,盔甲被特洛亚人夺走。阿基琉斯的母亲、海神涅琉斯的女儿忒提斯请求火神赫菲斯托斯为阿基琉斯又精心锻造了一副新盔甲,送给阿基琉斯。参阅荷马史诗《伊利亚特》第18卷。

埃皮狄库斯

　　　　　那你说,斯特拉提波克勒斯现在在哪里?　　　　40

特斯普里奥

　　他没有同我一起前来有其原因。

埃皮狄库斯

　　　　　　　那究竟是为什么?

特斯普里奥

　　他不想让父亲现在看见他。

埃皮狄库斯

　　　　　　　为什么?

特斯普里奥

　　　　　　　　那就让我告诉你。
　　因为他从战利品中为自己购买了一个年轻的女俘,
　　容貌秀美,气质高雅。

埃皮狄库斯

　　　　　我从你那里听到了什么呀?

特斯普里奥

　　　　　　　　　听到了我刚才说的话。

埃皮狄库斯

　　　　他为什么要购买她?

特斯普里奥

　　　　为了心灵。

埃皮狄库斯

　　　　　　　他这个人有多少个心灵?　　　　45
　　他在从这里离开家出征之前,
　　曾经托我向老板赎买竖琴女,
　　他爱上了那个竖琴女。我已经完成了他的委托。

特斯普里奥

　　埃皮狄库斯,海上刮什么风,风帆就会跟着转。

埃皮狄库斯

　　我真不幸,倒了大霉。

特斯普里奥

      你怎么回事？怎么会这样？   50

埃皮狄库斯

 （思索，询问特斯普里奥）

 他买那个女子花了多少钱？

特斯普里奥

        价钱很便宜。

埃皮狄库斯

        我不是问你这个。

特斯普里奥

 那你问什么？

埃皮狄库斯

      究竟花了多少谟纳？

特斯普里奥

 （伸手指）

       这么多，四十谟纳。

 而且在特拜还是向一个高利贷者付息借的贷，

 每天一谟纳加付一银币的利息。

埃皮狄库斯

       啊呀呀，啊呀呀！

特斯普里奥

 高利贷者还同他一起回来了，想得到那笔钱。 55

埃皮狄库斯

 不死的神明啊，我倒了大霉！。

特斯普里奥

      埃皮狄库斯，为什么？

 或者是怎么回事？

埃皮狄库斯

      他彻底害了我。

特斯普里奥

       你指谁？

埃皮狄库斯

> 就是丢了武装的家伙。

特斯普里奥

> 怎么会这样?

埃皮狄库斯

> 因为他每天都要从军团给我
> 捎来信。

（旁白）

> 不,最好我还是不要说。
> 为奴者宁可多知道,而不是
> 多说话。这样做才算是明智。　　60

（继续思索）

特斯普里奥

> 天哪,埃皮狄库斯,我看你心怀恐惧,
> 　　　　你是在担心什么,你的脸色
> 令我觉得在我离开之后,你在这里
> 　　　　给自己招来了什么不幸。

埃皮狄库斯

（沉默,思索）

> 你能不能不惹我心烦?

特斯普里奥

> 好吧,我离开。

（若离开）

埃皮狄库斯

（上前抓住特斯普里奥）

> 你站住!我不让你走。

特斯普里奥

> 你为什么抓住我?

埃皮狄库斯

> 他喜欢从战利品中买得的女子?

特斯普里奥

              这还用问?

  非常喜欢。

埃皮狄库斯

  （旁白）

    看来我的这身皮肯定会被从我背上剥下来。   65

特斯普里奥

  他以前都从来没有这样喜欢过你。

埃皮狄库斯

          愿尤皮特让你遭殃!

特斯普里奥

  你现在得让我走，因为他不让我回家去。

  他要我前去这里的邻人凯里布卢斯家里；

  要我留在那里，他自己会过来。

埃皮狄库斯

        这是为什么?

特斯普里奥

          我这就告诉你：

  因为他不想与父亲照面，不想让父亲看见他，   70

  要一直到他付清为购买那个战利品而负的债。

埃皮狄库斯

  请波卢克斯作证，事情还真乱。

特斯普里奥

         现在你该放我走了。

埃皮狄库斯

  （半自白地）

    只要老头子一知道事情，

    我的船尾①就会立即遭殃!

特斯普里奥

---

① "船尾"的原文是puppis，此处喻"臀部"，可能是借用水手口语。

你会有怎样的遭遇, 75
　　这与我有什么关系？

埃皮狄库斯

　　因为我不想一个人独自遭殃，而是想和你一起，
善惠之人与善惠之人一起。

特斯普里奥

　　　　　　你自己去遭大殃吧，
不要把我和你捆在一起。

埃皮狄库斯

　　　　　那你就走吧，要是你着急。

特斯普里奥

（离开）
我从没有遇见过一个人后，如此急切地想离开。 80
［朝凯里布卢斯的住屋走去，下。

埃皮狄库斯

（望着特斯普里奥离去的背影）
他从这里离开了。
（思索，旁白）
　　现在这里就你一个人，
　　　你看到事情陷入了怎样的境地，
埃皮狄库斯啊，如果你不能自己
　　　帮助自己，那你就会彻底完蛋。
巨大的毁灭将会降临你；如果你不能顽强地坚持住，
不能毅然屹立，那时灾难就会如山崩地裂地扑向你。
　　可我现在想不出
　　　　任何办法， 85
找不到任何计策，好让自己摆脱目前的艰难困境。
　　我真可怜，
　　　可我曾经
施展计谋怂恿老头子，使他赎买自己的女儿，
　　其实那是让他

　　　　　　给自己的儿子
赎买他那个儿子所喜欢的竖琴女，
　　　　　　　儿子离开时曾委托我赎买。　　　　　　90
　　既然他现在为了
　　　　　　满足自己的心灵，
又从战场带来个女子，那我的皮肤就得遭殃。　　91A
　　　　因为老头子
　　　　　　只要一知道
自己受了蒙骗，就会立即剥下我后背上的皮。
　　　　　　因此你现在
　　　　　　　得预先提防他。
然而，可是——什么"可是"，没有什么好说。
那时我脑袋就会破裂。
　　　　　　你真不中用啊，
　　　　　　　　埃皮狄库斯。
　　　　　　你怎么喜欢自责自怨?　　　　　　　97
　　因为你想自暴自弃。
　　我该怎么办?
　　　　　　　你还来问我?
在这之前你通常总是给他人提劝告，拿主意。
你必须想个什么应付的办法。不过我现在就　　100
去见少主人，好知道究竟是怎么回事。
（向街道远处张望）
　　　　　　　　　　　　他就在那里，
满面忧愁，与自己的朋友凯里布卢斯一起走来。
让我退到这旁边，
（退到屋门一旁）
　　　　　　好从这里静静地听他们说些什么。

第二场

〔斯特拉提波克勒斯和凯里布卢斯上。

斯特拉提波克勒斯

（忧伤地）

我把整个事情都对你说了，凯里布卢斯，
甚至还向你诉说了我的所有悲伤和爱情。

凯里布卢斯

（高兴地）

斯特拉提波克勒斯，你的愚蠢与你的
      年龄和勇敢不相称。   105
是不是这件事情使你感到羞耻，因为你
      从战利品中购买了
一个女俘，尽管她出身高贵？有谁会因此责备你？

斯特拉提波克勒斯

我的这一行为会使所有憎厌我的人对我恶意指责；
但是我一直没有粗暴地伤害她的贞操，使她受辱。 110

凯里布卢斯

我看这更能表明你品性良好，既然你能节制爱情。

斯特拉提波克勒斯

（不高兴地）

对于一个陷入忧虑的人，言语安慰毫无价值。
只有能在困难时提供必要帮助的人才是朋友。

凯里布卢斯

你想让我干什么？

斯特拉提波克勒斯

      我需要钱，一共四十谟纳，
好把它交给放贷人，我向他借了高利贷。   115

凯里布卢斯

请海格力斯作证，要是我真有——

斯特拉提波克勒斯

>   要是这样，言辞于事情
>   有何裨益，如果在行动上不能提供任何帮助？

凯里布卢斯

>   请波卢克斯作证，你是该忍受指责，遭惩罚。

斯特拉提波克勒斯

>   我更希望对于我来说，那样的朋友
>   最好是待在家里，而不是在广场。
>   不过我现在更希望即使能以昂贵的
>   代价去购买埃皮狄库斯的帮助。   120
>   我定要让这家伙前去磨房经受各种各样的折磨，
>   要是他今天不能为我准备好四十谟纳的款子，
>   在我对他说出"银钱"的最后一个字母之前。

埃皮狄库斯

>   （旁白）
>   事情有救：他作了很好的允诺，希望他会守信。
>   没有任何损耗，已经为我的肩胛骨准备好盛宴。   125
>   我上前去见他。
>   （从门边走向前，大声地）
>   奴隶埃皮狄库斯向从远方归来的
>   主人斯特拉提波克勒斯致敬！

斯特拉提波克勒斯

>   （环顾）
>   他在哪里？

埃皮狄库斯

>   （大步走出来）
>   他在这里。
>   看见你健康归来——

斯特拉提波克勒斯

>   我相信你就在这里也像你相信我在这里。

埃皮狄库斯

>   一直都很健康？

斯特拉提波克勒斯

　　　　　　　　一直未生病,只是心里一直感觉不舒服。

埃皮狄库斯

　　　　至于我,与我有关的事情已经照办;你委托于我的　　　　　　130
　　　　事情我已经为你办成,那女子已经买得,你为了她
　　　　曾经一再给我捎来信函。

斯特拉提波克勒斯

　　　　　　　　你白费辛苦了。

埃皮狄库斯

　　　　　　　　　　　　我怎么白费了辛苦?

斯特拉提波克勒斯

　　　　因为她不使我感到亲切,我不喜欢她。

埃皮狄库斯

　　　　　　　　　　　　那你为什么
　　　　那样坚定不移地委托我,不断地给我捎来信?

斯特拉提波克勒斯

　　　　我以前爱过她,现在我关心的是另一个女子。　　　　　　135

埃皮狄库斯

　　　　海格力斯啊,一个人做了好事得不到好报真不幸。
　　　　我努力完成的事情成了坏事,只因为爱情换了位。

斯特拉提波克勒斯

　　　　我那时失去了理智,写了那么多信函递给你。

埃皮狄库斯

　　　　是不是我应该为你的愚蠢而成为牺牲品,
　　　　让你把我的后背做你的愚蠢的后续祭品①?　　　　　　　140

斯特拉提波克勒斯

　　　　(不耐烦地)
　　　　你怎么啦?我们在白说话。我现在需要四十谟纳,
　　　　迫切需要,把它们付给高利贷者,需要迅速办到。

---

① "后续祭品"的原文是succidaneum。这是一个罗马传统的宗教术语,指第一次祭祀未能得到吉兆时用作再次举行祭祀的祭品。

埃皮狄库斯
  请你告诉我，你想让我从哪里弄到它们？
         我去找哪个钱庄主？

斯特拉提波克勒斯
  随便去哪里。若是太阳降落前你未能从钱柜拿来钱，
  那时你就别再返回我的家；到时候你就直接去磨坊。   145

埃皮狄库斯
  你说这些很容易，没有危险，不用担心，心灵自在，
  我却清楚地知道自己的遭遇：挨鞭打时难忍的痛苦。

斯特拉提波克勒斯
  你现在想干什么？是不是想让我毁了自己？

埃皮狄库斯
          请不要这样。
  最好还是我按照你的意思去冒险，大胆地去尝试。

斯特拉提波克勒斯
  现在你让我喜欢，现在我称赞你。

埃皮狄库斯
       我会去做你要我做的一切。   150

斯特拉提波克勒斯
  那么如何处理那个竖琴女？

埃皮狄库斯
        我定会想出个什么主意，
  采取某种措施，找个什么办法解脱了事。

斯特拉提波克勒斯
         你很有主意
  我知道你。

埃皮狄库斯
    有个尤卑亚岛的军官，非常富有，黄金无数，
  当他得知为你赎买了竖琴女，现在又带回来另一个，
  他肯定会立即主动请求，希望你把那个女子让给他。   155
  不过你随身带回来的女子现在在哪里？

斯特拉提波克勒斯

很快就会到来。

凯里布卢斯

那么我们现在干什么？

斯特拉提波克勒斯

就让我们进屋，去你那里，
让我们欢乐地度过这一天。

［斯特拉提波克勒斯和凯里布卢斯进屋，下。

埃皮狄库斯

（目送他们离开）

你们现在进屋去吧。
我要为银钱问题在心里召开元老院会议协商，
该向谁宣布最为有力的战争，从哪里弄到钱。　　　　160

（思考）

埃皮狄库斯啊，看你该干什么，事情突然临头；
要知道，你现在已经不可能有任何瞌睡和拖延；
唯有进攻。我已经决定首先对老头子发起攻击。
走，进屋去，告诉我们主人的儿子年轻少主人，
要求他不得走出这住屋，不要当面碰见老头子。　　165

［进凯里布卢斯的屋，下。

第二幕

第一场

[阿佩基得斯和佩里法涅斯上。

阿佩基得斯
　　许多人都是这样，
　　　　　　　不需要羞愧时他们感觉羞愧；
　　本应该感到羞愧时，
　　　　　　　他们却丝毫不感到羞愧，
　　　　　尽管他们需要感到羞愧。
　　你就是这样一个人。有什么可以感到羞愧，
　　就因为你娶了一个
　　　　　　　虽然出身高贵　　　　　　　　170
　　　　　然而家境却贫寒的女子?　　　　　170A
　　特别是据你所说，她已经为你生了一个女儿，
　　　　　就住在你家里。

佩里法涅斯
　　　　　不，我担心儿子。

阿佩基得斯
　　　　　　　　请波卢克斯作证，我却以为
　　你是为妻子感到羞愧，尽管你已经送走了她；
　　不管你多少次看见她的骨灰罐，你已经把她　　175

作为祭品献给了奥尔库斯①，没有什么不合理，
因为你被允许继续活着，让你的年纪超过她。

佩里法涅斯

啊哟，
当她活着同我一起生活的时候，我曾经是海格力斯；
甚至海格力斯的第六件苦差事②也不及她对我的刁难。

阿佩基得斯

天哪，金钱真是好嫁妆。

佩里法涅斯

是的，若是它不附加妻子。　　　　　　　　180

第二场

［埃皮狄库斯由屋内上。

埃皮狄库斯

（来到凯里布卢斯的屋门旁，对屋内的
斯特拉提波克勒斯和凯里布卢斯）
嘘，嘘，③
你们别说话，振作精神。
我现在出屋来，有明确的征兆，
左手边出现飞鸟；④
我带着锋利的砍刀，要用它割下老头子的脑袋。
不过我看见他就站在屋前，
同阿佩基得斯在一起，　　　　　　　　184,185
我恰好需要这两个老头子。
现在我要把自己变成一条水蛭，

---

① 奥尔库斯是古罗马神话传说中的死神。
② 海格力斯的第六件苦差事是赶走斯廷法洛斯湖上的铁翼、铁嘴、铁爪的怪鸟。他借助雅典娜给他的铜钹发出的巨响，把怪鸟赶走。
③ 这一场开始部分原文有残损。
④ 按罗马占卜术，左手边为吉，在希腊人为凶。

>　　　　　　　吮吸他们的鲜血
>　　　　尽管他们被视为元老院的支柱。

阿佩基得斯
>　　（对佩里法涅斯）
>　　那就立即让他成婚。

佩里法涅斯
>　　　　　　　我赞赏你出的好主意。　　　　　189,190
>　　我已经听说，他陷入了对一个竖琴女的爱情，
>　　这件事正在折磨我。

埃皮狄库斯
>　　（旁白，欣喜地）
>　　　　　天哪，所有的神明都在帮助、鼓励、支持我。
>　　他们给我指出了道路，我该如何从他们那里弄到钱。
>　　埃皮狄库斯，你现在就武装自己，把短衫搭到肩头，
>　　装出样子，好像你跑遍了整座城市在寻找他这个人。　　195
>　　你想干什么，现在你就干吧！
>　　（跨步来到门前，喘气地大声说）
>　　　　　　　不死的神明啊，但愿我能
>　　在他家里找到佩里法涅斯，我全城寻找他都跑累了，
>　　去过医院，去过理发馆，还去过体育学校和体育场，
>　　去过香料商店，去过肉铺，去过竞技场，去过钱庄。
>　　到处打听，结果弄得声嘶力竭，几乎倒在了半路上。　　200

佩里法涅斯
>　　（大声地）
>　　埃皮狄库斯！

埃皮狄库斯
>　　（闻声张望）
>　　这是谁在叫埃皮狄库斯？

佩里法涅斯
>　　　　　　　是我，佩里法涅斯。

阿佩基得斯

还有我，阿佩基得斯。

埃皮狄库斯

我是埃皮狄库斯。不过，主人，事情真巧，我一下子就看见了你们俩。

佩里法涅斯

（对埃皮狄库斯）

这是怎么回事？

埃皮狄库斯

（虚弱地）

请等一等，等一等，让我喘口气。

佩里法涅斯

不，你稍许息一息。

埃皮狄库斯

（踉跄地）

我感觉很不好。

（阿佩基得斯和佩里法涅斯上前搀扶）

阿佩基得斯

慢慢喘口气。

佩里法涅斯

别着急，安静一会儿。

埃皮狄库斯

（逐渐恢复精神）

请你们注意听。205

所有的人都从特拜战场返回来了。

阿佩基得斯

关于这件事是谁说的？

埃皮狄库斯

我说的完全是事实。

佩里法涅斯

你知道这件事？

埃皮狄库斯

我知道。

佩里法涅斯

你怎么知道的?

埃皮狄库斯

因为我亲眼看见军队充满了各处街道:
他们都带着武器,并且还赶着马匹。

佩里法涅斯

事情太好了!

埃皮狄库斯

他们还随身带回来那么多的俘虏,有男孩,有少女,   210
带着两个、三个,有的带着五个,街上到处是人群。
各人都在寻找自己的儿子。

佩里法涅斯

海格力斯啊,战争进行得很顺利。

埃皮狄库斯

那里还有数不清的伴妓,整座城市的都去到那里,
她们都进行了打扮,每个人都去迎接自己的相好,
她们都找到了自己的相爱。这时我特别注意到什么?   215
她们中许多人随身在自己的衣服下隐藏着罗网。
当我来到城门口,我看见那女子也站在那里等待,
有四个吹笛女同她在一起。

佩里法涅斯

埃皮狄库斯,她们同谁在一起?

埃皮狄库斯

就是同你的儿子已经深深相爱了许多年的那个女子,
为此他急迫地毁掉了信誉、金钱、他自己,还有你;   220
她就站在城门口等待他。

佩里法涅斯

(对阿佩基得斯)

你看出来是怎样一个妖女了吗?

埃皮狄库斯

　　她衣着华丽，一身金饰，打扮得雅致、合度、新潮。

佩里法涅斯

　　（轻蔑地）

　　她穿着怎样的衣服？穿着皇家服饰，还是乞讨服装？

埃皮狄库斯

　　还有水池灰蓝色服装，也可以作为妇女服装的名称。

佩里法涅斯

　　是不是还有穿着天井顶装？

埃皮狄库斯

　　　　　　你说的这名称有什么好奇怪？　　　　225
好像许多妇女不是肩背着全部家当在各处街道游荡。
在宣布纳税款之后，她们的丈夫却宣称无力交付；
其实即使她们的份额更重些，她们也能够承受。
每年她们会给自己的服式起上一些怎样的新名称？
譬如内衣就有宽松的、紧身的、亚麻的、贴身的，　　230
有袍式的、镶花边的、金盏花色的、番红花色的，
有短袖的、超短袖的、轻薄的、华丽的或外邦的，
波浪式的或刺绣的、浅蓝色的或蜡黄的，各式各样，
甚至还有的取名于狗。

佩里法涅斯

　　怎么叫法？

埃皮狄库斯

　　　　　　有的就叫拉科尼库斯①。
用这样的名字好像表示她们要把丈夫推出去拍卖。　　235

阿佩基得斯

　　现在你再说说你刚才提到的事情。

埃皮基得斯

　　　　当时有两个女子

---

① "拉科尼库斯"源自地理名"拉科尼亚"，是希腊伯罗奔尼撒半岛东南部地区，有时代指斯巴达。

在我的身后这样互相絮絮交谈，这时我有意
少许离开她们远一些，装作让她们说话方便，
对她们的谈话虽然我没有能够完全清楚听见，
不过仍能听到她们的谈话。

佩里法涅斯

你说说看。

埃皮狄库斯

当时其中一个女子 240
对同行的另一个女子——

佩里法涅斯

说什么？

埃皮狄库斯

别说话，听我说。
只听见她们谈的是你的儿子爱上的那个女子：
"你看看，一个多么容易、多么幸运的女子啊，
情人想让她赎身获得自由。""那个人是谁呀？"
另一个问。那个女子称说是斯特拉提波克勒斯， 245
佩里法涅斯的儿子。

佩里法涅斯

天哪，完了，我听见你说什么呀！

埃皮狄库斯

这就是当时的情形。我听见她们这样说话后，
便重又向前稍许走几步，好向她们挨近一些，
好像是人群的力量把我不情愿地推过去。

佩里法涅斯

我明白。

埃皮狄库斯

那女子问道："你是怎么知道的？是谁告诉你？" 250
"嗨，今天还捎来斯特拉提波克勒斯给她的信。"
说他自己在特拜向高利贷者借到一笔付息贷款，
已经准备好，他会把那笔钱带回来。

佩里法涅斯

　　　　　　　　　　我现在确实完了!

埃皮狄库斯

那女子这样说话,好像是听见信里就是这样说。

佩里法涅斯

(转身对阿佩基得斯)

现在我怎么办?阿佩基得斯,请你给我出主意。　　　　255

阿佩基得斯

(富有远见地)

现在得让我们尽可能赶快想出一个有用的主意。

因为他或者会很快到来,天哪,或者已经来到。

埃皮狄库斯

若是我显得比你们更聪明,提出一个在我看来

会令你们称赞的建议,你们俩——

佩里法涅斯

　　　　　　　　埃皮狄库斯,你有什么建议?

埃皮狄库斯

一个非常合适的建议。

阿佩基得斯

　　　　　　　那你为什么还犹豫着不说?　　　　260

埃皮狄库斯

理应是由你们首先说,在你们之后我们再说话,

因为你们更聪明。

佩里法涅斯

　　　　　　啊呀,你就说吧。

埃皮狄库斯

　　　　　　　　不过你们会觉得好笑。

阿佩基得斯

天哪,我们不会那样。

埃皮狄库斯

　　　　　　不,如果你们喜欢,你们就采纳。

如果你们觉得不合适，你们就去想更好的主意。
我这并非给自己构思谋划，若不是你们要我说。 265

佩里法涅斯

（嘲讽地）

谢谢你，就请你与我们一起分享你的聪明才智吧。

埃皮狄库斯

那就让你的儿子立即成婚，至于你的儿子也想
让其获得自由，并且毁了你儿子的那个竖琴女，
你就这样报复她，让她至死也仍然是一个女奴。

阿佩基得斯

应该这样做。

佩里法涅斯

我愿意做任何事情，只要能有这样的结果。 270

埃皮狄库斯

好吧，现在正是行动的时候，趁他还没有进城来。
好像他明天就会到来，今天还不会。

佩里法涅斯

你怎么知道？

埃皮狄库斯

我知道。
因为有个回来的人对我说，明天他就会回到这里。

佩里法涅斯

你倒说说看，我们究竟应该做什么？

埃皮狄库斯

我认为应该这样做：
好像你自己非常愿意让那个竖琴女获得自由， 275
好像你自己非常喜欢那个竖琴女。

佩里法涅斯

为什么要这样做？

埃皮狄库斯

瞧你询问。

这样你好把她买下来，在你的儿子回来之前，
还可以对他说，你买下她是为了释放她。

佩里法涅斯

我明白。

埃皮狄库斯

待你把她买下来，你可以把她送往城外的地方；
不过如果那样不合你的意……

佩里法涅斯

不，非常好。

埃皮狄库斯

（转向阿佩基得斯）

阿佩基得斯，你怎么认为？ 280

阿佩基得斯

我还能说什么？因为我觉得你已经考虑得很周全。

埃皮狄库斯

这样既可以使他断绝同那个竖琴女结婚的愿望，
也可以使他对你的要求不会太抵触。

佩里法涅斯

你真是太聪明了，
我赞成这样做。

埃皮狄库斯

既然这样，那你就赶紧采取行动。

佩里法涅斯

天哪，你说到了点子上。

埃皮狄库斯

我还想到个办法排除对你的猜疑。 285

佩里法涅斯

你对我们说说看。

埃皮狄库斯

你听着，就会知道。

阿佩基得斯

埃皮狄库斯

  真是一颗富有智慧的心灵。

埃皮狄库斯

  现在需要一个人,让他把赎取竖琴女的钱送过去;
  我不希望你送去,没有必要那样做。

佩里法涅斯

  那是为什么?

埃皮狄库斯

    免得她以为
  你这样做是由于儿子——

佩里法涅斯

  你真能深谋远虑。

埃皮狄库斯

  好像你想把儿子同她拆开:
  如果你把钱送过去,那就不难产生这样的猜疑。 290

佩里法涅斯

  我们找谁适合办这件事情?

埃皮狄库斯

  (指阿佩基得斯)
  他是一个非常合适的人选,
  因为此人办事谨慎,而且还明晓正义和法律。

佩里法涅斯

  (对阿佩基得斯)
  你应该感谢埃皮狄库斯。

埃皮狄库斯

  (对阿佩基得斯)
  不过我也会认真去办这件事。
  我会给竖琴女寻找一个合适的人,把他带过来,
  而且把他同钱一起带来。

佩里法涅斯

  (对埃皮狄库斯)
  购买她得花多少净价?

埃皮狄库斯

你指那个女子？ 295

我看购买她大概得需要四十谟纳，这是最低价。
如果你多给，我会给你找回零头，不会有欺骗，
而且占用这笔钱对于你绝对不会超过十天时间。

佩里法涅斯

为什么这么久？

埃皮狄库斯

因为另有一个年轻人爱上了那个女子，
罗得斯人，很有金子，身材魁梧，敌人的灾殃， 300
吹牛高手。此人会从你手里买她，乐意给金子。
你就这样做，你定会获利非浅。

佩里法涅斯

愿神明保佑！

埃皮狄库斯

你会达到目的。

阿佩基得斯

（对佩里法涅斯）

你现在进屋去给他取那笔钱？我得去广场看看。
埃皮狄库斯，你到那里来。

埃皮狄库斯

我去你那里之前不会离开这里。

阿佩基得斯

我会一直等待。
〔下。

佩里法涅斯

你跟我进屋去。

埃皮狄库斯

你进走吧，数好钱，我不会耽误你。 305
〔佩里法涅斯进屋，下。

第三场

埃皮狄库斯
  在我看来,阿提卡大地没有哪一块土地
  能让我把它与我们这位佩里法涅斯相比拟;
  甚至即使他把柜子牢牢关紧,铃上印记,
  我也能想出个什么办法从中把钱取出来,
  我真担心,他不要已经知道,他肯定会   310
  把树枝变成门客,把我狠狠地修理一番。
  不过有件事情让我惶恐不安,我从哪里
  可以雇个竖琴女用来给阿佩基得斯展示。
  (思考)
  哎,有了主意。早晨老头子曾经吩咐我,
  让我为他雇个竖琴女,带领到他的家里,   315
  在他举行祭祀时让那个竖琴女为他伴唱;
  我这就为他雇一个,并且预先给予指导,
  应该如何诡谲地蒙骗我们家这个老头子。
  我现在就进屋去,向他取钱,让他破财。

第三幕

第一场

［斯特拉提波克勒斯和
　　凯里布卢斯由屋内上.

斯特拉提波克勒斯

（焦急地）

实在难以容忍，让人在期待中耗费精力受折磨。 320
埃皮狄库斯让人动心地作保证，结果会怎么样！
我已经这么长时间地忍受折磨，我很想知道，
会有怎样的结果。

凯里布卢斯

除了他给你做的这种安排，
你可以另想办法；从一开始我就已看出来，
你不能对他寄托任何的希望。

斯特拉提波克勒斯

海格力斯啊，我完了！ 325

凯里布卢斯

你为这件事情犯愁太不值得；只要我碰上他，
神明作证，我不会让奴隶嘲笑我们不受惩罚。

斯特拉提波克勒斯

你想拿他怎么办？你自己家里有数不清的财富，
然而却声称身无分文，没办法给朋友提供帮助。 329,330

凯里布卢斯

　　海格力斯作证，我要是真有钱，我会乐意允诺，
　　不管怎么样也要让你看到有希望使事情变顺利。

斯特拉提波克勒斯

　　你真可怜，一个胆小鬼！

凯里布卢斯

　　　　　　你怎么这样随便诅咒我？

斯特拉提波克勒斯

　　你对我说"不管怎么样"，"不管从什么地方，"
　　你说这些话我全都不想听，都是没有用的胡扯。　　　　335
　　你不可能给我任何超过尚未出生之人
　　　　　　可能给我提供的帮助。

第二场

　　〔埃皮狄库斯携着钱袋，
　　　由佩里法涅斯的屋内上。

埃皮狄库斯

　　（对屋内的佩里法涅斯）
　　你已经尽了自己的职责，现在该我自己来尽责，
　　请你不要再为这件事操心——。
　　（见屋门关上，抖抖钱袋）
　　　　　　　　　只是它马上就要完蛋。
　　你不要对它寄托任何希望，它已经彻底被埋葬。
　　请相信我。我这样做，我们的人也都是这样做。　　　　340
　　不死的神明啊，你们赐予了我多么光辉的一天，
　　轻易地达到目的！不过我怎么还在拖延不迁居，
　　按照我自己的占卜，带上这些军需迁往移民地？
　　是我自己站着不动弹。
　　（遥望凯里布卢斯的住屋）
　　　　　　　怎么回事？两个朋友站在门前，

我看见是主人和凯里布卢斯。
（对斯特拉提波克勒斯和凯里布卢斯）
你们在这里干什么？
（把钱袋扔给斯特拉提波克勒斯）
接住它！ 345

斯特拉提波克勒斯

（热切地）
这里面有多少？

埃皮狄库斯

完全足够，超出需要，还有剩余。
我拿来的比你欠高利贷者的还要多十谟纳。
当我听从你的愿望时，我蔑视自己的后背。

斯特拉提波克勒斯

怎么会这样？

埃皮狄库斯

因为我要让你的父亲成为杀亲者。

斯特拉提波克勒斯

你这话是什么意思？

埃皮狄库斯

我完全不喜欢那些陈词滥调。 350
别人通常蒙骗他的背囊，我却蒙骗他的钱袋。
老板已经得到全部钱款，我为竖琴女付了帐，
就用这双手点的数，父亲以为是他的亲生女。
现在为了再次蒙骗他，我赶来向你寻求帮助。
因为我这样劝说过老头子，这样同他交谈过， 355
［好让他购买你想释放的竖琴女，
就好像他自己想释放她。］
使得你返回来后不可能得到她。

斯特拉提波克勒斯

安排得非常好。

埃皮狄库斯

[现在我要给你父亲另领个竖琴女，
　　　　好像就是你喜欢的那一个。]
那个已经作为他的女儿在家里。

斯特拉提波克勒斯

我明白。

埃皮狄库斯

现在他委派
阿佩基得斯监督我办这件事，他就待在广场，
好像是在保护我。

斯特拉提波克勒斯

干得很不错。

埃皮狄库斯

但现在监督者自己落了网。
是你的父亲亲自把这个钱袋挂到我的脖子上； 360
他正在准备，只等你一回来，就要让你成亲。

斯特拉提波克勒斯

（激动地）
惟有我随身带回的这个女子被奥尔库斯夺走，
他才能把我说服。

埃皮狄库斯

现在我安排了这样一个计谋。
我这就独自一人前去老板那里，我将告诉他，
如果我为了什么事去找他，他就说为竖琴女 365
已经给他付了钱，他一共得了五十谟纳——
这也正是我在三天前付给他的那笔钱的数目，
为了你那个女子，你父亲以为那是他的女儿，
结果老板将在不知不觉中用无耻的脑袋证明，
好像是为你随身带来的那个女子得到那笔钱。 370

凯里布卢斯

你构思计谋比转轮还灵活。

埃皮狄库斯

>　　　　　　　　　我这就会准备好一个
> 灵巧的竖琴女，只要一枚硬币就能把她雇来，
> 让她扮作被赎出的那女子，捉弄两个老头子。
> 阿佩基得斯会把她带来去见你父亲。

斯特拉提波克勒斯

> （高兴地）
>
>　　　　　　　　　　　　你们安排吧。

埃皮狄库斯

> 我会让她充分地学会我的各种阴谋诡计。　　　　375
> 不过我把话说长了，你们把我耽误太久。
> 你们会知道是怎么回事。我走了。

［下。

斯特拉提波克勒斯

>　　　　　　　　　　　祝你顺利！

凯里布卢斯

> 他这个人搞欺骗还真在行。

斯特拉提波克勒斯

>　　　　　　　　　他无疑正是凭
> 这些计谋救了我。

凯里布卢斯

>　　　　　　　现在让我们进屋去我那里。

斯特拉提波克勒斯

> 我更愿意进你的屋去，而不是从那里离开；　　　380
> 我现在凭埃皮狄库斯的勇敢和占卜
>　　　　　　　　携带着战利品回营地。

［二人同下。

第三场

［佩里法涅斯上。

佩里法涅斯

人们不仅仅是为了映照脸面，
需要镜子，以便仔细观察它，
而且也为了能观察自己的心灵，
[使他们能够观察心灵的模本。]　　　　　　　　385
人们仔细观察后可以认真思考，
他先前青年时期是怎样地生活。
譬如我，早就因为儿子的缘故，
自己的心灵受折磨，好像我的儿子
对我犯有什么过错，或是如同我　　　　　　　390
青年时期没做过那么多不光彩的事情。
尽管作为老人，有时行为也荒谬。
[在我看来，这样思考会很有益处。]
（遥望街道远处）
我的朋友阿佩基得斯带着收获走来。
[阿佩基得斯上，领着一个竖琴女。
我很高兴看见商人顺利地返回来。　　　　　　395
事情怎么样？

阿佩基得斯

男女神明们与你同在。

佩里法涅斯

祝贺你成功！

阿佩基得斯

一切事情好的开始就预示会有好的结果。
现在请你吩咐人把她带进去。

佩里法涅斯

（对屋内）

喂，喂！
你们谁出来！
[一奴隶上。
（对奴隶）

你把这个女子带进屋去！

（见奴隶领竖琴女进屋，对奴隶）

喂，你听见吗？

奴隶

什么事？

佩里法涅斯

（走近屋门）

你要当心，不要让这女子 400
与我的女儿有接触或者是看见她。明白吗？
我想让这个女子单独地待在一个小屋里。

［奴隶和竖琴女进屋，下。

纯洁的少女与淫荡女的习性有很大的区别。

阿佩基得斯

你刚才的吩咐很有必要，也很聪明。不管你
怎么防范，对于维护女儿的纯洁都不会过分。 405
波卢克斯作证，我们为你的儿子预先购买她，
肯定是时候。

佩里法涅斯

这怎么说？

阿佩基得斯

因为刚才有人对我说，
不久前他曾经看见你的儿子，

（指屋门）

就在这座屋里，
天哪，他也在准备这事情。

佩里法涅斯

啊呀，这完全可能。

阿佩基得斯

你有一个确实机巧的奴隶，堪值任何价钱， 410
比黄金还贵重。他与竖琴女交涉得多巧妙，
以至于竖琴女都未觉察出是为你而购买她。

>他把她带来时一直很高兴,满脸地带微笑。

佩里法涅斯

>他把事情办得这样成功,令人惊异。

阿佩基得斯

>>>他说你
>为了儿子,要在家里举行神圣的祭祀, 415
>为他从特拜安然无恙地归来。

佩里法涅斯

>>他做得对。

阿佩基得斯

>他对她说,雇她就是为了这件事情,
>使她以为来这里是为了协助你献祭。
>[他说你将在自己家里举行这场祭祀。]
>我当时也这样伪装自己:好像是个 420
>愚蠢之人,把自己装扮成蠢汉。

佩里法涅斯

>>应该这样。

阿佩基得斯

>朋友在广场有件重要官司,我想给他
>去帮忙。

佩里法涅斯

>那你就去吧,只要事情一完结,
>请你能赶快回到我这里来。

阿佩基得斯

>>我会立即返回来

[下。

佩里法涅斯

>(望着阿佩基得斯离去)
>没有什么事物能比知心朋友更相宜。 425
>不用你费心,你的希望就已经办成。
>我若是派遣另一个办事不干练,

也不这么點巧之人去处理这件事情，
那时我便会把自己的脸面丢失殆尽，
完全应该受到我的儿子裂着嘴耻笑。 430
（向街道远处张望）
不过那人是谁？我看见他匆匆跑来， 435
一面还扬起他那件外氅，随风飘荡。

第四场

［军官及其随从上。

军官

（对随从，严厉地）
你不要放过任何一座房屋，要认真地询问，
老人佩里法涅斯·普拉特尼乌斯住在哪里。
若是你打听不出来，就别想能再回来见我。

佩里法涅斯

（逗弄地）
年轻人，如果我能够向你指出你正在 440
寻找的那个人，那时你会怎样感谢我？

军官

我凭自己的军旅勇武，以至于一向
只有所有的有死之人向我表示感激。

佩里法涅斯

可是年轻人，你想表白自己的勇敢，
但是你没有能为它找到合适的地方。 445
要知道，若是一个人向更勇敢之人
吹嘘自己的战功，那他的那些战功
与后者相比，会显得完全不值一提。
不过如果你真想找他，我正是你想寻找的
佩里法涅斯·普拉特尼乌斯。

军官

　　　　　　这就是说，那个怀念青年时期，
　　以自己杰出的战斗技能为国王们服务积得　　　　　450
　　巨额财富的人就是你？

佩里法涅斯
　　　　　　　　　　如果你真听说过我所
　　经历的那些战斗，你就会放下双手逃回去。

军官
　　　　　　天哪，我更想找一个能听我讲述战功的人，
　　而不是由他向我回忆他的功绩。

佩里法涅斯
　　　　　　　　　　那你来的不是地方；
　　你应该去找另一个适合听你胡诌的人。
　　而且我认为把这视为愚蠢是一种错误，　　　　　431
　　须知我自己在年轻的时期也这样干过，
　　在我服军役的时候。只要一开始回忆
　　自己的作战情形，便会喊聋人们的耳朵。　　　　434

军官
　　　　　　请你注意听我说，知道我为什么来找你。　　456
　　我听说是你买下了我的那个女伴。

佩里法涅斯
　　　　（旁白）
　　　　　　　　　　啊呀呀！
　　现在我明白了他是谁：埃皮狄库斯早就
　　对我说过，有这样一个军官。
　　　　（大声地）
　　　　　　　　　年轻人，是像你
　　说的那样，我买下了她。

军官
　　　　　　　　　我有几句话想对你说，　　　　　460
　　如果不会使你感到厌烦。

佩里法涅斯

天哪，我怎么会知道那不会
使我感到厌烦，既然你还没有说出你想说的话。

军官

希望你把她转给我，你会得到钱，
（拍拍钱袋）
          钱就在这里。
我为何要如此吝惜，不把真实情况告诉你？
我想让那个女子今天就成为我的获释奴隶。   465
让她成为我的女伴。

佩里法涅斯

        我也简单地告诉你。
我为买下那个女子花了整整五十谟纳，
如果你现在能够付给我整整六十谟纳，
那我就让那个女子占有你的闲暇时光，
而且这样约定：你把她带离这块地方。   470

军官

是不是按这些条件我便买下她？

佩里法涅斯

         你可以拥有她。

军官

你这笔交易做得不错。

佩里法涅斯

（对屋内）
        喂，你们把她带出来，
就是你们刚才带进去的竖琴女。
（对军官）
         还有那架竖琴，
对那女子很合适，我把它作为礼物送给你。
（奴隶领竖琴女上）
（对军官）
现在你就接受她吧！

军官

（上前观察竖琴女）
你陷入了什么疯狂？ 475
你想对我耍什么把戏？你怎么不吩咐人
把屋里的竖琴女带出来？

佩里法涅斯

（诧异地）
当然就是这个竖琴女，
这里没有任何其他的竖琴女。

军官

你不可能戏弄我，
你怎么不把竖琴女阿克罗波利斯提斯带出来？

佩里法涅斯

这就是我说的竖琴女。

军官

我说的不是这个，难道你以为 480
我会不认识我自己的女伴？

佩里法涅斯

我说过，我的儿子
喜欢的正是这个竖琴女。

军官

这个竖琴女不是那个竖琴女。

佩里法涅斯

什么？不是她？

军官

是的，不是她？

佩里法涅斯

那她来自那个种族？
请海格力斯凭证，我为她付了钱。

军官

我看你干了件

大蠢事，慷慨地干了件大错事。

佩里法涅斯

不，不会是这样。 485

要知道，我派遣的奴隶就是那个通常陪伴
我的儿子的奴隶；是他决定买这个竖琴女。

军官

老人家，你说的这个人已把你剁成了碎块，
就是你的奴隶。

佩里法涅斯

他怎么剁了我？

军官

显然是这样：
他把这头牝鹿代替竖琴女塞给了你。 490
老人家，他使你的面皮彻底地丢尽。
我现在去找她，不管她在哪里。

［军官和随从下。

佩里法涅斯

（望着军官离开）

勇士，再见！

（气愤地）

好啊，埃皮狄库斯，你真行，同我作对，
竟然蒙骗我这个老头子，让我丢尽了脸面。

（对竖琴女）

今天阿佩基得斯是从老板那里买的你吗？ 495

竖琴女

在今天之前我从没听说过你说的这个人，
而且不管用什么价钱谁也不可能买下我，
因为早在五年之前我已经就成了自由人。

佩里法涅斯

（不解地）

那么你为什么前来我家里？

竖琴女

那就请你听我说，
带我来这里是为了给一个老人弹奏竖琴， 500
在他举行祭祀的时候。

佩里法涅斯

我承认，在阿提卡的
雅典，所有的人当中数我最为一文不值。
不过你认识竖琴女阿克罗波利斯提斯吗？

竖琴女

就像认识我自己。

佩里法涅斯

她住在哪里？

竖琴女

在她获得自由后，
我不能说确切地知道她究竟居住在哪里。 505

佩里法涅斯

什么？难道她是自由人？谁为她赎了身？
我想知道，要是你清楚。

竖琴女

你听着，我听说是这样。
据说是佩里法涅斯之子斯特拉提波克勒斯
在自己外出期间费尽心，让她获得了自由。

佩里法涅斯

（旁白）

海格力斯啊，如果真像她所说，那我完了！ 510
埃皮狄库斯这家伙把我的钱袋完全掏空了。

竖琴女

我就听说过这些，现在你还需要我干什么？

佩里法涅斯

（愤怒地）

愿你会倒大霉，你就赶快离开吧，滚走吧！

竖琴女

　　那你不把竖琴还给我？

佩里法涅斯

　　　　　　　　　　　不管是竖琴或是笛子，
你赶快从这里滚开，若是神明眷顾你。

竖琴女

　　　　　　　　　　　　　　　我走，　　　　515
你会在遭受到更大的侮辱后把它们还给我。
　〔下。

佩里法涅斯

　　现在怎么办？人们都那样看重我，
〔我会让她不受惩罚？不，即使我
再次受损失，我也愿意，而不是
让人不受惩罚地嘲弄我，遭抢劫〕。　　　　520
现在我竟然就这样当众遭受蒙骗！
我竟如此贬低自己，在那位被称为
法规和规则的创立者、制订者面前；
他甚至称自己是智慧之人。依我看，
即使掉了柄的木锤都会比他更聪明。　　　525

第四幕

第一场

[腓力帕忧伤地上。

腓力帕

（悲伤地）
一个人可能遭遇各种不幸，
　　　　　其中最大的不幸来自内心。
　　我对这一点很有体会，许多不幸
　　集中到一处，一起撞击我的心灵。
　　数不清的忧虑一起袭来折磨着我，
　　贫困、恐惧使我的灵智惊恐不安，
我看不到有什么可靠的地方可以寄托我的希望。
我的女儿被敌人俘虏了，不知道她现在在何处。

佩里法涅斯

（看着腓力帕，旁白）
这个女人是谁？从外邦前来，心中充满惊恐，
心中自己可怜自己。

腓力帕

　　　　　人们告诉我，这里居住着
佩里法涅斯

佩里法涅斯

（惊异地，旁白）

她在称呼我，我想她是需要找住处。 535

腓力帕

我会给他奖赏，若有人能给我指出

他本人或者他的住址。

佩里法涅斯

（旁白）

让我想想她是谁，我好像以前在哪里见过她。

我的心灵在提示，她是不是那个人？

腓力帕

（惊异地）

善良的神明啊，我曾经见过这个人？

佩里法涅斯

（旁白）

她就是那个人，那个在埃皮道罗斯

我曾经沾污过的可怜女子。 540

腓力帕

（旁白）

肯定就是他，在埃皮道罗斯破坏了我的处女贞操。

佩里法涅斯

（旁白）

她因为我那次施暴生了个女儿，现在就在我家里，

（疑惑）

我现在迎上去——

腓力帕

（旁白）

我要不要走过去——

佩里法涅斯

（旁白）

是不是就是她？

腓力帕

是不是那个人？

许多年前的事情，让人疑惑。

佩里法涅斯

（旁白）

时间太久了，我心里说不准，难以断定就是她，

让我小心地走向她。　　　　　　　　　　545

腓力帕

（旁白）

现在让我施展

女性的灵巧。

佩里法涅斯

（旁白）

我去招呼她。

腓力帕

（旁白）

言词尖锐地同他说话，

佩里法涅斯

（向前）

你好。

腓力帕

我为我自己和我的亲人接受问候。

佩里法涅斯

然后呢？

腓力帕

你好，归还你之所贷。

佩里法涅斯

我不指责你的诚信。

我不认识你吗？

腓力帕

要是我认识你，我想你也会认识我。　　　550

佩里法涅斯

我在哪里见过你？

腓力帕

你不应该地欺侮过我。

佩里法涅斯

所言何所指?

腓力帕

因为我认为你的记忆里应该有我。

佩里法涅斯

你说得对。

腓力帕

你想起了惊人的事情。

佩里法涅斯

我记得你——

腓力帕

这话说得要好一些。

佩里法涅斯

你记得——

腓力帕

我记得我所记得的事情。

佩里法涅斯

在埃皮道罗斯——

腓力帕

啊,你给我那热烈的心灵里滴进了串串泪珠。

佩里法涅斯

因为我曾经帮助贫穷的女子和你的母亲解脱贫困。

555

腓力帕

你就是那个人?为了满足自己的欲望,给我造成了沉重的忧苦。

佩里法涅斯

就是我,你好!

腓力帕

　　　　我很好，因为我觉得你很好。

佩里法涅斯

　　　　请把手伸过来。

腓力帕

　　　　你握吧，你见到的是一个充满忧苦
和无限悲伤的女人。

佩里法涅斯

　　　　你的脸色为什么这样忧愁？　　　　　　　　560

腓力帕

　　由你生的那个女儿——

佩里法涅斯

　　　　她怎么啦？

腓力帕

　　　　　　我抚育她长大，现在丢失了。
她被敌人抓走了。

佩里法涅斯

　　　　请你放宽心，平静心灵，别说话。
她现在就在我家，平安无恙。我从我的奴隶那里
　　一听说她被俘了，便立即送给他钱，
　　把她赎出。他干事非常干练、尽心，
　　就像他平常干其他骗人的勾当那样。　　　　565

腓力帕

　　　　那你让我看到她，如果你希望我活着。

佩里法涅斯

　　（对屋内）

　　　　　　　　喂，康塔拉，
吩咐我的女儿特勒斯提斯出来到这屋前来，
让她见见自己的母亲。

腓力帕

　　　　现在我重又恢复了精神。

第二场

[阿克罗波利斯提斯上。

阿克罗波利斯提斯

父亲,你为什么喊我到屋前来?

佩里法涅斯

　　　　　　　　　为了让你见　　　　570
你的母亲,你向迎过来的她问候,亲吻她。

阿克罗波利斯提斯

她怎么是我的母亲?

佩里法涅斯

(指感到惊讶的菲力帕)

　　　　　　她看着你的眼神几乎失去知觉。

菲力帕

(对佩里法涅斯)

你让吻我的这个姑娘是谁?

佩里法涅斯

　　　　　　　　就是你的女儿。

菲力帕

就是她?

佩里法涅斯

　　　　　　正是她。

菲力帕

(疑惑地)

　　　　我也给她吻?

佩里法涅斯

　　　　　　为什么不呢?她是你生的。

菲力帕

你失去了理智。

佩里法涅斯

我失去了理智?

菲力帕

     是你。

佩里法涅斯

     为什么?

菲力帕

     因为我不知道她是谁，   575
也不认识她，我在今天之前一直没有见过她。

佩里法涅斯

 （茫然地看着，然后充满希望地）
我知道你为什么错了，因为她没有换服装和饰物，
她这些……①

菲力帕

 （蔑视地观察）

     小狗发出种气味，小猪发另一种气味。
我确实不认识这个姑娘是谁。

佩里法涅斯

 （激动地）

     我呼吁神明和人类作证，   580
怎么回事？我成了妓馆老板，家里养着另样的女子，
然而又从屋里向外抛银币？
 （对阿克罗波利斯提斯）

     为什么你称我是你的父亲，
还亲吻我，样子怎么这样愚笨？你怎么不说话？

阿克罗波利斯提斯

 你想让我说什么？

佩里法涅斯

     这个女人说她不是你的母亲。

阿克罗波利斯提斯

 既然她不希望，就不是。不过尽管她

---

① 此处原文有残损。

不愿意，我仍然是母亲的女儿。 585
我不能强迫这个女人成为我的母亲，既然她不愿意。

佩里法涅斯

那你为什么称呼我爸爸？

阿克罗波利斯提斯

（亲切地）

那是你的错，而不是我的错。
我怎么能不称呼你爸爸，既然你称我是你的女儿？
这女人也一样，她称我"女儿"，我就称她"母亲"。
既然她不承认我是她的女儿，那她便不是我的母亲。 590
总之一句，这不是我的错；我所言皆为对我的教导。
埃皮狄库斯是我的老师。

佩里法涅斯

我完了，我完全翻车了。

阿克罗波利斯提斯

父亲，我究竟在什么地方错了？

佩里法涅斯

天哪，若是我再见你
称呼我"父亲"，我就让你丧命。

阿克罗波利斯提斯

我现在不这样称呼了。
你想成为父亲，你就被这样称呼，
你不想，就让你不是父亲。 595

腓力帕

既然你认为她是你的女儿，还因此把她买下来，
那你是凭一些什么标志？

佩里法涅斯

没有凭任何标志。

腓力帕

那你为什么
认为她是我们的女儿？

佩里法涅斯

　　　　　　　奴隶埃皮狄库斯这样对我说。

腓力帕

若是奴隶看错了,请问你为什么没有能看出来?

佩里法涅斯

我第一次见到她,以后再没有见过,怎么辨认?　　　　600

腓力帕

啊,我完了!

佩里法涅斯

　　　　　　亲爱的,别流泪,进屋去,打起精神,
我会继续寻找她。

腓力帕

　　　　　　　这里的阿提卡雅典市民买了她。
据说是一个青年买下了她。

佩里法涅斯

　　　　　　　　我去寻找他,你别说话。
你现在进屋去,要小心这个太阳神之女基尔克。①
我放下一切其他的事情,专门去找埃皮狄库斯。　　　　605
若是我能找到他,我要让这一天成为他的末日。
〔众下。

---

① 基尔克是一魔女,参阅荷马史诗《奥德赛》第10卷。此处喻阿克罗波利斯提斯。

第五幕

第一场

[斯特拉提波克勒斯由凯里布卢斯屋内上。

斯特拉提波克勒斯

（焦急地）

高利贷者真让人担心，他既没有向我讨钱，也没有把我从掳获物中购买的那个女子送来。

（遥望街道远处）

            我看见埃皮狄库斯向这里走来，他为什么紧蹙眉头，一副严肃的表情？

埃皮狄库斯

（厌恶地）

即使尤皮特除了他自己，还随身带来十一个神明，他们一起，也不可能把埃皮狄库斯从疑虑中解脱。我看见佩里法涅斯买皮鞭，阿佩基得斯同他一起；我相信在人们正在寻找我。他们已经觉察出，发现他们自己受了蒙骗。 610

斯特拉提波克勒斯

（愉快地）

    你在干什么？我的欢乐！

埃皮狄库斯

        真可怜！ 615

斯特拉提波克勒斯

你怎么啦?

埃皮狄库斯

你怎么还不给我盘资,我好准备逃跑,
趁我现在还没有死,那两个生满白毛的老头子
正在走遍全城地寻找我,手握随身带着的绳索。

斯特拉提波克勒斯

你放心吧!

埃皮狄库斯

(冷冷地)

我很放心,既然已经为我准备了自由。

斯特拉提波克勒斯

我会保护你。

埃皮狄库斯

天哪,他们会更好地保护我,只要能找到我。

(遥望街道远处)

那个女子是谁?还有个灰白头发的家伙一起走来。　　　620

斯特拉提波克勒斯

他就是高利贷者,那个女子就是我从
掳获物里购买的姑娘。

埃皮狄库斯

就是她?

斯特拉提波克勒斯

正是她。她是不是像我对你说过的那样?
埃皮狄库斯,你好好看看,
仔细观察观察,她从脚跟到头顶简直优美至极。
你看她是不是像一幅精心绘制的图画那么优美?

埃皮狄库斯

根据你的话,你是不是会认为我的皮肤也很美,　　　625
如果阿佩勒斯和泽克西斯两个人

一起用榆树枝颜色描绘它。①

［放贷人和特勒斯提斯上。

斯特拉提波克勒斯

（对放贷人，气愤地）

不死的天神啊，我曾经盼咐要你这样来见我？

如果你装上铅腿，便可以早一点来到我里。

放贷人

请波卢克斯作证，

（指特勒斯提斯）

是她耽误了我。

斯特拉提波克勒斯

若是像你所说，

是由于她希望这样耽搁，那你就来得太快了！ 630

放贷人

得啦，请你现在就清账，免得耽误我的同伙。

斯特拉提波克勒斯

都已经准备好。

放贷人

你抓住钱袋，

（递给斯特拉提波克勒斯钱袋）

把钱都装进去。

斯特拉提波克勒斯

你是有备而来。

请你稍等，待我把钱给你拿来。

放贷人

要快。

斯特拉提波克勒斯

就在屋里。

［进凯里布卢斯屋，下。

---

① 阿佩勒斯（Apelles，公元前356～前308年）和泽克西斯（Zeuxis，公元前4世纪）是古希腊著名画家。

埃皮狄库斯

（仔细观察特勒斯提斯，激动地）

我的双眼是不是真切地看清楚了我观察的对象？

我看你是不是特勒斯提斯，佩里法涅斯的女儿， 635

由母亲腓力帕生在特拜，在埃皮道罗斯怀的孕？

特勒斯提斯

你是谁？竟然记得我的父母亲和我自己的名字？

埃皮狄库斯

难道你不认识我？

特勒斯提斯

我现在好像稍许出现了点印象。

埃皮狄库斯

你记得不记得在你生日那一天我曾经给你一只

饰月牙的金戒指？戴到你的手指上？

特勒斯提斯

我想起来了，大叔。 640

那个人就是你？

埃皮狄库斯

正是我，那个买下你的人是你的兄长。

你们出生于不同的母亲，但来自己同一个父亲。

特勒斯提斯

我的父亲怎么样？还活着？

埃皮狄库斯

请你保持平静，别说话。

特勒斯提斯

如果你说的是事实，那么神明们便让我

由毁灭得到拯救。

埃皮狄库斯

（认真地）

我没有任何理由让我在你面前编造谎言。 645

[斯特拉提波克勒斯携钱袋重上。

斯特拉提波克勒斯

（对高利贷者）

放贷人，你收下这些钱吧。这里一共四十谟纳。
若有不足量的，我会替换。

放贷人

（接过钱袋，点数）

你办事很漂亮，再见。

［下。

斯特拉提波克勒斯

（对特勒斯提斯，欣喜地）

现在你已经属于我。

特勒斯提斯

天哪，我是你的姐姐，你应该知道。
你好，兄弟！

斯特拉提波克勒斯

（对埃皮狄库斯）

她神智清醒吗？

埃皮狄库斯

清醒，既然她称你是兄弟。

斯特拉提波克勒斯

这是怎么回事？刚才我还是她的情人，
我只这么从进屋一出来，就成了她的兄弟？

650

埃皮狄库斯

好事常常默默地出现，你也就默默地只顾高兴吧！

斯特拉提波克勒斯

（对女子）

姐姐，你找到我，却伤害了我。

埃皮狄库斯

你真是个傻瓜，别说话，
你喜欢的那个竖琴女现在就在屋里，是我的安排。
你的这姐姐同时获得了自由，也是由于我的主意。

斯特拉提波克勒斯

（歉意地）

埃皮狄库斯，我承认——

埃皮狄库斯

你现在进屋去，吩咐她把水烧热。 655

所有其他的事情，等我们有空闲时我再对你叙说。

斯特拉提波克勒斯

（向住屋走去）

姐姐，你从这边跟着我。

埃皮狄库斯

（看着他们进屋）

我会吩咐特斯普里奥

来这里找你们。你要记住，若是老人们生气，

你可要同姐姐一起帮助我应付。

斯特拉提波克勒斯

这很容易做到，

[斯特拉提波克勒斯和特勒斯提斯下。

埃皮狄库斯

（对凯里布卢斯的住屋）

特斯普里奥，你穿过园子回到这边来帮助我， 660

有重要事情。

（自语）

我现在不像先前那样畏惧那两个老头子。

我进屋去看看，他们在怎样照顾前来的客人。

我在里面把知道的事情告诉斯特拉提波克勒斯。

我不逃跑，就留在家里。我想他不会责怪我，

使他到处奔跑。我这就进屋去，话说得太久了。 665

[下。

第二场

[佩里法涅斯和阿佩基得斯疲惫地上。

佩里法涅斯

那个家伙把我们这两个业已朽弱的老头儿
嘲弄够了吗?

阿佩基得斯

神明作证,是你自己可怜地折磨我。

佩里法涅斯

别说了,只要我真能是那样的人。

阿佩基得斯

(愤怒地)

我明确地告诉你:
你最好给自己另找个帮手。我这样跟着你跑,
我的膝头已经累得出现了一个个淤血的肿块。 670

佩里法涅斯

那家伙今天想出这么多手法来嘲弄我和你,
而且结果甚至还把我积蓄的钱财完全耗尽。

阿佩基得斯

你让他远离你,他是愤怒的武尔坎努斯之子:
不管他碰到什么,都会燃烧起来,
也会把站在远处的你灼热。

[埃皮狄库斯来到门前。

埃皮狄库斯

(兴高采烈地)

有二十个神灵,比天上不死神灵还要多, 675
现在他们都是我的帮手,同我一起战斗。
不管我说什么谎言,都会在屋里助佑我,
我要把所有的敌人都打发走。

佩里法涅斯

(未看见埃皮狄库斯,对阿佩基得斯)

　　　　　　　　　我该去哪里找他？

阿佩基得斯

　　　只要不把我带上，我看你甚至可以到海里去找他。

埃皮狄库斯

　　　（上前，对佩里法涅斯）

　　　你找我干什么？有什么事？为什么

　　　　　　　　要惊动他？我就在这里。　　　　　　680

　　　难道我躲避你了？离开这屋了？离开过你的视线？

　　　我不会恳求你？你想缚住我？好吧，我伸出双手，

　　　你握着皮鞭，我曾经看见你购买它。

　　　　　　　　你还迟疑什么？你就缚吧！

佩里法涅斯

　　　（为难地）

　　　好啊，反倒是我必须到庭。

埃皮狄库斯

　　　　　　　　你怎么还不缚住我？

阿佩基得斯

　　　天哪，真是一个无耻的奴才！

埃皮狄库斯

　　　　　　　　阿佩基得斯，我不会　　　　　　685

　　　请求你宽恕我。

阿佩基得斯

　　　（嘲讽地）

　　　　　　埃皮狄库斯，我现在满足你的请求。

埃皮狄库斯

　　　（对佩里法涅斯）

　　　你想干什么？

佩里法涅斯

　　　　　　你不这样想？

埃皮狄库斯

　　　　　　　　天哪，我这样想，但你不想。

你今天应该把这双手捆起来。

佩里法涅斯

（发窘地）

我不想那样，不想捆它们。

阿佩基得斯

（对佩里法涅斯）

他正准备给你投飞枪，我不知他在打什么主意。　　　690

埃皮狄库斯

（对佩里法涅斯）

我没有被捆缚地站着，你自己在拖延。

我来说吧，捆住它们。

佩里法涅斯

我更想让你不被捆着受审问。

埃皮狄库斯

可你什么都不会知道。

佩里法涅斯

（对阿佩基得斯）

我怎么办？

阿佩基得斯

你怎么办？就按照他的意思。

埃皮狄库斯

阿佩基得斯，还是你考虑周全。

佩里法涅斯

那就把手伸过来。

埃皮狄库斯

没有任何延迟。你就把我好好缚住。

佩里法涅斯

我不会迟疑。

（上前捆缚埃皮狄库斯）

埃皮狄库斯

（嘲笑地）

你也害怕。

佩里法涅斯

（拉紧绳）

现在事情结束了，让我们开始审判吧。　　　　695

埃皮狄库斯

（细看绳结）

捆得很好，现在开始审问吧，想问什么就问什么。

佩里法涅斯

首先，你怎么竟然胆敢在三天前购买了一个女子，
还称说是我的女儿？

埃皮狄库斯

（无所谓地）

我乐意这样，于是就这样做了。

佩里法涅斯

你说什么？你乐意！

埃皮狄库斯

要不让我们打赌她是不是你的女儿？

佩里法涅斯

母亲不承认认识她呢？

埃皮狄库斯

如果她不是母亲的女儿，　　　　700
我下赌注一银币，你的赌注为一塔兰同。

佩里法涅斯

你这是欺诈。
不过那个女子是什么人？

埃皮狄库斯

你的儿子的女友，你知道了吧。

佩里法涅斯

我是不是给了你三十谟纳为我赎女儿？

埃皮狄库斯

我承认你给过，

并且用那些钱赎了你的儿子的那个情人竖琴女，

作为你的女儿。为此我动用了你的那三十谟纳。　　　　705

佩里法涅斯

你怎样竟然伙同雇用的这个竖琴女一起蒙骗我？

埃皮狄库斯

海格力斯作证，事情是这样，依我看，做得对。

佩里法涅斯

对？你用我给你的那笔钱干什么了？

埃皮狄库斯

　　　　　　　　　　　　　　我告诉你，

我给了你那个既非坏人，亦不卑劣的

　　　　　　　　　斯特拉提波克勒斯。

佩里法涅斯

你怎么胆敢交给他？

埃皮狄库斯

　　　　　　因为我愿意这样做。

佩里法涅斯

　　　　　　　　　　　　恶棍，多么无耻？　　　　710

埃皮狄库斯

你怎么像对奴隶那样对我喊叫？

佩里法涅斯

（嘲讽地）

　　　　　　当你是自由人时，我会很高兴。

埃皮狄库斯

我早就该成为自由人。

佩里法涅斯

你早就该成为自由人？

埃皮狄库斯

　　　　　　你往屋里看，好让你知道。

事情就是这样。

佩里法涅斯

（向屋内张望）

那是怎么回事？

埃皮狄库斯

事情本身会告诉你。

只要你进屋去。

阿佩基得斯

你走开，不能冒失去那里。

佩里法涅斯

阿佩基得斯，你看着他。

［进屋，下。

阿佩基得斯

埃皮狄库斯，你告诉我那里是怎么回事？

埃皮狄库斯

天哪，巨大的不公正， 715

我被捆缚着，尽管是由于我的辛劳找到了他的女儿。

阿佩基得斯

（吃惊地）

你说你找到了他的女儿？

埃皮狄库斯

是我找到了，她就在屋里。

不过事情多么残忍啊，善行收获的却是恶报。

阿佩基得斯

难道我们今天没有走遍城市寻找，走得筋疲力尽？

埃皮狄库斯

（骄傲地）

我是筋疲力尽地找到了，你们却是筋疲力尽地寻找。 720

［佩里法涅斯从屋内上。

佩里法涅斯

（对屋内的儿子和女儿）

你们为什么这样恳切请求？我知道他应该这样

要求我，给予他应有的报答。

（对埃皮狄库斯）

让我把你的手解开。

埃皮狄库斯

（痛苦地忍耐着，保持着尊严）

请你不要动，

佩里法涅斯

请你把手伸过来。

埃皮狄库斯

我不想。

佩里法涅斯

你不应该这样。

埃皮狄库斯

请海格力斯作证，如果你今天不恳求我，

我绝对不会允许给我松缚。

佩里法涅斯

（谦恭地）

你的要求非常对，非常公正。我把鞋、衬衣、外袍 725
都给你拿来。

埃皮狄库斯

（关心地）

然后呢?

佩里法涅斯

给你自由。

埃皮狄库斯

在这之后呢?
重新获得自由的人应该吃点东西。

佩里法涅斯

会给你的，我会给你端上食物。

埃皮狄库斯

（重新生气地）

如果你今天不请求我，我绝不会让自己松缚。

佩里法涅斯

（更加谦恭地）

我请求你，埃皮狄库斯，

请你宽恕我，如果有什么由于我的过错

而冒昧地得罪了你。

不过为此你将获得自由。

埃皮狄库斯

（高傲地）

我是不情愿地给你这一宽恕。　　　　730

若不是情势迫使我这样做。

如果你乐意，那你就松缚吧！

［众下。

诗人后言

他就是这样一个人，他凭借自己的狡诈获得了自由。
现在请鼓掌，祝大家健康！请你们伸伸腰，站起来。

剧　终

孪生兄弟
MENAECHMI

导　言

　　本剧剧名Menaechmi直译是"墨奈赫穆斯兄弟"，这里按剧本内容意译为《孪生兄弟》。

　　这是一部误会（qui pro quo）喜剧，剧情非常活跃，富有动感。本剧的情节基础是一对孪生兄弟的外貌极度相似，使得人们难以辨认，从而引起一系列误会，妙趣横生。剧中人物并不多，事情也不复杂，叙述孪生兄弟之一带着一个随身奴隶外出寻找儿时失散的兄弟的故事。他们到过许多地方，最后恰好来到失散的兄弟居住的城市。兄弟俩极度相似的外貌使得他们接触或者与他们相遇的人难以辨别。剧情可以分为两部分，绝大部分篇幅用来描写误会，最后是辨认。剧本首先由失散的兄弟墨奈赫穆斯亮相。他已经在一个富有的人家长大成一个纨绔子弟，带着门客，偷了妻子的衣衫作为礼物去送给伴妓，吩咐伴妓给他们准备午餐，由奴隶去买菜，然后带着门客去广场帮人打官司。在他们离开后，在家长大的那位兄弟带着随行奴隶登场，此处便开始发生误会。误会在两组人物之间交叉地发生，一幕又一幕，不仅奴隶认错了主人，伴妓混淆了情人，甚至妻子都辨别不清自己的丈夫。情节看似简单，但构思非常巧妙，场面交错，妙趣横生。

　　最后由那个头脑比较清醒的随行奴隶在两个相貌相似的兄弟中确认他们的身份。他首先利用惟一的事件在两个相貌相似的人中认出了带他出行的主人，然后一步步地经过多方面的仔细核查，从他们自己的角度肯定对方就是他们竭力寻找的失散兄弟。随后那个失散的兄弟又从自己的角度提出问题，消释一切疑问。最后双方终于确认，对方确实就是自己的兄弟，以完满的团圆欢乐地结束全剧。

　　这部剧本主要在于表现喜剧性"误会"，喜剧趣味相当强。剧中也涉及到当时罗马一些有关的社会问题。罗马伴妓的流行和由此而引起的家庭矛盾已经是众所周知。虽然剧中描写的是希腊城市埃皮丹努斯,但观众可以拿它与罗马城市相对照。伴妓埃罗提乌姆贪婪,是一个名副其实的破坏家庭和睦和幸福的恶因。她直接向相好墨奈赫穆斯索要各种礼物,包括他妻子的披衫和首饰等。看见相好给她送来东西,便喜形于色。这个伴妓相当富有,养着一个老婆子和一个专用厨师,由他们侍候她的日常生活。墨奈赫穆斯一到来,就立即安排丰盛的午餐。这一切无疑都来自相好的提供和她自己的无耻索求。

剧中同样涉及嫁妆问题。墨奈赫穆斯的妻子要求丈夫听从她,她总是注视着丈夫的行踪,盘问丈夫外出的目的,被墨奈赫穆斯喻为"家庭督察"。这些是当时的喜剧中嫁妆丰厚的妇女的典型特征。剧中虽然没有直接说明墨奈赫穆斯的妻子带有丰厚的嫁妆,但她的老父亲对这类妇女的行为的普遍抨击可以证明这一点(第766~767行):

> 妇女们就是这样,她们要求丈夫顺从,
> 她们往往倚仗自己的嫁妆,盛气凌人。

这一抨击无疑也针对他自己的女儿。老人同时把破坏家庭的原因归于嫁妆。

老人认为,任何忍耐都有限度,妻子应该容忍和听从丈夫。强调妻子服从丈夫代表了保守的婚姻观点,符合下层社会民众的口味。不过这一观点是借一个老态龙钟的老年人来表达的,令人觉得似乎包含一定的讽刺意味。

剧中谴责金钱和放贷,见于墨奈赫穆斯的议论。指出人们只看重财富,有钱就是好人,无耻之徒也被人视为真诚之人,把穷人拒之门外,把富有之人收为门客,尽管这些人品性很恶劣。

剧中嘲笑医生,花了不少的篇幅对庸医作了辛辣的嘲讽。希腊医术是希腊文化影响罗马的一个重要方面,剧中形象而夸张的描写表现了对希腊医术流传罗马的怀疑态度,代表了保守的罗马社会基层对希腊文化的普遍心态。

这部剧本的演出年代不可考。它对后代欧洲戏剧很有影响,莎士比亚的著名剧作《错误喜剧》就是一个明显的例子。在莎士比亚那里,除了兄弟俩的相貌完全相像外,还安排了一对相貌完全相似的仆人,从而在很大程度上进一步复杂了戏剧情节。

剧情梗概

　　一个西西里商人生了一对孪生儿子,
其中一个丢失后,死亡也降临他本人。
祖父把那个丢失了的孙儿的名字给了
在家的这一个,由索西克利斯改名墨奈赫穆斯。
这位墨奈赫穆斯长大后跋涉天涯海角,　　　　　5
寻找失散的兄弟。他来到埃皮丹努斯,
他那个早年失散的兄弟就住在那里。
人们都把他误认为是墨奈赫穆斯,
伴妓、妻子、岳父也都深信不疑。
最后失散多年的兄弟终于彼此相认。　　　　　10

人　物

佩尼库卢斯　墨奈赫穆斯的门客
墨奈赫穆斯　青年
墨奈赫穆斯·索西克利斯　青年，墨奈赫穆斯的孪生兄弟
埃罗提乌姆　伴妓，墨奈赫穆斯的情人
库林德鲁斯　埃罗提乌姆的厨师
墨森尼奥　墨奈赫穆斯·索西克利斯的奴隶
老媪　哑角
妇人　墨奈赫穆斯的妻子
老人　墨奈赫穆斯的岳父
医生
水手数人

地　点

希腊埃皮丹努斯①，一街道。墨奈赫穆斯和埃罗提乌姆的住屋分别位于的街道两侧。

时　间

上午。

---

① 埃皮丹努斯位于希腊西北部伊利里亚境内。

开场词

首先，一开场，我向我和你们，
亲爱的观众们，致以诚挚的问候。
我给你们送来普劳图斯，用嘴不用手，
但愿你们能竖起善意的耳朵欢迎他。
现在就请你们注意聆听剧情介绍， 5
我会尽可能做到语言非常简洁。

诗人们在喜剧中常常这样安排：
把所发生的事情全部设想在雅典，
为了使你们更能感觉到希腊气氛。
我绝不这样做，发生在哪里就说在哪里。 10
这部剧本的情节诚然也是希腊式的，
不过不是阿提卡式，而是西西里式。①
以上是这篇剧情介绍的引言，
现在我将向你们提供适量的情节，
不用升，不用斗，是用整座仓房计量：② 15
介绍剧情就应该这样慷慨大量。

有个叙拉古商人，已有一把年纪，③

---

① 阿提卡地区位于希腊东南部，是雅典城邦的领土。阿提卡式即雅典式，指以雅典或阿提卡乡村为故事背景。希腊人早在公元前8世纪便向西西里岛移民，在那里按原城邦式样建立新的居住地。
② 此处作者以给奴隶分配月定口粮喻情节介绍。"升"的原文是"摩狄乌斯"（modius），罗马容量单位，约合8.754公升。"斗"的原文是"特里摩狄乌斯"（trimodius）也是罗马容量单位，合3摩狄乌斯。据有关史料，当时奴隶每月之口粮不超过1特里摩狄乌斯。
③ 叙拉古城位于西西里岛东部，是西西里的主要城市之一，由希腊移民于公元前8世纪后期始建。"已有一把年纪"的原文是senex，该词一般指60岁左右。

他膝下终于添丁，一对孪生儿子，
兄弟俩的面貌如此相像，以至于
不仅他们的奶妈难以把他们分辨， 20
甚至他们的生身母亲也难以辨认；
见过那两个孩子的人这样告诉我，
我没有见过他们，请你们不要误会。
那两个孩子已经长到了七岁，
父亲备齐了满满一大船货物； 25
他让自己的一个儿子也上了船，
随身带往塔伦图姆①一起做买卖，
把另一个孩子留在家随母亲生活。
他抵达塔伦图姆，适逢举行赛会。
赛会上有如通常那样，游人麇至。 30
在密集的人流里孩子和父亲走散。
当时旁边有个埃皮丹努斯商人，
抱起孩子，带回了埃皮丹努斯。
这位父亲丢失了自己的孩子，
心里非常痛苦，终于抑郁成疾， 35
没过多少日子便在塔伦图姆亡故。

关于这件事的消息传到叙拉古，
孩子们的祖父得知孩子被劫走，
孩子的父亲在塔伦图姆亡故，
便给在家的孩子更改了名字。 40
祖父如此喜欢那个丢失了的孙子，
把那个孩子的名字给了在家的这个，
给他取了同一个名字墨奈赫穆斯；
并且祖父本人也叫这个名字，
而且我记住这个名字更容易， 45

---

① 塔伦图姆位于意大利半岛东南部，希腊人的移民城市，当地的商业中心之一。

我听见有人就在呼叫这个名字。①
为使你们不至于产生误会,我现在
预先申明:剧中兄弟俩都叫这名字。

现在我得赶紧跑回埃皮丹努斯,
以便能准确地向你们说明情况。　　　　　　　　　　50
或许你们谁在埃皮丹努斯有事情
需要办理,请大胆吩咐、细说,
不过得给钱,好为他应酬办事情。
如果他不给钱,那他是在开玩笑;
要是有人真给,那他更是玩儿闹。　　　　　　　　　55
我刚才从哪里离开,现在仍
　　　　　回到哪里,站在原来的地方。

我刚才提到的那位埃皮丹努斯人,
就是抱走孪生子之一的那一位,
他除了拥有财富,没有任何孩子。
他把窃得的这个孩子过继作儿子,　　　　　　　　60
给他娶了一个嫁妆丰厚的妻子,
临终时让他做了自己的继承人。
因为一次他去乡下,下起大雨,
在离城不远的地方蹚水过急流时,
流水抱起了这位抱过他人孩子的　　　　　　　　　65
人的双腿,使他陷入凄惨的苦难。
他的巨额家财传给了那个继子。
(指舞台上距离较远的一座布景屋子)
被抱走的孩子现在就住在那屋里。

现在他的那位住在叙拉古的兄弟

---

① 可能指传令官传宣该名字,也可能指债主在剧场里粗暴地传叫该名字的债户还债。

带着奴隶今天将会来到埃皮丹努斯， 70
为了寻找自己这位失散的兄弟。
（指舞台上的房屋布景）
这是埃皮丹努斯城，现在上演本剧时；
上演别的剧本时，它也会变成别的城市，
就像这些房屋的主人经常变更一样：
有时住着妓馆老板，有时是青年，有时是老人， 75
有时是穷汉、乞丐、国王、门客、占卜者……①

---

① 此处原文可能有残损。

第一幕

第一场

［佩尼库卢斯沮丧地上。

佩尼库卢斯

  青年们送给我一个诨名佩尼库卢斯①,
  因为我吃饭时总是把餐桌扫荡精光。
  人们给被俘的人们锁上锁链,
  或者给逃跑的奴隶戴上镣铐,   80
  依我看这些做法再愚蠢不过。
  因为如果给可怜之人不幸上添不幸,
  那他更会企图逃跑或干别的坏事。
  他们会想方设法,以图挣脱桎梏。
  那时他们或是用锉刀锉断锁环,   85
  或是用石块砸断铆钉。哪种办法都不行。
  你若想牢牢拴住一个人,不至于逃跑,
  那你就应该用美酒加佳肴去束缚他。
  你把他的嘴缚到丰盛的餐桌,
  只要你一直供他吃,供他喝,   90
  使他每天都是感到酒足饭饱,
  那他即使被处死,也绝不会逃跑。

---

① "佩尼库卢斯"(peniculus)作为名词,意为刷子。

你用这种锁链会很容易把他锁住。
美食锁链是一种最牢固的锁链，
你越是放松，它们则越是锁得紧。 95
（指舞台上的一座屋子）
我现在是来找这位墨奈赫穆斯，我早就
被判归他所有；我主动前来要他锁住我。①
他这个人不仅提供饭食，还让你长胖，
让你恢复精力；没有人比他医术更高明。
他是这样一个青年：精通各种珍馐美味， 100
他请你赴的宴会有如克瑞斯节的盛宴，②
各种美味佳馔把餐桌摆满，要是你
还想要点什么，你就得把菜摆上卧榻。
这许多天我一直没有尝到丰盛的筵席，
一直坐在家里品尝自家可亲的饭菜。 105
若不使它们令我特别可亲，我才不吃它们。
它们亲切得竟然使我抛弃了这里的盛宴。
现在我去拜访他。看，他家的门自己开启。
我看见墨奈赫穆斯本人正在走出屋来。
（退到一旁）

第二场

[墨奈赫穆斯自屋内上，妻子尾追其后到门边。

墨奈赫穆斯

（回身对妻子）
你还不可恶，不愚蠢，你还不横蛮，不癫狂! 110
你这样惹丈夫讨厌，你自己终将会自我厌恶!
　　若你还继续这样对待我，你看着吧，

---

① 佩尼库卢斯此处借用债务法律术语，戏谑地把自己比作无力偿还债务的人。根据古罗马法律，无力偿还债务的人被判为债奴，债主有权把他带回家去，给他戴上镣铐。
② 克瑞斯是罗马神话中的农业女神，克瑞斯节是庆祝丰收的节日，人们常常欢乐地饮宴。

我就把你当寡妇赶回你父亲那里去!
每当我准备出门,
　　　你总要拦住我,叫住我,不断地盘问,
　　我要去哪里,去干什么,有什么事情要办, 115
　　我在想什么,拿着什么,在外面怎么吃住。
　　我有如娶了个家庭督察,无论我干了什么
　　或准备干什么,都得把一切对你禀告不误。
我确实把你娇惯坏了,我现在就告诉你我准备干什么。
　　我既然供给你奴婢、食物、 120
　　毛皮、首饰、衣服、粉脂,
　　使你应有尽有,哪样都不缺, 121
　　你要是聪明,就该当心不要
　　让自己倒霉,停止监视丈夫。 122
　(见妻子进屋)
不过为了使你不至于白白监视我一番,我就告诉你,
我今天将带着伴妓去用餐,要同一个人在外面约会。

佩尼库卢斯
　(旁白)
　他这样气势汹汹地责骂妻子,其实是在责骂我; 125
　他在外面吃饭,受惩罚的不是他妻子,而是我。

墨奈赫穆斯
　(得意地)
　哈哈,请海格力斯作证,我终于把妻子骂进屋。
　浪荡哥儿们现在在哪里?我英勇地进行了战斗,
　他们怎么还慢腾腾地不赶紧过来向我送礼祝贺?
　(展示穿在自己的披衫里面的女衫)
　我刚才在屋里偷了妻子的这件披衫,拿去送情人。 130
　这类事情就得这样干,机智地欺骗细心的看守人。
　这件事我刚才干得漂亮,干得出色,
　　　　　干得利索,干得巧妙。
　我把它从我的恶婆那里偷出来,现在去送给灾星。

我从敌人那里夺得的战利品,将由同盟者来受益。

佩尼库卢斯

（大声地）

喂,年轻人,你夺得的战利品也有我的一份吗? 135

墨奈赫穆斯

（惊愕）

糟了,我遭埋伏了!

佩尼库卢斯

不,你到了安全地带,不用惊慌。

墨奈赫穆斯

谁在这里?

佩尼库卢斯

（上前）

是我!

墨奈赫穆斯

巧运之神啊!机遇之神啊!你好!

（伸过手去和佩尼库卢斯握手）

佩尼库卢斯

（握住墨奈赫穆斯的手）

你好!

墨奈赫穆斯

你在干什么?

佩尼库卢斯

我正用右手握着我的庇护神。

墨奈赫穆斯

你现在到来,不可能有比这更及时地来找我。

佩尼库卢斯

我通常总是这样,我通晓机遇的全部微秘。 140

墨奈赫穆斯

你想观赏一件惊人的手艺吗?

佩尼库卢斯

       由哪位厨师烹调?

  若是有什么不合适,我尝尝残羹,也会知道。

墨奈赫穆斯

  请你告诉我,你在什么地方的墙壁上见过图画,
  老鹰抓走卡塔梅图斯或者维纳斯夺得阿多尼斯?[①]

佩尼库卢斯

  经常见到。不过这与我有什么关系?

墨奈赫穆斯

  (露出穿在里面的女衫)

      来,你看我!   145

  看我这身打扮像不像?

佩尼库卢斯

      你这是一身什么打扮?

墨奈赫穆斯

  你就说我是绝世美男子吧!

佩尼库卢斯

  (疑惑地)

     我们要去哪里吃饭?

墨奈赫穆斯

  我要你说什么,你就说什么!

佩尼库卢斯

    好,我说,你是绝世美男子。

墨奈赫穆斯

  你不想再作点什么补充?

[①] 卡塔梅图斯(Catameitus)一名本意为"淫荡的",代指特洛亚王子伽倪墨得斯(Canimedes)。伽倪墨得斯貌美,尤皮特(宙斯)看中了他,便派自己的神鹰(一说是尤皮特自己变成老鹰)把他抓到神界司酒。阿多尼斯始见于腓尼基或小亚细亚神话传说,后来传入希腊罗马。他容貌俊美,为爱与美之神维纳斯所喜爱,冥后佩尔塞福涅对他的秀美也深为喜爱。两位女神发生争执,尤皮特判定阿多尼斯每年三分之一的时间和维纳斯在一起,三分之一的时间和佩尔塞福涅在一起,其余的三分之一时间由阿多尼斯自己安排,他把那三分之一的时间也献给了维纳斯。

佩尼库卢斯

      你还是世上最最快乐的人。

墨奈赫穆斯

  继续说下去!

佩尼库卢斯

  天哪,我不再说,除非我知道对我有何好处。   150
你在和你妻子吵嘴,我为自己更得对你提防点儿。

墨奈赫穆斯

  让我们找个地方瞒着我妻子好好快乐一番,
      热腾腾地报销这一天。

佩尼库卢斯

  好,好,你的建议太好了!我什么时候点起火堆?
  今天已有一半死了,死亡已经降到它的肚脐眼儿。① 154,155

墨奈赫穆斯

  你打断我说话,自己耽误自己。

佩尼库卢斯

       如若不是你要我说话,
我再多说一句,墨奈赫穆斯,你就挖掉我的眼睛。

墨奈赫穆斯

  (后退)
  你过来,离门口远一点!

佩尼库卢斯

      好。

墨奈赫穆斯

      再走过来一点。

佩尼库卢斯

        行。

墨奈赫穆斯

  你再多走过来一些,好离开狮子穴再远一点。

---

① 拉丁语中,"肚脐眼"(umbilicus)一词还有中心的意思,此处意为时间已到中午。

佩尼库卢斯

    请神明作证,我看你肯定会成为出色的驭者。   160

墨奈赫穆斯

    你这话怎么说?

佩尼库卢斯

        你总在回头张望,看妻子是否跟踪你。

墨奈赫穆斯

    不过你说怎么样?

佩尼库卢斯

        我说?你要我说什么,我就说什么,

                或肯定或否定。

墨奈赫穆斯

    你能不能只要用鼻子闻一闻,就能判断出

    是什么东西发出的气味?……①

佩尼库卢斯   占卜官有这种本事。

墨奈赫穆斯

    (抓起穿着的女衫的一角)

    来,你闻我这件披衫!什么气味?

    (见佩尼库卢斯转过脸去)

               你怎么避开?

佩尼库卢斯

    只能闻妇女的外衣,你那里发出一股

    没有洗涤过的衣服的那种呛鼻子气味。

墨奈赫穆斯

    (抓住女衫的另一角)

    佩尼库卢斯,你闻这里,不要再皱眉头!

佩尼库卢斯

               可以。

---

① 此处原文可能有残损。

墨奈赫穆斯

怎么样？什么气味？告诉我！

佩尼库卢斯

偷窃，女人，饱餐。 170

愿你诸事如意！……①

墨奈赫穆斯

你说得好，……
我现在正要把它拿去送给我的相好，
（指舞台上另一处布景房屋）
伴妓埃罗提乌姆。
我将吩咐她为我、你和她自己准备午餐。

佩尼库卢斯

太好了！

墨奈赫穆斯

让我们在那里一直喝到明天晓星升起。

佩尼库卢斯

非常好， 175
你一下子把底都亮了。我现在就去敲门？

墨奈赫穆斯

敲吧！

（佩尼库卢斯向屋门走去）

不，等一等！

佩尼库卢斯

你已经把酒饭耽误半天了！

墨奈赫穆斯

你轻点儿敲！

佩尼库卢斯

我看你大概担心这门是萨摩斯产品。②

墨奈赫穆斯

---

① 此处原文有残损。
② 萨摩斯以产陶器闻名，但质量低劣，易玻碎。

等一等！喂，天哪，等一等，你看她自己出来了。
啊，你抬头看看太阳……①   180
她那洁白的肤肌是不是都使太阳都显得暗无光彩？

第三场

[埃罗提乌姆上。

埃罗提乌姆
    墨奈赫穆斯，亲爱的，你好！

佩尼库卢斯   我呢？

埃罗提乌姆   不在其数。

佩尼库卢斯
    像你这样说话通常是对待军团里的编外兵士。②

墨奈赫穆斯
    我已经命令，今天要在你这里进行一场战役。   184, 185

埃罗提乌姆
    （不解地）
    今天要进行战役？

墨奈赫穆斯
    （指佩尼库卢斯）
    我和他将在这场战役中痛饮一番。
    今天我们谁将在酒量方面表现得更为能征善战，
    谁就是你的兵，你就决定把今夜的温存献给他。
    （望着埃罗提乌姆的媚人神态）
    我的欢乐，我只要一看见你，就讨厌我的妻子。

埃罗提乌姆
    不过你毕竟还是不敢偷着穿件她的衣服过来。   190
    （翻看墨奈赫穆斯穿的衣服）
    这是什么？

---

① 此处原文有残损。
② 指罗马军团里的后备兵，正式兵员缺员时由他们替补。

墨奈赫穆斯

（露出穿着的女衫）

我的玫瑰花，你的换装，妻子的卸装。

埃罗提乌姆

（喜形于色）

在所有追求我的人中，你轻易地

占了上风，你是我的最爱。

佩尼库卢斯

（旁白）

妓女见到她想掠夺的东西，总是显得这么妩媚，

（对埃罗提乌姆）

你要是真的喜欢他，早就会咬住他的鼻子不放。　　　　194，195

墨奈赫穆斯

（脱下外面的披衫）

佩尼库卢斯，拿着它！我要献上我许下的心愿。

佩尼库卢斯

给我吧！

（接住墨奈赫穆斯递过来的披衫）

不，天哪，你就这样穿着女衫跳个舞吧！

墨奈赫穆斯

我这样跳舞？天哪，你发疯了！

佩尼库卢斯

真不知是我还是你发疯！

如果你不跳，就脱下吧。

墨奈赫穆斯

（脱下妻子的披衫）

我今天是冒了极大的风险，

把它偷来。即使是当年抢夺希波吕特的腰带，　　　　200

在我看来，海格力斯也没有冒这么大的危险。①

（把披衫递给埃罗提乌姆）

给你，拿着吧，既然唯有你真正地讨我喜欢。

埃罗提乌姆

忠实的情人就应该这样讨所追求的人喜欢。

佩尼库卢斯

（旁白）

至少那是他们想这样使自己迅速变成穷光蛋！

墨奈赫穆斯

这件披衫是我一年前买给我妻子，花了四谟纳。 205

佩尼库卢斯

（旁白）

就像结账那样，这四谟纳算是真正地花掉了！

墨奈赫穆斯

你知道我希望你干什么？

埃罗提乌姆

知道，干你希望我干的事情。

墨奈赫穆斯

那就吩咐在你这里为我们三个人准备午餐，
赶快派人去市场采买各种各样需要的菜肴：
要买大块大块的猪肉，买厚厚墩墩的火腿， 210
要买整整半个猪头，还有其他类似的佳肴，
要烹调得一搬上桌就激起我豺狼般的胃口。
赶快去准备吧！

埃罗提乌姆

一定，神明作证。

墨奈赫穆斯

现在我和他去广场。

---

① 指大英雄海格力斯英勇地完成的第九件差事。据传希波吕特（Hippolyte）是居住在黑海北岸的骁勇的阿马宗女人部落的首领，佩有战神阿瑞斯赠给她的腰带。海格力斯受命去取那根腰带，经过苦战，才好容易把腰带夺到手。

我们一会儿就回来，到时候让厨师

一面烹调，我们一面吃喝。

埃罗提乌姆

你什么时候回来都可以，一切都会准备好。

墨奈赫穆斯

要快一点儿。　　　215

（对佩尼库卢斯）

你跟我来！

佩尼库卢斯

请海格力斯作证，我会紧紧守住你、跟着你，
即使今天有人给我天神们的财富，我也不会放过你。

［墨奈赫穆斯和佩尼库卢斯下。

埃罗提乌姆

（向屋内）

你们快去里面，给我把厨师库林德鲁斯叫出来。

第四场

［库林德鲁斯上。

埃罗提乌姆

你拿上篮子和这些钱，这是给你的三块银币。

库林德鲁斯

是！

埃罗提乌姆

你去买些菜来！要够三个人吃，就三个人，
不会减少，也不会增加。

库林德鲁斯

你说的是哪三个人？

埃罗提乌姆

就是我、墨奈赫穆斯和他的门客。

库林德鲁斯

> 你这是十个人!
> 因为一个门客可以轻而易举地抵八个人的饭量。

埃罗提乌姆

> 我已经告诉你是哪些客人,你就去准备吧!

库林德鲁斯

> > 是!
> 我会准备好,你请客人们来吧!

埃罗提乌姆

> > 你快点儿回来!

库林德鲁斯

> > 我一会儿就回来。   225

[库林德鲁斯下,埃罗提乌姆进屋。

第二幕

第一场

[索西克利斯·墨奈赫穆斯①
和墨森尼奥上。水手数人随上。

索·墨奈赫穆斯
依我看,墨林尼奥,没有什么
比遥遥望见陆地更能使航海者
高兴的了。

墨森尼奥
(不高兴地)
请恕我直言,如果你登上陆岸,
看见的是你自己的土地,那就更高兴了。
不过请问,我们为什么来到埃皮丹努斯?
我们是要像大海那样把所有岛屿绕行遍?

索·墨奈赫穆斯
为什么?就为了寻找我那个孪生兄弟。

墨森尼奥
可是我们寻找他要到什么时候才算完?
自我们开始寻找到现在已是第六个年头。
我们见过基斯特里亚人②,西班牙人,

---
① 此名下面简称为"索·墨奈赫穆斯"。
② 基斯特里亚在亚得里亚海北部,今伊斯特里亚半岛。

　　　　马西利亚人①，伊利里亚人，航行遍了
　　　　整个上海②，去过外希腊，登过波浪所及的
　　　　所有意大利海岸。我想即使是找针，
　　　　只要它真的存在，也早就该找到了。
　　　　我们现在是在活着的人中间寻找死人，　　　　　　　240
　　　　因为要是他还活着，我们早就该找到他。
索·墨奈赫穆斯
　　　　要是事情真像你说的那样，我也要找到一个
　　　　能向我证实他确切知道我的兄弟已死去之人，
　　　　只有到那时候我才会不再费尽心血地寻找他。
　　　　只要他还有可能活着，我就不会停止寻找他。　　　245
　　　　我自己知道，他使我心里感到何等的亲切啊！
墨森尼奥
　　　　你这是想在蒲草梗里找节巴！我们是不是
　　　　不写出一部旅行记，便不从这里返回去？
索·墨奈赫穆斯
　　　　我盼咐什么你就干什么，我给你什么
　　　　　　　　你就吃什么，当心自己挨揍！
　　　　不要再惹我厌烦，这件事不会按照你的意思办。　　250
墨森尼奥
　　　　（旁白，不高兴地）
　　　　我知道，他这话的意思是说我是奴隶。
　　　　他的话虽不多，但是意思再清楚不过。
　　　　可是我怎么也不可能强忍耐着不说话。
　　　　（大声地）
　　　　墨奈赫穆斯，听见吗？每当我看着钱袋，
　　　　天哪，我就觉得我们有如夏日的游客。　　　　　　255
　　　　海格力斯啊，我想你若还不作归返之计，

---

① 马西利亚即今法国马赛。
② 上海（Mare superum）即亚得里亚海。外希腊指意大利半岛东南部，希腊人早就向那里移
　　民，又称其为"大希腊"。

　　　　　　为寻找兄弟弄得一文不名，你就会叹息。
　　　　　　这里居住的人可是这样：埃皮丹努斯人
　　　　　　是一群最大的淫荡色鬼，最疯狂的酒徒，
　　　　　　这座城市里居住着无数的告密者谄媚者，　　　　260
　　　　　　不择手段，无法胜计，这座城市的伴妓
　　　　　　也比其他地方同类的妇女更善于媚惑人。
　　　　　　正是因为这样，它才被叫做埃皮丹努斯，
　　　　　　因为几乎谁也别想安然无损地在这里留驻。①

索·墨奈赫穆斯

　　　　　　听了你的话我真得小心。你把钱袋给我。　　　　265

墨森尼奥

　　　　　　你担心什么？

索·墨奈赫穆斯

　　　　　　担心你在让人遭损的城市会让我遭损失。
　　　　　　你，墨森尼奥，是一个一见女人便眼馋的人，
　　　　　　而我，则是一个容易动怒而又难以抑制的人，
　　　　　　如果我拿着钱袋，我可以防避两方面的不足：　　　　270
　　　　　　既可以使你免犯错误，也可使我免生你的气。

墨森尼奥

　　　　　　（把钱袋递给索·墨奈赫穆斯，不高兴地）
　　　　　　给你钱袋，拿着吧！你这样做太使我高兴了！

第二场

　　　　　　〔库林德鲁斯提着菜篮上。

库林德鲁斯

　　　　　　我凭自己的经验，出色地采购了食物，
　　　　　　我要为就餐者们准备一顿如意的午餐。
　　　　　　（张望）

---

① 墨森尼奥把城市名埃皮丹努斯（Epidannus）与"损失"（damnum）联系起来，意即"让人遭受损失的"。该城后来改名为狄拉基乌姆（Dyrrachium）。

我看见墨奈赫穆斯在那里。我的脊背啊! 275
客人们已经早就在门前来回徘徊,
东西我还没有买回来。我上前问候他。
墨奈赫穆斯,你好!

索·墨奈赫穆斯

(惊异地)

愿神明保佑你,不管你是谁!

库林德鲁斯

不管我是谁?………你不认识我是谁?①

索·墨奈赫穆斯

海格力斯啊,我确实不认识你。

库林德鲁斯

(以为对方在开玩笑)

其他客人呢? 280

索·墨奈赫穆斯

你问什么其他客人?

库林德鲁斯

就是你的那个门客。

索·墨奈赫穆斯

我的门客?

(对墨森尼奥)

这个人显然神志不清。

墨森尼奥

我不是对你说过,这里的骗子多得很。

索·墨奈赫穆斯

年轻人,你这是在询问我的哪个门客?

库林德鲁斯

佩尼库卢斯。

墨森尼奥

---

① 此行中间原文有残损。

刷子？我这行囊里装着把很好的刷子。

库林德鲁斯

（不理会墨森尼奥的打趣）

墨奈赫穆斯，你前来用午餐来得太早了。

我现在刚刚把食品买回来。

索·墨奈赫穆斯

请告诉我，

年轻人，这里买一头洁净的小猪献祭

需要花多少钱？

库林德鲁斯

就几谟纳。

索·墨奈赫穆斯

钱由我来付， 290

你去吩咐人花我的钱为你献祭赎罪吧！①

我完全看出来了，你的神志肯定已经失常，

不管你是谁，既然你与素不相识的我纠缠。

库林德鲁斯

我是库林德鲁斯，难道你不知道我的名字？

索·墨奈赫穆斯

你叫库林德鲁斯也好，叫科林埃德鲁斯也好， 295

你见鬼去吧！我不认识你，我也不想认识你。

库林德鲁斯

你的名字叫墨奈赫穆斯，我可知道是这样。

索·墨奈赫穆斯

我是叫墨奈赫穆斯，你说这话有理智。

可你在哪里认识了我？

库林德鲁斯

我是在哪里认识了你？

你把这屋里我家女主人埃罗提乌姆当情人。 300

---

① 古罗马人和古希腊人一样，以猪作为主要的祭祀用牲，特别是在为犯了疯狂病的人献祭的时候。

索·墨奈赫穆斯

天哪！我既没有情人，也不知道你是谁。

库林德鲁斯

你不知道我是谁？你在我们这里喝酒时，
我给你斟酒的次数比谁都要多。

墨森尼奥

（气愤地）

该死的东西！
但愿我有件东西能把这家伙的脑袋砸烂！

索·墨奈赫穆斯

你说给我斟酒的次数比谁都多？可在今天之前   305
我从没有到过埃皮丹努斯，今天是第一次。

库林德鲁斯

你不承认？

索·墨奈赫穆斯

是的，神明作证，我不承认。

库林德鲁斯

（指墨奈赫穆斯的家）

难道你不就是住在
那座屋里？

索·墨奈赫穆斯

愿神明让住在那座屋里的人不得好死！

库林德鲁斯

（旁白）
一个人自己诅咒自己，他肯定是神志失常。
（大声地）
你听我说，墨奈赫穆斯！

索·墨奈赫穆斯

你想说什么？

库林德鲁斯

若你愿意听我劝告，   310

你刚才答应说你要给我那笔钱让我去——
请海格力斯作证,我看你神志显然不正常,
墨奈赫穆斯,你现在既然自己在咒骂自己。
要是你聪明,那就吩咐人去为你买小猪吧! 314,315

索·墨奈赫穆斯

海格力斯啊,这个人实在太贫嘴,太可恶!

库林德鲁斯

(对观众)

他平日经常采用这样的方式和我开玩笑。
妻子不在旁的时候,他就是这样好逗乐。

(对索·墨奈赫穆斯)

你看怎么样?

索·墨奈赫穆斯

我看什么怎么样?

库林德鲁斯

(提起菜篮)

你看我给你们三个人
采购的这些蔬菜怎么样?要不要再为你们 320
采购点来,为你、门客和女人?

索·墨奈赫穆斯

你说的是些
什么女人和门客?

墨森尼奥

(生气地)

是什么邪意使你动了心?
你竟然和他粘上了边。

库林德鲁斯

(对墨森尼奥)

你与我有什么相干?
我不认识你,我认识他,我在和他说话。

墨森尼奥

波卢克斯作证,我敢肯定,你神志不正常。　　　　　　　　325

库林德鲁斯

(指菜蓝,对索·墨奈赫穆斯)

我得去处理这些东西,不能再耽搁。
请你不要走得距离这座屋子太遥远。
还有什么事吗?

索·墨奈赫穆斯

你去见最最大的恶魔吧!

库林德鲁斯

(若有所悟)

天哪!你最好还是进屋去,趁机小睡一会儿,
趁我把这些东西交给武尔坎努斯逞威逞能时。　　330

(提起菜篮子)

我现在进去,报告埃罗提乌姆说你在这里,
好让她把你领进屋去,免得这样站在外面。

〔进屋。

索·墨奈赫穆斯

他离开了吗?

(见库林德鲁斯进屋)

请波卢克斯作证,我看出了,
你说的话并非不真实。

墨森尼奥

你就要多加小心!
我想正如刚才离开的那个疯子所说,　　　　　　　　335
在这座屋子里居住的肯定是个伴妓。

索·墨奈赫穆斯

不过我感到奇怪,他怎么知道我的名字?

墨森尼奥

这丝毫不奇怪。妓女们都会这一套:
她们把一些小男奴小女奴派往海港,
只要有哪条外邦来的船只进入港口,　　　　　　　　340

他们便去打听是谁的船，船主叫什么，
然后便会立即凑上去，反复地纠缠。
只要有人被迷住，就立即把他带回来。
（指埃罗提乌姆的住屋）
现在在这个港湾里停着一条海盗船，
我觉得我们对它必须特别小心留神。　　　　　　　345

索·墨奈赫穆斯

请海格力斯作证，你提醒得对。

墨森尼奥

　　　　　　　　　　只有当你
真正做到留神时，你才会知道我提醒得对。

索·墨奈赫穆斯

你稍待，暂时别说话！听，屋门在响，
让我们看看是谁走出来。

墨森尼奥

（解背囊）

　　　　　　　　　我先把它放下来。
（对水手们）
喂，你们这些船腿子，好好看着东西！　　　　　350

第三场

［埃罗提乌姆上。

埃罗提乌姆

（回身对开门的老媪）
　　　　就让门这么开着，你走，不要关上！
进屋去准备需要的事情，
　　　　　　　照应着，留点儿神！
（对屋内其他女仆）
你们把卧榻铺好，
　　　燃起香料，整洁

　　　　　是对客人的诱饵。　　　　　　　　　　354，355
　　　温雅对他们是害，对我们却是利。
（张望）
可是他在哪儿？刚才厨子说他们就站在门口。
（稍停）
　　　我这不是看见他了，
　　　　他是我的利益，给我许多好处。
　　　　他应该受到我们的热情款待，
　　　　成为我们家最受欢迎的客人，
　　　　我现在就走上前去，招呼他。　　　　　360
（走近索·墨奈赫穆斯）
　　　我的亲爱的，我实在感到奇怪，
　　　　我家门对你开着，你却站在门外。
　　　　这里就是你的家，胜过自己的家。
　　　　一切都已安排就绪，按你的吩咐，　　　365
　　　　像你希望的那样，没有任何耽误。
　　　　午餐已经准备好，按照你的要求，
　　　　如果你乐意，随时可以登上卧榻。

索·墨奈赫穆斯
　　（对墨森尼奥）
　　这女人在和谁说话？

埃罗提乌姆
　　（诧异地）
　　　　　当然是和你！

索·墨奈赫穆斯
　　　　　　　　无论以前或现在，
　　你与我有什么关系？

埃罗提乌姆
　　（认为对方在开玩笑）
　　　　　神明在上，因为在所有的客人中，　　370
维纳斯希望我最敬重你，你也应该受到这样的对待！

卡斯托尔作证，因为只有你为讨我欢心能如此慷慨。

索·墨奈赫穆斯

墨森尼奥，这女人要不是疯子，要不就是喝醉了酒，
你看她竟然和我这样一个陌生人如此亲热地纠缠。

墨森尼奥

我不是说过，这种事情在这里很平常。现在是掉叶子，   375
要是我们在这里待上三天，整棵树都会向你倾倒过来。
这里的伴妓们就是这样：她们个个都是骗钱能手。
你让我去和她说话。

（对埃罗提乌姆）

  喂，夫人，我在和你说话。

埃罗提乌姆

  什么事？

墨森尼奥

你是在哪里认识了这位先生？

埃罗提乌姆

  在他早就认识我的地方我认识了他，
在埃皮丹努斯。

墨森尼奥

  在埃皮丹努斯？可他除了今天，   380
从没有到过这里，踏进过这座城市。

埃罗提乌姆

  哎呀，你在开玩笑！

（对索·墨奈赫穆斯）

墨奈赫穆斯，亲爱的，怎么不进屋？
  屋里会使你感到更舒适。

索·墨奈赫穆斯

（对墨森尼奥）

天哪，你看这个女人准确地用我的名字称呼我。
我感到奇怪，这是怎么回事？

墨森尼奥

孪生兄弟 **183**

　　　　　因为你带着钱袋，她嗅到了味儿。
索·墨奈赫穆斯
　　　　　　　　　　　　　　是的，你提醒得对。　　　　385
　　　（把钱袋递给墨森尼奥）
　　　　　你暂时拿着它。我即刻就会明白，
　　　　　　　　　　她是对我还是对钱袋更感兴趣。
埃罗提乌姆
　　　（对索·墨奈赫穆斯）
　　　　　让我们进去用餐吧！
索·墨奈赫穆斯
　　　（不解地）
　　　　　　　　　　承蒙你邀请。不，谢谢！
埃罗提乌姆
　　　　　那你就在刚才为什么吩咐我为你准备午餐？
索·墨奈赫穆斯
　　　　　我让你准备午餐了？
埃罗提乌姆
　　　　　　　　　　是的，为你和你的门客。
索·墨奈赫穆斯
　　　　　真见鬼！为哪个门客？
　　　（对墨森尼奥）
　　　　　　　　　　这个女人的神志肯定不正常。　　　　390
埃罗提乌姆
　　　　　就是那刷子！
索·墨奈赫穆斯
　　　　　　你指什么刷子？是刷鞋用的刷子吗？
埃罗提乌姆
　　　　　当然就是你刚才把从你妻子那里偷来的披衫
　　　　　送给我时同你在一起的那个人。
索·墨奈赫穆斯
　　　　　　　　　　你在说什么？

我偷了妻子的披衫送给你了？你神志清醒吗？

（对墨森尼奥）

这女人真像是匹驽马，站在这里能够说梦话。 395

埃罗提乌姆

（嗔怪地）

你为什么这样随意地取笑我？你怎么否认你
做过的事情？

索·墨奈赫穆斯

你说，我否认我做过了什么事情？

埃罗提乌姆

你否认你今天曾经把妻子的披衫送给我。

索·墨奈赫穆斯

甚至现在还否认。
我以前没有妻子，现在也没有，我生下来以后
从来没有来到过这里，踏进过你们的这个港口。 400
我在船上用过餐，从那里上岸，遇见了你。

埃罗提乌姆

啊，天哪，
我真可怜！你现在对我说说是条什么船？

索·墨奈赫穆斯

（藐视地）

木头船，
那条船经常破损，经常漏水，经常用锤子敲打，
好像是臭皮匠的木箱子，到处钉子紧挨着钉子。

埃罗提乌姆

亲爱的，不要再开玩笑！走，和我一起进屋去！ 405

索·墨奈赫穆斯

夫人，你约请的可能是别的什么人，而不是我！

埃罗提乌姆

我不认识你是墨奈赫穆斯，摩斯库斯的儿子，
都说此人出生在西西里，住在那里的叙拉古？

起先阿伽托克勒斯在那里为王，后来是菲提亚， 409, 410
再后来是利帕罗，他死后把王权交给了希埃罗，
现在希埃罗还在位。①

索·墨奈赫穆斯

（困惑地）

你说得一点没有错，夫人。

墨森尼奥

（对索·墨奈赫穆斯）

尤皮特啊！
这女人对你知道得这么详细，莫非是从那里迁来？

索·墨奈赫穆斯

海格力斯啊，我觉得不能断然拒绝她的邀请。

墨森尼奥

（惊慌地）

不能那样！ 414, 415
你只要一跨进她的门槛，你就完了。

索·墨奈赫穆斯

你别再说话！
事情很不错。这女人说什么，我就附和，
只要能被招待。

（亲密地对埃罗提乌姆）

夫人，我刚才那样否认不是无缘无故；

（指墨森尼奥）

因为我担心 419, 420
这家伙不要把披衫和午餐的事情告诉我的妻子。
现在只要你愿意，就让我们进屋去！

埃罗提乌姆

你甚至不等门客？

---

① 这里叙述的叙拉古历史不完全确切，罗马人对阿伽托克勒斯和希埃罗比较熟悉，利帕罗则是普劳图斯虚构的人名。阿伽托克勒斯生于公元前361或360年，卒于公元前289年，希埃罗（二世）大约生于公元前308年，卒于公元前215年。

索·墨奈赫穆斯

我不想再等他了,完全没有必要,即使他赶来,
我也希望不要放他进屋。

埃罗提乌姆

好吧,我完全听你的吩咐。
你知道我想请你办件什么事情?

索·墨奈赫穆斯

有什么要求,就说吧! 425

埃罗提乌姆

你把刚才送给我的那件披衫拿去交给刺绣裁缝,
让他把衣服修改修改,根据我的要求修整一下。

索·墨奈赫穆斯

海格力斯作证,你说得很对。要使它认不出来,
即使我妻子在街上碰上你穿着它,也发现不了。

埃罗提乌姆

那你一会儿离开的时候,把它一起带走。

索·墨奈赫穆斯

完全应该! 430

埃罗提乌姆

让我们进去吧!

索·墨奈赫穆斯

我随即就来。
(指墨森尼奥)

我还想和他说几句话。
[埃罗提乌姆进屋。
喂,墨森尼奥,你过来!

墨森尼奥

(不高兴地)

有什么事情?

索·墨奈赫穆斯

(得意地)

你就跳舞吧!

墨森尼奥

为什么?

索·墨奈赫穆斯

应该!我知道你会对我说什么。

墨森尼奥

那你更完了。

索·墨奈赫穆斯

这是我逮住的猎物,我已经开始对她发起进攻。 434, 435
(指水手们)
你尽可能赶快把他们从这里带到附近的客店去。
你必须要做到在太阳西下之前赶紧返回来见我。

墨森尼奥 你不了解这些伴妓,主人。

索·墨奈赫穆斯

别啰唆,听我的吩咐!
我如果干下什么蠢事,受损失的是我,不是你。
这个女人既愚蠢,而且还无知。我早就看出来, 440
这里对我们有好处。
(转身离开)

墨森尼奥

(望着索·墨奈赫穆斯离去的背影)
天哪!你真要去那里?
(见索·墨奈赫穆斯进屋)

他完了!
眼看现在海盗船正把这只小艇引向毁灭的深渊。
不过我也是不自量力,竟然想阻止主人的行动!
他买我是要我听他吩咐,而不是要我来命令他。
(对水手们)
你们跟我走,我好按照他的要求,按时赶回来。 445
[领水手们背行囊下。

第三幕

第一场

〔佩尼库卢斯愤愤不平地上。

佩尼库卢斯

（气愤地）

我已活了三十多年，还从来没有在什么时候
干过什么比今天还要倒霉、还要不顺心的事情，
刚才我竟然如此倒霉地陷在了集会的人群里。
我张着嘴发呆，墨奈赫穆斯却偷偷地离开了我。
我看他准是跑来找情人，不想把我一起带来。 450
愿神明们让他不得好死！谁首先想到发起这次
市民大会，耽误了百事缠身的大忙人的时间，
只该让那些闲着没事的人去参加这种市民会，
要是叫他们去他们谁不去，就立即罚他的款。
那样的人很多，他们一天里只能够吃上一顿饭，
他们很空闲，没人邀请他们，他们也不邀请别人，
这种人才应该耗费精力去参加市民大会和集会。
如果事情是这样，我今天就不会错过这顿午餐。 460
本来午餐已经说定，就像我现在活着确定无疑。
我去找他，哪怕一点残羹冷饭，也会让我心喜。
（见索·墨奈赫穆斯由埃罗提乌姆的屋里出来）
你们看，墨奈赫穆斯头戴花冠，从屋里出来。

（凶狠地）

宴会已经结束，天哪，我现在来得还正是时候！
我跟上这家伙，看他干什么，然后再上去找他。 465

第二场

［索·墨奈赫穆斯头戴花冠，
　胳膊夹着女披衫上。

索·墨奈赫穆斯

（回身对屋内）

你就尽可能地放心吧，我今天会把它
好好地整修一番，会按时给你送回来。
要让你说它不是那一件，改得认不出。

佩尼库卢斯

（旁白）

把披衫拿去给裁缝加工，用完午餐，
把酒统统都喝光，把门客关在门外！
海格力斯作证，如果我不为今天受的 470
这一侮辱狠狠地报复他，我就不是
我这个人！嘿，当心我会怎样对付你！

索·墨奈赫穆斯

（高兴地）

不朽的神明啊，你们以前什么时候这样慷慨过，
一天给予一个人这么大的恩惠，超过他的预想？
我吃了，喝了，有妓女陪伴，还拿走这件披衫， 475
打从今天起它便再也不可能找到它原先的主人。

佩尼库卢斯

（旁白）

我在一旁这样偷听，听不清他究竟在说什么。
他已经吃饱喝足，是不是在说我和我那一份？

索·墨奈赫穆斯

　　　　她说这件披衫是我送给她的礼物，　　　　　　　　　479,480
　　　　是我偷了妻子的衣服。当时我看出她
　　　　认错了人，便立即像真的和她有过往来，
　　　　开始附和着她说话。这个女人说什么，
　　　　我就顺着接口说。还需要多说什么吗？
　　　　这样容易办的事情我还从没有遇到过。　　　　　　　485

佩尼库卢斯

　　（旁白）
　　　　我上前去找他，对他好好臭骂一顿！

索·墨奈赫穆斯

　　（旁白）
　　　　那是谁径直地向我走来？

佩尼库卢斯

　　　　　　　　　　你还有什么好说？
　　　　你这个轻如羽毛的家伙，你这个卑鄙之徒，
　　　　你这个恶棍，你这个坏蛋，你这个奸贼，
　　　　你这个变化无常的小人！你凭什么这样对待我？　　490
　　　　你刚才为什么在广场上偷偷地从我身边溜走？
　　　　我没有出席，你就给午饭办完了葬礼！
　　　　你怎么这样贪心，其中还有我的一份！

索·墨奈赫穆斯

　　（严肃地）
　　　　请问，年轻人，你与我有什么相干？
　　　　对我这样恶言恶语，尽管我们素不相识。　　　　　495
　　　　你对我破口大骂，是不是想自己倒霉？

佩尼库卢斯

　　　　天哪！你还说什么？你已经让我倒了霉！

索·墨奈赫穆斯

　　　　请告诉我，年轻人，你叫什么名字？

佩尼库卢斯

　　　　还要讥笑我，好像连我的名字也不知道？

索·墨奈赫穆斯

　　请波卢克斯作证,据我所知,在今天之前我从来 500
　　没有见过你,也从来不认识你。不过不管你是谁,
　　如果你希望自己品行端正,就请不要这样惹我讨厌。

佩尼库卢斯

　　墨奈赫穆斯,你醒醒!

索·墨奈赫穆斯

　　　　　海格力斯作证,据我所知,我醒着。

佩尼库卢斯

　　你不认识我?

索·墨奈赫穆斯

　　　　　我要是认识你,我不会说不认识你。

佩尼库卢斯

　　难道你不认识你的门客?

索·墨奈赫穆斯

　　　　　　　　　我看你的脑袋有问题。 505
　　年轻人啊,在我看来,你像只有半个脑袋。

佩尼库卢斯

　　我问你,你今天是不是偷了你妻子的
　　你正拿着的披衫,送给了埃罗提乌姆?

索·墨奈赫穆斯

　　请海格力斯作证,我既没有妻子,也没有
　　偷什么披衫送给埃罗提乌姆。

佩尼库卢斯

　　　　　　　　你神志清醒吗? 510
　　（旁白）
　　事情糟糕!
　　（大声地）
　　　　　　我没有亲眼看见你穿着这件披衫
　　从家里溜了出来?

索·墨奈赫穆斯

瞧你这个该死的东西！
你自己是好色之徒，把别人也看成同你一样？
你大声宣称曾经看见我穿着这件披衫出门来？ 514，515

佩尼库卢斯

海格力斯作证，是这样。

索·墨奈赫穆斯

你怎么不去你该去的地方？
或者你就吩咐人把你抬去献祭吧！你这个疯子！

佩尼库卢斯

请波卢克斯作证，不管谁来求情都不行，
我现在把你干的这事情去详细告诉你妻子。
你这样侮辱我，反过来会降临到你头上。 520
我不会让你不受报复地和她吃了这顿午餐。
［进墨奈赫穆斯的家，下。

索·墨奈赫穆斯

这是怎么回事？够了，不管谁遇见我，
怎么都这样嘲弄我？我听见屋门在响！

第三场

［女仆自埃罗提乌姆屋内上。

女仆

墨奈赫穆斯，埃罗提乌姆热切吩咐，
（拿出手镯）
请你把这件首饰一起拿去交给金匠， 525
让你也再添加一盎司分量的金子，
让金匠重新打造，做出一副新手镯。

索·墨奈赫穆斯

（接过手镯）
无论是这件事情或其他什么事情，
只要是她吩咐，我都会照办不误。

女仆

  你能看出这副手镯?

索·墨奈赫穆斯

      我看见了,是金的。   530

女仆

  这就是那一副,你以前曾经说是
  从你的妻子的首饰匣子里偷来的。

索·墨奈赫穆斯

  请海格力斯作证,从来没有那回事。

女仆

         你不记得了?
  既然你不记得,那你把手镯还给我。

索·墨奈赫穆斯

          你等一等!
  我想起来了。这当然就是我送给她的那一副。 535

女仆

  就是你说的那一副。

索·墨奈赫穆斯

     我一起给她的项链呢?

女仆

  你从没给过她项链。

索·墨奈赫穆斯

      是这样,我就给她这个。

女仆

  我回禀说你答应办这件事?

索·墨奈赫穆斯

  (微笑)

       你就这样回她话,
  说我答应办。我会把披衫和手镯一起送回来。 539,540

女仆

  墨奈赫穆斯,亲爱的,你也代我打副

耳环吧！二钱①就足够，要做成水滴式，
你以后来我们这里，我会热情招待你。

索·墨奈赫穆斯

好吧，给我金子，我出手工钱。

女仆

金子你也先垫一下，我以后还你。 545

索·墨奈赫穆斯

不，你拿金子来，我会双倍地还你。

女仆

我现在没有。

索·墨奈赫穆斯

那你就什么时候有了再给我。

女仆

（转身）

好吧！你还有什么事吗？

索·墨奈赫穆斯

你告诉她，我去办这些事情！

（旁白）

只要一有合适的机会，我就会把它们全部卖掉！

[女仆进屋。

她进屋了吗？

（回头张望）

她进屋了，把门关上了。 550
这是众神在帮助我，保护我，关心我！
可我为什么还在这里耽搁，不赶紧
趁这机会，离开这个淫秽邪恶的地方？
墨奈赫穆斯啊，赶快起步，赶快跑！
我把这花冠摘下来，扔到左边去， 555
若有人追来，会以为我去了那个方向。

---

① 原文为两努穆斯（numus）。努穆斯是小的重量单位，早期约合2.5阿斯。

（向右手边跑）
现在如果可能，我去找我的奴隶，
告诉他神明们赐给了我什么恩惠。
［下。

第四幕

第一场

〔墨奈赫穆斯的妻子怒气冲冲地由屋内上，佩尼库卢斯随后。

妻子

我还要继续在这里徒然做他的妻子？
丈夫把家里的东西什么都往外偷，　　　　　　　　　　560
拿去送给女人！

佩尼库卢斯

　　　　　　嘘，你能不能不叫嚷！
我要让你当众捉住他。你跟我这边来！
他头戴花冠，喝得醉醺醺的，胳膊里
夹着今天刚刚从你那里偷出来的披衫。
（看见地上扔的花冠）
这就是他戴的那个花冠。我没说谎吧？　　　　　　　565
他朝这个方向逃跑，你朝这个方向去追。
（向远处张望）
波卢克斯保佑！我看见他正好回来了！
不过手里没有拿披衫。

妻子

　　　　　　我现在怎么对付他？

佩尼库卢斯

你就像往常一样，狠狠地臭骂他，就这么办。
我们到这边来！在这里埋伏，冷不防捉住他。 570
（拽着墨奈赫穆斯的妻子退到屋旁）

第二场

［墨奈赫穆斯从广场回来。

墨奈赫穆斯

现在我们流行一种风气
非常不好，也非常恶劣，
越尊贵之人表现得越明显。
人们都希望自己门客满堂，
从不考虑他们高尚或恶劣； 575
他们关心从门客身上获利，
却从来不在意他们的声誉。
一个人贫穷，即使人品不错，
　　也不会被人重视而收留；
若一个人恶劣但富有，也会
　　受欢迎，做体面的门客。
可是这种人一向目无法纪，无视公义， 580
　　会给庇护人惹来许多麻烦。
借过的债务他们会矢口否认曾经借贷，
　　性好争讼、贪婪、诡诈，
他们靠高利盘剥、进谗言和告密发财，
　　他们的心思全用在那上面。 584a
开庭日到了，庇护人一起被传上法庭， 585
［我们自然得为他们做的坏事辩护，］
或在人民面前，或在法庭，或在官吏那里。
今天我就碰上了这样的事情，门客给我带来
　　极大的烦恼。我不想干预，也没法干预，
他却硬是拉住我，把我留下，不管你愿意不愿意。

我在市政官面前竭力为他干的许多卑劣事情辩护， 590
条件复杂而困难，我有时闪烁其词，有时支吾不语，
有时语言繁复，有时话语简略，费尽心机为他辩解，
力求以押金方式进行处理①。可他怎么着？他却交了保。
我还从没有见过有人像他今天这样被揭露得体无完肤。
当时有三个证人在场，为他所干的许多卑劣事情作证。 595

  愿所有的神明都来惩罚他，
  他今天就这样把我耽误了！ 596
  我自己也应该受惩罚，
  谁叫我刚才去广场闲看。 597
  这样美好的一天被糟踏！
  我曾经盼咐准备好午餐， 598
  我知道情人正在等着我。
  刚才我看见出现了机会， 599
  便赶紧脱身离开了广场。
  我想她现在正在生我的气， 600
  不过我想披衫会平息怨怒，
我今天把它从妻子那里偷来，送给了埃罗提乌姆。 601a

佩尼库卢斯

  （得意地对墨奈赫穆斯的妻子）
  你想说什么？

妻子

  （愤慨地）
    我真倒霉，嫁给了一个坏丈夫。

佩尼库卢斯

    你听见他说什么了？

妻子

  听得清清楚楚。

墨奈赫穆斯

---

① 指审案前由诉讼双方提出一定数目的钱作抵押，正式审理案件后钱归胜诉的一方。

我想该现在去屋里，那里会给我快慰。

（向埃罗提乌姆的家走去）

佩尼库卢斯

（上前）

不，你会更倒霉！

妻子

（上前，旁白）

请卡斯托尔作证，你偷披衫会加倍付出代价！

佩尼库卢斯

（挑唆地）

要他好看！

妻子

（对墨奈赫穆斯）

你以为你可以偷偷摸摸地干这种卑鄙事情？　　　　　　605

墨奈赫穆斯

妻子啊，这是怎么回事？

妻子

你问我？

墨奈赫穆斯

（指佩尼库卢斯）

你以为我在问他？

妻子

收起你的这副媚态！

佩尼库卢斯

（对墨奈赫穆斯的妻子）

好，继续！

墨奈赫穆斯

你怎么对我这么大的火气？

妻子

你自己应该知道！

佩尼库卢斯

他知道，可他在装糊涂。

墨奈赫穆斯

这是怎么回事？

妻子

披衫——

墨奈赫穆斯

披衫？

妻子

有人把披衫——

佩尼库卢斯

你怎么发抖？

墨奈赫穆斯

（强作镇静地）

我一点儿也没有发抖。

佩尼库卢斯

它不仅使你发抖，还使你落魄。 610

但愿你不要再背着我偷偷地去进餐！

（对墨奈赫穆斯的妻子）

不要放过这家伙！

墨奈赫穆斯

（旁白，对佩尼库卢斯）

你别说话！

佩尼库卢斯

（大声地）

凭海格力斯的名义起誓，我不会沉默。

（对墨奈赫穆斯的妻子）

他对我摇头，要我不说话。

墨奈赫穆斯

请海格力斯作证，我既没有向你摇头，

也没有向你作什么表示。 613

佩尼库卢斯

没有哪个人比他更无耻，你看得
很清楚的事情，他却矢口否认。   615

墨奈赫穆斯

我凭尤皮特和众神明的名义起誓，亲爱的，这样够了吧？
我没有向他摇头。

佩尼库卢斯

她马上会相信你的。你现在回去！

墨奈赫穆斯

我回去？我回到哪里去？

佩尼库卢斯

我想当然是回到刺绣裁缝那里去。去吧，把披衫取回来。

墨奈赫穆斯

披衫？什么披衫？

佩尼库卢斯

（见墨奈赫穆斯的妻子不说话）
我不再多说了，既然她把自己的事情都忘了。   619

妻子

啊，天哪！我是个不幸的女人！

墨奈赫穆斯

你怎么不幸？说给我听听！   614
哪个家奴得罪了你？哪个女仆或奴隶对你无礼？   620
请你告诉我，他们会受到应有的惩罚。

妻子

你在胡扯！

墨奈赫穆斯

你样子这么凶狠。说实在的，我不喜欢这样。

妻子

胡扯！

墨奈赫穆斯

我看你肯定是在生哪个家奴的气。

妻子

墨奈赫穆斯

难道你是在生我的气?

妻子

你现在才不是胡扯!

墨奈赫穆斯

请波卢克斯作证,我没有得罪你什么呀!

妻子

现在又在胡扯! 625

墨奈赫穆斯

爱妻啊,告诉我,什么事情使你烦恼?

佩尼库卢斯

(嘲讽地)

这位大好人在劝慰你!

墨奈赫穆斯

(对佩尼库卢斯)

你能不能不让我讨厌?我让你说话了?

(上前亲近妻子)

妻子

(对墨奈赫穆斯)

把手拿开!

佩尼库卢斯

好!就该这样。你再撇开我,一个人赶来去用餐。
然后再头戴花冠,喝得醉醺醺的,在屋前嘲弄我!

墨奈赫穆斯

请波卢克斯作证,我既没有用餐,
刚才也没有来这里抬脚进过屋。 630

佩尼库卢斯

你不承认?

墨奈赫穆斯

请海格力斯作证,我不承认。

佩尼库卢斯

没有人比你更无耻!
我刚才没有在这里看见你,头戴鲜花编制的头冠,
站在屋前?你没有说我只有半个脑袋,神智不清,
没有说你根本不认识我,声称你自己是个外乡人!

墨奈赫穆斯

不,自从我和你分开后,我只是现在才回到这里。 635

佩尼库卢斯

我知道你!你是以为我这样的人没有办法报复你,
海格力斯作证,我对你妻子都说了。

墨奈赫穆斯

你对她说什么了?

佩尼库卢斯

不知道,
你自己问她吧!

墨奈赫穆斯

(对妻子)
亲爱的妻子,这是怎么回事?他对你究竟说了什么?
怎么啦?你怎么不说话?你说说是怎么回事?

妻子

好像你不知道。
[我的披衫被人从家里偷走了。

[**墨奈赫穆斯**

你的披衫被偷走了?

妻子]

你问我?

墨奈赫穆斯

请波卢克斯作证,我知道,就不问你了。

佩尼库卢斯

真是个无赖, 640
他还在装腔作势!

（对墨奈赫穆斯）

你怎么也无法隐瞒，她全都知道了。
请海格力斯作证，我全对她说了。

墨奈赫穆斯

这是怎么回事？

妻子

既然你不知廉耻，
既然你不想自己主动承认，那你就听着，站过来！
我就让你知道我为什么烦恼，他对我说了些什么。
披衫被从家里给我偷走了！

墨奈赫穆斯

有人偷走了我的披衫？　　　　　　　　645

佩尼库卢斯

瞧这家伙多无耻！

（对墨奈赫穆斯）

是她的被偷了，不是你的。
要是你的披衫被偷了，那它肯定早已经完了。　　　　　　　　647

墨奈赫穆斯

（对佩尼库卢斯）

没有你什么事！

（对妻子）

不过你说什么？

妻子

我说披衫在家里丢失了。

墨奈赫穆斯

谁偷它的？

妻子

请波卢克斯作证！那个偷的人自己知道！

墨奈赫穆斯

究竟是谁偷的？

妻子

有个墨奈赫穆斯!

墨奈赫穆斯

请波卢克斯作证,真卑鄙! 650

这个墨奈赫穆斯是谁?

妻子

我说的就是你!

墨奈赫穆斯

是我?

妻子

是你!

墨奈赫穆斯

谁说的?

妻子

我!

佩尼库卢斯

还有我。你拿去送给了你的相好埃罗提乌姆。

墨奈赫穆斯

我拿去送人了?

妻子

是你,我说了,就是你!

佩尼库卢斯

要不要找只夜猫子来,让它对你不停地叫"你,你,你"?① 因为我们已经重复累了。

[**墨奈赫穆斯**]

我凭尤皮特和众神明的名义起誓,亲爱的,这样总可以了吧? 655
我没有送给她。

妻子

---

① 拉丁文中"你"(tu)发音"图",夜猫子叫声与其相近。

不，我凭海格力斯的名义起誓，我们没有说谎。]

墨奈赫穆斯

不过我是没有送给她，不过我只是让她这样穿穿。

妻子

请卡斯托尔作证，我既没有把你的外氅，

也没有把你的披衫拿去

给任何人穿过。女人只应该把女人的衣服

拿出门，男人只应该

把男人的衣服拿出门给人穿。你会把披衫要回来？　　　660

墨奈赫穆斯

好吧，我把它要回来。

妻子

我想你这样做也是为了你自己。

你如果不把披衫取回来，你就永远别想再回家！

（转身）

我现在进屋去！

佩尼库卢斯

（着急地）

那我以后怎么办？我为你效了这么大的劳！

妻子

你如果家里有什么东西被偷了，我也帮你找回来。

（进屋）

佩尼库卢斯

老天作证，这样的事情永远不会发生，

因为我家里没有什么东西好丢。　　　665

愿众神让你们丈夫和妻子一起遭殃！

我现在赶紧去广场，

我明白了，我现在被这一家人彻底开除赶出了门。

[下。

墨奈赫穆斯

妻子把我关在门外，她这样做是想让我好看，以为我没有地方，没有更向往的地方可以去。
你讨厌我，好吧，这位埃罗提乌姆可喜欢我，　　　　670
她绝不会把我关在门外。不，她会把我留下。
我去找她，请她把我刚才给她的披衫还给我，
我再买件更好的给她。
（走过去，敲埃罗提乌姆家的门）
喂，喂，谁在里面看门？
开一下门，你们谁去请埃罗提乌姆到门前来！

第三场

埃罗提乌姆

（在屋内）

谁在外面叫我？

墨奈赫穆斯

一个与其说是你的，不如说是我自己的敌人的人。　　　　675

［埃罗提乌姆由屋内上。

埃罗提乌姆

亲爱的墨奈赫穆斯，你为什么站在屋外面？跟我进去！

墨奈赫穆斯

不，等一等！你知道我为什么来找你吗？

埃罗提乌姆

知道，从我这里为自己找快乐。

墨奈赫穆斯

不是那样，请看在波卢克斯的面上，你把那件披衫，
亲爱的，就是我刚才给你的那件还给我。事情全被
妻子知道了。我花双倍价钱另买件令你称心的给你。　　　　680

埃罗提乌姆

（诧异）

我已经把它给你了，要你拿去请裁缝修整一下，
我还给了你手镯，要你拿去请金匠重新打一副。

墨奈赫穆斯

你给了我披衫和手镯？你从没有做过那样的事情！
自从我给了你披衫后，离开这里去广场，我只是
现在才回来，现在才重新见到你。

埃罗提乌姆

       我看出了你想干什么！ 685
我把它们给了你，你想讹诈它们，才着急返回来。

墨奈赫穆斯

天哪，请你不要以为我是想讹诈你的东西，请你——
我告诉你，妻子已经知道——

埃罗提乌姆

       我可没有要你送我披衫，
是你主动拿来给我，是你主动来作为礼物送给我，
你现在却又想把它要回去。好吧，你把它拿走吧， 690
你穿你妻子穿都可以，你也可以把它塞在柜子里，
不过请你相信，你从今以后别再想跨进我的家门！
既然你不把我这个理应好好受报答的人放在眼里，
你以后除非带着钱来，否则你不可能白白引诱我。
你从今以后去找别个女人，你去白白地引诱她吧！ 695
（转身）

墨奈赫穆斯

看在海格力斯的面上，请不要这样动怒。
       喂，我对你说，你站住，
你回来！什么？你不站住？我这样叫你，你不回来？
［埃罗提乌姆进屋，关上门。
她进去了，把门关上了。现在我完全被关在了门外，
无论是妻子还是情人，她们怎么都不相信我说的话。
我去找朋友商量，看他们觉得应该如何处理这件事。 700
［下。

第五幕

第一场

[索·墨奈赫穆斯上。

索·墨奈赫穆斯

  我刚才干了件大蠢事,我把钱袋
  和里面的钱一起交给了墨森尼奥,
  我相信他肯定泡在了哪个酒馆里。

[墨奈赫穆斯的妻子自屋内上。

妻子

  我来看看,我的丈夫很快就该返回来。
  (看见索·墨奈赫穆斯)
  我见他在这里。我真走运,要回来披衫。

索·墨奈赫穆斯

  我感到奇怪,墨森尼奥现在在哪里转悠?

妻子

  我走过去,该把这个家伙狠狠地骂一顿。
  (上前)
  你这个无赖,拿着它回来见我,不害臊?
  无耻的东西,这样一身打扮!

索·墨奈赫穆斯

  (吃惊地)
       怎么回事?

夫人，什么事情使你如此激动？

妻子

　　　　　　　　　　　　　　无耻之徒，
你怎么竟然敢回我的嘴，竟敢和我说话？　　　　　　710

索·墨奈赫穆斯

你说我怎么啦，竟然应该不敢和你说话？

妻子

你问我？啊，一个多么厚颜无耻的家伙！

索·墨奈赫穆斯

　　（平和地）
夫人啊，难道你不知道当年赫库柏为什么
曾经被希腊人预言会被称为狗？①

妻子

　　　　　　　　　　　我不知道！　　　　　　　　715

索·墨奈赫穆斯

因为赫库柏常常也像你现在这个样子：
她不管看见谁，都要随心所欲地这样
破口大骂，于是理所当然地被称为狗。

妻子

　　（愤怒地）
我实在忍受不了你的这种侮辱！
我宁可现在这年龄就成为寡妇，　　　　　　　　720
也不愿继续忍受你这样侮辱我。

索·墨奈赫穆斯

你是忍着和丈夫生活，还是和丈夫分手，
这与我有什么关系？你们这里是不是有
这样的风气，好和外邦来的客人说闲话？

---

① 赫库柏是特洛亚王普里阿摩斯的妻子，特洛亚城陷落后成为奥德修斯的战利品，被带往希腊为奴。途中她得知色雷斯王波吕墨斯托尔图财害命，杀死了她的前往那里避难的儿子波吕多卢斯，便把波吕墨斯托尔的眼睛刺瞎了，她自己则被后者预言将会变成狗。故事常见于希腊悲剧。

妻子

  说什么闲话？我告诉你，我再也忍受不了了，   725
  我宁愿当寡妇活着，也不想再受你这样嘲辱。

索·墨奈赫穆斯

  海格力斯作证，我看你就一直当寡妇吧，
  哪怕像尤皮特享有统治权力地一样长久。
  （墨奈赫穆斯的妻子上前查看
   索·墨奈赫穆斯手里拿着的披衫）

妻子

  你刚才还不承认偷了我的披衫，可现在
  就当着我的面拿着它，难道你不害臊吗？   730

索·墨奈赫穆斯

  天哪！夫人，你太放肆、太可恶了！
  你怎么竟胆敢说这披衫是偷了你的？
  刚才另一个女人把它交给我去修整。

妻子

  啊，天哪！好，我马上请我父亲来，
  把你干的这些丢人事情统统告诉他。   735
  （对屋内）
  喂，得克奥，你去请我父亲，让他
  和你一起到我这里来，说有事找他。
  （对索·墨奈赫穆斯）
  我要立即揭露你的这些勾当。

索·墨奈赫穆斯

     你有理智吗？
  我的什么可耻勾当？

妻子

     你从家里偷了
  你妻子的披衫和首饰，拿去送给   740
  相好。我说的这些是不是事实？

索·墨奈赫穆斯

夫人啊，请指点我该喝什么药，
才能忍受得了你的粗暴无礼！
我不知道你把我当成了哪个人，
我对你不比对波尔塔昂①更熟悉。   745

妻子

如果你嘲弄我，天哪，你总不能嘲弄他，
不能嘲弄我父亲，

（指远处）

你看他来了。你怎么不看他?
你是不是不认识他？

索·墨奈赫穆斯

我是在认识卡尔卡斯②时
一起认识他，我在看见你的同一天看见他。

妻子

你说你不认识我？你说你不认识我的父亲？   750

索·墨奈赫穆斯

天哪，即使你把你祖父请来，我也是这么说。

妻子

请卡斯托尔作证，你通常也总是像现在这样。

第二场

［墨奈赫穆斯的岳父拄着拐杖，蹒跚地上。

老人

既然我年龄还许可，既然事情如此急迫，
那我就尽可能迈开步子，尽快地往前赶吧。   755
不过我不想说假话，好像这于我很轻松，
事实上敏捷早就把我抛弃。现在我已经
是个上了年纪的老人，身体老朽，精力

---

① 波尔塔昂是卡吕冬王，海格力斯的妻子得伊阿涅拉的祖父。
② 卡尔卡斯（Carchas）是古希腊著名的预言者，曾随希腊联军远征特洛亚。

也已经衰减。老年不是好事情，它是重负。
事实上随着老年的到来，也带来各种不快。
不过如果我现在列数这些不快，话会很长。 760
今天这件事情使我思绪混乱，放不下心来。
那里究竟发生了什么事情？既然我的女儿
这样突然地派人来叫我，要我前去她那里，
我确实想不明白究竟是怎么回事， 763a
女儿想干什么，她为什么请我去。
不过我现在也差不多意识到了是怎么回事。 764a
我猜想准是她和丈夫之间发生了什么口角。 765
妇女们就是这样，她们要求丈夫顺从，
她们往往倚仗自己的嫁妆，盛气凌人。
不过丈夫们也常常并不是完全没有错。
然而要求妻子忍耐也应该有一定的限度，
女儿一般不会叫父亲前去，如果不是有 770
不顺心的事情或不合理的理由与丈夫争执。
我这就会知道究竟是怎么回事。我看见女儿
站在门前，她丈夫也满脸不高兴地站在那里。
事情正像我估计的那样。
我现在走过去和她说话。

妻子

（旁白）
我迎上去。
（大声地）
你好，爸爸！ 775

老人

你好。我是来向你问好？你是叫我来问你好？
你为什么生气？他为什么愤怒地离开你站着？
你们两个人显然是因为什么事情发生了口角。
你告诉我，你们俩是谁的错，要简明不啰嗦！

妻子

>   我一点没有错,爸爸,我首先向你申明这一点。　　　　　　780
>   我确实没办法继续在这里生活,没办法再忍耐。
>   你把我从这里带回去吧!

老人

> （生气地）
>
>   你这是为什么?

妻子

>   我在这里——爸爸——
>   受欺侮。

老人

>   谁欺侮你?

妻子

>   就是你让我嫁的那个人,我的丈夫!

老人

>   这就是说你们吵架了。我可曾经跟你说过多少次,　　　　　　785
>   要你注意,要你们谁也不要吵吵嚷嚷来找我诉苦。

妻子

>   亲爱的爸爸,我还能怎样像你说的注意呀?

老人

> （严厉地）
>
>   你问我?

妻子

>   是的,如果你允许。

老人

>   我对你提出过多少次,要你顺从丈夫,
>   不要过问他干什么,想什么,去哪里,有什么事。

妻子

>   可他和住在旁边的那个伴妓来往。

老人

>   他这样做有道理!　　　　　　790
>   由于你这样用心,他和她来往还会更加密切。

妻子

他还在那里喝酒。

老人

他因为你，甚至连酒也得少喝，
不管是在哪里？哼，像你这个样子，不害臊！
你竭力阻止他，不让他出去作客；你限制他， 795
不让他邀请任何人到家里来。你是想让丈夫
做你的奴隶？你想让他只能在家里干家务活，
要求他坐在女仆中间纺绩，还得有一定数量？

妻子

爸爸，我请你来竟不为我辩护，却为他辩护。
你现在站在这里为他说话。

老人

要是他犯了什么过错，
我会严厉地责备他，还会远远比责备你更严厉。 800
既然他给你首饰戴，给你好衣服穿，有那么多
奴隶使唤，终日饱餐，女儿，你就应该放明智。

妻子

可他从家里偷走我的首饰，从柜子里偷走衣服，
对我什么都抢劫，把我的饰物偷偷拿去给伴妓。

老人

若他真那样，那是他不对；不过若他没有那样做， 805
你无端诬告，那你就不对。

妻子

爸爸，你看他现在还正拿着披衫
和手镯，他拿去送给她，是因为
被我发现，现在他才又拿了回来。

老人

我从他那里马上就会知道事情真相。我过去问问他。
（走向索·墨奈赫穆斯）
墨奈赫穆斯，你说说看，告诉我你们为什么闹不和。

你为什么不高兴？她为什么愤怒地远离你站在那里？ 810

索·墨奈赫穆斯

不管你是何许人，也不管你尊姓大名，
　　　　　　　　老者，我请至高无上的尤皮特
和众神明作见证——

老人

（惊异地）

　　因为什么？或者为了什么事情作见证？

索·墨奈赫穆斯

我没有对这个女人做不好的事情，可她却指责我，
说我从她那里偷了这件披衫，拿去送给——

妻子

　　　　　　　　　　　　他敢发誓？

索·墨奈赫穆斯

要是我曾经抬腿踏进过她居住的这处住屋， 815,516
那就让我成为世上所有的人中最不幸的人。

老人

（非常吃惊地）

你这个疯子，你还有理智吗？你竟然这样希望，
或者声称，说你从来没有进过你现在住的屋子？

索·墨奈赫穆斯

你说什么，老人？你说我现在就住在这座屋里？ 820

老人

你不承认？

索·墨奈赫穆斯

　　　　　请海格力斯作证，我不承认。

老人

　　　　　　　不，请海格力斯作证，你不该否认①。
除非你们昨天夜里从这里搬了家。喂，女儿，你过来！

（转过身）

———————

① 有的抄本作"开玩笑"（ludere）。

妻子

你说说看,难道你们从这里搬家了?

妻子

我们往哪里搬?为什么要搬家?

老人

请波卢克斯作证,我怎么知道!

妻子

他完全在嘲弄你。你不明白?

老人

墨奈赫穆斯,得了,玩笑开够了。现在谈正事吧!   825

索·墨奈赫穆斯

请问,你与我有什么关系?你又是谁?从哪里来?
我欠你或是欠她什么,使她这样随意地惹我不快?

妻子

(恐惧地对父亲)

你看见他的眼睛发青吗?你看,他的两鬓和前额
的皮肤也都在现青色,他的两只眼睛都在闪青光!   829,830

索·墨奈赫穆斯

(旁白)

他们说我在发疯,这对我来说是再好不过的时机,
我何不乘此机会装疯卖傻,把他们从我这里赶跑?

(索·墨奈赫穆斯装疯癫)

妻子

你看他伸腰,打呵欠的样子!我现在怎么办,爸爸?

老人

(畏缩地向后退)

你走到我这边来,我的女儿,尽可能离他远一些。

索·墨奈赫穆斯

(疯癫地)

啊,巴克科斯,布罗弥奥斯,[①]

---

① 巴克科斯是希腊酒神,布罗弥奥斯是他的别称。

　　　　　　你召唤我去哪座树林里打猎？　　　　　　835
我听见你在召唤，但是我没法离开这个地方，
因为现在那条疯狂的母狗正从右手边守着我，
在它后面还正站着一头秃顶山羊，那头山羊
一生中经常凭借虚假的伪证陷害无辜的市民。

老人

啊，该死的东西！

索·墨奈赫穆斯

　　　　　　瞧，阿波罗正在从他的神示所向我　　　　840
发布命令，要我用熊熊燃烧的火把烧掉她的眼睛。

妻子

糟了，我的爸爸，他刚才声言要烧瞎我的眼睛。

索·墨奈赫穆斯

（旁白）

他们说我神志失常，我看是他们自己神志失常。]

老人

喂，女儿！

妻子

　　　什么事？我们怎么办？

老人

　　　　　　我去叫奴隶过来，你看如何？
我现在就去，把他们叫来，把他抓住，缚在家里，　　845
免得他还会给我们惹出更大的乱子。

索·墨奈赫穆斯

（旁白）

　　　　　　　　啊呀，惹麻烦了；
我如果再不想个办法脱身，他们就要把我拉进屋去。
（上前挡住老人的去路，瞪着眼睛，
　恶狠狠地盯着墨奈赫穆斯的妻子）
阿波罗啊，你要我毫不留情地用拳头去揍她的脸，
直到把她从我的眼前赶走，让她陷入巨大的苦恼。

好，我按照你的吩咐去做。

（向墨奈赫穆斯的妻子走过去）

老人

（对墨奈赫穆斯的妻子）

你赶快跑，快跑回家去，　　　　　　850

免得挨他揍！

妻子

好，我跑！亲爱的爸爸，你好好看住他，

不要让他从这里跑了。啊，听见那些话，

我真是个不幸的女人！

（跑进屋）

索·墨奈赫穆斯

啊，太好了，阿波罗，我把她赶跑了。现在对这个

最不洁的大胡子、惊慌的提托诺斯，基格诺斯之子，①

你命我用他自己拄的那根拐杖把他的身体的　　855

每个部分、每根骨头、每个关节都揍烂。

（向老人逼近）

老人

（向后退缩，举起拐杖阻挡）

要是你胆敢碰我，胆敢接近我，我就让你见鬼去！

索·墨奈赫穆斯

我会按照你的吩咐去做。我将操起一把

双刃利斧，把这个老头子狠狠剁成肉泥。

老人

（惊恐地，旁白）

我得认真戒备着，我得认真提防他！　　860

我真害怕他会像声称的那样伤害我。

索·墨奈赫穆斯

---

① 提托诺斯是特洛亚王拉奥墨冬的儿子，为朝霞女神所爱，求得宙斯恩准，可以长生不死，但朝霞女神未为他求永远年轻，因而他成了一个长生的朽弱老人。"基格诺斯"意为天鹅，普劳图斯此处说老人是天鹅的儿子，显然是讽喻他的银须白发。

阿波罗啊，你又命令我；你要我给马套轭，
你命令我现在把那狂暴不驯的烈马套上车，
要我冲击这头老朽、恶臭、掉了牙的狮子。
我已经登上车，已经握住缰绳，拿着鞭
子。   865
马呀，你们奔驰吧，让嗒嗒蹄声响彻长空，
让四蹄迅速奔跑，敏捷地拐过每一处弯角。

老人

你威胁要驾马车冲击我？

索·墨奈赫穆斯

啊，阿波罗，你再次
命令我向站在面前的这个人冲击，杀死他。
（向老人冲去，老人用拐杖阻挡，
　索·墨奈赫穆斯突然停住）
是谁扯住了我的头发，正在把我往车下拉，   870
阿波罗，企图阻挠我执行你的意旨和命令？
〔索·墨奈赫穆斯装作不省人事，倒到地上。

老人

啊，天哪！他的病太重了，太厉害了！
愿神明保佑我们！他刚才还是好好的，
一会儿就变得这样的癫狂。他是突然
害上了这种病。我赶快去找个医生来。   875
〔下。

第三场

（索·墨奈赫穆斯从地上站起来，四处张望）

索·墨奈赫穆斯

天哪，他们都走了，离开了我的视线？
这些人曾经强使我由健康人变成疯子。
现在已安然无恙，我何不赶紧去登船？
（对观众）

我请求你们，倘若那个老家伙回来， 879,880
不要告诉他我从这里顺那条街跑了。
　　［下。
　　［墨奈赫穆斯的岳父上。

老人

我刚才坐等得腰也累了，眼也望酸了，
为了等医生，直到他终于做完了手术。
他令人可恶地处理完病人，走了出来。
他告诉我说刚才他给艾斯库拉皮乌斯① 885
捆扎折断的腿，给阿波罗捆扎了胳膊。②
现在我难说请来的是位医生还是匠人。
　（回头向远处张望）
瞧，那就是他来了。
　（大声地）
　　　喂，你放开蚂蚁步子走快点儿！

第四场

　［医生蹒跚地缓步而上。

医生

你刚才说他患了什么病？老人，你对我说说！
他是中邪了，还是患了羊痫风？请你告诉我。 890
难道他是患了老年昏睡病还是患了皮下水肿？

老人

我正是为此来请你，希望你告诉我他患的病，
并希望你能把他治好。

医生

　（泰然地）
　　　　　做到这一点很容易。

---

① 艾斯库拉皮乌斯是古罗马医神。
② 阿波罗也会医术。

我以我的信誉向你担保，他会恢复理智。

老人

我恳切希望你能非常精心地诊治他。 895

医生

（玩笑地）
那我一天为你诊治他六百次以上，
我就这样为你非常精心地诊治他。

老人

（向四处张望）
瞧，那就是他！让我们注意看看他干什么。
〔二人退到一旁。

第五场

〔墨奈赫穆斯上。

墨奈赫穆斯

波卢克斯啊！今天太可恶，太跟我作对了！
我原想偷偷干的事情，门客全给我公开了， 900
使我蒙受了巨大的羞辱，忍受了不少恐慌，
我的这位尤利西斯①，他给他的主人
　　　　　　带来了多大的不快。
只要我还活着，我就要让他免却生命的系累。
我真糊涂，我说那生命属于他，其实属于我，
因为他是靠我的饭食钱财维持。
　　　　　　我要让他的灵魂超脱！ 905
这位伴妓刚才这样对我也是理所当然，
　　　　　　因为伴妓的习性就是这样。
我要她把那件披衫还给我拿回去给我的妻子，
她说她已经把它给了我。天哪，我真可怜啊！

---

① 尤利西斯是奥德修斯的拉丁名字，此人以狡猾著称。

老人

（对医生）

你听见他在说什么吗？

医生

他说他可怜。

老人

你上前去问问他！

医生

（上前）

你好，墨奈赫穆斯！请问你怎么把胳膊露在外面？　　910

你不知道你现在这样会给你的病带来多大的害处？

墨奈赫穆斯

（暴躁地）

该死的东西！

老人

（对医生）

你看出来了吗？

医生

怎么会看不出来？

像他这样，即使用一大车黎芦，也难见效果。

墨奈赫穆斯，你说什么？

墨奈赫穆斯

你想要我说什么？

医生

我问你什么，你就回答我什么。

你喝白色的，还是黑色的酒？

墨奈赫穆斯

你怎么不见鬼去！　　915

医生

（对墨奈赫穆斯的岳父）

是的，他已经表现出一些癫狂症状。

[老人

  你怎么不给他治疗？

医生

  （对墨奈赫穆斯）

  你怎么不回答我问你的问题？]

墨奈赫穆斯

        你怎么不问我
  喜欢吃红色的还是紫色的或是黄色的面包？
  怎么不问我是否爱吃带鳞的鸟，长翅的鱼？

老人

  （对医生）

  啊呀，你听见他在说胡话吗？你怎么不赶紧   920
  趁他还没有完全疯癫，给他喝点什么东西呢？

医生

  （对墨奈赫穆斯的岳父）

  等一等，我还要问问他别的。

老人

      你这样询问他，都快要把我急死！

医生

  （耐心地）

  请告诉我，你感觉你的眼睛有时候显得发干吗？

墨奈赫穆斯

  什么？你认为我是蝗虫？你这个不中用的家伙！

医生

  请告诉我，你感觉你的肚子里有时候咕噜响吗？   925

墨奈赫穆斯

  我吃饱时，一点也不响；我饿了时，它就响起来。

医生

  （对墨奈赫穆斯的岳父）

  好，请波卢克斯作证，他刚才回答我的不是疯话。

  （对墨奈赫穆斯）

你夜里能一直睡到天亮吗？你躺下后容易入睡吗？

墨奈赫穆斯

我如果把欠人的债还清了，我就能睡着——
你这个包打听，愿尤皮特和众神让你遭殃！　　　　　　　　930

医生

（对墨奈赫穆斯的岳父）
现在他又开始疯癫。他这样说话，你要留神。

老人

不，与刚才相比，他现在说话有如涅斯托尔①。
要知道，他刚才还说他自己的妻子是疯狗呢。

墨奈赫穆斯

什么？我说了？

老人

是的，你刚才发疯时说的。

墨奈赫穆斯

是我吗？

老人

当然是你，
你刚才还威胁我，说要用四匹马驾的车冲击我。
我看见你这样做了，我现在要为此对你提出控告。　　　　936—940

墨奈赫穆斯

（愤怒地）
而我却知道你偷窃过尤皮特的神圣冠冕，
知道你因为这件事曾经被抓去关进监牢，
知道你在刑架上被抽得血肉模糊放下来，
还知道你把父亲杀死了，把母亲出卖了。
怎么样，我这样回答你的辱骂够理智吗？　　　　　　　　945

老人

天哪，医生，你赶快对他采取必要的措施吧。

---

① 涅斯托尔是特洛亚战争中希腊联军首领之一，伯罗奔尼撒西南部皮洛斯的年迈国王，以睿智著称。

你没看见他在发疯吗?

医生

你知道最好你该怎么办?
你把他送到我那里去。

老人

你这么认为?

医生

怎么啦?
在那里我将按照我的想法诊治他。

老人

好吧,就按你说的办!

医生

(对墨奈赫穆斯)
我看可能需要给你喝二十来天的黎芦汤。　　　　　　　950

墨奈赫穆斯

而我将把你吊起来,用鞭子抽打三十天。

医生

(对老人)
去,快去叫人把他送到我那里去。

老人

要叫几个人?

医生

根据他疯癫的程度,我看得四个人,不能再少。

老人

他们马上就会到。医生,你要当心他。

医生

不,我现在就回去,
以便作好必要的准备。你就吩咐奴隶们快把他　　　　955
送到我那里去。

老人

我让他们即刻送来。

医生

           我走了。

  [下。

老人

           再见!

  (进屋)

墨奈赫穆斯

  岳父走了,医生走了,就剩下我。尤皮特啊,
  他们这些人都说我疯了,这究竟是怎么回事?
  确实我自从出生到世上以来没有一天生过病,
  我现在也不疯,也不想与人争吵,同人打架。 960
  我正常地看见别人也正常,认识人,和他们说话。
  他们硬是说我疯了,是不是他们自己发疯了?
  我现在怎么办?我想回家,但妻子不让我回去。
  (指埃罗提乌姆的住屋)
  那边也是谁也不让我进去。啊呀,我真倒霉!
  我就待在这里,我想天黑了,会让我回家去。 965

第六场

  [墨森尼奥上。

墨森尼奥

  这就是作为一个良好奴隶的证据:
  关心、照料、考虑、安排主人的事务,
  能做到主人在与不在都同样地认真,
  或者甚至还能做到更为尽心尽力。
  如果他能更多地关心自己的脊背, 970
  而不是喉咙,不是腰,不是他的胃,
  那就表明他把思想用在了正当的地方。
  那些卑劣的奴隶应该想到主人会
  赏赐给他们这些懒惰、卑鄙之徒:

鞭笞、镣铐、巨大的磨坊，
　　劳累、饥饿、极度的寒冷，
　　这些就是对懒惰的奖赏。 975
我害怕遭受这些不幸，因此我决意
　　宁可做个好奴隶，不做坏奴隶。
我能够轻易忍受言辞责备，我憎恶鞭挞，
我更乐意吃磨成的东西，而不是被碾磨。
由此我听从主人的命令，忠实、恭顺地执行；
　　这样对我也有好处。 980
别的奴隶可以怎样有利就怎样做，
　　　　而我却要应该怎样就怎样做：
我要让自己畏惧主人，避免犯过失，
　　事事为主人尽到自己的责任。
　　［主人总是要一个奴隶随时提防着避免犯错误， 983a
　　不知畏惧的奴隶只有在吃了苦头之后，
　　　　才知道什么是畏惧。 983b］
我畏惧主人不会很久，主人奖赏我
　　　　效劳的时刻已临近。
我按这样的原则尽责任，
　　　　为的是能让我的脊背得到好处。 985
我根据主人的吩咐，把行李和奴隶安置进客店，
立即赶回来。我去敲门，告诉他我已经返回来，
同时也好把他从那害人的魔窟里平安地救出来。
不过我担心我回来可能为时已晚，战斗已经结束。
（向埃罗提乌姆的住屋走去）

第七场

［墨奈赫穆斯的岳父带领数奴隶上。

老人

　　凭神明和人类的名义，我警告你们，你们对我的命令， 990

包括已经发出的和将要发出的命令，必须认真执行。
（指墨奈赫穆斯）
你们快去抓住那个人，把他送到医疗所去，
只要你们不希望让你们自己的腿和腰受苦。
你们要小心提防他，免得他威胁你们。
你们怎么站着不动？疑惑什么？快去抓住他！ 995
我这就去医生那里，我会在那里等你们到来。
[下。

墨奈赫穆斯

（见奴隶们向他扑来）
糟了，这是怎么回事？天哪，他们为什么冲向我？
（对奴隶们）
你们要干什么？在找什么？你们为什么围着我站着？
你们为什么要抓我？你们要把我送到哪里去？
[奴隶们把墨奈赫穆斯扛到肩上。
啊，救命啊！
埃皮丹努斯市民们，快来帮助我！
（对奴隶们）
你们为什么不放下我？ 1000

墨森尼奥

啊，不死的天神啊！我看见那里发生了什么事情？
我看见那一伙人正非常粗暴地要把我的主人架走。

墨奈赫穆斯

这里有谁敢来救救我？

墨森尼奥

（跑上前）
我，主人，我敢来救你。
（大喊）
啊，埃皮丹努斯市民们，
多么可鄙、多么恶劣的行为啊！
竟有人要在你们这座和平城市里，

　　　　　　　　大白天里在大街上把我的主人抢走，　　　　　　1005
　　　　　他来你们这里可是个自由人！
　　　（对奴隶们）
　　　你们快把他放下来！

墨奈赫穆斯
　　　　　　　我求求你，不管你是谁，快来帮助我，
　　　不要让他们这样粗暴无理地对我使用非法手段。

墨森尼奥
　　　不会那样！我要帮助你，保护你，竭力救援你。
　　　即使我自己丧失性命，也绝对不会容忍你受害。　　　　1010
　　　主人，你使劲抓那个用肩膀抬着你的人的眼睛！
　　　我自己则努力地在他们的脸上耕耘，播种拳头。
　　　（挥舞拳头揍奴隶）
　　　天哪，今天你们要为自己的行为倒大霉！放开他！

墨奈赫穆斯
　　　我抓着了这个家伙的眼睛。

墨森尼奥
　　　　　　　就让他的眼窝变成个大窟窿！
　　　（更猛烈地揍奴隶）
　　　你们这些无赖，这些强盗，这些窃贼！

奴隶们
　　　　　　　　　　　　啊，救命！　　　　　　　　　　　1015
　　　啊，海格力斯！

墨森尼奥
　　　　　　　那你们把他放下！
　　　（奴隶们放下墨奈赫穆斯）

墨奈赫穆斯
　　　　　　　你们竟然想来动我？
　　　（对墨森尼奥）
　　　狠命地揍他们！
　　　（奴隶们抱头逃跑）

墨森尼奥
　　　　　　　　你们逃吧，滚吧，见鬼去吧！
（追打逃跑的奴隶）
　　好，这是给你的赏赐，你最后一个离开，领赏吧！
　　［奴隶们跑下。
　　啊，我刚才称心如意地狠命揍了一顿他们的脸。
　　波卢克斯作证，主人，我帮助你来得正是时候。　　　　　1020

墨奈赫穆斯
　　年轻人，不管你是谁，我祈求众神永远保佑你！
　　今天要不是由于你，我都可能活不到太阳落下。

墨森尼奥
　　那么，主人，请波卢克斯作证，你该释放我了吧！

墨奈赫穆斯
　　我释放你？

墨森尼奥
　　　　　　是的，主人，既然我救了你。

墨奈赫穆斯
　　　　　　　　　　　　什么？
　　年轻人，你搞错了。

墨森尼奥
　　　　　什么？我搞错了？

墨奈赫穆斯
　　　　　　　　　我凭尤皮特的名义起誓，　　　　　1025
　　我不是你的主人。

墨森尼奥
　　　　　请不要这样说。

墨奈赫穆斯
　　　　　　　　　我不是夸大其词，
　　即使是我自己的奴隶，也从来没有
　　　　　　像你刚才那样为我出过力。

墨森尼奥

墨奈赫穆斯

既然你不承认我是你的奴隶,
那你就允许我作为自由人离开吧!

墨奈赫穆斯

可以,请海格力斯作证,
愿你是个自由人,你想去哪里就去哪里。

墨森尼奥

(热切地)

你这样吩咐?

墨奈赫穆斯

是的,请海格力斯作证,
我这样吩咐,如果我有权这样对你说的话。   1030

墨森尼奥

(高兴地)

你好,我的庇护人!①
"值此你获得自由之际,墨森尼奥,我祝贺你!"②

(对墨奈赫穆斯)

"谢谢你!我也祝愿你!"不过,主人,我请求你,
希望你能继续像我以前是你的奴隶时一样地差遣我。
我将留在你们家,当你回去时,我将和你一起回去。

墨奈赫穆斯

(旁白)

他在胡扯些什么!

墨森尼奥

我现在去客店,把钱和行李给你取来。
路费装在钱袋里,包在行囊里,钤着印记,
我即刻把它们给你取来。

墨奈赫穆斯

(感兴趣地)

---

① 按照当时的习俗,奴隶被释放后,原先的主人成为他的庇护人。
② 墨森尼奥欣喜地想象着朋友对他的祝贺。

那你赶快去拿来吧！

墨森尼奥

我将把你交给我的东西如数交还给你。
你就在这里等我。

〔下。〕

墨奈赫穆斯

今天真怪，于我发生了那么多的怪事情：
有人睁大眼睛不认我，把我拒之于门外， 1040
而这个人却赶紧去取钱，说是我的奴隶，
他刚才救助我，我已经解除了他的奴籍。
他说去把钱袋取来，要把装的钱交给我，
他取来了，我就让他离开，任他去哪里，
那样即使他醒悟，也没法回来向我讨钱。 1045
岳父和医生说我神志失常，我真不明白
是怎么回事。我觉得这些好像是在做梦。
现在我去找那个伴妓，即使她对我生气，
只要能求得她把披衫还给我拿回去就行。

〔进埃罗提乌姆的住屋，下。〕

第八场

〔索·墨奈赫穆斯和墨森尼奥上。〕

索·墨奈赫穆斯

无赖，你竟然胆敢说你今天办完事情， 1050
回到这里后在这里见过我？

墨森尼奥

不仅如此，刚才还有
四个人要把你高高架起抬走，我把你夺了下来，
就在这座屋前。当时你正在呼唤众神明和凡人，
我跑上去，经过一番战斗，强行把你夺了下来。
你为此，就因为我救了你，还解除了我的奴籍。 1055

可在我说要去取钱和行李之后，你却赶紧跑了，
有如让我迎面碰见你，你好否认你做过的事情。

索·墨奈赫穆斯

我吩咐解除了你的奴籍？

墨森尼奥

是的。

索·墨奈赫穆斯

（激动地）

不，确凿无疑的是
宁可我自己成为奴隶，我也永远不会释放你。

第九场

〔墨奈赫穆斯由埃罗提乌姆的屋内上。

墨奈赫穆斯

（回身对屋内）

你们这些不中用的东西，即使你们凭借眼睛起誓， 1060
天哪，也证明不了好像我今天取走了手镯和披衫。

墨森尼奥

（惊讶地）

不朽的天神啊，我这是看见什么了？

索·墨奈赫穆斯

你看见什么了？

墨森尼奥

你的影子。

索·墨奈赫穆斯

你这话什么意思？

墨森尼奥

（指墨奈赫穆斯）

你的映像。他和你完全一模一样。

索·墨奈赫穆斯

请波卢克斯作证，我知道我的外貌，

      他是和我没有两样。

墨奈赫穆斯

（看见墨森尼奥）

啊，年轻人，你好！不管你是谁，是你刚才救了我。 1065

墨森尼奥

年轻人，如果你不反对，请你告诉我你尊姓大名。

墨奈赫穆斯

请波卢克斯作证，满足你的要求并不使我感到为难。

我的名字叫墨奈赫穆斯。

索·墨奈赫穆斯

     请波卢克斯作证，我也叫那个名字。

墨奈赫穆斯

我是西西里的叙拉古人。

索·墨奈赫穆斯

     那也是我的祖邦，我的故乡。

墨奈赫穆斯

我听见你在说什么？

索·墨奈赫穆斯

    是这样。

墨森尼奥

（上前细看墨奈赫穆斯，自语）

     我认识这个人，他是我的主人。 1070

我是他的奴隶，可我刚才还以为

（指索·墨奈赫穆斯）

     是这个人的奴隶。

（对墨奈赫穆斯）

我刚才以为这个人是你，还引起这个人的不愉快。

（对索·墨奈赫穆斯）

请你宽恕我，如果我在无意之中对你有所言语冒犯。

索·墨奈赫穆斯

（着急地）

我看你是头脑完全发昏了。难道你不记得,
今天是我和你一起下的船?

墨森尼奥

（若有醒悟地）

        是的,你说得对。   1075
你是我的主人。
（对墨奈赫穆斯）
    你就另找奴隶吧!
（对索·墨奈赫穆斯）
       你好!
（对墨奈赫穆斯）
        再见!
（指索·墨奈赫穆斯）
我说这个人才是墨奈赫穆斯。

墨奈赫穆斯

    不,我是!

索·墨奈赫穆斯

（气愤地）

      真荒诞!
你是墨奈赫穆斯?

墨奈赫穆斯

    我说是这样,莫斯库斯之子。

索·墨奈赫穆斯

难道你是我父亲的儿子?

墨奈赫穆斯

    不,年轻人,我是我父亲的儿子,
我无意为我父亲同你争优先权,也不想夺取他。 1080

墨森尼奥

（旁白）

不朽的天神啊！我想是你们给了我意外的希望。
我的估计如果不错的话，他们是一对孪生兄弟，
因为他们所说的故乡相同，父亲也是同一个人。
我把主人叫过来。墨奈赫穆斯！

墨奈赫穆斯　索·墨奈赫穆斯

（齐声地）

你有什么事情？

墨森尼奥

我不是叫你们两个人， 1085
我只叫你们中的一个，叫那个和我一起乘船前来的人。

墨奈赫穆斯

那不是我。

索·墨奈赫穆斯

那是我。

墨森尼奥

我正是想叫你。

（向一旁稍退）

你过来！

索·墨奈赫穆斯

（走近墨森尼奥）

我来了，什么事？

墨森尼奥

那个人要不是骗子，要不就是你的同胞兄弟。
我还从来没有见过有那两个人彼此如此相像。
请相信我，即使水和水，乳和乳，也只如此，
不会比他和你或你和他更相像；他说的故乡 1090
和父亲也和你的相同。让我们找他查问查问。

索·墨奈赫穆斯

请海格力斯作证，你提醒得对，我非常谢谢你！
我以海格力斯的名义请你继续帮我的忙。若你发现
他就是我的兄弟，你会得到自由。

墨森尼奥

       希望能这样。

索·墨奈赫穆斯

        我也希望能这样。

〔墨森尼奥走近墨奈赫穆斯。

墨森尼奥

  你说什么？依我看，你刚才说你叫墨奈赫穆斯。   1095

墨奈赫穆斯

  是这样。

墨森尼奥

  （指索·墨奈赫穆斯）

    这个人也叫墨奈赫穆斯。你说你是西西里人，
  出生在叙拉古，这个人也生在那里。你说你的父亲
  名叫莫斯库斯，这个人的父亲同样也是叫这个名字。
  现在你们两个人能帮我的忙，同时也是帮你们自己。

墨奈赫穆斯

  不管你有什么希望，有什么要求，都应该得到满足。   1100
  我是自由人，但将为你效劳，就像你是用钱买了我。

墨森尼奥

  我希望，但愿能够证明你们俩是同胞兄弟，
  有共同的母亲，同一个父亲，于同日出生。

墨奈赫穆斯

  你的想法真惊人，但愿你的希望能够实现。

墨森尼奥

  我能够。现在就请你们两人回答我的问题。   1105

墨奈赫穆斯

  你想问什么就问吧，我回答你。

      凡是我知道的，我绝不会隐瞒。

墨森尼奥

  你的名字叫墨奈赫穆斯？

墨奈赫穆斯

>   我承认。

墨森尼奥

>   （对索·墨奈赫穆斯）
>   你也叫这个名字？

索·墨奈赫穆斯

>   是这样。

墨森尼奥

>   （对墨奈赫穆斯）
>   你说你的父亲叫莫斯库斯？

墨奈赫穆斯

>   确实是这样。

索·墨奈赫穆斯

>   我的父亲也是。

墨森尼奥

>   （对墨奈赫穆斯）
>   你是叙古拉人？

墨奈赫穆斯

>   确实无疑。

墨森尼奥

>   （对索·墨奈赫穆斯）
>   那么你呢？

索·墨奈赫穆斯

>   怎么不是？

墨森尼奥

>   情况完全重合。现在请你们继续回答我的问题。
>   （对墨奈赫穆斯）
>   请告诉我，你还记得一些以前在家时的生活吗？

墨奈赫穆斯

>   我曾经随同父亲一起前去塔伦图姆经商，
>   在人群中和父亲走散后，被人带来这里。

1110

索·墨奈赫穆斯

至高无上的尤皮特啊，拯救我吧！

墨森尼奥

你叫嚷什么？别说话！

（对墨奈赫穆斯）

你父亲带你离开家的时候，是几岁？　　　　　　　　　　　1115

墨奈赫穆斯

我当时七岁。我记得当时我刚开始掉牙齿。
此后就再也没有见到过我父亲。

墨森尼奥

你们当时有
几个兄弟？

墨奈赫穆斯

我现在还记得清楚，我们兄弟两个。

墨森尼奥

你们俩谁年龄大？是你还是他？

墨奈赫穆斯

我们俩一样大。

墨森尼奥

这怎么可能？

墨奈赫穆斯

我们俩是孪生兄弟。

索·墨奈赫穆斯

啊，愿神明保佑我！　　　　　　　　　　　　　　　　　1120

墨森尼奥

（对索·墨奈赫穆斯）

你再这样打断说话，我就不问了。

索·墨奈赫穆斯

好，我不说话。

墨森尼奥

（对墨奈赫穆斯）

请告诉我，
你们俩用的是一个名字吗？

墨奈赫穆斯

不，不。我用的就是现在
这个名字，叫墨奈赫穆斯，他当时叫索西克利斯。

索·墨奈赫穆斯

（不顾墨森尼奥反对）
事情已经清楚，我再也控制不住自己，
我不能不上前拥抱他。
（拥抱墨奈赫穆斯）
你好，我的同胞亲兄弟，我就是索西克利斯。   1125

墨奈赫穆斯

那你后来怎么叫起了墨奈赫穆斯这个名字？

索·墨奈赫穆斯

我们听说你同[父亲走散了，
被一个盗贼带走，]父亲后来亡故，
祖父便给我更换了名字，把你的名字给了我。

墨奈赫穆斯

我相信事情是如你所说。不过你回答我。

索·墨奈赫穆斯

你问吧！   1129,1130

墨奈赫穆斯

我们的母亲叫什么名字？

索·墨奈赫穆斯

叫透克西马尔卡。

墨奈赫穆斯

是这样。
你好，过了许多年，我们又意想不到地相见。

索·墨奈赫穆斯

兄长，我为了寻找你经历了不少辛苦，直到现在
终于把你找到，同时你也找到了我，我也真高兴。

墨森尼奥

　　（对索·墨奈赫穆斯）

　　这场混乱是由那个伴妓用他的名字叫你而引起，　　　　　　1135
　　她当时请你去用餐时，我想她是把你当作了他。

墨奈赫穆斯

　　事情是这样：我今天曾经盼咐她为我准备午餐，
　　我刚才还瞒着我妻子从家里偷了件披衫送给她。

索·墨奈赫穆斯

　　兄弟，你说的披衫是不是我拿的这一件？

墨奈赫穆斯

　　　　　　　　　　　　　　　　正是它。
　　它怎么到了你的手里？

索·墨奈赫穆斯

　　　　　　刚才那个伴妓请我去用餐，　　　　　　　　　　　1140
　　说是我送给了她这件披衫。我饱饱地吃了一顿，
　　喝了酒，还有她陪伴，还拿走了披衫和这首饰。

　　（出示手镯）

墨奈赫穆斯

　　波卢克斯啊！如果由于我而使你得到了快乐，
　　那我感到高兴！她请你去时，显然以为是我。　　　　　　1144,1145

墨森尼奥

　　（对索·墨奈赫穆斯）

　　那我呢？你许诺过给我自由没有什么障碍吧？

墨奈赫穆斯

　　兄弟，他的要求非常正当、合理。
　　　　　　　　　看在我的面上，给他自由吧！

索·墨奈赫穆斯

　　（对墨森尼奥）

　　你得到了自由！

墨奈赫穆斯

　　　　　　墨森尼奥，你自由了，我祝贺你！

墨森尼奥

　　不过最好得到你的庇护，使我永远成为自由人。　　　　1149，1150

索·墨奈赫穆斯

　　兄长，现在既然事情已经如我们期望地结束，
　　就让我们一起回家吧！

墨奈赫穆斯

　　　　　　　　　　兄弟，我按照你的愿望办。
　　我想在这里进行拍卖，把这里的东西全都卖掉。
　　兄弟，现在我们进屋去！

索·墨奈赫穆斯

　　　　　　　　好吧！

墨森尼奥

　　　　　　　　你们知道我有什么请求？

墨奈赫穆斯

　　什么请求？

墨森尼奥

　　　　　　让我替你们叫卖。

墨奈赫穆斯

　　　　　　可以。

墨森尼奥

　　　　　　　　　　那么你想现在　　　　　　　　1155
　　就宣布要进行拍卖吗？

墨奈赫穆斯　　　　　　是的。拍卖在七天之后进行。

墨森尼奥

　　七天之后的早晨，墨奈赫穆斯将要进行拍卖。
　　拍卖的东西有奴隶、家什、土地、房屋，等等。
　　任何人都可以来购买，不过得以现款交付。
　　他的妻子甚至也在拍卖之列，只要有人想买。　　　　1160
　　（旁白）

不过依我看,他的这场拍卖绝不会超过五千块。①

观众们,现在再见!敬请你们为我们热烈鼓掌!

[齐下。

剧 终

---

① 这是一个夸张的数目。对于当时的罗马人和希腊人来说,这实际上是一个很大的数目。

商　人

MERCATOR

导　言

　　这部剧本的开场词明确说明了它的希腊原剧作者和希腊原剧的标题，这就是古希腊新喜剧作家菲勒蒙及其同名喜剧《商人》。关于希腊原剧的写作时间有多种推测，其中一种与剧中奴隶叙拉的名字有关。该推测认为，由于公元前2世纪初各希腊化王国之间的冲突才促使叙利亚女奴进入希腊。另有一种意见认为，菲勒蒙创作这部剧本应在较其年轻的著名同时代人米南德在世时，理由是剧中有许多观点同米南德有关。例如剧中青年欧提科斯最终促使自己与父亲之间的争执顺利解决，在米南德的一部喜剧里也有类似的情节。其实，这种个别情节的类似重复在普劳图斯的其他剧本里也可以见到。例如在这部剧本里（第761行）和普劳图斯的《赶驴》一剧里（第892行），妻子都听到她们的丈夫令她们很不愉快的评价。区别在于在这部剧本里多里帕是从厨师那里听到的，其中不免包含厨师本人的恶意，而《赶驴》里的阿尔特马娜则是亲耳听到的，因而无可置疑。上述这种情况可能源自新喜剧本身。在新喜剧里，原本就充满了许多相近似的或相重复的情节，而且也可以借用业已去世了的作家的作品情节。除此而外，普劳图斯的这部剧本也表现出与狄菲洛斯的一部剧本很接近的特点，狄菲洛斯的那部剧本成为普劳图斯的《卡西娜》的底本。不仅在普劳图斯这两部剧本里都可以见到恋爱的老人成为自己的亲生儿子的竞争者的情节，而且也出现了友好的邻人提供帮助的相近似的场面。

　　本剧标题源于得弥福让儿子经商。古代罗马按传统以农业经济为主，商业经济仅仅限于农产品的剩余和一些必要的产品交换，奢侈生活用品主要是从外邦传入的。地中海西部的商业交往起初主要掌握在迦太基人手里，后来罗马才逐渐扩大了对外的商业交往，特别是对希腊和东方的商业交往。从公元前268年开始，罗马开始按阿提卡式样制造银币。这种银币通行于所有希腊市场，因此这一措施可能主要是为了方便与希腊的商业交往，不过同时它也促进了罗马银币兑换业务的迅速兴起和发展。为此，在罗马广场专门开辟了一个兑换场所，那里原先是肉市。钱庄主的出现主要是为了满足对外商业交往的需要。

在商业发展的条件下，这部以商人家庭为题材的剧本显然能满足罗马观众的社会思想要求，剧本描写的人物形象和故事与他们自己很相近似。

剧中提到弃农经商的细节不是偶然的。剧本主人公的祖父是一个典型的罗马农人，带领一家人在乡间种地，干农活，只是偶尔逢全民节日才进一趟城看热闹，然后又立即返回乡下。他管教儿子严格，盼望儿子继承父业，传承后代。他的父亲在他的祖父去世后，很快便变卖了地产，购买了一条船经商，并且要求自己的儿子也能像他自己一样，从商发财。这一情节背景符合当时罗马的社会经济现状和发展趋势，这一主题对于罗马来说很有时代性。当时的罗马商人同时也是土地所有者，在罗马郊外有自己的田庄。商业，特别是输入贸易，在罗马绝对掌握在大土地所有者手里，因为他们同时掌握了船舶运输，这对于与希腊进行贸易是必不可少的条件。罗马观众完全可以理解，卡里努斯由于商贸事务，在希腊的罗得斯岛滞留了两年。在普劳图斯生活期间，那里与罗马的贸易正好很繁荣，只是后来由于地缘形势的变化才衰落了。

普劳图斯的这部剧本很有自己的艺术特点。起初人们认为，这部剧本是普劳图斯的剧本中比较差的剧本之一。后来随着研究的深入，人们逐渐改变了看法，认为这部剧本很好地体现了希腊新喜剧本身注重精细地刻画人物性格和深入地进行心理描写这一重要特点。这部剧本的计谋设计比较简单，然而剧中许多场面却提供了丰富的表演材料，成为剧本的明显特点。例如在第2幕第3场中，剧作家虚构了一个父子竞争赎买那个女子的场面（第419~446行）。其实儿子早就明白父亲的用意，小心防备，父亲则企图掩盖自己的真实意图，自作聪明，志在必得，场面幽默而有趣。在那里，演员们可以充分发挥拟剧表现手法和朗诵技巧。此外，开场词中卡里努斯叙述父亲知道他爱上了一个伴妓而训斥他的部分，第2幕第3场开始时卡里努斯叙述造成苦闷心境的原因的独白，它们都明显地既是在进行心理描写，也包含着许多表演动作。

在剧本卡里努斯自动外出流放一场中，他起初看到事情出现好的转折，便取下一件件旅行装束，放弃自我放逐。后来他重又陷入失望，不仅重新拿起武器和旅行物品，好像还乘上了马车，驶过了许多城市和岛屿。在所有古代戏剧中，这一场面具有特别丰富的喜剧造型内涵。在这里，特别是武器和马车仅仅存在于一个敏感青年的想象中，要求演员进行紧张的表演。这是一种古老的"无道具表演"手法，这种表演源自民间戏剧，可以把它视为或者是普劳图斯，或者是希腊原剧本本身对民间戏剧表演手法的成功吸收。卡里努斯的强烈的内心情感冲动和他的心地的幼稚可见于古代其他文学题材，特别是在亚历山大里亚时期的哀歌和晚期希腊小说中。

卡里努斯的不幸遭遇是由他对一个伴妓的爱情引起的。在当时的其他喜剧中，这时通常会出现某个机智的奴隶来做陷入困境的年轻人的帮手。在这里，做他的帮手是他早年的保傅，按他父亲的安排陪同他去罗得斯岛。不过这一形象并未介入全部剧情，而只在剧本开始部分出现，后来他的类似其他剧本中机智的奴隶的作用由欧提科斯来完成。欧提科斯知道事情的原委，知道卡里努斯的父亲委托他暗地里帮忙，让他的父亲以自己的名义，买下那个女子。这一作用通常是由机智的奴隶来完成的。所有这些让人们觉得，普劳图斯在这里或是搅乱了，或是有意识地放弃了原本，把原本中赋予奴隶的3件转交给了欧提科斯。

吕西马科斯认真帮助邻居，但同时他又非常担心妻子会从乡下回来，引起矛盾。妻子真的从乡下回来了，真的产生了误会，他那宽厚的心情立即陷入了失望，邻居的胡作非为使他陷入了窘境，从而对邻居感到愤怒。厨师的出现对于他来说完全不是时候。显然他在厨师面前过分直接地谈到他妻子的情况，厨师在无意之中道了出来，使他完全露了马脚，没法在妻子面前辩解，更何况妻子凭借自己丰厚的嫁妆，本来就使他惧怕地处于妻子的控制之下。这样便使这部剧本同样也涉及特别令普劳图斯的同时代人注意的嫁妆问题。剧中得弥福似乎也怕妻子，不过这未能阻碍他异想天开地去做荒唐事情。这可能是由于正如剧中明确指出了他的财富来源，他作为商人，在财富方面已经摆脱了对妻子的依赖。对于传统的农业社会的罗马来说，这是一种新现象。

在这部剧本里，普劳图斯对厨师同样进行了嘲讽。正是公元前2世纪初罗马开始直接染指希腊和西亚的事务之后，一些奢侈的生活方式开始影响罗马原先简朴的日常生活。各种昂贵的生活用品在罗马出现，餐桌变得日益丰盛，原先被视为无用的厨师的身价开始倍增，厨师劳动逐渐受到赏识，开始变成一种真正的技艺。这些对于普劳图斯时代的生活风尚很有代表性。需要注意的是厨师作为好吹牛的人物类型之一，在新喜剧里便受到嘲讽，因此尽管这一人物形象同当时的罗马社会生活的变化有很密切的联系，但它源自希腊，并不是普劳图斯的创造，而且普劳图斯的刻画仍基本保持了希腊原型的特点。在古希腊喜剧里，厨师对自己的手艺吹牛夸口时，往往赋予其学识性外表，提出系统、完整的厨师理论和哲学理念，同时明显地表现出对当时的学术的有意嘲讽。普劳图斯笔下的厨师通常也具有这些烹调理论和智慧，不过考虑到自己的观众的水平，剧作家往往不过分渲染人物在这方面的特点。值得注意的是在这部剧本里，尽管直接描写厨师的文字不多，但剧作家显然是为了活跃戏剧气氛，赋予了人物厨师与吕西马科斯比较长的对话，仍然非常鲜明地刻画了他的形象。

剧情梗概一

年轻人被父亲派遣外出经商，
买得一个美貌的女子带回家。
老人看见后询问女子是何人：
谎称是给母亲买的贴身侍奴。
老人爱上那女子，佯装卖掉， 5
交给邻居：邻妻误以为丈夫
领来伴妓。卡里努斯被朋友
挽救免于流亡，找到了女伴。

剧情梗概二

父亲排挤了放荡的经商儿子。
儿子被遣外出，赎了一个朋友的女奴，
非常喜欢，把女奴带回家来。
他刚下船，父亲赶到，见女子心动。
老人询问是谁的女子；年轻人答称， 5
那是为母亲购买的贴身侍奴。
老人为自己谋划，去找老朋友，
请求朋友使儿子的女伴归他所有。
儿子听从邻居的儿子，父亲
听从邻居本人，老人抢先购买女奴。 10
邻居妻子在家里碰见那女子，
误以为是伴妓，赶走了丈夫。
失望的年轻商人决定离开家乡，
被朋友劝阻，朋友同父亲一起，
请求朋友的父亲对儿子让步。 15

人　物

卡里努斯　青年
阿康提奥　卡里努斯的奴隶
得弥福　老人，卡里努斯的父亲
吕西马科斯　老人，欧提科斯的父亲
奴隶　吕西马科斯的家奴
欧提科斯　青年，吕西马科斯之子
帕西康普萨　伴妓
多里帕　妇人，吕西马科斯的妻子
叙拉　老媪
厨师

地　点

雅典，一街道。舞台上两座房屋，分别是得弥福和吕西马科斯的家。

时　间

白天。

第一幕

第一场

[卡里努斯上。

卡里努斯

（对观众）

我决定现在要同时一起做两件事情，
既说明本剧剧情，又说明我的爱情。
我不想如同其他人在爱情的压力下，
在喜剧中那样，或是不分白天黑夜地，
或是对着太阳月亮，诉说自己的不幸。　　　　　5
请神明作证，不管人们愿意不愿意，
我看事情还没有达到让人们哀怨的程度，
我现在宁可向你们叙说我遭到的不幸。

这部希腊剧本被认为是菲勒蒙的《商人》，
改编成拉丁剧本是马克基乌斯·提图斯的《商人》，① 　　10
（用手指得弥福的住屋）
我的父亲派遣我前往罗得斯岛经商，
自从我离开家后已经过去有近两年，
我在那里爱上了一个貌美无比的女子。

---

① 菲勒蒙的剧本古希腊文标题为 Emporos，普劳图斯的剧本拉丁文标题为 Mercator，两个标题的意思完全相同。

我可以向你们说明我怎样陷入了罗网，
若你们能善意地竖起耳朵认真听我叙说。 15
神明作证，我没有能如恋人们通常那样，
我刚才提到的爱情立即成为不幸的开始。
所有的恶行像通常那样都随之而来，
忧心、悲伤、过分炫耀仪容举止，
［它们不仅惩罚恋爱者，而且惩罚凡是 20
与其接触的人，巨大而令人难以承受。
请波卢克斯作证，遭受巨大损失，
超过巨大的限度，没有人能幸免。
爱情还有许多不快我没有提及：
失眠、忧愁、谬误、恐惧、逃跑、 25
语无伦次、行为呆愚、贸然鲁莽、
仓促冒失、愚昧疯癫、放纵失度、
强横无理、贪得无厌、心怀恶意，
疏慵懒散、斥责辱骂、耗费亏损，］① 30
絮叨啰唆；寡言少语。前者所指为
恋人们所言往往无关紧要，与事无益，
以至于恋爱之人说话往往不合时宜；
我所以说恋爱之人寡言少语是因为
从来没有一个恋人表现出善于辞令， 35
能够说点什么有益于事情的话语。
现在你们不应该指责我絮叨啰唆，
维纳斯在给予我爱情那一天也把它给了我，
我决定现在返回来，说说自己的事情。

我已经成长得超出了少年的年纪，② 40

---

① 研究者一般认为，第20～30行，或者甚至第17～39行，为普劳图斯去世后演出时的增补。
② 指满20岁。雅典青年在18岁之前起初处于家庭保傅，而后是学校教师的监管之下。满18岁后录入市民册，接受两年的军事训练和军役。

我的心灵摆脱了儿时的兴趣，
开始热烈地爱上了一个伴妓：
父亲的钱就被偷偷放逐到那里。
妓馆老板，伴妓的主人，性情暴戾，
尽可能强行把它们掳到他家里。　　　　　　　　　　45
父亲为此不分白天黑夜地责备我。
特别强烈抨击老板的背信弃义；
自己的财产遭挥霍，老板的财富则增加。
他或是大声斥责，有时也细语劝说：
经常摇头拒绝，甚至不认我这个儿子。　　　　　　50
他全城到处喧嚷，要人们不给我借贷。
声称许多人为了爱情无度地耗费，
不知节制，没有分寸，肆无忌惮，
说我不顾一切地把他的家产耗尽；　　　　　　　　55
他自己认真算计，忍受辛苦
挣来的那些钱被我为了爱情，
无所顾忌地花光了，耗费尽。
多年来他一直严厉地责备我，
如果不感到羞愧，那就不要活着。　　　　　　　　60
他在进入青春年龄之后，
并没有像我这样无所事事地
沉湎于爱情，当时他也不可能。
因为受到他父亲的严格管教：
不得不一直在乡下干着污浊的农活，　　　　　　　65
若不是通常每过五年可以进一趟城市，
看一眼弥涅尔瓦的华丽外袍，①
然后便立即被父亲赶回乡下。
他在那里远远超过所有家奴地

---

① 指五年一度的泛雅典节（Panathenea）。这是雅典人的全民节日，节日期间最隆重的场面是给雅典保护神雅典娜穿由专门指定的妇女纺制的新袍（peplus）和随后举行的全民参加的游行。

干活，总是听见父亲这样说： 70
"你给你自己耕田、耙地、插秧、收割，
这些劳作最后也是给你自己带来乐趣。"
在他父亲的生命离开了躯体之后，
他把土地卖了，用卖得的那笔钱
购买了一条船，装载量为三百墨特瑞塔①， 75
装载了商品航行到各处去出售，
直到赚得后来拥有的那些财富；
我也应该——如果可能——成为应该成为的人。

我看出了自己引起了父亲的反感 80
和憎恶，尽管我是应该令他喜欢，
于是让疯狂地陷入爱情的我坚定心灵，
声称我愿意去经商，如果父亲希望，
我决定抛弃爱情，跟随他航行。
父亲感谢我，称赞我的天性； 85
很重视我跟随他经商的允诺。
他建造了快船，备办了许多货物，
把它们装上船，此外他还数了
一塔兰同银币亲手交给我；
派了个奴隶陪伴我，我早年孩提时 90
他是保傅，现在有如我的监护。
一切准备就绪，我们启航。

我们来到罗得斯岛，把运来的货物
像希望的那样全部出售一空。
我获得了一大笔利润，远远超出 95
父亲对货物的估量，我从中分出
不小的一部分。②我在海港散步，

---

① 墨特瑞塔（metreta）是容量单位，1墨特瑞塔相当于39.29升。
② 指取出自己的份头（peculium）。

一位故友认出了我，邀我去用晚餐。
我去了，卧上餐榻，招待愉快而慷慨，
夜间散席就寝，有个女子来到我那里， 100
那女子美丽得没有哪个女子能相比拟；
按照朋友吩咐，她与我度了那个夜晚。
你们也可以看出，我是多么喜欢她。
次日早晨我去请求朋友把那女子卖给我，
我表示非常感谢他的帮助和慷慨馈赠。 105

还需要多说？我买下了她，昨天带回来。
我不想让父亲知道我把她带来了。
我刚才把她和奴隶留在港口的船上。
（向街道远处张望）
不过我看见奴隶怎么从港口匆匆跑来？
我曾经禁止他离开船，我担心有什么事情。 110

第二场

[阿康提奥匆匆地跑上。

阿康提奥
（未看见卡里努斯，旁白）
你要尽自己的一切可能使出浑身力气，
保护你的少主人安全，快追赶，阿康提奥，
从你身上驱赶疲惫无力，排除一切怠惰。
我都憋得出不来气（天哪，好不容易困难地喘息），
然而人行道上满是人，他们迎面走来，驱赶他们， 115
把他们赶开，推到路边去。这里的习惯太可恶：
没有人对匆匆地急忙奔跑的人避开让路。
于是当你开始办一件事时需得同时办三件事情：
你得奔跑，你得殴斗，你还得一路不断地叫骂。

卡里努斯

那是怎么啦，他为什么这样急匆匆地大步奔跑？ 120
应该问问他有什么事情或有什么消息报告。

阿康提奥

　　　　　　　　　　　　　　　　　　我真没用！
我愈是迟缓，事情便愈是危险。

卡里努斯

他会报告什么坏消息。

阿康提奥

　　　　　　　　　　　　跑得膝盖发软；
我完了，脾脏在背叛，感觉胸腔堵塞，
我完了，喘不过气来，一个蹩脚的鸣笛手。 125

[**卡里努斯**

波卢克斯啊！你可以撩起你的衣摆擦擦汗。]

阿康提奥

波卢克斯作证，现在甚至洗澡也解除不了我的疲乏。
我说主人现在是在家里还是又外出？

卡里努斯

（旁白）

　　　　　　　　　　　　　　　　我的心悬吊着。
我希望知道是怎么回事，把自己从恐惧中解脱出来。

阿康提奥

我怎么还站在这里？为什么不把这扇门砸成碎片？ 130
（对屋内）
你们谁来开门？主人卡里努斯在哪里？在家还是外出？
难道谁也没想到应该到门边来？

卡里努斯

（走上前）

　　　　　　　　　　　　　这是我，阿康提奥，
你着急寻找的人就在这里。

阿康提奥

（不在意地，没有看见卡里努斯）

没有哪里的风俗比这里的更令人厌恶。

卡里努斯

（大声地）

什么不好的事情使你如此激动？

阿康提奥

（发现卡里努斯）

许多事情让你，主人，也让我激动。

卡里努斯

究竟是什么事情？

阿康提奥

我们完了！① 135

卡里努斯

愿它降临于我们的敌人。

阿康提奥

然而却是你命该碰上它。

卡里努斯

你说说究竟是怎么回事！

阿康提奥

不要着急，我想安静一下。
我由于你元气都消失了，早已经咳了好一会儿血。

卡里努斯

你就喝一点掺和蜜的树脂吧，那样就会恢复健康。

阿康提奥

（生气地）

天哪，你自己喝热树脂吧，你的忧伤就会消失。 140

卡里努斯

（吃惊地）

我从来没有看见哪个人比你更生气。

阿康提奥

---

① 以下几行诗原文不完整。

　　　　　我从来没有看见哪个人说话比你更狠毒。
卡里努斯
　　　　　要是我知道有办法让你康复，我可以建议吗？
阿康提奥
　　　　　让你那会带来严刑拷打的健康见鬼去吧！
卡里努斯
　　　　　你告诉我，随处可能有不包含恶的善？　　　　　　145
　　　　　还是可能存在你所希望的包含善的恶？
阿康提奥
　　　　　我不明白你的意思，我没学过玄学，
　　　　　我也不期望有什么恶会给我带来善。
卡里努斯
　　　　　阿康提奥，请把你的右手伸给我。
阿康提奥
　　　　　　　　　　　　　　　给你，你抓吧。
卡里努斯
　　　　　你想不想让你自己听从我？
阿康提奥
　　　　　　　　　　　　　可以用事实来检验。　　　　　　150
　　　　　我为了你奔跑得都快被撕碎，
　　　　　我让你知道我所知道的事情。
卡里努斯
　　　　　　　　　　　　过几个月
　　　　　我就会让你获得自由。
阿康提奥
　　　　　　　　　　　　你想用奉承来蒙骗我。
卡里努斯
　　　　　难道我在什么时候胆敢对你说过什么谎？
　　　　　你甚至在我未说话之前就知道我要说谎。　　　　　155
阿康提奥
　　　　　神明作证，你的话让我厌倦，你在折磨我。

卡里努斯

你就是这样听从我?

阿康提奥

你要我怎么样?

卡里努斯

要你做我希望你做的事。

阿康提奥

你究竟想要我做什么?

卡里努斯

我这就告诉你。

阿康提奥

你说吧。

卡里努斯

我要你心境平和。

阿康提奥

你是不是担心会把正在那里睡觉的观众吵醒?   160

卡里努斯

该倒霉的家伙!

阿康提奥

我从港口给你送来了——

卡里努斯

送来了什么?告诉我。

阿康提奥

送来了暴力、恐惧、不幸、担忧、争吵和贫困。

卡里努斯

糟了,你给我送来了各式各样的灾难。
我完了!

阿康提奥

不,你——

卡里努斯

我知道,你会说我不幸。

阿康提奥

　　　　　　　　　　我没有说话,就已经说了。

卡里努斯

　　你所说的不幸指什么?

阿康提奥

　　　　　　　　　　请不要问,非常巨大的不幸。　　　　　　165

卡里努斯

　　请你解除我的忧虑,我心里早就感到不安。

阿康提奥

　　你小声点,我在挨打之前还有许多事情要问你。

卡里努斯

　　天哪,你肯定会挨揍,你要是不说或离开这里。

阿康提奥

　　(幽默地)

　　看你多么会巴结。刚开始就显得没有人更会奉承。

卡里努斯

　　天哪,我请求你,恳求你,请你告诉我是什么事情,　　170
　　既然我看到自己不得不向我的这个渺小的奴隶哀求。

阿康提奥

　　不该这样对我?

卡里努斯

　　　　　　　　　　恰恰相反,应该这样。

阿康提奥

　　　　　　　　　　　　　　　　我也这样认为。

卡里努斯

　　请问,难道是货船完了?

阿康提奥

　　　　　　　　　　货船完好,请不要害怕。

卡里努斯

　　是不是什么船具坏了?

阿康提奥

卡里努斯

          它们也完好无损。

卡里努斯

                 那你为什么

  刚才跑遍全城，不管怎么样，只要能找到我？   175

阿康提奥

  你不让我张嘴说话。

卡里努斯

         好吧，我不说话。

阿康提奥

              你现在别说话。

  我相信如果我给你送来好消息，你会坚定地站着，

  尽管你现在坚决要我说话，虽然必须听到坏消息。

卡里努斯

  请神明作证，请你明白告诉我，即便对于我是不幸。

阿康提奥

  我现在就说，既然你恳求，你的父亲——

卡里努斯

             我的父亲怎么啦？   180

阿康提奥

  你的女伴——

卡里努斯

        她怎么啦？

阿康提奥

         他看见了。

卡里努斯

           他看见了，天哪！

  〔我问你什么，你回答什么。

阿康提奥

        那你想知道什么就问什么。〕

卡里努斯〕

  他怎么会看见的？

阿康提奥
      用双眼。

卡里努斯
        怎么看见的?

阿康提奥
           用睁开的双眼。

卡里努斯
  你是不是想挨揍? 事情与我生命攸关,你却胡扯。

阿康提奥
  天哪,怎么是胡扯? 我只是你问什么我回答什么。   185

卡里努斯
  他确实看见了?

阿康提奥
    海格力斯作证,确实,就像我看见你你看见我。

卡里努斯
  在哪里看见她的?

阿康提奥
      在船里面,就站在她旁边,
  还同她进行了交谈。

卡里努斯
      父亲啊,你把我毁了。
  (对阿康提奥)
  你啊,你啊,坏蛋,你怎么没有提防着她被他看见?
  恶棍,你怎么没有把她藏起来,免得我父亲看见她? 190

阿康提奥
  因为当时我们全都正在忙着自己的事情:
  我们在忙着收拾船具,把它们放置到位。
  我们正这样忙着,你父亲乘着小船来了,
  谁也没有注意到他,可他已经登上了船。

卡里努斯
  大海啊,我徒然躲过了你的狂暴, 195

> 我本以为登上陆地后就彻底安全，
> 然而疯狂的浪涛却把我抛向了巉岩。
> 你继续说，后来怎样了。

阿康提奥
> 后来他看见了女子，
> 开始询问她是什么人。

卡里努斯
> 她回答什么了？

阿康提奥
> 这时我 200
> 赶紧走了过去，打断了谈话，说是你为母亲
> 买了女侍。

卡里努斯
> 他有没有信以为真？

阿康提奥
> 你还问这些？
> 这个无耻的家伙却开始戏耍她。

卡里努斯
> 同她戏耍？

阿康提奥
> 若同我戏耍就怪了。

卡里努斯
> 波卢克斯啊，我的心真可怜！
> 它正在一滴一滴地在融化，有如把盐撒进水里。 205
> 我完了！

阿康提奥
（轻蔑地）
> 你刚才才说了一句最最真实的话。
（稍停，高兴地）
> 你真愚蠢。

卡里努斯

　　　　　　我怎么办？我认为父亲不会相信，
　　如果我说那女子是我为母亲而买，更何况
　　我觉得对自己的父亲编造谎言是犯罪行为。
　　他不会相信，这样一个绝色女子也不可能　　　　210
　　是我为母亲买的一个侍奴。

阿康提奥

　　　　　　　　　　　　绝顶的傻瓜，别说了！
　　天哪，他会相信，因为他已经相信我。

卡里努斯

　　　　　　　　　　　　　　　我真害怕，
　　我非常担心，父亲可能会猜出来那是怎么回事。
　　我有一个问题想问你，你回答我。

阿康提奥

　　　　　　　　　　你想问什么问题？

卡里努斯

　　你难道觉得他没有怀疑那是我的女伴？

阿康提奥

　　　　　　　　　　　　　没有觉得。　　　　215
　　正如我已经说过，他完全相信我。

卡里努斯

　　　　　　　　　　　　可能这只是
　　你的感觉。

阿康提奥

　　　　不，他相信。

卡里努斯

　　　　　　　　　啊，我真可怜，我彻底完了。
　　不过我为什么还在这里白白哭泣，不赶快回船去？
　　（对阿康提奥）
　　你跟我去！
　　　（二人沿街道走去）

阿康提奥

如果你从这里走，会正好迎面碰上你的父亲，
当他看见你惊慌失措，吓得死去活来的样子，　　　　　220
他会立即拦住你，询问你从哪里买下她，多少钱。
他见你恐惧，会盘问你。

卡里努斯

（反身回来）

　　　　　　　　最好从这里走，你认为
父亲已经从港口回来？

阿康提奥

　　　　　　　　所以我才这样赶紧跑来，
免得被他意外地碰上，并且盘问你。

卡里努斯

　　　　　　　　　你做得非常对！

［二人同下。

第二幕

第一场

[得弥福上。

得弥福

（困惑地）

神明们采用令人惊异的手法耍弄人类， 225
以令人惊异的方式遣给人类各种梦幻。
就像我自己在刚刚过去的这个黑夜里，
做了不少梦，忍受了许多不安的折磨。
我梦见自己购买了一头漂亮的母山羊，
为了使家里原有的那头羊不会伤害它， 230
或者为了她们待在一起不会发生斗殴，
我梦见我把买来的那头羊交给猴子看管。

猴子在那之后不久来到我这里，
严厉地指责我，对我大声叫嚷说： 235
那头山羊到来后引起了巨大的混乱，
给它造成非同一般的损害；
还说我让他看护的那头母山羊
立即啃光了它妻子的嫁妆。
这令我感到惊异，仅仅那一头母山羊 240
竟然能够啃光那猴子的妻子的嫁妆。

它坚持自己的说法，最后还对我说：
如果我不迅速把山羊从它那里带走，
它就会把母山羊带到我家交给我的妻子。

天哪，我梦见我很想安排好那母山羊。 245
但是没有一个可以托付山羊的人；
这件事更加折磨我，不知怎么办好。
这时我梦见有一头公山羊来找我，
向我夸口说，它已经从猴子那里
领走了母山羊，并且开始嘲笑我。 250
我感到很痛心，痛惜母山羊被带走。

我不知道该如何理解这一梦幻，
无法破解它，不过我似乎也
有所理解，那母山羊意味着什么。
我一大早在晨曦中从这里去到海港， 255
在那里处理完事情后，我看见
我儿子昨天乘着从罗得斯回来的船只，
我不知道怎么忽然想到去那里看看，
我登上一条小船，驶向那条大船。
我在那里看见了一个貌美无比的女子， 260
我的儿子把她带回来给他母亲做侍奴。
我一看见她，立即喜欢上了她，并不是
像人们通常有理智地喜欢，而是像失去理智。
请海格力斯作证，我从前年轻时曾恋爱过，
但从没有这样爱过，像现在这样失去理智。 265
请神明作证，有一点我确实知道：我完了，
你们自己也会看到，我会有怎样的遭遇。

现在事情肯定是这样：她就是那头母山羊。
海格力斯啊，那只猴子和那头公山羊

给我送来了灾难,不过我不知道他们究竟是谁。 270
（静听）
我暂且不说话,因为我的邻人出屋来了。

第二场

〔吕西马科斯由屋内上,一奴隶随上。

吕西马科斯

（对奴隶）
我想把那头公山羊彻底阉割了,
它在田庄里会给我们制造麻烦。

得弥福

(旁白)
这一不祥的预兆,令我很不喜欢。
我担心我妻子会把我像公羊那样阉割。 275
〔但愿她现在不会干那猴子干的事情。〕

吕西马科斯

（对奴隶）
你现在从这里去田庄,把这些锄头
当面交到田庄总管皮斯图本人手里。
然后再告诉我的妻子,说我有事情,
需要在城里耽搁,不用等我返回去, 280
因为今天我有件案子需要参加审理,
你去吧,记住我的吩咐。

奴隶

再没有其他吩咐?

吕西马科斯

就这些。
〔奴隶下。

得弥福

（走上前）

吕西马科斯，你好！

吕西马科斯

啊呀，得弥福。

你好！你怎么样？在忙什么？

得弥福

（沮丧地）

再可怜不过。

吕西马科斯

愿神明保佑你！

得弥福

正是神明让我遭不幸。

吕西马科斯

怎么回事？ 285

得弥福

我这就告诉你，只要你愿意听，或者有时间。

吕西马科斯

尽管我现在有事情，不过如果你愿意，得弥福，
我还是不会不愿意为了朋友而空出一些时间。

得弥福

尽管我深有体会，你仍然想表明你的善意。
你认为我年纪怎么样？

吕西马科斯

阿克戎的未来属民， 290
上了年纪的老人，已是年迈体衰。

得弥福

你看反了，
吕西马科斯，我是一个七岁儿童。

吕西马科斯

你有理智吗？
竟然称说自己是个儿童。

得弥福

我说的是事实。

吕西马科斯

请海格力斯作证,我刚刚明白你说的意思:
人一成为老人,便会既无感觉,也无智慧, 295
这正如谚语所说,人们通常会返老还童。

得弥福

不,我比先前还要强壮两倍。

吕西马科斯

天哪,太好了,我很高兴。

得弥福

你知道,
现在我的双眼看东西比先前还清楚。

吕西马科斯

太好了!

得弥福

依我看有些不好。

吕西马科斯

那就是说不怎么好。 300

得弥福

不过我可以对你认真地说几句吗?

吕西马科斯

可以,大胆说吧!

得弥福

那你注意听。

吕西马科斯

我听着。

得弥福

今天我开始学习字母,吕西马科斯,
我已经知道三个字母。

吕西马科斯

哪三个字母?

得弥福

          amo。①

吕西马科斯

  你都花白头发了，还爱？真是无耻之极。   305

得弥福

  不管是灰白，或是灰红，或是暗黑，amo。

吕西马科斯

  得弥福，我看你现在是在这里取笑我。

得弥福

  若是我说谎，我站在这里让你砍脖子；
  或者为了让你知道我在爱，你就拿刀子
  割下我的手指，或耳朵，鼻子，嘴唇：   310
  我只要动一动，或者感到在被割，
  吕西马科斯，你就用爱把我杀死。

吕西马科斯

  （对观众）

  你若从未见过画上的恋人，就请看这个，
  在我看来，一个老迈得业已朽弱的老人，
  完全如同墙壁上的图画中绘着的那形象。   305

得弥福

  我看你现在企图鼓动人们来训斥我。

吕西马科斯

  我鼓动人们训斥你？

得弥福

     你没有什么好对我生气，
  先前许多其他著名人士也都这样做过。
  爱为人之天性，人之天性还有宽恕，   320
  请你不要责备我，并非欲望在激励我。②

吕西马科斯

---

① 拉丁文amo意为"我爱"，"我喜欢"。
② "爱"源自爱神的意愿。

我并不是指责你。

得弥福

请你也不要由此认为

我有什么不光彩。

吕西马科斯

我认为你?啊,愿神明不允许。

得弥福

当心我再看见你!

吕西马科斯

(厌倦地)

好吧!

得弥福

真的?

吕西马科斯

(摆脱得弥福的纠缠,旁白)

真烦人。

这个人由于爱而失去了理智。

(准备离开)

还有什么事吗?

得弥福

再见?

325

吕西马科斯

我现在得赶紧去港口,在那里我还有事情。

得弥福

祝你一路平安!

吕西马科斯

再见。

[下。

得弥福

祝你好运。

(旁白,愉快地)

我在港口也确实有点儿事情。
现在我也去那里。
（向远处张望）
不过我恰好看见那是
我的儿子。我等他。现在我需要见他。 330
就让我现在能想出个什么办法劝说他，
让他把那女子卖掉，而不是交给母亲，
我听说他把她带回来是作为送给母亲的礼物。
我得小心，不能让他感觉出我在对她用心思。
（后退）

第三场

[卡里努斯上。

卡里努斯

（没有看见父亲，沮丧地）
我看，没有哪个人会比我更不幸， 335
经常遇到更多不顺心的事情；
难道还不够吗？不管我着手做什么，
都不能得到我所期望的应有结果。
某种不幸的事情正在降临于我，
阻碍我的美好愿望的实现。 340
不幸的我花钱为自己买了个女伴，
本想能瞒着我的父亲拥有她，
但他知道了，看见了，伤害了我。
要是他询问我，我该说什么？没有考虑，
心里七上八下，拿了主意，又没有判定。 345
　　我不知道现在我能拿定什么主意，
　　心中就这样充满不定的忧虑、迷惘，
　　一会儿奴隶的主意令我感到满意，
　　一会儿又觉得不如意，想不出办法，

让父亲认为我买那个女子是给母亲做侍奴。 350
如果我现在说出实话，承认我买那女子
是为了我自己，他会怎样看待我？
他可能把她夺走，从这里把她送到海外卖掉；
我知道他很凶暴，家里生活中深有体会。
这就是爱情？我宁愿犁地，也不要这样的爱。 355
他早就违背我的意愿赶我离开家，
要我去经商，我在那里找到了这一不幸。
当忧伤战胜快乐时，有什么美妙可言？
我把事情掩盖着，我把她隐藏着，偷偷地拥有她。 360
我的父亲像只苍蝇，什么都瞒不过他，
不管是圣地或是非圣地，他都会立即出现在那里。
我对自己的事情失去信心，心中不抱任何希望。

得弥福

（旁白）

我的儿子在那里自言自语地独自嘀咕些什么？
我觉得好像有什么事情使他感到不安。

卡里努斯

（发现父亲）

          啊呀呀， 365
父亲就在这里，我看见他，我走过去，同他说话。

（向父亲走去）

            父亲，你好！

得弥福

你从哪里来？我的儿子，为什么这样急促？

卡里努斯

           一切都好，父亲。

得弥福

我希望能这样，不过你的脸色变了，那是为什么？
难道你生病了？

卡里努斯

父亲，我的心里觉得有些不舒服。
然后这一夜没有能像希望的那样充分地睡个好觉。 370

得弥福

［因为你在海上航行，现在看到陆地会觉得异常。

卡里努斯

我想不完全是这样——

得弥福

肯定是这样，你只要休息一下就会恢复。］
天哪，由此你脸色苍白，你最好进屋去休息一下。

卡里努斯

现在没有时间，我想首先处理好受委托的事情。

得弥福

待到明天吧，甚至待到后天。

卡里努斯

父亲，我曾经经常听你说， 375
明智之人首先应该做的第一件事情是完成委托。

得弥福

那就按你说的办吧，我不想违背你的意愿。

卡里努斯

（转身，自语）
如果他刚才的话坚定而永远可信，那就有救。

得弥福

（旁白）
那是怎么回事？他独自一人在那里自我嘀咕。
我担心他可能已经觉察到我喜欢上了那女子。 380
事实上我并没有干恋人们通常干的任何蠢事。

卡里努斯

（旁白）
天哪，到目前为止事情还很安全，我知道他还不知道
关于那个女伴的事情；若是他知道，会是另一种谈话。

得弥福

（旁白）

我要不要向他提起那个女子？

卡里努斯

（旁白）

我是不是离开这里？

（大声地）

我现在作为朋友,去完成朋友们的委托。

（离开）

得弥福

不,你停下。　　385

我有些事情想首先问问你,

卡里努斯

有什么事情?你就说吧。

得弥福

你的身体一直很好吗?

卡里努斯

一直很好,直至回到这里;

回到这里的港口后,心里不知怎么的觉得不舒服。

得弥福

请波卢克斯作证,我想这是晕船所致,很快就会过去。

不过你说说,你从罗得斯岛给你母亲带回来了个侍奴?　　390

卡里努斯

（支吾地）

带来了。

得弥福

什么?那女子怎么样?

卡里努斯

波卢克斯作证,还不错。

得弥福

她的品性如何?

卡里努斯

      在我看来,从未见过更好的女子。

得弥福

  神明作证,我见了她,也是这样的感觉。

卡里努斯

  (假装惊讶地)

        啊,父亲,你看见她了?

得弥福

  我看见了,不过我们确实不需要,也不适宜。

卡里努斯

  这是为什么?

得弥福

  (迟疑地)

      因为她那个样子不适合我们的家庭。   395
  我们用不着女侍奴,既然她不会织绩、研磨、
  不会劈材、纺线,不会打扫房屋,不会挨鞭打,
  也不会为我们全家的人烹调每天必须的餐食,
  她对其中的任何一件工作都做不了。

卡里努斯

          是这样。
  正因为如此,我才买下她送给母亲做礼物。   400

得弥福

  你不要说,或者你不要说买了她。

卡里努斯

  (旁白,欣喜地)

        愿神明保佑。

得弥福

  (旁白,欣喜地)

  我让他有些动摇了。

  (大声地)

      还有一件事情我忘了说。

卡里努斯

　　　　　为什么？

得弥福

　　　　　因为凭她那模样伴随你母亲，
会给我们的家招来混乱，当她在街上行走时，　　　　405
人们会围观、察看、点头、使眼神、吹口哨，
会嘲弄、喊叫，引起各种麻烦，来门口歌唱，
我们的大门上会用木炭写满咏叹爱情的诗歌。
而且现今许多人都好恶语诽谤，那时我妻子　　　　410
和我便会被列入妓馆老板之列。有什么必要？

让她作为侍奴跟随你的母亲也不可能体面。
我也不允许。

卡里努斯

请海格力斯作证，你说得对，我同意你的看法。
不过我们现在对她怎么办？

得弥福

（轻松地）

　　　　　得这么办。我自己给你母亲
买一个具有不错的体质，但没有相貌的女奴，
应该是已婚妇女，或叙利亚女子，或埃及女子，　　　　415
让她磨面、做饭，每天纺足量的羊绒，还得挨鞭子，
从而不会使我们家的大门遭受任何类似的耻辱。

卡里努斯

（热切地）
那就把这个女子交还给卖她的那个人？

得弥福

　　　　　不需要那样做。

卡里努斯

那个人说过，如果不喜欢，他会收回她。

得弥福

　　　　　完全不必像你说的那样做。

我不想打任何官司，也不想让你的信誉受人指责，　　　　420
请波卢克斯作证，如果需要，我更愿宁可受点损失，
而不是让整个家庭由于一个女子而受人指责和侮辱。
我想我可以为你把她卖个好价钱。

卡里努斯

（担心地）
请神明作证，父亲，你卖她切不可低于我买她的价。

得弥福

别说话，有个老人，他委托我为他买一个女奴，　　　　425
差不多就像她那个模样。

卡里努斯

　　　　　　　　　父亲，有个年轻人也托我
为他买个女奴，样子也像我给自己买的这一个。

得弥福

我想我可以把她卖得二十谟纳。

卡里努斯

然而如果我愿意，会付给我二十七谟纳。　　　　430

得弥福

然而我——

卡里努斯

　　　　可我，你说——

得弥福

　　　　　　啊呀，你不知道我要说什么，别说话。
我甚至还可以再补充三谟纳，一直达到三十谟纳。

卡里努斯

你刚才找谁了？

得弥福

　　　　　　找了想买她的那个人。

卡里努斯

（望远处）
　　　　　　　　那个人在哪里？

得弥福

我看见他就在那里。他甚至允许我再增加五谟纳。

卡里努斯

（旁白）

天哪,不管那个人是谁,愿神明让他遭殃!

得弥福

现在那个人 435
在那里向我点头,要我再增加六谟纳。

卡里努斯

（向相反的方向看）

要我增加七谟纳。

得弥福

请波卢克斯作证,他今天胜不了我。

卡里努斯

父亲,他的要求分毫不差。

得弥福

他完全用不着这样要求,我有。

卡里努斯

他早就这样决定。

得弥福

我毫不在意。

卡里努斯

他要求五十谟纳。

得弥福

即使要求一百谟纳也会付。 440
难道你能够背逆我的意愿,开价同我竞争?
你会获得巨大利润:买这个女子的是个老人,
他对她喜欢得失去理智。你要求多少他都会给。

卡里努斯

请神明作证,要我为他买这女子的年轻人也是
发疯地喜欢她。

得弥福

    天哪，你不知道，那个老人爱得比他更强烈。   445

卡里努斯

    请波卢克斯作证，那个老人怎么也没有或会爱得——
父亲啊——比我现在为其效力的那个青年人更疯狂。

得弥福

    你放安静。我会把这件事情搞清楚。

卡里努斯

    你怎么说？

得弥福

    什么事情？

卡里努斯

    我并非全权地买了她，

得弥福

    不过那人会得到她，你就同意吧。

卡里努斯

    你不可能合法地卖掉她。

得弥福

    我定会找到个什么办法。   450

卡里努斯

    她是归我和另一个人共同所有。我怎么能知道
他持怎么样的想法？他想卖她还是不想卖掉她？

得弥福

    我知道他想卖掉她。

卡里努斯

    请神明作证，我却知道他不想卖她。

得弥福

    这与我有什么关系？

卡里努斯

    因为他的东西应该归他所有。

得弥福

你说什么?

卡里努斯

她归我和那个人所有,那个人现在不在这里。 455

得弥福

我还没有提问,你便先回答。

卡里努斯

父亲,我还没有卖,你就要买。
我再重复说一遍,我还不知道他是否愿意出让她。

得弥福

什么?他愿意把她卖给委托你买她的那个人,
而不愿意卖给委托我买的那个人?真是胡闹。
请神明作证,除非是我希望的那个人,
任何其他人都不可能得到她。 460

卡里努斯

就这样决定了?

得弥福

你不这么认为?我从这里直接去船上,
她在那里会被卖掉。

卡里努斯

你不想让我同你一起去那里?

得弥福

不想。

卡里努斯

我不愿意。

得弥福

我看你最好还是现在就去完成委托于你的事情。

卡里努斯

你妨碍我。

得弥福

你竟然指责我,你自己本应该认真去完成。

你不要去港口。我再一次对你说。

卡里努斯

你的指令会被听从。 465

得弥福

（旁白）

我去港口。我得小心不能让他看出是我亲自要买她。
我去委托朋友吕西马科斯，他早就说过要前去港口。
我为什么还在这里迟疑。

[下。

第四场

卡里努斯

（情绪激动地）

我真没用，我真该死！
传说酒神的伴侣们撕碎了彭透斯，① 我看那只是
小事一桩，若与我现在经受的痛苦折磨相比拟。 470
我怎么还活着？怎么不去死？生命于我有何益处？
我已经决定，现在去找医生，在那里服毒自尽，
既然我渴望为之生活的东西会被从我这里夺走。

（准备离开）

[欧提科斯由吕西马科斯屋内上。

欧提科斯

你停一停，卡里努斯，停一停。

卡里努斯

谁在叫我？

欧提科斯

欧提科斯，
你的朋友和同道人，与你毗邻而居。 475

---

① 彭透斯是特拜国王，因阻挠酒神崇拜的传播，被酒神的疯狂伴侣们杀死，其中为首的就是他的母亲。

卡里努斯

你不知道，我现在承受着多少不幸事情。

欧提科斯

我知道。
你的所有事情我从门后都听到了，我知道一切。

卡里努斯

那你究竟知道什么？

欧提科斯

你的父亲想卖掉——

卡里努斯

你知道一切。

欧提科斯

他想卖掉你的女伴。

卡里努斯

你知道得太多。

欧提科斯

违背你的愿望。

卡里努斯

你知道得很多。不过你怎么知道她是我的女伴？ 480

欧提科斯

你昨天曾经亲自告诉我。

卡里努斯

我怎么把这件事给忘了，
我对你说过？

欧提科斯

这没有什么好奇怪。

卡里努斯

现在请你帮我拿主意。
你回答我：你认为我采用什么方法去死最合适？

欧提科斯

别说话，你不要再这样说。

卡里努斯
     那你要我说什么?

欧提科斯
  你想不想让我把你的父亲好好捉弄一番?

卡里努斯
          当然想。   485

欧提科斯
  你想让我去港口——

卡里努斯
     还有什么能更希望?

欧提科斯
        并且在那里
  用钱买女子?

卡里努斯
     还有什么能比你用金子支付更乐意?

欧提科斯
          你从哪里得到它?

卡里努斯
  我让阿基琉斯从赫克托尔赎金中支付给我。①

欧提科斯
  你还有理智吗?

卡里努斯
     神明作证,有理智,不会请你给我当医生。

欧提科斯
  你想不想要求多少就给多少买她?

卡里努斯
          即使要求   490

---

① 特洛亚战争中,希腊将领阿基琉斯杀死特洛亚王子赫克托尔后,特洛亚国王普里阿摩斯曾经带着巨额赎金前去求赎儿子的遗体。参阅荷马史诗《伊利亚特》第34卷。

比约定的再多付一千谟纳也可以。

欧提科斯

别说了。

你在说什么？当你父亲要求时，

你哪里来那么多钱给他？

卡里努斯

会找到的，会有的，会出现的，你别再折磨我。

欧提科斯

我就担心你说"会有的"。

卡里努斯

你能不能不说话？

欧提科斯

你想让我成哑巴。

卡里努斯

你已经明白对你的委托了？

欧提科斯

你能不能安静些？

卡里努斯

我不能。 495

欧提科斯

（转身离开）

再见！

卡里努斯

请神明作证，在你返回来之前我不可能安静。

欧提科斯

你最好理智些。

卡里努斯

再见，祝你成功，拯救我！

欧提科斯

我会努力去做，

你在家等我。

卡里努斯

那你就马上带着战利品返回来。

［二人分别下。

第三幕

第一场

〔吕西马科斯上,帕西康普萨流着泪随后。

吕西马科斯

（自语）

我作为朋友,为朋友尽责:按邻居的请求,

（指帕西康普萨）

购买了这件货物。

（对帕西康普萨）

你是我的,打起精神跟着。

你不要哭,不要干傻事,你这样会伤眼睛。

对于你来说更应该欢笑,而不是痛哭流涕。

帕西康普萨

神明在上,亲爱的老者,请告诉我——

吕西马科斯

想问什么就问吧!

帕西康普萨

你为什么买我?

吕西马科斯

我为什么买你?好让你做要你做的事情,

我也一样得做你若要我做的事情。

帕西康普萨

　　　　　　　　　　　我当然得这样，　　　　　　　505
　　尽我的能力和智慧，做我认为你要我做的事情。

吕西马科斯

　　我不会要你做任何会让你感到难以承担的事情。

帕西康普萨

　　请神明作证，亲爱的老人，我没有学过肩挑，
也没有在乡下放牧过家畜，或者哺育过孩子。

吕西马科斯

　　你想使自己生活好，你就会生活好。

帕西康普萨

　　　　　　　　天哪，可怜的我完了。　　　　　　510

吕西马科斯

　　为什么？

帕西康普萨

　　　　因为在我被带来的那地方通常是坏人活得好。

吕西马科斯

　　你好像是说妇女没有好人。

帕西康普萨

　　　　　　　　　　不，我不是那个意思。
我所说并非指我们的习性，我相信那是众所周知。

吕西马科斯

　　（旁白，高兴地）
　　请波卢克斯作证，她说的话比为买她花的钱还贵重。
　　（大声地）
　　我想问你一个问题。

帕西康普萨

　　　　　　　　你就问吧，我会回答你。　　　　　　515

吕西马科斯

　　你告诉我，你叫什么名字？

帕西康普萨

　　　　　　　　　我叫帕西康普萨。

吕西马科斯

  由容貌而起好名字,帕西康普萨,你告诉我,

  如果需要,你能纺纤细的线吗?

帕西康普萨

  我能。

吕西马科斯

    如果你知道纺细线,我想你也能纺粗些的线。

帕西康普萨

    我想在同龄人中间谁也没有我这样的纺线技能。 520

吕西马科斯

  请海格力斯作证,我看你是个好女子,也能干,

  我看你很早就知道自己的责任。

帕西康普萨

       神明作证,我是学会的。

  我不允许人毁坏我的手工。

吕西马科斯

       请海格力斯作证,是应该这样。

(指得弥福的住屋)

  我这就会给你一头绵羊,论年龄已有六十来岁,

  是个人的财产。

帕西康普萨

    亲爱的老人,怎么这么老?

吕西马科斯

       希腊品种。 525

  如果你能好好照顾它,那会更好,你好好剪吧!

帕西康普萨

  对于给我的一切良好照顾,我都会非常感激。

吕西马科斯

  女子,请别误会,你不是我的,你不要那样想。

帕西康普萨

  那请你告诉我,我是谁的?

吕西马科斯
　　　　　　　　　　为你的主人重新买了你；
　　我买下你,他这样请求我。
帕西康普萨
　　　　　　　　　　那就是他回心转意了?　　　　530
　　如果他对我能保持忠心。
吕西马科斯
　　　　　　　　　　你放心吧,那个人会让你
　　获得自由。天哪,他今天一看见你,就爱得要命。
帕西康普萨
　　请卡斯托尔作证,他开始同我往来已经有两年,
　　现在我既然知道你是他的朋友,我可以告诉你。
吕西马科斯
　　你刚才说什么?他同你交往已有两年时间?
帕西康普萨
　　　　　　　　　　　　　　是这样。　　　　535
　　我们之间还互相起过誓,就是我和他,他和我,
　　若我与男人,他与女人,不是我与他或他与我,
　　任何一方都可以为这一侮辱而把对方处死。
吕西马科斯
　　　　　　　　　　　　　天哪,
　　他甚至都不能同妻子同床?
帕西康普萨
　　　　　　　　　　亲爱的,他已经结婚?
　　现在不会,将来也不会。
吕西马科斯
　　　　　　　　　我也那样希望。天哪,他发了伪誓。
帕西康普萨
　　没有哪个年轻人让我更值得爱。
吕西马科斯
　　　　　　　　　　蠢家伙,他是个孩子。　　　　540

因为只是在不久之前他才掉了牙齿。

帕西康普萨

掉什么牙齿？

吕西马科斯

没有什么，你跟我走。他请求我今天
在我那里安排地方，因为我的妻子现在在乡下。
[同下。

第二场

[得弥福上。

得弥福

（兴高采烈地）
我终于达到了目的，自己毁灭自己，
我瞒着妻子和儿子买了个女子。　　　　　　　　　545
我决定追回往日的生活，享乐一番。
我的生命余下的路途已经很短暂，
我将以欢愉、酒酿和爱情感受快乐。
以我这样的年纪应该好好地生活。
当年你年轻，当年你精力充沛，　　　　　　　　550
应该不遗余力地去寻找钱财；
现在已是老年，正是应该让自己
享受安逸的时候，趁自己还能饮能爱：
能活着已经是利息。说到做到。
不过我还是首先回家进屋看看，　　　　　　　　555
妻子现在在家里正饿着肚子找我。
（疑惑）
如果你跨进屋，她会立即争吵不休。
天哪，不管怎么说，还是要进屋去，
让我首先去找这位邻居，然后再回家；
我希望他能够为我安排一处地方，　　　　　　　560

供那个女子居住。

（听见吕西马科斯的门响）

啊，正好他自己走出屋来。

第三场

［吕西马科斯由屋内上。

吕西马科斯

（回身对屋内）

我如果遇见他，就带他过来找你。

得弥福

（旁白）

他在说我。

吕西马科斯

（看见得弥福）

你在说什么，得弥福？

得弥福

那女人在屋里？

吕西马科斯

你怎么想？

得弥福

要是我去看她？

（向屋内走去）

吕西马科斯

你着什么急？等一等。

得弥福

（止步）

我该怎么办？

吕西马科斯

你自己想想吧，应该怎么办。

得弥福

让我想该怎么办？天哪，我认为应该这样做，
我现在就进屋去。

吕西马科斯

      你这头牡羊，现在就进去？

得弥福

 （止步）
我还能怎么办？

吕西马科斯

    你首先听我说，你过来，
我认为你首先应该做一些什么事情。
因为你现在如果进屋去，你会拥抱，   570
会絮叨说话，还会亲吻。

得弥福

 （欣喜地）
       你还真了解
我的心理，知道我准备干什么事情。

吕西马科斯

你想干蠢事。

得弥福

    你爱时难道——

吕西马科斯

      完全是另一回事。
一个饥肠辘辘的老人，浑身污秽，
散发着羊腥味的你去与女人亲吻？   575
你的到来不会立刻引起女人呕吐。
我知道你爱，当你向我说明这件事时。

得弥福

你想不想让我做一件事？要是你愿意，
让我们找一个厨师，让他就在你这里
准备午餐，直到傍晚。

吕西马科斯

　　　　　　　我同意你的意见。　　　　　　　　　　580
　　你现在说话富有智慧，也像是个恋人。

得弥福

　　我们还站着干什么？为何不现在就去
　　购买食品，美美度过这一天？

吕西马科斯

　　　　　　　好吧，我跟着你。
　　天哪，要是你聪明，你就为她找个住处，
　　除了今天，天哪，她不可以留在我这里，　　　　585
　　我担心妻子明天可能就会从乡下返回来，
　　不要在这里碰见她。

得弥福

　　　　　　　会把事情安排好，你跟我走。
　　[二人同下。

第四场

　　[卡里努斯上。

卡里努斯

　　（情绪激动地）
　　我真是个不幸之人，我不管在哪里都无法平静，
　　尽管我在家，心却在外；我在外面，心却在家里。
　　爱情就这样在我的胸膛，在我的心里燃起火焰，　　590
　　要是眼睛里流不出泪水，我相信脑袋就会燃着。
　　我怀抱希望，我失去拯救；是否会重现？不知道。
　　如果父亲坚持说过的话，我的拯救只有去流亡；
　　如果朋友完成了我的委托，那拯救便不会离去。
　　不过如果我让欧提科斯的双脚生痛风病，　　　　595
　　他就可能从港口返回来。他有个不好的习惯，
　　行动特别缓慢，完全与我的意愿背道而驰。
　　（向远处张望）

那是谁匆匆奔跑着过来？正是他，我迎上去。
现在我没有希望了，我完了：我不喜欢他那脸色，
他满脸愁容（我的心在燃烧，我在飘荡），晃着脑袋。 600
欧提科斯！
（大声地）
[欧提科斯跑上。

欧提科斯

（沮丧地）
你好，卡里努斯！

卡里努斯

（发疯地）
你在喘气之前，
首先对我说一句：我在哪里？
在这里还是在死人中间？

欧提科斯

你不在死人中间，也不在这里。

卡里努斯

（疯狂地）
不死的神明们啊，
你们拯救了我。他买了她，成功地捉弄了我的父亲。
世上活着的人中间没有谁更顺利。现在请你告诉我， 605
若我既不在这里，也不在阿克戎，那我在哪里？

欧提科斯

哪里都不在。

卡里努斯

我完了，你刚才说的这句话让我彻底完了。

欧提科斯

当需要干事情时，长篇大论地说话让人厌烦。

卡里努斯

不管怎么样，请你拣最重要的事情说。

欧提科斯

第一点，
我们完了！

卡里努斯

你最好还是说说我不知道的事情。 610

欧提科斯

那个女人已经离开了你。

卡里努斯

（悲伤地）

欧提科斯，你犯了死罪。

欧提科斯

为什么？

卡里努斯

因为你杀了同龄人和朋友、自由市民。

欧提科斯

愿神明保佑。

卡里努斯

你把剑穿进了我的喉咙，我正在倒下。

欧提科斯

海格力斯保佑，不要放走灵魂。

卡里努斯

我没有什么灵魂可放走，
请你说说另一个不幸事情。为谁买了她？

欧提科斯

不知道。 615
我到达港口时已经宣判，她已经被带走。

卡里努斯

啊，天哪！
燃烧的火山充满着灾难，你早就让它扑向我。
刽子手，你就继续折磨我吧，既然已经开始。

[**欧提科斯**

你今天经受了烦恼，但并不比我经受的更多。

卡里努斯

你说说,是谁买了她?

欧提科斯

天哪,不知道。

卡里努斯

啊,就是这样提供帮助! 620
真是好朋友?

欧提科斯

你想让我做什么?

卡里努斯

让你成为你看见我现在
成为的样子,你也没有问问那是个什么样的人,
就是买她的那个人。这样我们便可以找到女子。
啊,我真不幸!

欧提科斯

请你不要像现在这样不断地哭泣。]
我干什么了?

卡里努斯

你伤害了我,也伤害了我对你的信任。 625

欧提科斯

神明们知道,这件事情我没有任何过错。

卡里努斯

那好吧。
你召集神明作证,他们不在这里,我怎么相信你?

欧提科斯

因为你有权利相信或不相信,我也有权利那样说。

卡里努斯

你在这方面表现得很灵巧:有问即有相应的回答,
对于委托的事情却是瘸腿、盲目、哑巴、缺胳膊。 630
你曾经保证你自己会蒙骗我的父亲,我相信你了,

把事情委托给行家，结果却是委托给了一块顽石。

欧提科斯

那我应该怎么办？

卡里努斯

你应该怎么办？你问我？你应该寻找，
打听，他是谁，或者从哪里来，什么家族世系，
是市民身份还是外邦人。

欧提科斯

人们说他是来自阿提卡的市民。 635

卡里努斯

起码应该打听在哪里居住，如果无法打听姓名。

欧提科斯

没有人知道这一点。

卡里努斯

那你起码应该打听他的外表。

欧提科斯

我打听了。

卡里努斯

那么人们说他是什么样子？

欧提科斯

我告诉你：
灰白头发，罗圈腿，大肚皮，胖脸，小个头，
乌黑的眼睛，长长的下颌，走起路来跨大步。 640

卡里努斯

你刚才说的完全不是人，倒像是个什么怪物。
关于他你还能说些什么？

欧提科斯

我所知道的就这些。

卡里努斯

请神明作证，长下颌向我预示巨大的不幸。
我不能再拖延，我决定从这里放逐自己。

不过我在想我去哪个城市，最大的可能是： 645
墨伽拉，埃瑞特里亚，科林斯，卡尔基斯，
　　　　　　　　　　克里特，塞浦路斯，
西库昂，克尼多斯，扎昆托斯，勒斯搏斯，波奥提亚。

欧提科斯

你为什么打这样的主意？

卡里努斯

　　　　　　因为爱情伤了我的心。

欧提科斯

你说什么？如果你一到达你现在准备前去的地方，
你在那里又偶然发生了类似的爱情，你将怎么办？ 650
你又逃跑，出现了同样的情形，又继续那样做？
那时你的流放怎样才有尽头，逃跑怎样才有终结？
你怎么才能有恒定的祖国，恒定的居所？你告诉我！
那好吧，如果你离开这里，你是想把爱情留在这里？
如果你主意已定，要坚决实现自己业已作出的决定， 655
你是不是最好前往乡下，在那里居住，在那里生活，
一直到你终于忘却对她的欲望，放弃了对她的爱情？

卡里努斯

你已经说完了？

欧提科斯

　　　　说完了。

卡里努斯

　　　　　　　你是在徒然说费话，我意已决。
我现在就进屋去告别我的父亲和母亲，告别家人们，
偷偷地离开父亲，离开祖国，或者考虑另一个计划。 660
（迅速转身进屋）

欧提科斯

（看着卡里努斯离去）
他迅速走开，突然离去。啊，我真不幸，
如果他离开这里，人们都会说是我无能。

我已决定命令传令者们,不管他们有多少,
都去寻找她,要他们找到她,然后前去
裁判官那里,请求为我派巡查员去各处村镇,　　　　665
因为我已经看出,我已经没有其他任何办法。

第四幕

第一场

[多里帕上。

多里帕

（气愤地）

因为从丈夫那里传来消息到乡下,

说他将不来乡间,我随即灵机一动,

返了回来,追踪企图逃避我的人。

（向远处观望）

不过我看不见我的侍奴叙拉跟上来。

啊,她终于赶上来了。

（厉声地）

    你快一点儿跟上。

[叙拉匆忙地跑上。

叙拉

（气喘吁吁地）

卡斯托尔啊,实在承受不了这样的负担。

多里帕

承受不了什么负担?

叙拉

    八十四岁的年纪;

此外还有奴隶处境,淌着汗,口又渴,

所有携带的东西都压迫着我。

多里帕

　　　　　　　　　给我一点东西，　　　　　　675
（指得弥福屋前的祭坛）
我要把它们献给我们邻居①的这座祭坛。
（指叙拉提着的东西）
再给我这束桂树枝。
（接过桂树枝）
　　　　　你现在进屋去。

叙拉

　　　　　　　　好吧！

〔下。

多里帕

阿波罗啊，我请求你，请你发怜悯，
请赐给我们家庭和睦、幸福、健康，
善惠地对待我的儿子，赐予他平安。　　　　680
〔叙拉重上。

叙拉

我这个不幸的人完了，完了，我真不幸啊！

多里帕

你还有足够的理智吗？你为什么大喊大叫？

叙拉

多里帕，亲爱的多里帕！

多里帕

　　　　　请问你为什么放声大叫？

叙拉

就在这里，在那屋里面，有一个陌生女人。

多里帕

什么？女人？

---

① "邻居"指阿波罗神。

叙拉

  一个伴妓女子。

多里帕

     确实是这样？   685

叙拉

 你确实特别明智，没有留在乡下，
 甚至一个愚蠢之人也能够猜出来，
 〔天哪，显然他不是不经意地留下来。〕
 她是你那个无比漂亮的丈夫的情人。

多里帕

 天哪，我想是这样。

叙拉

    你跟我进屋去，好让你，
 我的尤诺，看看你的情敌阿尔克墨涅。①   690

多里帕

 请卡斯托尔作证，我会尽快进屋去。
 〔二人进屋。

第二场

 〔吕西马科斯上。

吕西马科斯

 （生气地）
 得弥福爱上了还算不上是什么大坏事，
 要是他并不是一个什么超常的挥霍者。
 要是他邀请十个著名的人士前来用餐，
 他便会大量采购食物。就像在大海上   695
 舵手召集桨手进行激励那样，厨师们

---

① 尤诺是主神尤皮特的妻子，天后。阿尔克墨涅是安菲特律昂的妻子，尤皮特乘安菲特律昂出征在外，自己化作安菲特律昂模样，与阿尔克墨涅生海格力斯（赫拉克勒斯）。参阅普劳图斯的喜剧《安菲特律昂》。

被召集起来，我则雇佣了其中的一个。

（望远处）

可是不知他怎么没有如我吩咐地到来。

（静听）

这里有人从我们家屋里出来，门在响。

（后退）

第三场

[多里帕由屋内上。

多里帕

（激动地）

世上哪个女人比我更不幸？以前也没有，　　　　　　　700

我嫁给了这样一个丈夫。啊，我真不幸！

你把自己和你拥有的财富托付给了这样的丈夫，

啊呀，你还把十塔兰同的嫁妆交给了他，

就是为了看见这样的事情，忍受这样的侮辱。

吕西马科斯

（旁白）

天哪，我完了！妻子从乡下返回来。　　　　　　　　705

我想她已经在屋里见到了那个女人。

不过我在这里听不见她在说些什么。

让我走近一些。

（走向前）

多里帕

啊，我真不幸！

吕西马科斯

（旁白）

不，是我不幸！

多里帕

我完了！

吕西马科斯

（旁白）

请海格力斯作证,我才确实不幸。
她看见了,得弥福,愿神明们让你遭殃! 710

多里帕

天哪,这就是丈夫不想去乡间的原因。

吕西马科斯

（旁白）

我现在除非走过去同她说话还能做什么?
（走上前,殷勤地）
丈夫向自己的妻子致以良好的祝愿。
城里人变成了乡下人?

多里帕

但他们比
那些没有乡村化的人要知廉耻。 715

吕西马科斯

难道乡村化有什么不足?

多里帕

请卡斯托尔作证,
比城市化要少,而且很少为自己找不幸。

吕西马科斯

请告诉我,城市化有什么过错?
我确实很想知道。

多里帕

你知道,却想试探我。
（严厉地）
屋里那个女人是谁的?

吕西马科斯

（试探地）

你看见她了?

多里帕

  看见了。

吕西马科斯

    那你怎么还问她是谁的？

多里帕

         我会知道的。   720

吕西马科斯

  你想让我说她是谁的？她——她——，天哪，

  （旁白）

  我不知道该说什么。

多里帕

      你被难住了！

吕西马科斯

  （旁白）

      我没有见过更难的事。

多里帕

  你怎么不说话？

吕西马科斯

      要是可以——

多里帕

        你早就应该说了。

吕西马科斯

  （绝望地）

  我没法说，你那样气势汹汹，好像我犯有过失。

多里帕

  （讥讽地）

  我知道，你没有过错。

吕西马科斯

      你可以像你希望的那样大胆地说。 725

多里帕

  那你说吧。

吕西马科斯

    我说——

多里帕

        不过请你说应该说的话。

吕西马科斯

  那个女人——你想让我说她的名字?

多里帕

          你在胡扯。
你被我在犯罪现场逮住了。

吕西马科斯

      由于什么罪过?
那个女人是——

多里帕

    她是谁?

吕西马科斯

    她——

多里帕

      她是谁的女人?   730

吕西马科斯

  当然——如果没有什么必要,我不会说。

多里帕

  难道你不知道她是谁?

吕西马科斯

      不,我知道;
我还被任命为仲裁官。

多里帕

     你是仲裁官? 我终于明白:
现在你把她叫到你这里来是为了参加会议。

吕西马科斯

  不是这样,是暂时把她存放在我这里。

多里帕

　　　　　　　　　　我明白。

吕西马科斯

　　天哪，事情完全不是你想的那样。

多里帕

　　　　　　　　　赶紧为自己辩护。

吕西马科斯

　　（旁白）

　　我这下给自己惹大麻烦了。我确实被粘上了。① 　　　　740

第四场

　　[厨师上，助手们随上。

厨师

　　（对助手们）

　　你们走快点儿，立即跟上，我这是前去给
　　一个恋爱的老人准备午餐。不过我又想，
　　你们应是为自己，而不是为雇我们的人准备。
　　恋爱之人拥有所爱，那他便有东西替代餐食、
　　观赏、激情、拥抱、亲吻、絮絮交谈； 　　　　745
　　不过我相信我们自己会满载而归。
　　（指吕西马科斯的住屋）
　　你们到那里去。
　　（看见吕西马科斯）
　　　　　　那就是雇佣我们的老头子。
　　（助手们鱼贯进屋）

吕西马科斯

　　（看见厨师）

　　我完了，这就是厨师。

---

① 第730~740行中间缺行。

厨师
      我们到了。

吕西马科斯
  你滚!

厨师
    什么,要我走?

吕西马科斯
      嘿,你走吧。

厨师
        让我走?

吕西马科斯
        你走!

厨师
  我们不用准备午餐了?

吕西马科斯
      我们已经饱了。   750

厨师
  不过——

吕西马科斯
    我完了。

多里帕
  (指食品)
     你说什么?甚至这些东西
  也是那些让你当仲裁官的人吩咐送来的?

厨师
  (对吕西马科斯)
  这就是你雇佣我的时候曾经对我说,
  你所喜欢的那个女伴,

吕西马科斯
     你怎么不住嘴?

厨师

模样儿看起来还不错，就是年纪大了些。　　　　　　　　755

吕西马科斯
　　　你怎么还不去上十字架？

厨师
　　　　　　　　　还不坏。

吕西马科斯
　　　　　　　　　你才是个坏蛋。

厨师
　　　依我看，这是一个不错的姘头。

吕西马科斯
　　　　　　　　　你还不快滚？
　　　刚才雇你的不是我。

厨师
　　　　　　这是怎么回事？
　　　不，海格力斯作证，就是你。

吕西马科斯
　　　　　　　啊，我真倒霉！

厨师
　　　你的妻子当然在乡间，你刚才还说过。　　　　　　　760
　　　她令你憎恶，是条蛇。

吕西马科斯
　　　　　　　我对你说过这些？

厨师
　　　海格力斯作证，你当然说过。

吕西马科斯
　　　（对多里帕）
　　　　　　　　　愿尤皮特劈了我，
　　　妻子，如果我什么时候说过这些话。

多里帕
　　　　　　　　　　你还否认？
　　　这一点已经暴露无遗，就是你憎恶我。

吕西马科斯

　　　　　　　　　　　也不是那样。

厨师

　　（对多里帕）

　　不，他不是说厌恶你，而是厌恶他自己的妻子；　　　　　765
　　他还说自己的妻子正在乡间。

吕西马科斯

　　（着急地）

　　　　　　　　　这个女人就是她。
　　你怎么这样让我讨厌！

厨师

　　　　　　　　　因为你否认我知道。
　　除非是你害怕她。

吕西马科斯

　　（指多里帕，安抚地）

　　　　　　　　　我很明智，只有她一个。

厨师

　　你想考验我？

吕西马科斯

　　　　　不是那样。

厨师

　　　　　　　　　那你得付我报酬。

吕西马科斯

　　明天来取，会给你，现在你走吧！

多里帕

　　　　　　　　　我真倒霉。　　　　　　　　　　770

吕西马科斯

　　（旁白）

　　现在我明白了古老格言的真实含意：
　　与邪恶者为邻本身便会是一种邪恶。

厨师

（对随从们）

我们还站在这里干什么？还不赶紧离开？

（对吕西马科斯）

若是你会遭到什么不愉快，过错不在我。

吕西马科斯

你正在毁了我。

厨师

      我知道你在想什么：   775

你想要我离开这里。

吕西马科斯

      正是这样。

厨师

      我这就走。

你付给我一德拉克马。

吕西马科斯

      我会给你。

厨师

      那就吩咐给吧。

（指随行者）

趁他们现在正在放下东西。

吕西马科斯

      你走不走？

你能不能不再惹我烦恼？

厨师

（对随从）

     你们现在把

提着的食品都放到那个老人的脚跟前。   780

（对吕西马科斯）

我会吩咐人很快，要不明天，来取这些炊具。

（对随从）

你们现在跟我走——

[众下。

吕西马科斯

      你可能对这个厨师感到惊奇，
他来干什么，送来这些食品。我这就告诉你。

多里帕

我不感到奇怪，你做这些耗费或干这种勾当。
波卢克斯作证，我忍受不了这种可恶的婚姻，   785
竟然这样公开地把伴妓领进我的住屋。
（对屋内）
叙拉，你按照我的话，去请我的父亲，
让他同你一起立即到我这里来。
[叙拉上。

叙拉

      好，我去。

[叙拉下。

吕西马科斯

（对多里帕）
妻子啊，你不知道这是怎么回事。
我现在可以立即对你庄严地发誓，   790
我从没有与她有什么——
（转身遥望）
      叙拉走了？
（发现多里帕也已经离开进屋）
天哪，我完了！妻子也走了，真倒霉，
（对得弥福的住屋）
邻居啊，愿男神和女神们让你遭殃，
连同你的女伴和你的爱情勾当。
他让我受到如此不名誉的怀疑，   795
给我的家里挑起仇视：妻子愤怒无比。
我现在去广场，把这些告诉得弥福，
我会抓住她的头发把她拉到大街上，

如果他还不赶快把她从这屋里领走。
（对屋内）
喂，妻子，妻子，尽管你对我生气，　　　　　　　　　800
你不妨吩咐人把这些东西搬进屋去，
同样可以用它们准备一顿丰盛的午餐。
［下。

第五场

［叙拉上。

叙拉

女主人派我去找她父亲，可是他不在家。
人们说他去了乡下。现在我回家来报告。
［欧提科斯上。

欧提科斯

真累死我了，我跑遍了整座城市，　　　　　　　　　805
都没有找到那个女子的任何踪迹
（注视自己的住屋）
母亲已经从乡下回来，我看见叙拉
站在屋门前。
（大声地）
　　　　　　叙拉!

叙拉

（察看周围）
　　　　谁在叫我?

欧提科斯

主人和由你抚育的人。

叙拉

　　　　　　　你好，亲爱的孩子。

欧提科斯

母亲已经从乡下返回来?

（见叙拉踟蹰）

请你回答我！ 810

叙拉

为了自己，也为了整个家庭的幸福。

欧提科斯

你这是什么意思？

叙拉

你那无比杰出的父亲
把女伴带回家里。

欧提科斯

（惊愕地）

究竟是怎么回事？

叙拉

母亲从乡下返回来，在屋里碰见了她。

欧提科斯

天哪，我没听说过父亲有这样的事情。 815
那女人现在还在屋里？

叙拉

还在。

欧提科斯

（急切地走向屋门）

你跟我来。

〔进屋，下。

第六场

叙拉

天哪，妇女们生活在严格的法律下，
她们不幸地受到比男人们更不公平的对待。
如果男人背着妻子把姘妇带进家里，
即使妻子知道，丈夫也不会受到惩罚。 820

如果妻子背着丈夫出门离开家,
这对于丈夫便成为解除婚姻的口实。
但愿存在同时适用于妻子和丈夫的法律。
善良的妻子可以满足于惟一的丈夫,
为什么丈夫不能以惟一的妻子为满足? 825
卡斯托尔啊,但愿男人们能同样遭惩罚,
若是有人背着妻子把自己的姘妇带回家,
如同犯有过失理应受惩罚的妇女被赶出家门,
那时单身的男人甚至比现在的妇女还要多。
〔进屋。

第五幕

第一场

[卡里努斯着旅行装,佩着剑,背着行李,
从父亲的屋内上。

卡里努斯

(情绪激动地)

高门槛和低门槛,你好,同时又再见, 830
我今天是从父亲的住屋最后一次抬起脚步。
我在这座屋里享有过的权益、欢乐、习惯、教养,
现在都被抢走了,扼杀了,剥夺了。我完了。
我的祖先的各位守护神,我的家庭的拉尔神①啊,
我委托你们,请你们好好看护我祖辈的财产。 835
我将追随其他的家庭守护神,其他的拉尔神,
其他的城邦,其他的市民体。我憎恶阿提卡。
因为这里人们的风俗一天天地下滑,
这里谁是朋友、谁是敌人难以识别,
因为这里把你最喜欢的东西从你心里夺走, 840
即使给我王国,也不渴望这样的市民体。

---

① 拉尔神(Lares)是罗马家庭的守护神。

第二场

[欧提科斯由父亲的屋内上。

欧提科斯

（未看见卡里努斯）

你是神明和人类的观察者，也是人类的主人，

你为我送来了我期求的希望，我感谢你，

有哪位神明感受过我现在感受到的快乐？

我所寻找的东西就在屋里，找到了六个同伴： 845

生命、友谊、城邦、愉快、娱乐、玩笑；

我找到了它们，同时也就抛弃了最卑劣的恶性：

愤怒、憎恨、忧愁、眼泪、放逐、贫穷。

[孤独、愚蠢、毁灭、执拗。]

神明们，请给予我迅速遇见他的可能。 850

卡里努斯

（对观众）

正如你们看到，我已经穿戴齐备，抛弃骄傲；

我既是自己的同伴、仆役、坐骑、马夫、持武器者，

我也是自己的指挥官，我自己服从自己，

我为自己承担需要的东西。库皮得，你多么有力量，

因为你能轻易地让任何人相信你的行动， 855

又能让相信者立即变成不相信者。

欧提科斯

我想想，我应该前往哪里去寻找他。

卡里努斯

我已经决定

要一直寻找她，不管需要从这里前往何方，

没有什么能阻挡我，无论是河流、山脉、大海，

不惧怕酷暑、严寒，不惧怕狂风、冰雹； 860

我会接收雨淋、劳苦，我会忍受日晒、饥饿；

我不会退缩，无论白天黑夜都不会休息，

要一直到找到，或是女伴，或是死亡。

欧提科斯

（入神地静听）

不知是谁的声音传进了我的耳朵。

卡里努斯

我召请你们，
旅行保护神啊，请你们好好保护我。

欧提科斯

（看见卡里努斯）

尤皮特啊，　　　　　　865

那是不是卡里努斯？

卡里努斯

（准备离开）

市民们，再见了！

欧提科斯

（放声大喊）

喂，喂，
卡里努斯，你停住。

卡里努斯

谁在叫我？

欧提科斯

希望，拯救，胜利。

卡里努斯

你们与我有什么关系？

欧提科斯

陪你一起上路。

卡里努斯

你们寻找其他的同行者吧！
这些伴行者抓住我，不放开我。

欧提科斯

他们是谁？

卡里努斯

　　他们是忧虑、悲伤、病痛、流泪、哭泣。　　　　　　　　　　870

欧提科斯

　　你把这些伴行者赶走,你回头看看,回来吧!

卡里努斯

　　若是想同我说话,你就跟我走。

欧提科斯

　　　　　　　　　　你立即站住!

卡里努斯

　　你不该这样,我着急离开,你阻留我。太阳在下行。

欧提科斯

　　若你能像从那里着急离去一样着急地向这边走来,
　　那你就做得对。现在向这里是顺风,你就扬帆吧。　　　　875
　　这边是温和的、晴朗的西方,那边是多雨的南风;
　　看这边是一片宁静,那边会掀起狂暴的惊涛骇浪。
　　你回到这里的陆地上来,卡里努斯,你看看对面,
　　难道不是密布的阴云和暴雨?那你再看看左边吧,
　　你看不见天空是一片晴朗,神明们在召唤你回来?　　　　880

卡里努斯

　　他激起了我的敬畏之心,我向他走过去。

欧提科斯

　　　　　　　　　　你很明智。
　　卡里努斯,你同样地迈开步伐,抬起脚,返回来,
　　把手臂伸过来!

卡里努斯

　　（摇晃着）
　　　　　　你扶住。抓着了?

欧提科斯

　　　　　　　　　　抓着了。

卡里努斯

　　（虚弱地对欧提科斯）

抓住！

欧提科斯

刚才你想去哪里？

卡里努斯

去流亡。

欧提科斯

在那里干什么？

卡里努斯

像悲惨之人那样生活。

欧提科斯

你不用再害怕，我会让你仍像原先那样地喜悦。 885
你会听到你特别想听，会感到特别喜悦的消息。
〔你现在站住，我作为你的特别友好的朋友前来。〕
你的女伴——

卡里努斯

（迅速恢复精神）

她怎么啦？

欧提科斯

我知道她在什么地方。

卡里努斯

你知道？

欧提科斯

她很安全、健康。

卡里努斯

她健康地在哪里？

欧提科斯

我知道。

卡里努斯

我很想知道。

欧提科斯

你能不能让心灵安静些？

卡里努斯

要是我的心灵已经沸腾？ 890

欧提科斯

我会让你恢复平静、安宁、信心，你不用害怕。

卡里努斯

请你赶快告诉我，她在哪里，你在哪里看见她？
你怎么不说话？你说吧，你的沉默会把我杀死。

欧提科斯

（看街远处）
她现在距离我们这里不远。

卡里努斯

既然你看见，你能给我指出来？

欧提科斯

天哪，我现在看不见，我刚才见到过。

卡里努斯

你能不能也让我看见她？ 895

欧提科斯

我可以做到。

卡里努斯

你这样对于恋人来说太长久。

欧提科斯

你还在担心？

我会告诉你一切。一个对于我来说最为亲近之人
现在和她在一起，我对那个人也应该是最为亲切。

卡里努斯

我不关心那个人，我是在询问她。

欧提科斯

关于她我这就告诉你。
我刚才确实没有想到要告诉你，她现在在哪里。 900

卡里努斯

你就说吧，她现在在哪里？

欧提科斯

　　　　　　　　她就在我们家里。

卡里努斯

（欣喜若狂地）

　　　　　　　　　　　　美好的房屋,
如果你说的话真实。我认为这是一座美丽的建筑。
不过我该怎么相信你的话? 是你看见,还是听说?

欧提科斯

是我自己亲自看见。

卡里努斯

　　　　　是谁带她来到你们这里?

欧提科斯

　　　　　　　　　　　　瞧你的询问。
谁带她前来? 你询问这个干什么?

卡里努斯

　　　　　　　　　好吧,就这样吧。　　　　905
你说的是真实?

欧提科斯

　　　　卡里努斯啊,你真不知道什么叫羞愧,
她确实在这里。

卡里努斯

　　　　为这一消息你就要求你希望得到的东西吧。

欧提科斯

为此我将希望什么?

卡里努斯

　　　　　你就祈求神明们让我得到她。

欧提科斯

你在开玩笑。

卡里努斯

　　　　如果我能看见她,事情才能有救。
我现在要不要脱掉这身装束?

（对屋内）

喂，你们谁立即 910
出屋来，给我送件披衫。

欧提科斯

啊，你现在让我喜欢。

[二小奴从屋内携披衫上。

卡里努斯

孩子，你来得正好，接住这件外氅，站在那里，
如果这些不是真的，那我将仍然重新出发上路。

欧提科斯

难道你不相信我?

卡里努斯

我相信你对我说的所有的话。
可是你为什么不带我进屋去见她?

欧提科斯

你稍等一等。 915

卡里努斯

为什么我得等一等?

欧提科斯

现在不是进去的时候。

卡里努斯

你会杀死我。

欧提科斯

我再说一遍，现在你不能进屋去。

卡里努斯

你回答我，
为什么不能进去?

欧提科斯

就是不能进去。

卡里努斯

为什么?

欧提科斯

         因为对她不合适。

卡里努斯

  怎么会这样？是对她爱我、我也爱她的人不合适？
  （稍停，看一眼欧提科斯）
  他是在千方百计地嘲弄我，而我却显得非常愚蠢， 920
  竟然相信他。我还在这里拖延。让我再次穿上外氅。
  （脱披衫）

欧提科斯

  你稍微等一等，你听我说。

卡里努斯

  （脱下披衫）

        孩子，你收起这件披衫。

欧提科斯

  因为我母亲现在对我父亲非常生气，因为他
  当着她的面把伴妓领到家里，趁她离家去乡下。
  母亲怀疑她是他的女伴。

卡里努斯

  （从奴隶那里拿过来一件件物品）

       我已经拿起了背带。 925

欧提科斯

  现在她在屋里查问这件事情。

卡里努斯

        手里已经握着剑。

欧提科斯

  (惊慌地)
  要是我带你进——

卡里努斯

       我现在拿起了水罐，离开这里。

欧提科斯

  你停下，你停下，卡里努斯。

卡里努斯

你错了，你骗不了我。

欧提科斯

天哪，我不想骗你。

卡里努斯

那你就让我继续走自己的路。

欧提科斯

我不让。

卡里努斯

我在自己耽误自己。孩子，你从这里进屋去。　　930

〔小奴隶下。

（疯狂地）

我已经登上了马车，我现在已经把缰绳握在手里。

欧提科斯

我看你神志不清楚。

卡里努斯

双腿啊，你们现在赶快奔跑，

直接前往塞浦路斯，既然父亲为我准备了放逐。

欧提科斯

你真愚蠢，请你不要再这样说。

卡里努斯

我决定要找到她，

不顾一切辛劳地把她找到，不管她在哪里。

欧提科斯

她就在这里。　　935

卡里努斯

你还在说谎话。

欧提科斯

我对你说的都是真话。

卡里努斯

我已经到了塞浦路斯。

欧提科斯

      你就跟我走吧，好见到你希望见到的人。

卡里努斯

 我在那里寻找，未能找到。

欧提科斯

      我已经不在乎母亲的愤怒。

卡里努斯

 我继续出发去寻找。现在我已经到达卡尔基斯，
我在扎昆托斯看见朋友，告诉他我为什么前来，   940
询问他谁把她带走了，谁控制着她，有没有听说。

欧提科斯

 你还不抛弃这些荒诞的妄想，同我一起进屋去？

卡里努斯

 朋友告诉我扎昆托斯的无花果很不错。

欧提科斯

 这没有说假话。

卡里努斯

     关于我的那个女伴，刚才听说
就在这里的雅典。

欧提科斯

     这位扎昆托斯人还真是个卡尔卡斯。① 945

卡里努斯

 我已经登上轮船，立即出发。我已经回到家，
我已经从放逐中返回来。
  （抓住欧提科斯）
      你好，我的朋友欧提科斯，
你好吗？你的双亲怎么样？父亲母亲都好吗？
你善意招呼我，真诚邀请我，我明天去你那里，
现在回家。应该这样，符合情理。

---

① 卡尔卡斯是古希腊著名的预言者。

欧提科斯

        天哪，我觉得你还处在梦幻中。   950
这个人还没有恢复理智。

卡里努斯

     你是朋友，怎么还不快去为我请医生？

欧提科斯

  你跟我走。

卡里努斯

    我跟着。

欧提科斯

  （停住）

     你慢点儿，你踩着了我的脚后跟。

（疑惑地）

  你听见吗？

卡里努斯

  （向前推）

     我早就听见了。

欧提科斯

  （在屋门前拦住）

       我想让我父亲
与母亲和解；现在母亲正在生气——

卡里努斯

  （继续推）

       走吧，走吧！

欧提科斯

  一切都是由于她。

卡里努斯

     你就走吧。

欧提科斯

     那你当心。

卡里努斯

      所以你就走吧！   955

我会让她变得很仁慈，比尤诺对尤皮特还仁慈。

[同下。

第三场

[得弥福和吕西马科斯上。

得弥福

你好像从来没有发生过与此类似的事情。

吕西马科斯

确实没有，避免这种事情，勉强贫困地度日。
我的妻子由于这个女子而一直处于暴怒之中。

得弥福

由此我感到非常抱歉，请她不要再继续生气。 960

吕西马科斯

（领得弥福进屋）

现在你跟我来。

（在门前停住）

我看见我的儿子从屋里出来。

第四场

[欧提科斯由屋内上。

欧提科斯

（回身对屋内）

我去找父亲，告诉他母亲已经平息了怒火。
我一会儿就回来。

吕西马科斯

（旁白）

这样的开始令人高兴。

（对欧提科斯）

欧提科斯，怎么样？什么事？

欧提科斯

（转过身）

啊呀，你们两人来的正是时候。

吕西马科斯

发生了什么事情？

欧提科斯

（对吕西马科斯）

母亲已平静下来，不对你生气了。把右手伸过来。   965

吕西马科斯

愿神明保佑我。

欧提科斯

（对得弥福）

我告诉你，你已经没有任何女伴。

得弥福

愿神明让你遭殃。你说说，事情怎么样？

欧提科斯

我这就说。

请你们两个人注意听。

得弥福

我们两人注意听着。

欧提科斯

有些人尽管也出身于高贵家庭，但他们品行不端，

他们会由于自己的过错和本性而玷污和辱没家族。   970

得弥福

他说得对。

吕西马科斯

他说的就是你。

欧提科斯

（对得弥福）

还有一点比上述更正确，

那就是像你已经是这样的年纪，不应该抢夺

陷入爱情的年轻儿子用自己的钱赎买的女伴，

得弥福

    你说什么？她是卡里努斯的女伴？

欧提科斯

    （对父亲）

              瞧，做了坏事还想掩饰。

得弥福

    他确实曾经对我说过，那是他为母亲买的女侍。   975

欧提科斯

    因此你这个老儿童便作为一个新恋人买下了她？

吕西马科斯

    （大笑，打趣地）

    天哪，太好了，继续说，我会从另一方面帮助他。

    你说的话他当之无愧，我们两个人承担。

得弥福

    （旁白）

              我彻底完了。

吕西马科斯

    你让自己无辜的儿子受到这么大的委屈。

欧提科斯

    他已经准备流落他乡，是我帮助他返回家来。   980

    他已经出发。

得弥福

        他已经离开？

吕西马科斯

            你这个讨厌的家伙，还说话？

    你已经这么一大把年纪，本应该避免这类事情。

得弥福

    我承认，我确实错了。

欧提科斯

            你这个讨厌的家伙，还说话？

    ［像你这样的年纪，本来就不应该犯这样的过失。］

　　　　无论一年四季，或是人的年纪，都各有应做的事情。
　　　　如果存在这样的法律，允许上了年纪的老人放荡， 985
　　　　那时我们共同的城邦还可能存在？

得弥福

　　　　　　　　　　　天啊，我可怜地完了！

吕西马科斯

　　　　往往年轻人才会做你干出来的这种事情。

得弥福

　　　　（绝望地）
　　　　天哪，你们就把猪仔连同篮筐留给自己吧！①

欧提科斯

　　　　你把她还给他。

得弥福

　　　　　　　让他拥有她，让他由于我而如愿地拥有她。

欧提科斯

　　　　神明作证，现在正是时候，你不可能另样去做。 990

得弥福

　　　　愿他由于这一屈辱得到他一心希望得到的东西，
　　　　我只请求你们能给我平安，让他不要对我生气。
　　　　神明作证，如果我知道或者他曾经对我说一句，
　　　　他爱她，我便绝不会把她从爱她的人那里夺走，
　　　　欧提科斯，我请求你，你是他的朋友，
　　　　　　　　　　　挽救我，帮助我： 995
　　　　就把我这个老人作为门客，我会铭记你的恩惠。

吕西马科斯

　　　　（窃笑）
　　　　你也请求他宽恕你的过错和年轻人的习性。

得弥福

　　　　你又在继续取笑我？好啊，傲慢地惩罚我。

---

① 这是一句乡村谚语。

我希望也能碰上这样的机会同样地回敬你。

吕西马科斯

我已经不这样胡闹。

得弥福

我今后也会这样。

欧提科斯

不会有任何作用， 1000
心灵会由于放纵而让你仍然回归旧习。

得弥福

我请求你们，
不要这么想。如果你们愿意，你们就用皮鞭抽我。

吕西马科斯

你说得对。不过在你妻子知道后，让她这样对付你。

得弥福

完全没有必要让她知道。

欧提科斯

这事怎么办？她不会知道，你不用害怕。
我们现在进屋去，这里不是谈你这件事的地方， 1005
在我们谈论的时候，路过的人便会成为见证人。

得弥福

请海格力斯作证，你说得对，这样也能使戏剧
变得短一些。我们走吧。

欧提科斯

你的儿子正在我们那里。

得弥福

太好了！让我们从那边经过花园进屋去。

吕西马科斯

欧提科斯，在我进屋之前，我想知道一件事情。 1010

欧提科斯

什么事情？

吕西马科斯

每个人都记得自己的事情。你告诉我，你确实知道你的母亲不对我生气了？

欧提科斯

我知道。

吕西马科斯

你可要小心。

欧提科斯

我说的是真话。

吕西马科斯

好吧。不过你再想想。

欧提科斯

你不相信我？

吕西马科斯

不，我相信，不过我仍然很害怕。

得弥福

让我们进去吧。

欧提科斯

不，在我们离开之前，我认为首先应该给老年人立条法规，让他们受法规约束，安分守己。如果有谁已达到六十岁年纪，不管他是已经结了婚，或者确实一直没有结过婚，若我们知道他生活放荡，那时我们便运用这条法律这么处置他：判他为弱智，我们允许他继续挥霍自己的财产使他自己陷入贫困。至于他的年轻儿子，任何人都不得阻碍他或是恋爱，或是把伴妓直领回家，只要他能够保持合适的限度；若是有谁阻挡，就让他的公开耗费比暗地给予还要多。让这条法律从今天夜里起就开始约束这些老头子们。观众们，再见！至于年轻人，若你们喜欢这条法律，海格力斯作证，你们就为老人们的努力而热烈鼓掌。 1015

1020

1025

剧　终

吹牛的军人

MILES GLORIOSUS

导 言

  这部剧本的具体演出时间难以确考。大概的演出时间可以从剧中提到的一个历史事件看出来。剧本第211~212行提到：

> 我听说有位外邦诗人也这样撑着下巴，
> 两个守卫所有时辰一刻不离地看着他。

  一般认为，普劳图斯在这里以希腊人的口气提到的"外邦诗人"系指罗马诗人格奈乌斯·奈维乌斯。奈维乌斯是一位具有民主倾向的诗人，因攻击权贵而被捕入狱，后来由于平民保民官干涉，获释出狱，遭流放，最后可能在公元前204（有人认为是前201）年卒于北非。因此，这两行诗句应该写于公元前204或前201年奈维乌斯去世之前。由此推断，这部剧本应写于第二次布匿战争结束（公元前201年）之前，从而属于普劳图斯的早期剧本之一。

  关于这部剧本的希腊原剧，本剧开场词中提到这部剧本的希腊原剧的标题是《吹牛者》，改作后的标题正好与希腊原剧标题相对应，但希腊原剧的作者无从知晓，有可能是米南德的一位模仿者。

  这是一部情节非常活跃的剧本。剧本的情节基础是忠心而机智的奴隶救援自己的主人所喜爱的女子，使其获释团圆。这是古希腊新喜剧中常见的题材。剧中人物有一个名叫皮尔戈波利尼克斯的军官。此名的意思是"战胜堡垒和城市的人"，与其夸张的吹牛特点正好相称。剧中称他是（第89~92行）：

> 一个好吹牛、厚颜无耻、

>令人厌恶的家伙，一个伪誓者，淫荡之徒。

>他竟然认为所有的女人都在追求他，
>其实不管他去到哪里，总是人们嘲弄的对象。

剧作者不吝笔墨和场面地对他进行了多方面刻画，极度夸张而淋漓尽致地表现了这类人物的基本特征。

这个军官在马其顿的亚历山大的继承人之一塞琉古的麾下服务，受命为军队招募雇佣军。剧作者让这位军官在第一幕第一场中就出场，而且是特写性地出场，此后才由另外的剧中人物介绍剧情。场上只有这位军官和他的随行门客，场面在他们的对话中展开，突出表现军官是一个大言不惭的吹牛家和无耻至极地追逐女人的色鬼。他极度夸张地吹嘘自己的武艺和军功，门客故意乘机投其所好，互相一唱一和，吹得天花乱坠。最后人们利用他的好色本性，布下周密的罗网，使这位自称为"维纳斯的孙子"的好色之徒受到意想不到的蒙骗和嘲弄，作为通奸者被人们狠狠地揍了一顿，灰溜溜地下场。门客阿尔托特罗古斯是个次要角色。此名的意思为"贪吃的"。他在第一场里作为军官皮尔戈波利尼克斯的陪衬，靠奉迎拍马填饱肚子，代表了门客的基本特征。

在普劳图斯的其他剧本里，军人一般是以辅助角色出现，作为受嘲讽的对象。与通常的军官形象不同的是，在这部剧本里，军官成为剧中的主要人物，整部剧本完全用来对他进行嘲讽。剧作者这样做显然符合因战争而破产的社会下层民众的心理要求，只是这里直接受嘲讽的对象是雇佣军首领。剧中称，这位军官服务于希腊化叙利亚王国国王。雇佣军在古代西亚特别流行，古罗马的宿敌、北非迦太基军队统帅汉尼拔也是利用雇佣军与罗马作战，古罗马引以为豪的是他们靠自身力量和同盟者的支持与敌人作战，对雇佣军普遍持蔑视态度。

这部剧本里也出现了一个机敏无比、诡计多端的奴隶，名叫帕勒斯特里奥。人名Palestrio源自名词 palaistra，意为"进行角斗的地方"、"角斗学校"，这一名字的意思是"技艺高超的斗士"。剧本就是按照他设计的计谋而展开。剧中特别描写了帕勒斯特里奥构思新的计谋摆脱困境时的各种姿态（第200～229行）。这是一段罗马人特别喜欢的模拟表演，突出表现他的智慧和机敏。在第一场之后，帕勒斯特里奥成为计谋的源泉，推动剧情发展的动力来源。他或是预先计谋，或是临时构思，真是做到神机妙算，心想事成。

以自己的弱智为帕勒斯特里奥作衬托的是另一个奴隶斯克勒德罗斯。他偶然发现剧中女主人公在与一个青年亲近，为下一步的剧情发展提供了前提。剧中对他由于偶然发现而产生的犹豫和恐惧心理作了很好的描写。他既需要把偶然发现的情景报告主人，又不敢去报告：如果事情是真的，那他作为看守失职；如果报告的情况是假的，那他难免在诽谤。尽管他并不缺乏心机地对自己认为是事实的事情进行了多方面的验证，但是在对手的机敏捉弄下，最后还是不得不糊里糊涂地承认"看见了的东西没有看见"，由此完成了自己的戏剧任务，心怀恐惧地溜走了，剧作家没有再让他出现。

像普劳图斯的不少其他剧本一样，剧作家在这部剧本中也讨论了婚姻问题。佩里普勒克托墨努斯思想开明、时尚。他不想结婚，原因是在他看来现今的妻子已失去往日的贤淑，她们一心想掠夺丈夫的钱财，以满足自己的享乐需要（第685～700行），而结婚则是剥夺丈夫的自由。普劳图斯在这里表达了一种在喜剧中普遍存在的心理。有意思的是剧作家在这部剧本里赞扬了另一种爱情。剧中的人物雅典青年爱上了一个女子，那个女子也爱他，变成互相爱慕，剧作家称这样的爱情"最为理想"（第101行）。

剧中对女主人公菲洛科马西乌姆作了比较多的描写。剧中首先由奴隶帕勒斯特里奥对她作介绍。她原是一个年轻伴妓，与雅典青年真诚相爱，被掳后成为送给军官的礼物。奴隶帕勒斯特里奥被海盗掳走后也落到军官手里，在军官那里意外地与自己原先的女主人不期相遇。剧中写道，他被军官带进屋，一眼看见主人原先在雅典的情人。接着写道（第123～125行）：

> 她临面看见我，即用眼睛向我示意，
> 要我不认识她；后来有了合适的机会，
> 那女子向我诉说了自己的不幸命运。

这一描写非常传神，女主人公的"用眼睛向我示意"充分而形象地表现了她的机敏。后来正是她凭借自己的这种机敏与奴隶帕勒斯特里奥巧妙地应景配合，成功地捉弄了军人。剧作家在第188～191行中对她的机敏特性作了进一步的具体说明。应该说，剧作家在这里不仅仅是在描写剧本女主人公，也是在带有一定偏见地描写整个女性。剧里还有几处类似的描述。

剧中采用了不少军事比喻。例如在第二幕第二场里，剧作家把军人的奴隶发现女主人公在邻居屋里与人接吻造成的困境与即将进行一次大战役的重大军事行动相比拟。这种比喻显得非常滑稽可笑，但反映的是那时候下层人的心态。

有些研究者认为这部剧本是一部"揉合剧"，即由两部希腊剧本的情节揉合而成。剧中有一个打通佩里普勒克托墨努斯的住屋与军官的住屋之间的隔墙的情节，在剧本的前半部分反复地运用，然而在剧本的后半部分这一情节似乎被遗忘而未加采用，帕勒斯特里奥想出了新的计谋解救菲洛科马西乌姆时是自己从外面跑过来的，而不是采用更为隐蔽的从墙洞里爬过来的办法。由此一些研究者认为，穿墙洞情节可能属于另外一部剧本。

这部剧本情节有些拖拉，篇幅比较长。剧中可以看出一些不协调的地方，它们可能是后来补充的结果。不过从整体上讲，这部剧本的情节非常活跃，能够不断激起观众的欢笑。

"吹牛的军人"这一形象在后代欧洲的戏剧中获得很强的生命力，特别是在16~17世纪的意大利假面剧流行时期。通过这一形象，意大利资产阶级嘲笑封建主，特别是西班牙军人。这部剧本最后的场面可能影响了莎士比亚的《温莎的娘儿们》一剧。

剧情梗概（一）

军人把一伴妓从雅典带到以弗所。
奴隶企图把事情报告给被遣外邦的
钟情主人，自己却在海上遭掳掠，
被作为礼物送给了上述那个军官。
奴隶把主人从雅典请来，偷偷地 5
挖通了毗连两座房屋的共用隔墙，
使得相爱的情人能够从中穿过相见。
看守奴隶巡行中从屋顶发现了他们，
但被玩笑蒙骗，以为是另一个女子。
这时候帕勒斯特里奥也竭力鼓动 10
军人放弃那个女子做情人，因为
邻居老人的妻子非常愿意嫁给他。
军人给女子许多财物，好让她离开，
自己在老人的屋里被控通奸受惩处。

剧情梗概（二）

雅典青年与一个自由人出生的伴妓
倾心相爱，青年受遣前往瑙帕克图斯①，
离家外出。一军人偶然遇见那女子，
强行把她带到以弗所。阿提卡青年的奴隶
为了向主人报告发生的事情，乘船航行， 5
但途中遭掳，被作为礼物送给了军人。
奴隶致书主人，要主人前来以弗所。
青年赶来，住在与军人毗邻的、
自己父亲的友人家里。奴隶挖通了

---

① 瑙帕克图斯是科林斯湾西北岸城市。

两屋的隔墙，作为情人们偷偷地 10
幽会的通道，谎称来了那女子的
孪生姐妹。房屋的主人随即也
买通了女门客，去勾引那个军人。
军人上了圈套想成婚，遣走了女子，
自己却被当作奸夫挨毒打了一顿。 15

人　物

皮尔戈波利尼克斯　军人
阿尔托特罗古斯　军人的门客
帕勒斯特里奥　军人的奴隶
佩里普勒克托墨努斯　老人
斯克勒德鲁斯　军人的奴隶
菲洛科马西乌姆　伴妓
普勒西克勒斯　雅典青年
吕克里奥　军人的童奴
阿克罗特勒提乌姆　老人的女门客
弥尔菲狄帕　女门客的侍奴
小奴隶
卡里奥　厨师

地　点

以弗所，一广场，街道通向远处。两座住宅毗连，分别为皮尔戈波利尼克斯的寓所和佩里普勒克托墨努斯的住宅。宅前有狄安娜女神的祭坛。

时　间

白天。

第一幕

第一场

[皮尔戈波利尼克斯、阿尔托特罗古斯及众随从上。

皮尔戈波利尼克斯
　　你们擦净我的圆盾,使它光亮得要
　　赛过晴朗的天空下常见的太阳的光辉,
　　以便一旦需要时,我好抬手举起它
　　照耀敌人的战阵,照瞎他们的眼睛。
　　我还希望能安慰我的这把佩剑, 　　　　　　　　　　5
　　不至于使它感到悲伤,感到失望,
　　因为我佩着它早就无所作为,
　　而它却强烈地渴望砍杀敌人。
　　阿尔托特罗古斯在哪里?

阿尔托特罗古斯
　　　　　　　　　他就站在一位
　　勇敢、幸福、富有王者气派的人近旁, 　　　　　　10
　　站在勇士的近旁,甚至马尔斯也不会吭声,
　　胆敢声称自己的勇敢堪与你相比拟。

皮尔戈波利尼克斯
　　是不是我在库尔库利奥①原野救了的那一位?
　　当时布博马基德斯·克卢托墨斯托里狄萨尔基德斯

---
① 库尔库利奥(Curculioneus)是一虚拟的地名,本意为"地里生的虫子"。

担任最高统帅,那是尼普顿的孙子。①   15

阿尔托特罗古斯
记得,你说的不就是那个金戎装之人,
你一口气便把他的军团吹得四散逃窜,
就像那风吹落叶或者屋顶的草杆一般。

皮尔戈波利尼克斯
请波卢克斯作证,区区小事。

阿尔托特罗古斯
请海格力斯作证,区区小事。
(旁白)
我说的事情你从来就没有做过。   20
(对观众)
如果有谁曾经见过有哪个人
比他更无耻,比他更能吹牛,
那他可以把我领回家去,我愿做他的奴隶。
只是惋惜这里的橄榄凉菜令人发狂地好吃。

皮尔戈波利尼克斯
你在哪儿?

阿尔托特罗古斯
我在这里。神明作证,你在印度,   25
只是这样地伸手一击,便打断了大象。

皮尔戈波利尼克斯
什么?伸"手"?

阿尔托特罗古斯
不,我是想说伸腿。

皮尔戈波利尼克斯
我当时还没有认真使劲儿。

---

① 布博马基德斯·克卢托墨斯托里狄萨尔基德斯(Bumbomachides Clutomestoridysarchides)是剧作者虚构的人名,意为"大吹大擂的吹牛家,不中用的统帅"。尼普顿是罗马神话中的海神,相当于古希腊神话中的波塞冬。此处可能暗喻马其顿的亚历山大的继承者之一安提戈努斯·戈纳戈斯,此人别名尼普顿之孙。

阿尔托特罗古斯

        请波卢克斯作证，
当时你要是真的使劲儿，你的手便会戳破
大象的厚皮，穿过内脏，直从嘴里穿出来。   30

皮尔戈波利尼克斯

  我现在都不想提起它。

阿尔托特罗古斯

          是的，你毫无必要
对我说这些事情，因为我知道你的勇敢。
（旁白）
是肚子发明了我现在从事的这种苦差事。
我得用耳朵听着，为的是不使牙齿打颤；
不管他如何胡编滥造，我都得随声附和。   35

皮尔戈波利尼克斯

  你知道我还想说什么吗？

阿尔托特罗古斯

        嘿，我知道你想说什么。
海格力斯式的功绩，我记得。

皮尔戈波利尼克斯

        你记得什么？

阿尔托特罗古斯

          不管什么。

皮尔戈波利尼克斯

  你带着——

阿尔托特罗古斯

     你想要书板？我随身带着，还有笔。

皮尔戈波利尼克斯

  你总是能灵巧地对我的一切心领神会。

阿尔托特罗古斯

  我应该随时随地有意识地熟知你的习性，   40
理解你的用心，做到能预知你想干什么。

皮尔戈波利尼克斯

  那你还记得吗?

阿尔托特罗古斯

      记得,你在基里基亚
  一百五十,在斯基托拉特罗尼亚一百,
  在萨尔狄斯是三十,在马其顿是六十,
  这就是你仅仅一天里就杀死了的人数。①   45

皮尔戈波利尼克斯

  总共杀了多少人?

阿尔托特罗古斯

       总共是七千。

皮尔戈波利尼克斯

  应该是这么多。你计算得一点都不错。

阿尔托特罗古斯

  连没有记录的我也记住了,一切全记得。

皮尔戈波利尼克斯

  波卢克斯啊,你真是好记性。

阿尔托特罗古斯

      施舍提醒我。

皮尔戈波利尼克斯

  只要你能像现在这样,你便会始终   50
  有吃的,我便会永远与你共同享用。

阿尔托特罗古斯

  而在卡帕多基亚②,若不是剑钝,
  你一次冲击便可以杀死五百人。

皮尔戈波利尼克斯

  因为那是一群废物,我让他们活着。

阿尔托特罗古斯

---

① 基里基亚在小亚细亚西南部,"斯基托拉特罗尼亚"意为"雇佣的斯基泰人的国家",斯基泰人居住在黑海东北部多瑙河下游地区,萨尔狄斯是小亚细亚的吕底亚首府。

② 卡帕多基亚在小亚细亚内地。

>   何须我对你说？所有的人都知道， 55
>   全世界唯有你皮尔戈波利尼克斯
>   既勇敢，又漂亮，又最为功勋卓著。
>   所有的女人都喜欢你，勿庸置疑，
>   谁能有你这么漂亮；昨天就有一些女人，
>   她们拽住了我的衫衣。

皮尔戈波利尼克斯

>   她们对你说了什么？ 60

阿尔托特罗古斯

>   她们纷纷打听，其中一个问我："他是阿基琉斯？"①
>   我说："不，是阿基琉斯的兄长。"另一个
>   又对我说："卡斯托尔作证，你看他多漂亮，
>   又多么高雅，瞧他那头卷发与他多么相称。
>   能和他同床的女人那才真正算是幸运的女人！" 65

皮尔戈波利尼克斯

>   她们确实曾经这样说？

阿尔托特罗古斯

>   还有两个女人请求我，
>   要我今天领着你凯旋似的从她们旁边经过。

皮尔戈波利尼克斯

>   一个人长得漂亮多么不幸！

阿尔托特罗古斯

>   是这样。
>   真烦人：请求，央求，恳求能
>   见到你，她们希望你去找她们， 70
>   以至于使我都无法忙你的事情。

皮尔戈波利尼克斯

---

① 阿基琉斯是希腊特萨利亚王佩琉斯和女神忒提斯之子。起初宙斯爱上了忒提斯，但神示说宙斯若与忒提斯结婚，忒提斯会生出一个比宙斯还强大的儿子。宙斯心怀疑忌，因而把忒提斯下嫁凡人佩琉斯，生阿基琉斯。阿基琉斯曾参加特洛亚战争，是希腊军队中最强大的英雄。

　　　　现在我们显然该前去广场，
　　　　昨天在这里登记了雇佣军，
　　　　我得去那里给他们发军饷。
　　　　是塞琉古国王一再请求我，　　　　　　　　　　　75
　　　　要我给他招募一支雇佣军队。
　　　　无疑我得把今天奉献给国王。①

阿尔托特罗古斯

　　　　好，让我们走吧。

皮尔戈波利尼克斯

　　　　　　　　卫士们，你们跟上。
　　　[皮尔戈波利尼克斯、阿尔托特罗古斯等下。

---

① 塞琉古是马其顿的亚历山大去世后西亚叙利亚王国的国王（公元前358或前353－前281年），也可能指他的继承人塞琉古·卡利尼库斯（公元前247－前226年在位），或其子塞琉古·克劳努斯（卒于公元前223年）。

第二幕

第一场

［帕勒斯特里奥由皮尔戈波利尼克斯屋内上。

帕勒斯特里奥

（对观众）

我现在给你们介绍本剧剧情，

只要你们能惠赐慷慨注意听。 80

若有谁不愿听，就请他站起身离开，

把他坐的位置留给愿意聆听介绍之人。

（环视观众）

现在既然你们已经愉快地坐好，

我这就给你们说明我们将要

演出的喜剧的标题和情节。 85

这出喜剧的希腊标题是"吹牛者"，

我们用拉丁文称之为"吹牛的"。①

这里是以弗所城，我的主人是个军官，

现在去了广场，一个好吹牛、厚颜无耻、

令人厌恶的家伙，一个伪誓者，淫荡之徒。 90

他竟然认为所有的女人都在追求他，

其实不管他去到哪里，总是人们嘲弄的对象。

---

① 剧本希腊标题"吹牛者"是 Alazon，名词；相对应的拉丁文标题是 Gloriosus，形容词。

即使那些伴妓，她们使着眼色要吻他，
实际上你会看到，她们只是装装样子。

至于我，我在他这里为奴尚不很久； 95
我也想告诉你们，我是怎样
从先前的主人来到他这里为奴。
敬请注意，现在我开始介绍剧情。

我原先的主人是位杰出的雅典青年，
他爱上了一个伴妓，也是阿提卡雅典人， 100
她也很爱他。这样的爱情最为理想。
青年被遣出使瑙帕克图斯，
为了城邦的重要事务。
这时这位军官偶然来到雅典，
设法接近我的主人的那个情人； 105
他还向她的母亲献殷勤，
用酒、饰物和丰富的食品，
采用同样的手法买通了妓馆老板。
当这位军官看到时机合适，
他便蒙骗老板，蒙骗我的主人 110
所爱的那个伴妓的母亲，
背着她母亲把伴妓载上船，
强行把她从那里带到了以弗所。

我得知主人的情人被从雅典带走，
便拼命地寻找船只坐乘， 115
前往瑙帕克图斯向主人报告消息。
我们航行到海上，出于神明的意愿，
海盗劫掠了我乘坐的船只，
在我按设想见到主人前便遭了殃。
海盗把被俘的我送给这个军官当礼物。 120

军官把我带来这里一进屋，
我便看见了主人原先在雅典的情人。
她临面看见我，即用眼睛向我示意，
要我不认识她；后来有了合适的机会，
那女子向我诉说了自己的不幸命运。　　　　　　　125
她说她很想逃离这座屋子，返回雅典，
她爱我的那位在雅典的主人，
她憎恨军官超过憎恨其他任何人。

我由于知道了女子的想法，
便拿起书板，写了信，偷偷地　　　　　　　　　130
交给了一个商人，托他把信捎给
我的身在雅典、爱过这位姑娘的主人，
希望他能来这里。他认真对待消息，
已经前来，住在这邻屋他父亲的
一位朋友，一位很好的老人家里，　　　　　　　135
老人对这位钟情来客殷勤相待，
想办法，出主意，帮助我们。
我在屋里安排了一个重要的机关，
让不期而遇的情人可以互相见面。
军人给这女子安排了一个房间，　　　　　　　　140
除了女子本人外，不允许任何人进入，
我挖通了与那房间的隔墙，
成为女子那边这边往来的通道。
我干这件事老人知道：他出的主意。

我的一位奴隶同伙是个无能的家伙，　　　　　　145
军官委派他看守那个女子。
我们要用灵活的计谋和巧妙的欺骗，
蒙住这个夸口家伙的眼睛，使他
即使看见了什么，也如同没有看见。

请你们不要搞错,这女子今天将轮流 150
（指军官的住屋）
在这里
（指邻屋）
　　　和在那里,饰演两个角色,
她会既是自己,又会扮成另一个人。
女子的看守将被狠狠地捉弄一番。
不过这位邻居老人家的门在响,
（见佩里普勒克托墨努斯走出屋）
他自己出来了,这就是我提到的那位好人。 155
（退到一旁）

第二场

［佩里普勒克托墨努斯及众奴隶由屋内上。

佩里普勒克托墨努斯

（对随行的奴隶）
请海格力斯作证,如果你们再看见有外人在屋顶上,
而不打断他的双腿,我便会用鞭子认真收拾你们的腰肋。
邻居偷看我们家干什么,从天窗往里瞧。现在我再说一遍:
如果你们发现我们的屋顶上有属于这个军官的人,
只有帕勒斯特里奥除外,你们就立即把他扔到街上去。 160
他或许会说是在追母鸡,追鸽子,或者追猴子,
若你们不把他痛打一顿,打他个半死,那你们自己就得倒霉。
既然他们不想按照规则玩骰子,而是搞欺骗,
那你们就收拾他们,让他们没有骰子地在家饮宴。

帕勒斯特里奥

（旁白）
显然是我们有人做了什么坏事,既然我听见 165
这位老人吩咐要打掉我的同伙们的骰子。
不过他把我排除在外,随便他怎么对付其他奴隶。

我向他迎过去。

（走上前）

佩里普特克托墨努斯

那迎面走来的不是帕勒斯特里奥吗？

帕勒斯特里奥

佩里普特克托墨努斯，你好？

佩里普特克托墨努斯

啊，你来得正好，我正想见你，和你说话。　　170

帕勒斯特里奥

怎么啦？你这是同我们家的人发生了争执？

佩里普特克托墨努斯

我们糟了！

帕勒斯特里奥

是怎么回事？

佩里普特克托墨努斯

事情暴露了。

帕勒斯特里奥

什么事情暴露了？

佩里普特克托墨努斯

刚才你们中间有人
在从我们屋顶上的天窗向屋里瞧，看见菲洛科马西乌姆　　175
正在和客人接吻。

帕勒斯特里奥

是谁看见的？

佩里普特克托墨努斯

你的奴隶同伙。

帕勒斯特里奥

这人是谁？

佩里普特克托墨努斯

不知道，他当时立即就让自己消失了。

帕勒斯特里奥

　　　　　　　　我料想这下子
我完了。

佩里普特克托墨努斯

　　　那人离去时,我喊道:"喂,你在屋顶上干什么?"他一面离开,一面回答说,他在找猴子。

帕勒斯特里奥

啊,由于这头可恶的畜生,我该遭殃了! 180
不过菲洛科马西乌姆还在这里?

佩里普特克托墨努斯

　　　　　我出屋时她还在。

帕勒斯特里奥

你回屋去,要她快过墙洞,让我们家的人
能够亲眼看见她,如果她不希望我们全都
由于她的爱情而遭鞭打,因为我们是奴隶。

佩里普特克托墨努斯

这我已对她说了,你还有什么吩咐?

帕勒斯特里奥

　　　好,你就对她说,
要求她不要背弃女性固有的所有各种天性, 185
要尽力保持女人的技巧和本领。

佩里普特克托墨努斯

　　　　　你这话什么意思?

帕勒斯特里奥

让她用言语战胜那个看见她在这里的人,
　　　使那人认为自己没有看见。
即使她在这里被人看见上百次,她也要矢口否认。
她有嘴,有舌头,奸诈,狡猾,很有胆量,
而且她还非常自信,性格坚毅,也长于狡诈欺骗。
如果有人揭露她,她就信誓旦旦地坚决回击对方: 190
说假话,伪造事实,发虚假誓言,她样样都在行,
她善于使狡猾的手法,会阿谀奉承,会欺蒙哄骗。

要知道，女人从来不用向果园主人乞求任何果子，
她自己家里就拥有整座的果园和各种作恶的佐料。

佩里普勒克托墨努斯

她要是在这里，我就这样告诉她。

（见帕勒斯特里奥沉默不语）

你怎么啦，帕勒斯特里奥？ 195
你一个人心里在想什么？

帕勒斯特里奥

请你稍候，别说话！
我正在努力用心想主意，正在考虑怎么办，
对我的那位奴隶同伙如何用欺诈回击欺诈，
他在这里看见她接吻，我要让他变成没看见。

佩里普勒克托姆努斯

你就想主意吧，我暂时离开你一点儿。

（对观众）

你们看他： 200
怎样站着，紧紧地皱着眉头，紧张地思索；
用手指弹着胸脯，我看他显然想把心掏出来。
你们瞧他现在把身体转过去，左手撑着左胯，
用右手手指计算着，再用右手击右胯。
他使劲一摔，显然还没有想出办法来。 205
他弹了一下手指，还在构思；改变姿势。
你看他在摇头：对想出的办法感到不满意。
不管是什么，还未煮熟，他要煮熟了再递上。
看哪，他正在建设：给下巴竖起立柱。
去他的，我一点儿也不喜欢这座建筑； 210
我听说有位外邦诗人①也这样撑着下巴，
两个守卫所有时辰一刻不离地看着他。

---

① "外邦诗人"指罗马诗人格奈乌斯·奈维乌斯（约公元前270－前204／201年）。他是一位具有民主倾向的诗人，因攻击权贵而被捕入狱，后来由于平民保民官干涉，获释出狱，遭流放，最后可能死在北非。

天哪，现在看他站的样子：优美，富有戏剧性！
今天他是不达到目的，决不会罢休。
我看他有办法了。
（稍待，对帕勒斯特里奥）
       喂，随你怎么干，你醒醒，   215
可不要睡着，如果你不想通宵苦苦地挨鞭子。
我在对你说话。你昨天喝多了？喂，帕勒斯特里奥，
我说你醒醒，振作精神，天还亮着呢！

帕勒斯特里奥

          我听着。

佩里普勒克托墨努斯

你看见没有？敌人已经从你背后把你包围，
你赶紧想办法召集军队应付，要快，拖延不得。 220
你要想办法首先行动，率领军队绕行，
把敌人赶进包围圈，为我们的军队设立防卫；
你要切断敌人的联系，保护我们的交通线，
使食物和各种补给能安全地到达
你和你的军团。你要行动，情况紧迫。   225
〔你寻思，你构想，迅速想出狡猾的计划，
使得看见的没有见，做过的没有做。
那人已经开始大干，建造巨大的护墙。〕
如果你宣布承担这项重任，那就可以相信，
我们能够打垮敌人。

帕勒斯特里奥

       是的，我宣布，我将承担   230
这项重任。

佩里普勒克托墨努斯

    我祝你成功，达到目的。

帕勒斯特里奥

         祝愿尤皮特
保佑你！

佩里普勒克托墨努斯

你不想让我参与你的计划?

帕勒斯特里奥

请你别说话,
在我让你参与我的计划的过程中,我会让你
同我一起知道一切。

佩里普勒克托墨努斯

你会认为我这里一切都可靠。

帕勒斯特里奥

我那主人周身裹的不是自己的皮,而是大象皮,　　　　235
他也并不比石头具有更多的智慧。

佩里普勒克托墨努斯

这我知道。

帕勒斯特里奥

我现在这样考虑,构思出了这样一个计谋:
就说菲洛科马西乌姆的孪生姐妹带着情人
从雅典来到这里,她们姊妹俩如此地相像,
就像牛奶与牛奶那样,现在就住在你家里,　　　　240
我就说是你的客人。

佩里普勒克托墨努斯

啊呀,太好了,我赞赏你的构思!

帕勒斯特里奥

要是我的那个奴隶同伙在军官面前揭露说,
他看见菲洛科马西乌姆在这里与一个男人接吻,
那我就反驳我的奴隶同伙说,他看见的其实
是她的姐妹与自己的情人接吻拥抱。

佩里普勒克托墨努斯

这太好了!　　　　245
我也这样回答,如果军官询问我。

帕勒斯特里奥

还要说她们非常相像。

现在就得把这些告诉菲洛科马西乌姆,让她知道,免得军官询问她时,她说话结巴语塞。

佩里普勒克托墨努斯

非常巧妙的骗局!但是如果军官提出想同一时间看见她们姐妹两人,那时我们怎么办?

帕勒斯特里奥

这太容易了,可以即时说出三百个借口:她不在家,出去散步了,在睡觉,在梳妆,在沐浴;她在吃饭,在饮酒,在休息,她正忙着,没有时间。你想要多少就有多少,只是现在首要的事情是要让我的那位奴隶同伙相信,我们编造的东西真实无妄。 250

佩里普勒克托墨努斯

你说得太好了。

帕勒斯特里奥

那你赶快进屋去,如果她在自己的屋里,就让她赶快到这边来,向她说明,告诉她,指教她,使她明白我们刚才的商量结果,计划安排她有一个孪生姐妹。 255

佩里普勒克托墨努斯

我要让她对你的计划了解得不能再深透。你还有其他事情吗?

帕勒斯特里奥

你进去吧。

佩里普勒克托墨努斯

好,我走了。

〔进屋,下。

帕勒斯特里奥

我也回屋去,我将会尽可能隐蔽地去跟踪那个家伙,就是今天我那位追踪猴子的奴隶同伙。 260

事实上他不可能不向自己的某个同伙
诉说这样的消息，声称他自己曾经看见
主人的情人在邻居屋里同一个年轻人接吻。
我知道他的习性："我不能藏住我独自知道的事情。" 265
只要找到这位目击者，我便把攻城机和护板对准他。
一切都已准备就绪，应该用战斗和力量把他俘获。
如果找不到他，我就到处根据气味嗅寻，
像猎犬那样，一直到根据足迹找到狐狸。
注意听，我们家的门在响，我得住嘴， 270
（看见斯克勒德鲁斯由屋内出来）
那就是菲洛科马西乌姆的看守，
　　　　　我的那位奴隶同伙从屋里出来。

（退到一旁）

第三场

［斯克勒德鲁斯上。

斯克勒德鲁斯

只要我今天在屋顶上不是在睡梦中漫游，
就请神明作证，我确实看见了主人的情人
菲洛科马西乌姆在这邻居家里为自己找不幸。

帕勒斯特里奥

（低声地）
是他看见女子接吻，我听见他自己在这样说。 275

斯克勒德鲁斯

谁在这里？

帕勒斯特里奥

　　你的奴隶同伙。斯克勒德鲁斯，怎么样？

斯克勒德鲁斯

　　　　　　　帕勒斯特里奥，
很高兴遇见你。

帕勒斯特里奥

怎么回事？或者有什么事情？请你告诉我。

斯克勒德鲁斯

我怕——

帕勒斯特里奥

你怕什么？

斯克勒德鲁斯

天哪，我担心不管我们有多少同伙，
我们今天都得蹦蹦跳跳地吃苦，遭折磨。

帕勒斯特里奥

那么你就
独自一个人去蹦蹦跳跳吧，我绝对不会妨碍你。　　　　280

斯克勒德鲁斯

你大概还不知道我们这里发生了什么新的，
见不得人的事情。

帕勒斯特里奥

发生了什么见不得人的事情？

斯克勒德鲁斯

可耻的行为。

帕勒斯特里奥

那你就一个人知道吧，
不用告诉我，我不想知道。

斯克勒德鲁斯

不，我不能不让你知道。
今天我曾经在这家邻居的屋顶上追我们的猴子。

帕勒斯特里奥

天哪，斯克勒德鲁斯，人追一个毫不中用的猴子！　　　　285

斯克勒德鲁斯

该死的东西！

帕勒斯特里奥

你自己才该死呢，像你刚才所说，干这种事情。

斯克勒德鲁斯
> 我偶然在这里从邻居屋顶的天窗朝下看，
> 看见菲洛科马西乌姆正在和一个人接吻，
> 一个不认识的人。

帕勒斯特里奥
> 斯克勒德鲁斯，我听见你在说什么呀？

斯克勒德鲁斯
> 我确实看见。

帕勒斯特里奥
> 难道你看见了？

斯克勒德鲁斯
> 我用我这两只眼睛看见的。   290

帕勒斯特里奥
> 去你的，你说的不可能是事实，你不可能看见。

斯克勒德鲁斯
> 难道你以为
> 我的视力不好？

帕勒斯特里奥
> 这个问题你去询问医生要更合适。
> 求神明保佑，但愿你不要冒失地传播这个故事，
> 否则你会为自己的腿骨和脑袋招来严重的不幸。
> 如果你不控制住你的这张笨嘴，你会为自己从   295
> 两个方面招来毁灭。

斯克勒德鲁斯
> 怎么从两个方面？

帕勒斯特里奥
> 我这就告诉你。
> 若你用虚妄之词诽谤菲洛科马西乌姆，你就完了；
> 若事情是真的，你作为受指派的看守，你也完了。

斯克勒德鲁斯
> 我不知道我会怎么样，但我知道我确实看见是那样。

帕勒斯特里奥

　　倒霉的家伙,你还要说?

斯克勒德鲁斯

　　　　　　　　除非我看见的,你要我说什么?　　　　300

　　她现在甚至还在这位邻居的屋里。

帕勒斯特里奥

　　　　　　　难道她不在家里?

斯克勒德鲁斯

　　你自己进屋去看看吧,我丝毫不想强求你相信我。

帕勒斯特里奥

　　好,我进屋去看看。

　　(进屋)

斯克勒德鲁斯

　　　　　　　我在这里等你。

　　(旁白)

　　　　　　　　　　同时我也守住她,

小母牛很快就会经过这里从牧场返回栏厩。

现在我该怎么办?军官可是让我做她的看守,　　　　305

现在我若告发她,我完了;我若沉默,我也会完,

要是事情被公开。有什么能比女人更胆大妄为?

我刚刚爬上屋顶,她便立即从住处跑了出来,

海格力斯啊,大胆地做出了这种无耻的行为。

军官知道后,整个这座屋子和我肯定都得遭殃。　　　310

海格力斯啊,不管怎么样,缄默不语比遭不幸强。

如果她自己出卖自己,那时我也没有办法。

　　[帕勒斯特里奥由屋内重上。

帕勒斯特里奥

　　斯克勒德鲁斯,斯克勒德鲁斯,世上有谁比你更无耻?

　　世上还有谁比你更令神明憎恶,令神明气愤?

斯克勒德鲁斯

　　　　　　　怎么回事?

帕勒斯特里奥

你怎么不让挖掉你的眼睛?它们竟然在这里

让你看见从来没有的事情。 315

斯克勒德鲁斯

什么?从来没有的事情?

帕勒斯特里奥

我不会拿你的生命去换烂果子!

斯克勒德鲁斯

发生了什么事情?

帕勒斯特里奥

你还问发生了什么事情?

斯克勒德鲁斯

我为什么不能问?

帕勒斯特里奥

你不想吩咐人把你的那根好说闲话的舌头割掉?

斯克勒德鲁斯

我为什么要这样吩咐?

帕勒斯特里奥

菲洛科马西乌姆在这屋里,

你却说看见她在邻居家里同一个人接吻拥抱。 320

斯克勒德鲁斯

真奇怪,小麦这样便宜,你却要以稗子度日。

帕勒斯特里奥

你这话什么意思?

斯克勒德鲁斯

因为你眼睛近视。

帕勒斯特里奥

强盗,请波卢克斯作证,

你是瞎子,不是近视。要知道,她就在这屋里。

斯克勒德鲁斯

什么?她在屋里?

帕勒斯特里奥

　　　　　　神明作证，她确实在屋里。

斯克勒德鲁斯

　　　　　　　　　你走吧，帕勒斯特里奥，你在耍弄我。

帕勒斯特里奥

　　　　那么我这双手不干净。

斯克勒德鲁斯

　　　　　　　为什么?

帕勒斯特里奥

　　　　　　　　　　因为我在耍弄污物。　　　　　325

斯克勒德鲁斯

　　　　该死的东西!

帕勒斯特里奥

　　　　　　　　斯克勒德鲁斯，我保证你自己

　　　会这样，除非你换一双眼睛，换一个说法。

　　　（静听）

　　　可是你听，我们家的门在响。

斯克勒德鲁斯

　　　（走近佩里普特克托墨努斯的住屋）

　　　　　　　　　　我现在就守着这扇门;

　　　她要从这边回家，除了走这扇门，没有其他的门。

帕勒斯特里奥

　　　她就在家里!斯克勒德鲁斯，真不知道

　　　　　　　　什么罪孽在和你作祟。　　　　　330

斯克勒德鲁斯

　　　我看见自己，知道我清醒，我更相信我自己。

　　　任何人都吓唬不了我，她肯定就在这座屋里。

　　　我就站在这里，不要让她突然从我面前溜走。

帕勒斯特里奥

　　　（旁白）

　　　他在我的掌握之中，我要把他从堡垒上推下去。

（对斯克勒德鲁斯）

你希望不希望我让你承认自己是愚蠢之人？

斯克勒德鲁斯

你来吧。　　335

帕勒斯特里奥

承认自己心智有缺陷，视觉也有问题？

斯克勒德鲁斯

我希望。

帕勒斯特里奥

你是不是说过主人的情人在那屋里？

斯克勒德鲁斯

我现在还这样说。

说我自己曾经看见她在那屋里同一个人接吻。

帕勒斯特里奥

你承认从这里没有任何道路可以去那边？

斯克勒德鲁斯

我承认。

帕勒斯特里奥

没有露台，没有花园，除非从屋顶进去？

斯克勒德鲁斯

我承认。　　340

帕勒斯特里奥

现在怎么样？如果她在屋里，我让她
而且你自己也看见她从屋里走出来，
那你是不是应该挨顿鞭子？

斯克勒德鲁斯

完全应该。

帕勒斯特里奥

那你好好看着那扇门，
免得她偷偷地从你面前溜过，回到我们这边来。

斯克勒德鲁斯

帕勒斯特里奥

　　　　　我可以立即让她到这街上来，站在你面前。

斯克勒德鲁斯

　　就这样做吧。

　　（见帕勒斯特里奥进屋，旁白）

　　　　我想知道是我真的看见过我所看见过的东西，　　345
还是他能真的让她如同他声称的那样，就在这屋里。
要知道，我有自己的眼睛，我不想租用他人的眼睛。
他总是像一个门客那样巴结她，他是她最亲近的人，
他总是被首先叫去吃饭，也总是首先把菜递给他吃。
事实上，他来到我们这里大概才刚刚是第三个年头，　　350
可是在这个家里谁也不能像他那样舒服舒服地为奴。
不过我现在应该干好我应该干的事情，看好这扇门。
我这样站着。波卢克斯作证，他不可能就这样骗了我。

第四场

　　〔帕勒斯特里奥和菲洛科马西乌姆由屋内上。

帕勒斯特里奥

　　我告诉你的事情你都记住了？

菲洛科马西乌姆

　　　　　真奇怪，你吩咐了那么多次。

帕勒斯特里奥

　　我担心你是不是足够地狡猾。

菲洛科马西乌姆

　　　　　即使给我十分之一，我也能把　　355
毫不恶毒的女人教导成恶毒的女人，自己还有剩余。

帕勒斯特里奥

　　你现在就开始骗局，我离开你，离开得远一些。

　　（离开，对斯克勒德鲁斯）

斯克勒德鲁斯 你说什么？

斯克勒德鲁斯

正做这件事情。我有耳朵，随你说什么。

帕勒斯特里奥

我说你就去死吧，城门外会立即有人给你做样子，双手伸开，你会得到一根横木套住你的脖子。①

斯克勒德鲁斯

为什么？ 360

帕勒斯特里奥

你回头向左看，那个女人是谁？

斯克勒德鲁斯

（回头，看见菲洛科马西乌姆）

啊，不死的神明！
这是主人的情人。

帕勒斯特里奥

波卢克斯作证，我也是这样认为。
现在好吧，既然可以——

斯克勒德鲁斯

我怎么办呢？

帕勒斯特里奥

你去死吧。

菲洛科马西乌姆

（愤怒地）

那个高尚的奴隶在哪里？他竟用无耻至极的谎言
诬陷我这个无辜之人。

帕勒斯特里奥

（指斯克勒德鲁斯，对菲洛科马西乌姆）

你看，就是他对我说了我刚才对你说的话。 365

菲洛科马西乌姆

---

① 这是罗马埃斯克维利纳城门（Porya Esquilina）外处死奴隶的通常方式。被处死的奴隶的头被套进横木的特制孔里，双手被缚在横木两端。

你这个无赖，是你说看见我在邻居屋里同人接吻？

帕勒斯特里奥

他还说是同一个陌生的年轻人。

斯克勒德鲁斯

海格力斯作证，我这样说过。

菲洛科马西乌姆

你看见我了？

斯克勒德鲁斯

海格力斯作证，就是用我这双眼睛。

菲洛科马西乌姆

我想你会失去它们，
因为它们竟能看见不可能看见的东西。

斯克勒德鲁斯

请海格力斯作证，你吓唬不了我，
我确实看见过我看见了的东西。

菲洛科马西乌姆

我真愚蠢，实在呆愚，　　　　　　　370
竟然与这个疯子没完没了地废话，本该把他处置了事。

斯克勒德鲁斯

用不着威胁我，我知道十字架是我未来的坟墓。
我的祖辈就死在那里，有我的父亲，我的祖父，
曾祖父，高祖父。你不可能用威胁挖掉我的眼睛。
（转身对帕勒斯特里奥）
帕勒斯特里奥，我倒想对你说几句话。请问你，　　375
她是从哪里来到这里？

帕勒斯特里奥

不从家里从哪里？

斯克勒德鲁斯

从家里？

帕勒斯特里奥

（认真地）

你看见我吗？

斯克勒德鲁斯

（不在意地）

看见你？

（思考地）

事情太奇怪了，她怎么能从我们家里来到这里？

我们这里没有露台，没有园子，窗户也没有格子。

（对菲洛科马西乌姆）

要知道，我确实曾经在这里看见你在那座屋里。

帕勒斯特里奥

无赖，你还要继续诽谤她？

菲洛科马西乌姆

请卡斯托尔作证， 380

我昨天夜里做了一个梦，看来并非是虚妄。

帕勒斯特里奥

你梦见什么了？

菲洛科马西乌姆

我这就说，你们注意听。

昨天夜里我在梦中梦见我的孪生姐妹，

她从雅典来到以弗所，带着她的情人，

梦见他们两人就客居在这位邻居家里。 385

帕勒斯特里奥

（旁白）

一个帕勒斯特里奥式的梦。请继续说。

菲洛科马西乌姆

梦见我的姐妹到来，我很高兴，

还梦见我因为她而遭到巨大的诬蔑。

我梦见我的奴隶在梦中诬陷我，

（对斯克勒德鲁斯）

就像你现在这样，指责我同一个青年接吻， 390

其实那是我的孪生姐妹同他的情人接吻。

我梦见了我受到这种莫须有的虚假指责。

帕勒斯特里奥

你刚才回忆的梦幻现在不正是真正地发生了？
天哪，一个真实的梦！你快回屋去，做祈祷，
我会把你说的这些情况告诉军官。

菲洛科马西乌姆

　　　　　　　　　　　　应该这样做，　　　　　　395
我不会容忍自己无辜地蒙受无耻地虚构的侮蔑。
〔进屋，下。

斯克勒德鲁斯

（旁白）
我真害怕。我干了什么事情！我的脊背会挨揍。

帕勒斯特里奥

你知道自己完了吗？

斯克勒德鲁斯

　　　　　　　　　现在她肯定就在家里。
无疑我现在得守门，就在这里。
（移近自己的屋门）

帕勒斯特里奥

　　　　　　　　斯克勒德鲁斯，
你看她做的梦与发生的事情多么相像？　　　　　　400
就像你怀疑她，看见她在和别人接吻。

斯克勒德鲁斯

我现在都不知道我该相信什么，我想我大概
没有看见我看见过的东西。

帕勒斯特里奥

　　　　　　　　我想你得赶快清醒过来，
如果主人首先知道了这件事，你就彻底完了。

斯克勒德鲁斯

现在我自己也感觉到，我的眼睛是有些模糊。　　　　405

帕勒斯特里奥

是呀，这一点早就清楚了，她一直在这屋里。

斯克勒德鲁斯

我都不知道该说什么，我没有看见她，尽管看见过。

帕勒斯特里奥

波卢克斯作证，你以自己的愚蠢几乎把我们都毁了！
当你想使自己忠于主人的时候，几乎让自己遭了殃。

（静听）

现在注意听，是我们邻居家的门在响。别再说话。   410

第五场

［菲洛科马西乌姆由佩里普勒克托墨努斯屋内上。

菲洛科马西乌姆

请在祭坛上生起火，我很想对以弗所的狄安娜
进行赞颂表谢意，愉快地给女神点起阿拉伯香，
女神在尼普顿的辖地，在猛烈的狂风暴雨之中，
拯救了我，当时我正在凶猛的波涛中艰难地挣扎。

斯克勒德鲁斯

帕勒斯特里奥，帕勒斯特里奥！

帕勒斯特里奥

　　　　　　　　　　斯克勒德鲁斯，什么事？   415

斯克勒德鲁斯

这个女人刚从那屋里出来，她是不是主人的情人
菲洛科马西乌姆？

帕勒斯特里奥

　　　　　　请海格力斯作证，我想是，我看是她。
不过事情真奇怪，她怎么可能从这里去到那里，
如果那真是她。

斯克勒德鲁斯

　　　　　　你怀疑这个女人不是她？

帕勒斯特里奥

          好像是她。

斯克勒德鲁斯

  让我们上前去,招呼她。

  (走上前)

        喂,菲洛科马西乌姆,   420

怎么回事?你怎么在这座屋里?你有什么事情?

你怎么不作声?我在和你说话。

帕勒斯特里奥

       不,天哪,你在自言自语;

你看,她一点都不回答你。

斯克勒德鲁斯

  (气愤地)

      我在和你说话,你这个邪恶女人,

你怎么在邻人这里放荡?

菲洛科马西乌姆

  (冷淡地)

       你在和谁说话?

斯克勒德鲁斯

  除了和你,还能和谁?

菲洛科马西乌姆

      你是谁?你与我有什么事情?   425

斯克勒德鲁斯

  你问我,我这个人是谁?

菲洛科马西乌姆

      我不知道的事情为什么不能问?

帕勒斯特里奥

  如果你不知道他,那我是谁?

菲洛科马西乌姆

       不管你是谁,你们使我厌烦。

你和这个人。

斯克勒德鲁斯

你不认识我们?

菲洛科马西乌姆

你们两人我都不认识。

斯克勒德鲁斯

（对帕勒斯特里奥,旁白）

我担心。

帕勒斯特里奥

你担心什么?

斯克勒德鲁斯

担心我们不要在什么地方失去了形象,既然她说既不认识你,也不认识我。

帕勒斯特里奥

我想我们得在这里考察一下, 430
斯克勒德鲁斯,我们现在仍是自己,还是已成为其他人,
会不会是哪个邻人偷偷把我们变换了,我们自己没发觉。

斯克勒德鲁斯

我肯定还是我自己。

帕勒斯特里奥

请波卢克斯作证,我也是。女人,你在找倒霉。
喂,菲洛科马西乌姆,我在对你说话!

菲洛科马西乌姆

你在犯什么癫狂?
你认错人了,竟然用这么复杂的名字称呼我。 435

帕勒斯特里奥

那么你究竟怎么称呼?

菲洛科马西乌姆

我叫狄克埃。

斯克勒德鲁斯

你是"正义"？①

菲洛科马西乌姆，你这是想给自己用一个假名。

你是"非正义"，不是"正义"，对我的主人行不义。

菲洛科马西乌姆

是我？

斯克勒德鲁斯

是你。

菲洛科马西乌姆

怎么可能？我昨天晚上刚从雅典来到以弗所，

带着自己的情人，一个雅典青年。

帕勒斯特里奥

请你告诉我，你来这里， 440

在以弗所有什么事情？

菲洛科马西乌姆

我听说我的孪生姐妹

在这里，我来这里是为了寻找她。

斯克勒德鲁斯

你真狡猾。

菲洛科马西乌姆

不，请卡斯托尔作证，是我太愚蠢，竟然和你们瞎扯。

我走了。

斯克勒德鲁斯

我不让你走。

（挡住菲洛科马西乌姆的去路）

菲洛科马西乌姆

你让开。

斯克勒德鲁斯

你被当场捉住了。

我不放你。

---

① 希腊人名"狄克埃"作为名词，意为"正义"。

菲洛科马西乌姆

  我的手在咯咯响，它们会让你吃苦头，   445
如果你不放开我。

斯克勒德鲁斯

（对帕勒斯特里奥）

  坏蛋，你怎么站着？怎么不从另一边抓住她？

帕勒斯特里奥

我可不希望给自己的脊背找来麻烦。我怎么能知道
她就是菲洛科马西乌姆，还是另一个人与她相近似？

菲洛科马西乌姆

你放不放开我？

斯克勒德鲁斯

  不，如果你不自己走，我便用暴力
强行邀请你，把你拖进屋去。

菲洛科马西乌姆

  这是我在这里客住的居所，   450
我在阿提卡的雅典有自己的住所。我与你们的住屋，
与你们毫不相干，我不认识你们，也不想认识你们。

斯克勒德鲁斯

你跟我立个约：我怎么也不会放开你，如果你不起誓，
说我如果放开你，你就回屋去。

菲洛科马西乌姆

  不管你是谁，你在用暴力强逼我。
我这就起誓：如果你放开我，我就按你的要求回屋去。 455

斯克勒德鲁斯

好，我这就放开你。

菲洛科马西乌姆

  你放开，我也走。

［迅速跑开，回佩里普勒克托墨努斯的屋，下。

斯克勒德鲁斯

  这就是女人的誓言。

帕勒斯特里奥

　　斯克勒德鲁斯,你放走了手中的猎物。她显然是我们的主人的情人。你为什么不坚决地使用暴力?

斯克勒德鲁斯

　　我该怎么办?

帕勒斯特里奥

　　你从屋里给我拿把剑来。

斯克勒德鲁斯

　　你想用它干什么?

帕勒斯特里奥

　　我想直接冲进屋去,不管看见谁在这座屋里 　　460
与菲洛科马西乌姆接吻,我都立即把他砍死。

斯克勒德鲁斯

　　你也觉得那是她?

帕勒斯特里奥

　　波卢克斯作证,肯定是她。

斯克勒德鲁斯

　　瞧她多么巧妙地作了伪装!

帕勒斯特里奥

　　去吧,去把剑拿到这里来。

斯克勒德鲁斯

　　我一会儿就拿来。

〔进屋,下。

帕勒斯特里奥

　　无论骑兵或步兵,都不可能如此大胆,
能像一个女人那样坚定地做任何事情。　　465
她刚才多么巧妙地饰演了两个角色,
灵活地愚弄她的守卫人,我的奴隶同伙!
那墙壁通道还真有用,她可以从中穿过。

〔斯克勒德鲁斯由屋内上。

斯克勒德鲁斯

喂,帕勒斯特里奥,不需要剑。

帕勒斯特里奥

怎么啦?为什么?

斯克勒德鲁斯

主人的情人在屋里。

帕勒斯特里奥

什么?她在家里?

斯克勒德鲁斯

就躺在卧榻上。 470

帕勒斯特里奥

波卢克斯啊,根据你的话,你为自己招了不幸。

斯克勒德鲁斯

为什么?

帕勒斯特里奥

因为你竟然胆敢对这邻居家的女人动手。

斯克勒德鲁斯

天哪,我真害怕。

帕勒斯特里奥

也许世上永远不会有哪个人像这个女子
与我们的那个如此相像,你曾经看见她在这里和人接吻。

斯克勒德鲁斯

正如你说的那样,那就是她。如果我把这件事 475
告诉主人,那我就死到临头了。

帕勒斯特里奥

如果你还有理智,
你就默不作声。奴隶应该是知道,而不是说话。
我现在得离开你,我不想和你一起搅和这件事。
我将在这个邻人家里,我不喜欢你惹的这场麻烦。
若主人回来,询问我,我在这里,你来这里叫我。 480
[进佩里普勒克托墨努斯的屋,下。

第六场

斯克勒德鲁斯

　　他这样走了,不再关心主人的事情,
　　好像他不是在为奴服从于他人似的?
　　现在她确实在这里面,就在这屋里,
　　我刚才看见她在家里,躺在卧榻上。
　　无疑我现在应该继续认真地监视她。　　　　　　485

　　〔佩里普勒克托墨努斯由屋内上。

佩里普勒克托墨努斯

　　请海格力斯作证,人们这样不把我看作
　　一个男人,而是这相邻军官的奴隶的女人,
　　他们竟然这样嘲弄我。我这里有一位客人,
　　昨天刚从雅典来到我这里,品性高尚,
　　自由人出身,竟然如此受人羞辱、嘲弄!　　　　490

斯克勒德鲁斯

　　(旁白)

　　海格力斯作证,我完了!他直接朝我走来。
　　我很担心,这件事会使我遭受巨大的不幸,
　　既然我刚才听见这个老人说出了这样的话。

佩里普勒克托墨努斯

　　(旁白)

　　我这就去找他。

　　(大声地)

　　　　喂,斯克勒德鲁斯,你这个恶棍,
　　你刚才竟然就在我家的门前嘲弄我的女宾?　　　495

斯克勒德鲁斯

　　(畏惧地)

　　好邻居,请你耐心听我说。

佩里普勒克托墨努斯

要我耐心听你说？

斯克勒德鲁斯

我想为自己作辩护。

佩里普勒克托墨努斯

你做出了这种无耻的、
卑鄙的事情，还想在我面前为自己辩护？
你这个家伙，是不是因为你们惯于抢劫，
从而便认为你可以随心所欲地胡作非为？　　　　　500

斯克勒德鲁斯

可以让我说几句吗？

佩里普勒克托墨努斯

全体男女神明作证，
除非我看到你挨鞭打狠狠受惩罚，
而且一直不停，从早晨直到傍晚；
因为你损坏了我的屋顶上的木板，
在我屋顶上追赶与你相称的猴子，　　　　　　　505
从那里你偷看住在我们家的客人，
拥抱自己的情人，正被情人亲吻；
你竟然胆敢诬陷主人品性端庄的
客人行为放荡，指责我卑劣至极，
竟然在我家门前对我的客人无礼；　　　　　　　510
除非我能看到你挨棒刑遭受惩罚，
你竟让你的主人遭受巨大的羞辱，
胜过大海狂风骤起陷入惊涛巨澜。

斯克勒德鲁斯

佩里普勒克托墨努斯，我现在实在感到困惑，
不知该怎么办好，我应该指责你——或者　　　　515
要是她不是我们这个，我们这个不是你们那个，
那我觉得我更应该为这事向你那个客人解释。
就像我现在都不知道我曾经看见了什么。

你们家那个客人同我们家的这个竟然如此相像，
当然如果她们不是一个人。

佩里普勒克托墨努斯

你去我屋里看看，你就会明白。　　　　　　520

斯克勒德鲁斯

可以吗？

佩里普勒克托墨努斯

是我让你进去，你可得好好看清楚。

斯克勒德鲁斯

我一定会照办。

〔向佩里普勒克托墨努斯的屋走去，下。

佩里普勒克托墨努斯

（对军官的住屋）

喂，菲洛科马西乌姆，你赶快
穿过墙洞，到我们这边来，需要这样做。
只要斯克勒德鲁斯一离开我们这里，
你再迅即穿过墙洞，跑回你们的住屋去。　　　525
（旁白）
天哪，我现在真担心，她不要把事情搞糟。
如果他在这里看不见她，那事情就暴露了。

〔斯克勒德鲁斯由佩里普勒克托墨努斯屋内重上。

斯克勒德鲁斯

啊，不朽的天神啊！多么相像的女人啊，
我想甚至神明也会有诧异，不可能造出　　　　530
比她更相像的人来。

佩里普勒克托墨努斯

现在怎么样？

斯克勒德鲁斯

是我该倒霉。

佩里普勒克托墨努斯

怎么样，还是她吗？

斯克勒德鲁斯
      尽管是她,又不是她。

佩里普勒克托墨努斯
  你看见她了?

斯克勒德鲁斯
      我看见她了,还有她的情人,
  正在与她拥抱和接吻。

佩里普勒克托墨努斯
      那是她吗?

斯克勒德鲁斯
       我不知道。

佩里普勒克托墨努斯
  你想清楚地知道吗?

斯克勒德鲁斯
      我希望。

佩里普勒克托墨努斯
      那你现在回你们的屋,   535
  立即回屋去,看你们的那一个是不是在屋里。

斯克勒德鲁斯
  好,你提醒得对。我一会儿就回到你这里来。
  (跑回屋)

佩里普勒克托墨努斯
  请波卢克斯作证,我还从来没有见过
  有谁被如此巧妙地、如此惊人地愚弄。
  (见斯克勒德鲁斯由屋内重上)
  不过他从屋里出来了。

斯克勒德鲁斯
      佩里普勒克托墨努斯啊,   540
  我以天神和凡人的名义,以我的愚蠢的名义,
  以你的双膝的名义请求你——

佩里普勒克托墨努斯

向我请求什么？

斯克勒德鲁斯

请求你

宽恕我的无知和愚蠢。现在我终于弄明白了，

我是个笨蛋，我是个瞎子，我是个没头脑的人。

菲洛科马西乌姆就在屋里。

佩里普勒克托墨努斯

你这个恶贼，现在怎么样？ 545

你两个都看见了？

斯克勒德鲁斯

我看见了。

佩里普勒克托墨努斯

那你去把主人叫来。

斯克勒德鲁斯

我承认我应该受严厉的惩罚，

我也承认我侮辱了你的客人；

不过那是由于当时我认为她是我的

主人的情人，我的军官主人派我看守她。 550

事实上即使是从同一口井里打上来的水，

也不可能像她和你的客人那样如此相像。

我也承认，我从你们家的天窗瞧过你们。

佩里普勒克托墨努斯

我本人都看见了，你还怎么能不承认？

你在那里看见我的客人同他的情人在接吻？ 555

斯克勒德鲁斯

看见了。（我为什么要否认我看见的东西？）

不过我当时以为看见的是菲洛科马西乌姆。

佩里普勒克托墨努斯

你是不是把我看成世上最卑鄙之人，

竟然纵容她在我的家里对邻居作出

如此惊人的有失廉耻的不义举动？ 560

斯克勒德鲁斯

只是现在我才知道我干了蠢事，在我知道
事情真相后。不过我那样做并非出于恶意。

佩里普勒克托墨努斯

不，是很不应该。你应该知道，一个人
身为奴隶，应该控制自己的眼睛、双手，
控制住自己的舌头。

斯克勒德鲁斯

从今以后，即使我甚至 565
确实知道什么，如果我嘀咕一句，我甘愿
受严刑，我把自己交给你。只是现在请你
在这件事情上宽恕我。

佩里普勒克托墨努斯

好吧，我控制自己的感情，
我也姑且认为你这样做并非出于恶意。
我像你希望的那样宽恕你。

斯克勒德鲁斯

愿神明施惠于你！ 570

佩里普勒克托墨努斯

愿神明保佑你，你以后确实应该控制
自己的舌头，知道什么，也要不知道，
看见了什么，也要没看见。

斯克勒德鲁斯

你提醒得对，
我一定这样做。你已经不生气了？

佩里普勒克托墨努斯

你走吧！

斯克勒德鲁斯

你现在还想要我做点什么吗？

佩里普勒克托墨努斯

你终于知道我了。 575

斯克勒德鲁斯

（旁白）

他在这里欺骗我。他表现得多善良,
也不再生气！我知道他会怎样做。
只要军官从广场一返回到家里,
我便会在家里被捉住。他和帕勒斯特里奥
会一起把我交出去,我看出来了,我早就知道。　580
神明作证,我今天绝不会吞吃这张网里的饵料。
我得逃去个什么地方,在那里躲几天,
好待这场混乱平静下来,愤怒消去。
对于一群不虔诚的人来说,我的过错已足够。①
[不管怎么样,我现在从这里进屋去。]　585
[下。

佩里普勒克托墨努斯

（看着斯克勒德鲁斯离开）

他从这里走了。天哪,我敢肯定,
即使是杀死的猪,也会远比他聪明:
有谁会被如此愚弄,看见的成没看见。
他的眼睛,耳朵,还有理智
已跑到我们这边。到目前事情很成功。　590
是女人提供了很大的帮助。
现在我回元老院。帕勒斯特里奥
正在我家里,斯克勒德鲁斯已经离开,
元老院现在可以全体开会。
我得赶快进去,免得我不在,都抓了阄。②　595
（进屋,下）

---

① 原文此行费解。
② 此处戏拟罗马人数众多的元老院和抓阄给官员分配统治地区。

第三幕

第一场

[帕勒斯特里奥由屋内上。

帕勒斯特里奥

（回身对屋内）

普勒西克勒斯,你们在门槛里面稍待一会儿,

让我先去观察观察,是不是什么地方有埋伏,

既然我们要召开会议。这需要安全的地方,

使得任何敌人都不可能获知我们的安排。

任何好的计划都不是好计划,若它有利于敌人;   600

它也不会有利于你自己,如果它对敌人有利。

[很好地商量出的计划常常可能被窃取,

如果未能认真、审慎地选择讨论的地方。]

要是敌人知道了你的计划,那他们便会

用你的计划堵住你的嘴,缚住你的双手,   605

还会对你做你本来想对他们做的那些事情。

现在我得看一看,这里左边或者右边,

有没有猎人带着偷听的罗网窃听我们的计划。

（向远处张望）

好,从这里一直向街尽头看去,空无一人。

我现在叫他们。

（对屋内）

佩里普勒克托墨努斯 普勒西克勒斯，你们出来！ 610

[佩里普勒克托墨努斯和普勒西克勒斯由屋内上。

佩里普勒克托墨努斯
我们来了，听候你调遣。

帕勒斯特里奥
指挥顺从之人很容易。
我想知道，我们是否按照我们刚才在屋里
商量的计划去做？

佩里普勒克托墨努斯
再没有比那更好的计划。

帕勒斯特里奥
普勒西克勒斯，你怎么看？

普勒西克勒斯
你们赞成的计划我能不赞成？
世上有谁比你对我更关心？

帕勒斯特里奥
你说的话悦人而亲切。 615

佩里普勒克托墨努斯
波卢克斯作证，他应该这样。

普勒西克勒斯
这件事情真使我难受，
使我的身心受折磨。

佩里普勒克托墨努斯
为什么使你受折磨？请你说说。

普勒西克勒斯
我让一个像你这么大年纪的人为孩童般的
事情操心，这与你和你的身份都不相称。
你为了我的荣誉，尽自己的一切可能， 620
帮助我这个陷入爱情的人，过问像你这种
年龄的人通常是回避，而不是参与的事情。
让你这样年纪的人为这件事情不安令我羞愧。

帕勒斯特里奥

你这是新式恋爱,若不管你做什么,都令你感到羞愧。

普勒西克勒斯,那你这完全不是爱,

　　　　　你是爱的影子,而不是爱本身。　　　　625

普勒西克勒斯

难道我应该让这么大年纪的人为我的爱操心?

佩里普勒克托墨努斯

你说什么?你认为我已经是一个该进冥府的人?

一个该进棺材的人?你觉得我已经活得太长久?

事实上我自出生至今还没有超过五十四个年头,

我的视力很好,我的双腿灵活,双手也很灵便。　　630

帕勒斯特里奥

即使一个人满头银发,那也不表明这个老人的精力

已经衰退。他身上固有的良好气质仍然会充满活力。

普勒西克勒斯

我对这些有亲身体会,帕勒斯特里奥,如你所称赞。

实际上他仍然具有年轻人通常具有的那种慷慨精神。

佩里普勒克托墨努斯

不,朋友,你若是作更多的考验,便会更加了解我,　　635

我对恋爱的你会如何尽力效劳。

普勒西克勒斯

　　　　　还需要什么考验?我已经知道。

佩里普勒克托墨努斯

你可以以自己为例进行体验,用不着让他人了解。

一个人自己没爱过,自然不会理解恋爱人的心理。

我仍然保持着一定的爱的情感,仍然有爱的渴望,　　640

爱情固有的愉悦和甜蜜的爱欲并未完全地枯竭。

我仍然是一个诙谐的笑谑者,一个合适的聚餐人;

我仍然能够做到使自己参加宴会时不与别人争执,

心中牢牢记住不让自己饮宴时有不合适的举止;

发表演说时尽可能地遵循合乎常理的规则和分寸,　　645

当其他人发表演说的时候,同样做到默默地聆听,
从不随意吐唾沫,从不任意地咳嗽,也从不啜泣。
因为我出生在以弗所,而不是在阿普利亚,
也不是阿尼摩拉斯人。①

帕勒斯特里奥

啊,一个令人愉快的半老人,具有如此良好的性格,
确实是一个真正由维纳斯灵性抚育而成的高雅之人! 650

佩里普勒克托墨努斯

我的高雅不是靠向你宣称,而是行动。
饮宴时我从来不会去挑逗他人的情人,
从不会首先动菜肴,从不抢先拿酒杯,
也从不会由于我饮酒过量而引发纠纷。
如果有谁令人厌烦,我便离席回家,免生口角; 655
身卧餐榻,我总是让自己做到优雅、亲热、怡悦。

帕勒斯特里奥

波卢克斯作证,你确实具有各种高雅的习性,
我看你一个人能胜过三个具有类似性格的人。

普勒西克勒斯

在这种年龄的人中间,你确实很难找到
一个能更令人喜欢,待人更为友善之人。 660

佩里普勒克托墨努斯

我会让你承认,我的习性像一个年轻人,
我会随时随地在一切事情上为你效劳。
你需要一个严肃而激烈的辩护人?请找我!
需要一个温和的人?你会认为我比
无声的大海还温存,比轻柔的西风还柔和。 665
或者我可以成为你的最欢乐的饮宴者,
或最好的门客,最优秀的食品采购人,
在舞蹈方面,最放肆的跳舞能手

---

① 以弗所是古希腊时代小亚细亚历史悠久的文明城市;阿普利亚是意大利城市,素以畜牧著称,阿尼摩拉斯是阿普利亚一小镇。

　　　　　　　　　　也不一定能超过我。①

帕勒斯特里奥

　　（对普勒西克勒斯）

　　如果让你选择，你还想给这些技能作什么补充？

普勒西克勒斯

　　我只希望能够对他表示应有的真诚感激，　　　　　　　　670
　　还有你，你为我经受了多少焦虑和烦忧。

　　（对佩里普勒克托墨努斯）

　　你为我耗费了多少，让我心不安。

佩里普勒克托墨努斯

　　　　　　　　　　你真傻！
　　只有为邪恶的妻子和敌人花费才叫耗费，
　　为高尚的客人和朋友花费多少都是获利，
　　对于智慧之人为高尚的事业花费是获利，　　　　　　　　675
　　你来我家作客，我就按神意殷勤招待你，
　　你就尽情地吃喝吧，同我一起享受欢乐。
　　我的住屋空闲，我也自由，我希望活着。
　　衷心感谢众神明的恩赐，由于我很富有，
　　可以娶一个出身高贵、嫁妆丰厚的妻子，　　　　　　　　680
　　但是我不希望家里有一个好争吵的女人。

帕勒斯特里奥

　　为什么不希望？这是令人愉快的事情，将会有孩子。

佩里普勒克托墨努斯

　　海格力斯啊，宁愿做自由的人，这会更为令人愉快。

帕勒斯特里奥

　　你真是一个明智之人，你既为自己，也为他人考虑。

佩里普勒克托墨努斯

　　能够令人心满意足地娶个善良的妻子，那是件好事，　　　685
　　只要世上能找到这样的女人；难道我会把一个女人

---

① 罗马人批评希腊人生活放荡，特别是舞蹈。罗马人只允许少女跳舞。

娶回家，从不会对我这样说："亲爱的，买点羊毛，
我给你织一件披篷，既柔软，又暖和，冬天作长袍，
使你不会感冒。"（你肯定永远听不到妻子这样说，）
而是公鸡还没有打鸣，她便会把我从睡梦中吵醒， 690
对我说："好丈夫，给我女人节①赠送我母亲的礼物；
给我东西，我好招待人；给我东西，我好在弥涅尔瓦节②
送给女预言者，女圆梦者，女祭司，女占卜者。"
要是什么都不给，那会发生争吵，她会皱起眉头。
如果没有礼物，便不可能顺利地把织衣女打发走； 695
这时由于什么也没有得到，熨衣女也早就在生气；
接生婆也会向我索要，认为我给了她的东西太少。
怎么啦？奶妈哺育你的家生奴隶，你却什么都不给？
正是妇女们的这些以及其他许多类似的花费，
使得我不想娶妻室，免得经常给我报类似的账目。 700

帕勒斯特里奥

真是神明保佑你！海格力斯作证，你一旦
失去这种自由，你便很难恢复原先的日子。

普勒西克勒斯

可是一个名门殷实之家的人生育儿女应该受称赞，
无论对家族或者对他本人都是理所当然的好事情。

佩里普勒克托墨努斯

当我有许多亲属的时候，我又何必需要孩子？ 705
我现在生活舒适幸福，如我希望和向往的那样。
我临死时会把财产遗赠亲人，在他们之间分配。
[他们都来我这里关心我，看我生活如何需要什么。]
天还没有亮，他们便来到，询问我夜里睡得好不好。
[我有他们犹如有儿子。他们馈赠我各种礼物。] 710
他们献祭时分给我的比给他们自己的还要多，

---

① 古罗马女人节是3月1日。
② 弥涅尔瓦是古罗马神话中的技艺女神，相当于古希腊神话中的雅典娜。弥涅尔瓦节于每年3月19日和6月13日举行。

邀请我赴宴。他们请我去用早餐，用午餐。
　　若有谁给我的礼物最少，他会认为自己最不该。
　　他们在送礼方面互相竞争，而我则心里明白：
　　他们对我的财产张大着嘴，才这样照顾我，馈赠我。　　715

帕勒斯特里奥
　　你关于你本人和你自己的生活考虑得非常周全，
　　如果你生活得满意，那就等于你有两三个儿子。

佩里普勒克托墨努斯
　　天哪，如果我有孩子，我会为他们担受忧愁。
　　我的心灵会永远受折磨：他们会不会害寒热病，　　720
　　担心会不会病死；会不会喝醉以后摔下马，
　　担心可能会折断腿，或者甚至会折断脖子。

帕勒斯特里奥
　　这样的人应该富有，长寿，他拥有财富，
　　生活得如意，也使他的友人们感觉快乐。

普勒西克勒斯
　　啊，他真是一个可亲之人！愿神明赐福于我，　　725
　　他们正确地没有让所有的人过同一种生活。
　　有如一个好的市场管理员给商品订价钱：
　　给好的商品按质论价，定出好的价钱，
　　给不好的商品按劣质论价让商主受损失。
　　神明们也应该以同样的方式划分人类生活：　　730
　　一个人天生地待人热情、亲切，就让他长寿；
　　一个人邪恶而无耻，就立即剥夺他的生命。
　　如果神明们能这样安排人类生活，世间的
　　恶人便会少很多，很少有人胆敢为非作歹；
　　如果有人品性高尚，也让他们的生活较少耗费。　　735

佩里普勒克托墨努斯
　　谁指责神明们的决定，谁就是一个愚昧无知的人，
　　就像有人指责神明本身一样。我们现在可以不谈这些。
　　现在我想去买点食品，朋友，我在自己的家里接待你，

应该符合你我的身份，要热情、愉快，有可口的食物。

普勒西克勒斯

　　我对一切都感到满意，让你如此地花费。 740
　　不可能有这样的客人，他来到友人家作客，
　　连续打扰了三天，仍不会使人感到厌烦。
　　若是连续打扰十天，便会令人非常厌烦。
　　即使主人情愿忍耐，奴隶们也会牢骚满腹。

佩里普勒克托墨努斯

　　我为自己配备奴隶是为了让他们为我服役， 745
　　朋友，不是让他们命令我，我为他们尽义务。
　　即使他们不痛快，也要按我的桨指定的方向航行；
　　尽管他们心中憎恶，即使不愿意，也得去完成。
　　现在正如我说过，我得去准备膳食。

普勒西克勒斯

　　　　　　　　　　尽管你已经打定主意，
　　但仍请你适当采购，不可过多花费，
　　　　　　　　我只要有一些就足够。 750

佩里普勒克托墨努斯

　　你的话怎不让人想起一个老而又老的话题。
　　朋友，你这是在用一种穷人的口气说话。
　　他们卧在餐榻上，食物递上来，通常这样说：
　　"主人啊，何必为我们花费这么多？
　　天哪，你发疯了，它们可供十个人享用。" 755
　　他们责备为他们购买了那么多食品，一面吞咽。

帕勒斯特里奥

　　（对普勒西克勒斯）
　　是这样，常有这样的例子。他观察得多仔细。

佩里普勒克托墨努斯

　　仍是这些人，尽管餐桌很丰盛，但他们从来不会说：
　　"吩咐撤掉这道菜；请拿走这个大盘；把火腿端回去，
　　我不反对；请拿走那块猪肉；这凉鳗鱼很合口， 760

拿去吧,端走!"你不可能听见他们中任何人这样说,
而是让自己登上双人餐榻迅速侧卧,立即抓拿食物。

帕勒斯特里奥

他对这种可鄙的习性描绘得多么好!

佩里普勒克托墨努斯

        我还有上百种情形
没有描述,如果时间空闲,我可以给你们一一细说。

帕勒斯特里奥

好吧,我们首先应该干我们需要干的的事情。   765
现在你们两个人注意!佩里普勒克托墨努斯,
我需要你帮助。我想出了一个很好的主意,
把这位军官好好漂洗漂洗,直至他的卷发,①
同时帮助这位多情人和菲洛科马西乌姆,
让他带着她离开这里。

佩里普勒克托墨努斯

      请说说你的计划。   770

帕勒斯特里奥

请你把你的那只戒指给我。

佩里普勒克托墨努斯

      你想干什么用?

帕勒斯特里奥

你把戒指给我,我再给你们说明我的计划。

佩里普勒克托墨努斯

(取下戒指交给帕勒斯特里奥)
你拿去吧。

帕勒斯特里奥

      而你则从我这里取走我构思的
整个计划。

---

① 意为好好把他蒙骗一番。

佩里普勒克托墨努斯

  我们则把好好清理的耳朵交给你。

帕勒斯特里奥

  我的主人是个大色鬼,我看无论现在和将来,   775
  都不会有人能和他相比拟。

佩里普勒克托墨努斯

       我知道,他确实是这样一个人。

帕勒斯特里奥

  他甚至吹嘘自己的外貌胜过亚历山大,
  以至于以弗所所有的女人都在追求他。

佩里普勒克托墨努斯

  请波卢克斯作证,许多人也都像你这样评价他,
  而且我对你说的这些也很清楚,帕勒斯特里奥,   780
  因此请你要尽可能地言简意赅,节约你的语言。

帕勒斯特里奥

  你能不能找到一个女人,外貌动人,
  又心地狡猾,肚子里充满阴谋诡计?

佩里普勒克托墨努斯

  要自由人出身,还是释放奴隶?

帕勒斯特里奥

       都一样,你只要能
  给我这样一个人,她本性贪婪,用身体养活身体,   785
  胸中富有智慧,不是心中,因为她不会有任何心。

佩里普勒克托墨努斯

  要洗刷过的,还是好久没有洗刷?

帕里勒特里奥

       要多汁的,
  还要尽可能非常漂亮,尽可能年轻。

佩里普勒克托墨努斯

  我有一个这样的门客,一个年轻的伴妓。
  不过你需要她干什么?

帕勒斯特里奥

　　　　　　　你把她带到你家来，　　　　　　790
把她打扮一番带来，像一个端庄女子，
要梳着那样的发式，扎着那样的发带，①
假冒是你的妻子，事先告诉她。

普勒西克勒斯

　　　　　　　　　　　我不明白你想干什么。

帕勒斯特里奥

你们会知道。她有女仆吗？

佩里普勒克托墨努斯

　　　　　　　　　　有一个，而且非常机敏。

帕勒斯特里奥

也需要她。你对这个女人和那个女仆调教一番，　　795
让她把自己假装成你的妻子，爱上了这个军官，
好像想把这只戒指交给情人，首先把它交给我，
让我转交军官，好像我是事情的牵线人。

佩里普勒克托墨努斯

　　　　　　　　　　　　　我听着，
请你放心，你不要以为我是个聋子。我定然会
用我的耳朵……②

帕勒斯特里奥

我把这只戒指交给他，就说是你的妻子拿给我转交，　　800
想和他亲近。他就是这样一个人，会立即按捺不住。
此人除了惯于干通奸的勾当，再没有任何其他本事。

佩里普勒克托墨努斯

你即使让太阳从天空寻找，也不可能找出
比我给你的这两个人更灵巧。你就放心吧。

帕勒斯特里奥

你就去办这件事情，要快。

---

① 发式和发带是罗马妇女与伴妓相区别的标记。
② 此处原文有残损。

［佩里普勒克托墨努斯下。

普勒西克勒斯，现在你听我说。　　　　　805

普勒西克勒斯

我洗耳恭听。

帕勒斯特里奥

你需要这么办。军官一回到家里，你记住不要再称她是菲洛科马西乌姆。

普勒西克勒斯

用什么名字？

帕勒斯特里奥

叫狄克亚。

普勒西克勒斯

与我们早就说过的一样。

帕勒斯特里奥

别说话！你走吧。

普勒西克勒斯

我记住。不过还想问一句，为什么需要记住这个？

帕里勒特里奥

当情势需要的时候，我会作说明，暂时你别说话。　　　　　810
当老人一开始表演，你就立即饰演好自己的角色。

普勒西克勒斯

那我现在进屋去。

帕里勒特里奥

好好记住刚才的指导，好好表演。

［普勒西克勒斯进屋，下。

第二场

帕勒斯特里奥

我搅乱了多少事情，我发动了多少机械！
今天要夺去军官的情人，只要我的军队

能很好地保持战列。我现在就把他叫来。 815
（对军官的住屋）
喂，斯克勒德鲁斯，如果你没有事情，
你出屋来，这是帕勒斯特里奥在叫你。
〔吕克里奥由军官屋内上。

吕克里奥
斯克勒德鲁斯没有空。

帕勒斯特里奥
　　　　　　　在忙什么？

吕克里奥
　　　　　　　　　正睡着喘气。

帕勒斯特里奥
什么？正睡着喘气？

吕克里奥
　　　　　　　不，我是想说正在打鼾。 820
不过因为它们很相似，打鼾，也类似喘气。

帕勒斯特里奥
嘿，斯克勒德鲁斯在屋里睡觉？

吕克里奥
　　　　　　　　不过鼻子没有睡，
因为他用它在大喊大叫。他偷偷地动了杯子，
当时管理人正把松香放进一只突肚大酒罐里。

帕勒斯特里奥
喂，你这个无赖，你是他的帮手，喂——

吕克里奥
你想干什么？

帕勒斯特里奥
　　　　　　他怎么这么嗜好睡觉？ 825

吕克里奥
我想是他的眼睛。

帕勒斯特里奥

　　　　　　我现在不是问你这个，无赖！
　　　　你过来！你如果不说真话，我就让你完蛋。
　　　　是你拿了酒给他喝？

吕克里奥
　　　　　　　我没有给。

帕勒斯特里奥
　　　　　　　你还不承认？

吕克里奥
　　　　海格力斯啊，我不承认，因为他不让我说。　　　　830
　　　　一共是八大杯，我还没有来得及倒进罐里，
　　　　而且还是热的，他早饭时都不在那里喝酒。

帕勒斯特里奥
　　　　你没有喝？

吕克里奥
　　　　　　愿神明让我不得好死，如果我喝了，
　　　　如果我能喝。

帕勒斯特里奥
　　　　　　为什么？

吕克里奥
　　　　　　　　我只啜了一口。
　　　　因为那酒太热了，都烫坏了我的喉咙。　　　　835

帕勒斯特里奥
　　　　一些人喝得酩酊大醉，另一些人不断喝酸饮料。
　　　　出色的管理助手，可以把贮室委托给他们管理。

吕克里奥
　　　　请海格力斯作证，如果委托你来保管，你也会
　　　　这样行事。你现在因为得不到，所以这样嫉妒。

帕勒斯特里奥
　　　　他以前什么时候喝过酒？无赖，回答我！　　　　840
　　　　为了让你能变明白，我告诉你：如果你
　　　　对我说谎，吕克里奥，你会被痛打一顿。

吕克里奥

　　事情是不是这样？你想让我说出事情，
　　然后迅速让我离开储藏食物的地下室，
　　你便准备好同另一个助手迅速爬进去。

帕勒斯特里奥

　　天哪，我不会那样做。你大胆地告诉我。　　　　　　　845

吕克里奥

　　请波卢克斯作证，我从来没有看见他取过。
　　事情是这样：他先吩咐我，然后我取给他。

帕勒斯特里奥

　　所以酒坛经常是一个个底朝天地立在那里。

吕克里奥

　　请海格力斯作证，并不是因此那些酒坛便都　　　　　　850
　　空空地立在那里，而是因为贮室里地方太小，
　　地面又滑，那里有一个两升的陶罐，就放在
　　酒坛旁边，常常一天要装满十来次，我看见
　　它有时是满的，有时是空的，我便把它装满。
　　就这样，陶罐一次次地被装满，酒坛便变空。　　　　　855

帕勒斯特里奥

　　你走吧，进屋去。你们就在酒窖里过酒神节吧。
　　请海格力斯作证，我得去广场，把主人带回来。

吕克里奥

　　（旁白）

　　我完了！主人一回来，便会狠狠地惩罚我，
　　当他知道发生的事情，我却没有向他报告。　　　　　860
　　天哪，我该躲到什么地方去，哪怕这一天，
　　把这场灾难躲过。

　　（对观众）

　　　　　　　　我请求你们，不要告诉他。

　　（若下）

帕勒斯特里奥

你要到哪里去？

吕克里奥
    我被派去一个地方，马上就回来。

帕勒斯特里奥
  谁派的？

吕克里奥
    菲洛科马西乌姆。

帕勒斯特里奥
    去吧，立即回来。

吕克里奥
  不过分配挨鞭子时我不在这里，   865
  那时就烦请你代领我的那一份。
  [下。

帕勒斯特里奥
  我刚刚明白姑娘对事情做了怎样的安排：
  因为斯克勒德鲁斯睡着，于是她把这个
  看守助手派走，她自己好来这边。真聪明。
  （看见佩里普勒克托墨努斯回来）
  正如我向他要求的那样，佩里普勒克托墨努斯 870
  带来一个女人，外表很动人。神明在助佑我们。
  她打扮得多么华贵，不像是一个伴妓！
  现在这件事情一切都进行得很顺手。

第三场

[佩里普勒克托墨努斯领阿克罗特提乌姆和弥尔菲狄帕上。

佩里普勒克托墨努斯
  我在屋里,阿克罗特勒提乌姆，还有你，弥尔菲狄帕，
  已把事情对你们一一细说，如果你们对这个骗局诡计 875
  还有什么不明了，我就再对你们说一遍，让你们理解。
  如果你们都已经充分明白，那我们现在就换一个话题。

阿克罗特勒提乌姆

　　那我就太愚蠢、太不聪明，我的好主人，
　　如果我来参与他人的事情，答应帮助你，
　　然而却不知道手艺，不知道狡诈和欺骗。　　　　　　　　880

佩里普勒克托墨努斯

　　还是提醒一下好。

阿克罗特勒提乌姆

　　　　　　有必要提醒伴妓吗？
　　这件事情该怎么做，一切都清楚。
　　当我的耳朵一听到你的话的边儿，
　　我就曾对你说，可以如何欺骗这军官。

佩里普勒克托墨努斯

　　一个人的智慧不够。因为我常常看见许多人，　　　　　　885
　　在他们的计划被发现之前，他们早就溜之大吉。

阿克罗特勒提乌姆

　　一个女人需要干邪恶、诡诈的事情，
　　她的记忆力会是不朽的，无穷无尽；
　　如果需要做什么高尚的、诚实的事情，
　　她们便立即变得健忘，怎么也记不住。　　　　　　　　890

佩里普勒克托墨努斯

　　我正是担心这一点，你们进行这件事情的时候，
　　会有两方面结果：你们对军官施恶，对我有利。

阿克罗特勒提乌姆

　　请你不要担心，我们不会无意地做什么好事情。

佩里普勒克托墨努斯

　　你该千百次地遭殃！

阿克罗特勒提乌姆

　　　　　　别害怕，该让更邪恶的人遭受这种命运。

佩里普勒克托墨努斯

　　你们应该遭受。你们跟我走！

　　（走向住屋）

帕勒斯特里奥

（旁白）

　　　　　　　　　我怎么还不朝他们迎过去？　　　　　895

（上前，对阿克罗特勒提乌姆）

我很高兴你的到来，天哪，打扮得多么漂亮！

佩里普勒克托墨努斯

你来得正好，帕勒斯特里奥。现在我把她们交给你，

你曾经盼咐我把她们带来，作必要的打扮。

帕勒斯特里奥

　　　　　　　　　　　　　　　　祝愿我们成功！

帕勒斯特里奥向阿克罗特勒乌姆致意。

阿克罗特勒提乌姆

　　　　　　　　　　　　请问，这个人是谁？　　　900

他竟然直接称呼我的名字。

佩里普勒克托墨努斯

　　　　　　　　　　　这是我们的建筑师。

阿克罗特勒提乌姆

你好，建筑师。

帕勒斯特里奥

　　　　你好。请告诉我，

（指佩里普勒克托墨努斯）

　　　　　　　　　　　　　这个人给你

作过指导了？

佩里普勒克托墨努斯

　　　　　我非常认真地给她们二人作过指导。

帕勒斯特里奥

我想听听是怎样作的指导。我担心你们会出差错。

佩里普勒克托墨努斯

都是按你的指示，我没有对她们作任何新的补充。　　905

阿克罗特勒提乌姆

（对帕里勒特里奥）

你想嘲弄你自己的主人军官？
帕里勒特里奥
　　　　　　　　　　你说得完全对。
阿克罗特勒提乌姆
　　已经巧妙地、智慧地、合适地、出色地准备好。
帕勒斯特里奥
　　我要你假冒这位大人的夫人。
阿克罗特勒提乌姆
　　　　　　　　　　完全可以。
帕勒斯特里奥
　　假装你好像一心爱上了那个军官。
阿克罗特勒提乌姆
　　　　　　　　　　就那么做。
帕勒斯特里奥
　　这件事好像通过牵线人我以及你的女仆进行。　　　910
阿克罗特勒提乌姆
　　你可以成为一位出色的预言者，
　　　　　　　　因为你说的未来都会实现。
帕勒斯特里奥
　　这只戒指好像是你通过你的女仆交给我，
　　我再按照你的吩咐把它交给军官。
阿克罗特勒提乌姆
　　　　　　　　　　你说得对。
佩里普勒克托墨努斯
　　你有什么必要这样详细提醒她？她全都记得。
阿克罗特勒提乌姆
　　不，我的主人，你这样想想，如果建筑师很出色，　　915
　　只要他很好地为船只的龙骨画了线，作了安排，
　　在打好基础后，竖起支架，船只便会很容易造起来。
　　现在我们这条船的龙骨已经准备好，支架也已竖起来，
　　工匠和建筑师都很出色，他们对造船很有经验。

只要材料不会有延误，一切需要的东西都会提供，　　　　　920
那么我知道我们的才能，船只会很快地被造好。

帕勒斯特里奥

难道你认识我的主人军官？

阿克罗特勒提乌姆

这还用得着问？
我能不认识人们的憎恶，吹牛家，留卷发，
好色之徒，抹香膏的人？

帕勒斯特里奥

他认识你吗？

阿克罗特勒提乌姆

他从未见过我，
他怎么会知道我是谁？

帕勒斯特里奥

根据你所说，太好了，　　　　　925
请波卢克斯作证，这就更容易进行。

阿克罗特勒提乌姆

你就把他交给我吧，
其他的事情你放心。如果我不能好好地嘲弄他，
你就把一切过失都归咎于我。

帕勒斯特里奥

那你们现在进屋去，
把这件事情机智地安排好。

阿克罗特勒提乌姆

你放心去忙其他事情。

帕勒斯特里奥

好吧，佩里普勒克托墨努斯，你现在把她们　　　　　930
带进屋去。我得去广场，把这只戒指交给他，
说是你的妻子要求给他，并且说她非常喜欢他。
待我们从广场一回来，你就让女仆来我们这边，
好像是偷偷地被派来。

佩里普勒克托墨努斯

　　　　　　　　　　我们会这样做,你放心吧。

帕勒斯特里奥

　　你们得好好用心,我要在这里好好整治他一下。　　　　935
　　〔下。

佩里普勒克托墨努斯

　　祝你顺利,祝你成功!但愿我能做成这件事情:
　　让我的客人今天得到军官的情人,把她从这里
　　带回雅典,
　　（对阿克罗特勒提乌姆）
　　　　　　　如果今天我们能顺利进行这场骗局,
　　这就是我给你的礼物!

阿克罗特勒提乌姆

　　　　　　　那个女人能给我们提供帮助?　　　　　　940

佩里普勒克托墨努斯

　　她非常灵巧,也非常狡狯。

阿克罗特勒提乌姆

　　　　　　　　　我相信事情会成功。
　　只要我们能把大家的狡猾技能汇集起来,
　　我不担心我们会被什么狡诈的诡计战胜。

佩里普勒克托墨努斯

　　让我们进屋去,你们把事情再好好思考谋划,
　　使得你们能更灵活地进行我们要求做的事情,　　　　945
　　免得军官到来后出现什么延误。

阿克罗特勒提乌姆

　　　　　　　　　是你自己在拖延。
　　〔众人进屋,下。

第四幕

第一场

[皮尔戈波利尼克斯和帕勒斯特里奥上。

皮尔戈波利尼克斯

你干得很好,如果开始的事情能有预期的结果。
其实我今天已经派遣我的门客去见塞琉古国王,
让他把我在这里招募的雇佣军给国王带过去,
他们将会保护国王的宝座,我暂时空闲在这里。 950

帕勒斯特里奥

但愿你关心自己的事情能够胜过为塞琉古操心,
现在你有一件新的、美好的事情,我是牵线人。

皮尔戈波利尼克斯

好吧,一切其他事情都以后再说,我现在完全
听你的。你就说吧,我把我的耳朵交给你支配。

帕勒斯特里奥

你向四周看看,有没有人在偷听我们的谈话。 955
我接受了一个委托,这一委托需要秘密地进行。

皮尔戈波利尼克斯

(威严地)
这里没有任何人。

帕勒斯特里奥

(拿出戒指)

皮尔戈波利尼克斯

这是什么？从哪里来？

帕勒斯特里奥

来自一个动人而漂亮的女人，
她非常喜欢你的无以伦比的美貌，渴望能得到它。
她的女仆把她的这只戒指交给我，要我转交给你。　　　　960

皮尔戈波利尼克斯

她是什么人？她是自由人出身，还是个获释女奴？

帕勒斯特里奥

哎呀，难道我胆敢作为一个获释女奴的牵线人来找你？
有那么多自由人出身的女人追逐你，你都回答不过来。

皮尔戈波利尼克斯

是个有夫之妇，还是个寡妇？

帕勒斯特里奥

既是有夫之妇，又是寡妇。

皮尔戈波利尼克斯

怎么一个人既是有夫之妇，又是寡妇？

帕勒斯特里奥

一个年轻女子嫁给了一个老头子。　　965

皮尔戈波利尼克斯

这太好了！

帕勒斯特里奥

外貌非常妩媚动人。

皮尔戈波利尼克斯

你小心，可不要说谎。

帕勒斯特里奥

她与你的外貌完全相配。

皮尔戈波利尼克斯

海格力斯啊，你是说她很漂亮。
她是谁？

帕勒斯特里奥

她就是这位邻居老人佩里普勒克托墨努斯的妻子。
她爱你爱得要命,很希望能离开他,她讨厌那老头子。   970
现在她要我请求你,她要我恳求你,希望你能尽可能
给她提供方便。

皮尔戈波利尼克斯

海格力斯作证,我同意,如果她也愿意。

帕勒斯特里奥

还要说她愿意?

皮尔戈波利尼克斯

那么我们如何处理这里的这个情人?

帕勒斯特里奥

你让她离开,去哪里都可以。好像她的孪生姐妹
已经来到以弗所,还有她的母亲,她们前来找她。   975

皮尔戈波利尼克斯

你说什么?她的母亲来到以弗所?

帕勒斯特里奥

知道的人都这么说。

皮尔戈波利尼克斯

天哪,一个非常好的机会,以便把这个女人赶出门。

帕勒斯特里奥

你不希望做得更漂亮些?

皮尔戈波利尼克斯

你说吧,不妨说说你的建议。

帕勒斯特里奥

你不希望把她赶走时,她虽然不得不离去,但仍然感谢你?

皮尔戈波利尼克斯

当然希望能那样。

帕勒斯特里奥

我看你应该这样做。反正你有的是财富: 980
你就吩咐把你以前给那个女人的东西,如金子,银子,

都送给她当礼物,让她随身带走离去,去哪里都可以。

皮尔戈波利尼克斯

你说得好!可是我放走了这个,那个女人会不会食言,
你可要注意,

帕勒斯特里奥

哎呀,你真细心,那女人都像爱眼睛一样地爱你。

皮尔戈波利尼克斯

维纳斯喜欢我。

帕勒斯特里奥

别说话!门开了,偷偷藏到这边来。 985

(见弥尔菲狄帕出屋)

这是那个女人的快艇,她朝这里走来,她就是牵线。

[**皮尔戈波利尼克斯**

那她又是什么快艇?

帕勒斯特里奥

这个出屋朝这里走来的人是那个女人的女仆。]
我给你的这只戒指就是由她交给我。

皮尔戈波利尼克斯

请波卢克斯作证,
她是多么漂亮啊!

帕勒斯特里奥

同那个女人相比,她只是一只猴子,
一只小夜猫子。你看她的眼睛瞟来瞟去,耳朵在狩猎。 990

第二场

[弥尔菲狄帕由屋内上。

弥尔菲狄帕

(旁白)

这就是杂技场,在这屋前面,我需要在这里表演。
我装着好像没有看见他们,不知道他们就在这里。

皮尔戈波利尼克斯

（对帕勒斯特里奥）

你别说话，让我们偷偷地听她会不会说什么关于我的事。

弥尔菲狄帕

（环顾观察，大声地）

这里近旁有没有什么人，他关心他人的事情胜过关心自己的事情，可能窥视我的行动？他反正能养活自己。我现在担心这样的人，他们可能妨碍我们，挡住道路，当我的女主人从家里出来，前去那里。她陷入了爱情，爱得心中发颤，爱上了一个非常动人、非常漂亮的人，就是军官皮尔戈波利尼克斯。 995

皮尔戈波利尼克斯

（对帕勒斯特里奥）

是不是这个女人也爱上了我？波卢克斯作证，她在称赞我的容貌。她的话无需清理。 1000

帕勒斯特里奥

何以为证？

皮尔戈波利尼克斯

因为你看她说得多么美好，一点没有脏东西。

帕勒斯特里奥

那还用说？她既然是在说你，当然不会有任何脏东西。

皮尔戈波利尼克斯

而且你看这个女人本身是那样动人，又那样漂亮。帕勒斯特里奥，海格力斯作证，她已开始让我喜欢。

帕勒斯特里奥

在你的眼睛看见那个女人之前——

皮尔戈波利尼克斯

还用看见吗？我相信你。 1005
她现在还没有在眼前，可这条小艇就已经使我爱上。

帕勒斯特里奥

海格力斯啊，请你别爱上这个。她已经许配给我，那个女人今天嫁给你后，我就娶她。①

皮尔戈波利尼克斯

那你为什么还不去和她说话？

帕勒斯特里奥

那你跟着我。

皮尔戈波利尼克斯

我是你的随从。

弥尔菲狄帕

但愿我现在能够见到
一个人，我从屋里出来就是希望能够见到他！ 1010

帕勒斯特里奥

你想见到的那个人你会见到他，请放心，不要怕，
这里有个人知道你要找的人在哪里。

弥尔菲狄帕

我听见这里谁在说话？

帕勒斯特里奥

就是你的计划的那个同谋，你的阴谋的参加者。

弥尔菲狄帕

那我就不必再掩盖我想掩盖的事情。

帕勒斯特里奥

不，你想掩盖也掩盖不了。

弥尔菲狄帕

何以见得？

帕勒斯特里奥

你对不可靠者掩盖，我却是你最最可靠的朋友。 1015

弥尔菲狄帕

请出示标志，如果你也是同伙②。

帕勒斯特里奥

---

① 此非罗马习俗，古罗马只允许奴隶同居。
② "同伙"原文是 Bacchae，即"酒神的伴侣"，弥尔菲狄帕喻自己。酒神的伴侣是一群手持葡萄藤的狂女，随酒神巴克科斯（即古希腊神话中的狄奥倪索斯）在山间游荡。

　　　　　　　　　　一个女人爱上了一个男人。

弥尔菲狄帕

　　天哪，许多女人都这样。

帕勒斯特里奥

　　　　　　　　　　并非许多女人都从手指上送礼物。

弥尔菲狄帕

　　现在我承认，你刚才让我从山坡滚上了平原。
　　不过这里还有人吗？

帕勒斯特里奥

　　　　　　　　或者有，或者没有。

弥尔菲狄帕

　　　　　　　　　　你过来和我见面。

帕勒斯特里奥

　　谈话很短还是很长？

弥尔菲狄帕

　　　　　　　　　只三句话。

帕勒斯特里奥

　　（对皮尔戈波利尼克斯）
　　　　　　　　　我一会儿就回到你这里来。　　　　1020

皮尔戈波利尼克斯

　　我怎么办？容貌俊美，功绩卓著，
　　　　　　　　就这样白白地站在这里？

帕勒斯特里奥

　　你就耐心地站在这里，我正在为你忙碌。

皮尔戈波利尼克斯

　　　　　　　　　快一点儿，太让我难受。

帕勒斯特里奥

　　你自己也知道，要得到类似的货物，得一步步地进行。

皮尔戈波利尼克斯

　　好吧，好吧，你怎么合适就怎么办。

帕勒斯特里奥

（走上前，旁白）

没有比这更愚蠢的石头！

（对弥尔菲狄帕）

我来了，你叫我干什么？

弥尔菲狄帕

我现在就向伊利昂①发起攻击， 1025

按照和你商量的办法。

帕勒斯特里奥

好像她爱上了他。

弥尔菲狄帕

这我知道。

帕勒斯特里奥

你称赞他的容貌，称赞他的仪表，称赞他的英武。

弥尔菲狄帕

我把注意力都集中在这上面，正如我曾经对你说过。

帕勒斯特里奥

对其他方面你注意观察，要随我的话见机行事。

皮尔戈波利尼克斯

（帕勒斯特里奥）

你今天哪怕稍许注意我一下！喂，快到我这里来。 1030

帕勒斯特里奥

（回到皮尔戈波利尼克斯那里）

我来了，听候你吩咐。

皮尔戈波利尼克斯

她在对你说什么？

帕勒斯特里奥

她说那个女人

在哭泣，痛苦难忍，泪流满面，捶打自己的胸脯，

因为没有你，因为需要你，因此派她来这里找你。

---

① 伊利昂是小亚细亚西北部古城特洛亚的别称。希腊军队围困十年，最后用木马计里应外合，将它攻陷。

皮尔戈波利尼克斯

　　你吩咐她过来。

帕勒斯特里奥

　　　　　你知道该怎么做吗?你要显得很厌恶,
好像不可能。你再大声呵斥我让谁都可以接近你。　　　　1035

皮尔戈波利尼克斯

　　我记住了,按你的指示做。

帕勒斯特里奥

　　　　　现在把寻找你的那个女人叫过来?

皮尔戈波利尼克斯

　　如果她有事情,就让她来吧。

帕勒斯特里奥

　　　　　女仆,要是你有事情,就过来吧!

弥尔菲狄帕

　　　　　　　美男子,你好!

皮尔戈波利尼克斯

　　(旁白)

　　她刚才竟然直接称呼我的别名。

　　(大声地)

　　　　　　愿神明让你一切如愿。

弥尔菲狄帕

　　请允许同你一起度过生命的时光。

皮尔戈波利尼克斯

　　　　　你的要求太过分。

弥尔菲狄帕

　　　　　　我不是说我自己。
是我的女主人,她爱你爱得要命。

皮尔戈波利尼克斯

　　　　　许多其他女人也这样希望,　　　　1040
她们绝对不可能。

弥尔菲狄帕

请卡斯托尔作证,像你这样如此俊美,如此出众,
英武,漂亮,功勋卓著,自尊自傲,这没有什么好惊奇。
除了神明,世上有哪个凡人比你更尊贵?

帕勒斯特里奥

(旁白,对弥尔菲狄帕)

请海格力斯作证,他不是人性之人,
我敢说甚至强盗都比他具有更多的人性。

皮尔戈波利尼克斯

(对帕勒斯特里奥)

我让自己显得伟大,
既然现在她如此称赞我。

帕勒斯特里奥

(对弥尔菲狄帕)

你看见吗?这个无赖多么自鸣得意。   1045

(对皮尔戈波利尼克斯)

你怎么不回答她?她就是我刚才说的那个女人的女仆。

皮尔戈波利尼克斯

她们中的哪一个?这样接近我的女人很多,
我不可能记住她们。

弥尔菲狄帕

我来自那个抢劫了自己的手指,装饰了你的手指的女人。
戒指来自深深爱你的女人,我把那戒指

(指帕勒斯特里奥)

交给了他,他把它交给了你。

皮尔戈波利尼克斯

你有什么事?夫人,现在说吧。

弥尔菲狄帕

她非常爱你,请不要鄙弃她;   1050
她现在只是由于你才活着,她是生是死,全靠你一个人。

皮尔戈波利尼克斯

现在她需要什么?

弥尔菲狄帕

　　　　　　　她想和你说话，和你拥抱，和你接触。
要知道，如果你不帮助她，她就会因绝望而失去生命。
阿基琉斯啊，请求你满足她的要求，美人儿救美人吧！
攻占城市的英雄，毁灭王朝的英雄，请给她施点恩惠！　　　1055

皮尔戈波利尼克斯

　　天哪，多么令人厌恶！
（对帕勒斯特里奥）
　　　　　　　你这个强盗，我曾经对你说过多少次，
要你不要对众人这样允诺我的事情。

帕勒斯特里奥

　　　　　　　　女仆，你听见了吗？
我早就对你说过，现在再对你说一遍，如果不给
这头公猪送来些奖品，他便不会和任何母猪配种。　　　1060

弥尔菲狄帕

　　不管他要什么价钱，都会给他。

帕勒斯特里奥

　　　　　　　得给他一塔兰同腓力金币，少于这个数，
他从不向任何人收取。

弥尔菲狄帕

　　　　　　啊呀，请卡斯托尔作证，这太便宜！

皮尔戈波利尼克斯

　　我有生以来从不知道贪婪，我已经拥有足够的财富，
我拥有的腓力金币超过千斗。

帕勒斯特里奥

　　　　　　　　那些贮藏的还不计算在内。
此外还有许多银山，不是银锭，银山比埃特纳山①还高。　　　1065

弥尔菲狄帕

　　（旁白，对帕勒斯特里奥）

---

① 埃特纳山是西西里岛东北部一火山。

天哪，好一个作伪证的家伙！

帕勒斯特里奥

（对弥尔菲狄帕）

就像我表演的这样？

弥尔菲狄帕

（对帕勒斯特里奥）

我表演得怎么样？把他蒙住了？

（对皮尔戈波利尼克斯）

亲爱的，请你立即放我走吧！

帕勒斯特里奥

（对皮尔戈波利尼克斯）

你得给她个什么回答，同意或者不同意她的请求？

弥尔菲狄帕

你为什么这样残酷地折磨那个苦命人？她从来没有伤害过你。

皮尔戈波利尼克斯

你就吩咐她亲自到我们这里来吧。你告诉她，我会满足她的所有要求。

弥尔菲狄帕

你现在才像应该做的那样。1070

她有心于你，你也有意于她。

帕勒斯特里奥

（旁白）

这个女人天性不愚蠢。

弥尔菲狄帕

（对皮尔戈波利尼克斯）

你也没有鄙视我这个请求者，允许我请求你。

（旁白，对帕勒斯特里奥）

怎么样？我表演得如何？

帕勒斯特里奥

（旁白，对弥尔菲狄帕）

　　　　　　　天哪，我总是忍不住要笑！

弥尔菲狄帕

（对皮尔戈波利尼克斯）

那我现在就在这里离开你。

皮尔戈波利尼克斯

　　　　　　天哪，夫人，你还不知道，

我现在这样给了她多大的恩惠。

弥尔菲狄帕

　　　　　　我知道，我这样告诉她。　　　1075

帕勒斯特里奥

（指皮尔戈波利尼克斯）

他可以把这种恩惠卖给别人换黄金。

弥尔菲狄帕

　　　　　　我相信你的话。

帕勒斯特里奥

凡是由他怀孕的女人生出的都是真正的军人，

他的孩子能活八百岁。

弥尔菲狄帕

（旁白，对帕勒斯特里奥）

　　　　　　你这个骗子，你饶了我吧！

皮尔戈波利尼克斯

他们可以活上千岁，一个世纪一个世纪地活下去。

帕勒斯特里奥

我是故意少说了些，免得她认为我是在蒙骗她。

弥尔菲狄帕

天哪！他的儿子能活这么久，他本人能活多大岁数？　　　1080

皮尔戈波利尼克斯

夫人啊，我仅仅只比奥普斯①生尤皮特晚生了一天。

---

① 奥普斯（Ops）原是罗马的播种女神，丰收女神，后来和地母混同，与克罗诺斯生尤皮特。

帕勒斯特里奥

　　如果他比尤皮特早生一天,那他便会统治天上的王国。

弥尔菲狄帕

　　(转身)

　　啊呀,亲爱的,够了!如果可能,请让我活着离开你们。

帕勒斯特里奥

　　他已经答复你了,你为什么还不走?

弥尔菲狄帕

　　(对皮尔戈波利尼克斯)

　　　　　　　　　　　我走,再把她带到这里来,
我就是为她忙碌。你还有什么事吩咐?

皮尔戈波利尼克斯

　　　　　　　　　　　我不希望自己变得比现在更漂亮,　　1085
我的漂亮的外貌给我招来这么多的烦恼。

帕勒斯特里奥

　　　　　　　　　你怎么还站着?还不走?

弥尔菲狄帕

　　　　　　　　　　　　　　　　　我走。

帕勒斯特里奥

　　(对弥尔菲狄帕)

　　你听见吗?你要说得聪明些,动人些,让她心跳——
　　(低声地)
　　你告诉菲洛科马西乌姆,若她愿意,她可以回家。
　　　　　　　　　　　　　　他现在在这里。

弥尔菲狄帕

　　(低声地,指皮尔戈波利尼克斯的住屋)
　　她和我的女主人在一起,在这里偷听我们的谈话。　　1090

帕勒斯特里奥

　　做得太好了!听了我们的谈话,会表演得更灵巧。

弥尔菲狄帕

　　(大声地)

帕勒斯特里奥

不要阻碍我,我走了。

帕勒斯特里奥

我没有阻碍你,没有碰你,没有——我不说了。

[弥尔菲狄帕回屋,下。

第三场

皮尔戈波利尼克斯

（对弥尔菲狄帕,大声地）
你让那个女人赶快过来。我们会把事情准备好。
（对帕勒斯特里奥）
现在你想想给我出个主意,帕勒斯特里奥,
我对这个情人该怎么办?我怎么也不可能   1095
没有放走这个女人,就把那个女人接进屋里。

帕勒斯特里奥

你怎么还和我商量怎么办?我已经对你说过,
可以怎样以最体贴的方式处理这件事情。
你就让她仍然拥有你给她置备的所有东西,
金饰和妇女服装,让她取吧,拿吧,带走。   1100
你就告诉她,现在是她回家的最好机会:
听说她的孪生姐妹和母亲都来到这里,
按理她无疑应该陪同她们一起返回家去。

皮尔戈波利尼克斯

你怎么知道她们来到这里?

帕勒斯特里奥

因为我亲眼
看见她的姐妹在这里。

皮尔戈波利尼克斯

那姐妹来找过她?   1105

帕勒斯特里奥

来找过她。

皮尔戈波利尼克斯

    看起来很健壮?

帕勒斯特里奥

        真是的,
  什么人你都想得到。

皮尔戈波利尼克斯

    她姐妹说她母亲在哪里?

帕勒斯特里奥

  船主告诉我,说她母亲眼睛肿胀化脓,
  躺在船上。就是送她们来的那个船主。
  那个船主就客居在
  (指佩里普勒克托墨努斯托的住屋)
      我们的这位邻居家里。   1110

皮尔戈波利尼克斯

  他怎么样?很健壮吗?

帕勒斯特里奥

      去你的,
  你这匹公马应该去找母马群,
  不管男人女人,你都要追逐。
  现在谈这件事。

皮尔戈波利尼克斯

    我正在考虑你的建议,
  我希望你去找她谈谈这件事情,   1115
  因为你和她说话语言非常相投。

帕勒斯特里奥

  最好还是你自己去,你自己处理
  自己的事情。你就说你需要结婚,
  亲人们这样劝说,朋友们这样逼迫。

皮尔戈波利尼克斯

  你这样想?

帕勒斯特里奥

>　　我为什么不能这样想？ 1120

皮尔戈波利尼克斯

>　　那我现在就进屋去，你在屋前看着，
>　　那个女人一过来，你就进屋来叫我。

帕勒斯特里奥

>　　你去办你的事情吧。

皮尔戈波利尼克斯

>　　　　　　我就去办这件事。
>　　如果她不愿意，我就强行把她赶出门。

帕勒斯特里奥

>　　不要这样。还是让她满怀感激之情地 1125
>　　离开你。我说过的那些东西你都给她，
>　　让她把你为她置备的金饰、衣服带走。

皮尔戈波利尼克斯

>　　那好吧。

帕勒斯特里奥

>　　　　　　我相信你会很容易把事情办成。
>　　你进去吧，不要再站在这里。

皮尔戈波利尼克斯

>　　　　　　我听你的。

〔进屋，下。

帕勒斯特里奥

>　　难道这个军官显得是另一个样子， 1130
>　　不像我向你们描述过的一个色鬼？
>　　现在正需要阿克罗特勒提乌姆或她的女仆，
>　　或普勒西克勒斯前来。尤皮特啊，
>　　（凝望）
>　　好像机遇之神一直在帮助我！
>　　因为我最希望见到的那几个人， 1135
>　　我看见他们一起从邻居屋里走出来。

第四场

[阿克罗特勒提乌姆、弥尔菲狄帕和普勒西克勒斯由屋内上。

阿克罗特勒提乌姆
　　你们跟着我,一起向四周看看,有没有人监视。

弥尔菲狄帕
　　没有其他人,除了我们正想找的那个人。

帕勒斯特里奥
　　　　　　　　　　　　我也正想找你们。

弥尔菲狄帕
　　我们的建筑师,事情怎么样?

帕勒斯特里奥
　　　　　　　　　　我是建筑师?嗨!

弥尔菲狄帕
　　　　　　　　　　　　　　　　怎么啦?

帕勒斯特里奥
　　因为我在你面前,甚至都不应该往墙上钉钉子。　　　　1140

弥尔菲狄帕
　　确实是这样!

帕勒斯特里奥
　　　　　　你真是一个诡诈、狡猾的坏女人,
　　多么巧妙地愚弄了那个军人!

弥尔菲狄帕
　　　　　　　　　　　　不,甚至还不够。

帕勒斯特里奥
　　现在你就放心吧,事情全都安排就绪。
　　你们只需要像已经开始的那样给我帮助。
　　军人已经自己进屋去,劝说情人离开他,　　　　　　　1145
　　随自己的姐妹和母亲一起去雅典。

普勒西克勒斯
　　　　　　　　　　啊,太妙了!

帕勒斯特里奥

他还要把他给女人置办的金饰、衣服等一切东西都
作为礼物送给她,好让她离开他:这是我出的主意。

普勒西克勒斯

事情很容易办到,既然她愿意,他也希望能这样。

帕勒斯特里奥

你不知道吗?当你从井底爬到井口时, 1150
最大的危险就是可能再从那里跌下去。
现在我们的事情已经到了井口,如果军人
有所察觉,那我们从他那里就什么也得不到,
现在需要计谋。我看为这件事情我们有足够的人手:
三个女人,你是第四个,我是第五个,老人是第六个。1155
由此,我们可以从六个方面愚弄他,我完全相信,
不管什么城堡,我们都可以用诡计把它攻下来。
只要你们努力。

阿克罗特勒提乌姆

我们正是前来听你的吩咐。

帕勒斯特里奥

你们做得很好。
(对阿克罗特勒提乌姆)
现在我委托你这项职务。

阿克罗特勒提乌姆

统帅,你命令吧,只要我能完成你的委托。 1160

帕勒斯特里奥

我要你巧妙地、灵活地、狡猾地嘲弄军人。

阿克罗特勒提乌姆

卡斯托尔作证,令人愉快的命令。

帕勒斯特里奥

你知道怎么做?

阿克罗特勒提乌姆

不就是装着我爱他都爱得要发疯。

帕勒斯特里奥

你理解得对。

阿克罗特勒提乌姆

好像我由于对他的爱情,尽管我已经离婚,
还一心想能够和他结婚。

帕勒斯特里奥

你理解得非常正确。 1165
还有一点:你告诉他,这房屋是你的嫁妆,
在你们离婚之后,这个老头子已经离开你,
这样可立即使他不用害怕进入他人的屋子。

阿克罗特勒提乌姆

你的建议实在好!

帕勒斯特里奥

他一从屋里出来,你要站得
离他远一些,装作好像面对他的美丽容貌, 1170
你瞧不起自己,好像你非常羡慕他的富有,
同时你要称赞他的外貌,他的风雅,他的仪表,
他的美貌。你全都明白了?

阿克罗特勒提乌姆

明白了,如果我将
按照你的吩咐办,让你无可指责,够了吗?

帕勒斯特里奥

非常好!

(对普勒西克勒斯)

现在轮到你,听清我的吩咐。 1175
当事情像上面说的那样进行,她一离开这里进屋,
你就立即行动,作水手打扮前来这里找我们,
戴着铁灰色的帽子,眼睛前面罩着块羊绒,
披篷也是铁灰色(这是大海的颜色),
花结在左肩,右臂露出,系一条腰带, 1180
总之一句,装扮成舵手的样子:这位老人

普勒西克勒斯

　　当我像你吩咐的这样打扮之后，我该做什么？

帕勒斯特里奥

　　你是按照她母亲的吩咐来这里请菲洛科马西乌姆，
　　如果她也想去雅典，就让她立即同你一起去港口，　　　　1185
　　如果她有什么东西需要带走，那她就吩咐人搬上船。
　　要是她不走，那你就要立即解缆开船，说正是顺风。

普勒西克勒斯

　　一幅美好的图画。请你继续说。

帕勒斯特里奥

　　　　　　　　那个军人会立即怂恿她离开，
　　而且是尽快地离去，免得耽误她的母亲。

普勒西克勒斯

　　　　　　　　　　你真是对什么事都聪明。　　　　1190

帕勒斯特里奥

　　我会对她说，要我做帮手，把东西送往港口。
　　军人会吩咐我和她一起去港口。我便会前来，
　　你记住，我将和你一起直接去雅典。

普勒西克勒斯

　　　　　　　　　　　　一到那里，
　　你用不着当三天奴隶，我就会让你获得自由。

帕勒斯特里奥

　　你快走，快去化装。

普勒西克勒斯

　　　　　　没有其他事情？

帕勒斯特里奥

　　　　　　　　　　请记住这些。　　　　1195

普勒西克勒斯

　　我走了。
　　[下。

帕勒斯特里奥

你们现在进屋去。我知道，他这就会从屋里出来。

阿克罗特勒提乌姆

你的话对我们就是庄严的命令。

[阿克罗特勒提乌姆和弥尔菲狄帕回屋，下。

帕勒斯特里奥

你们赶快离开吧！瞧，屋门恰好打开了。他出来了，样子很高兴，达到了目的。对不可能的东西傻张着嘴。

第五场

[皮尔戈波利尼克斯由屋内上。

皮尔戈波利尼克斯

我从菲洛科马西乌姆那里友好地、充满感激之情地 1200
得到了我希望得到的一切。

帕勒斯特里奥

我说你为什么在屋里待了这么长时间？

皮尔戈波利尼克斯

我当时感到，我还从来没有像被这个女人如此爱过。

帕勒斯特里奥

这究竟是怎么回事？

皮尔戈波利尼克斯

我说了多少话，材料多么坚韧！
最后终于得到了我希望得到的东西：我馈赠给了她
她想要、她要求的东西。我把你也作为礼物给了她。 1205

帕勒斯特里奥

甚至也把我给她了？我没有你怎么活呀？

皮尔戈波利尼克斯

你安静些，
我将让你获得自由。事实上要是我能够用其他的

什么办法让她离去时不把你带走,我定会那样做,
但是她一再坚持。

帕勒斯特里奥

我将会把希望寄托于神明和你。
不过尽管我为失去了你这样一个好主人而伤心,   1210
但是有一点仍令我欣慰,那就是我让你的美貌
征服了这位女邻,我现在正按计划把她交给你。

皮尔戈波利尼克斯

这还用说?我给你自由,给你金钱,只要你能
做成这件事情。

帕勒斯特里奥

我一定办成功。

皮尔戈波利尼克斯

我希望能这样。

帕勒斯特里奥

不过应该适度,
要控制自己的感情,不可过分热切。瞧,她自己来了。   1215

第六场

[阿克罗特勒提乌姆和弥尔菲狄帕由屋内上。

弥尔菲狄帕

(旁白,对阿克罗特勒提乌姆)
女主人,那军人就站在前面。

阿克罗特勒提乌姆

(环视)

在哪里?

弥尔菲狄帕

在左边。

阿克罗特勒提乌姆

我看见了。

弥尔菲狄帕

你不妨向侧面察看,好让他以为我们没有看见他。

阿克罗特勒提乌姆

我看见他了,天啊,现在是我们进行计划的时候。

弥尔菲狄帕

你首先开始。

阿克罗特勒提乌姆

(大声地)

请告诉我,你见过他本人?

(悄声地)

放大声音,好让他听见。

弥尔菲狄帕

神明作证,我还和他说过话, 1220

很平静,像我希望的那样,在我看来,很安静。

皮尔戈波利尼克斯

(旁白,对帕勒斯特里奥)

你听见她在说话?

帕勒斯特里奥

听见。因为要和你见面,多高兴。

阿克罗特勒提乌姆

啊,你真是幸运的女人!

皮尔戈波利尼克斯

(旁白,对帕勒斯特里奥)

显然我被她爱了。

帕勒斯特里奥

完全应该。

阿克罗特勒提乌姆

天哪,你的话真令人羡慕,你见到过他,向他作过请求, 1225

据说见他就像见皇帝一样,都是通过信函或通过传令官。

弥尔菲狄帕

确实是这样,只是好不容易地才见到他,向他提出请求。

帕勒斯特里奥

  （旁白，对皮尔戈波利尼克斯）

  你真令妇女们羡慕！

皮尔戈波利尼克斯

      没有办法，因为维纳斯希望这样。

阿克罗特勒提乌姆

  天哪，我请求维纳斯降恩，我只有一个请求，
  一个恳求，让我有可能爱他，有可能得到他，
  愿他对我宽宏大量，愿我的爱不会成为痛苦。   1230

弥尔菲狄帕

  我想会达到目的，既然许多女人都追求他，
  他都鄙视她们，把她们赶走，只有你除外。

阿克罗特勒提乌姆

  我仍然担心，受折磨，他不会太傲视，
  眼睛会改变他的想法，他看见我之后，
  很可能因为自己漂亮而蔑视我的容貌。   1235

弥尔菲狄帕

  他不会这样的，你放心！

皮尔戈波利尼克斯

      她多么看不起自己！

阿克罗特勒提乌姆

  我担心你对我的容貌的称赞现在会显得言过其实。

弥尔菲狄帕

  我想到过这一点，曾经努力让你在他看来更漂亮。

阿克罗特勒提乌姆

  天哪，如果他不想娶我，那我就抱膝恳求他！
  如果我怎么也不能成功，那我就采取另一种方式—— 1240
  杀死自己。我知道，我不可能没有他而活着。

皮尔戈波利尼克斯

  （旁白，对帕勒斯特里奥）

  我看我应该不让这个女人死去。我向她走过去？

帕勒斯特里奥

  不，要是你慷慨，就是降低自己的身分。
  你让她自己走过来，让她追求，希望，期待。
  你想保持自己的荣誉，还是损害它？你要当心。   1245
  据我所知，还从来没有一个其他人，除了两个人，
  你和勒斯博斯岛的法昂①，这样受到女人倾心地爱。

阿克罗特勒提乌姆

  亲爱的弥尔菲狄帕，我现在进屋去，或者你把他请来。

弥尔菲狄帕

  不，让我们等一等，看会不会有人出来。

阿克罗特勒提乌姆

           我难于坚持。
  要不我进屋去。

弥尔菲狄帕

        可是门关着。

阿克罗特勒提乌姆

        我把它砸开。

弥尔菲狄帕

          你不要失去理智！   1250

阿克罗特勒提乌姆

  如果他什么时候爱过，或者如果他具有与他的美貌同等的智慧，
  那我即使因为爱情做出什么事情，他也会以仁慈的心灵宽恕我。

帕勒斯特里奥

  （旁白，对皮尔戈波利尼克斯）
  这个可怜的女人因为爱你，都把自己毁了！

皮尔戈波利尼克斯

          我也是这样。

帕勒斯特里奥

  别说话，不要让她听见。

---

① 据说法昂（Phaon）是勒斯博斯岛的美男子，被女诗人萨福（公元前7—6世纪）所爱。萨福遭拒绝后，含怨投海自尽。

弥尔菲狄帕

（对阿克罗特勒提乌姆）

你为什么呆呆地站着？为什么不去敲门？

阿克罗特勒提乌姆

因为我所希望的人不在里面。

弥尔菲狄帕

你怎么知道？

阿克罗特勒提乌姆

我闻气味闻出来。   1255

如果他在家，我的鼻子会根据气味知道。

帕勒斯特里奥

她在作预言。

皮尔戈波利尼克斯

因为她爱我，所以维纳斯赋予她作预言的能力。

阿克罗特勒提乌姆

我渴望见到的人就在附近什么地方：他在散发气味。

皮尔戈波利尼克斯

（旁白，对帕勒斯特里奥）

她用鼻子看东西比用眼睛看还要远。

帕勒斯特里奥

爱情使她变盲目。

阿克罗特勒提乌姆

请扶住我！

弥尔菲狄帕

为什么？

阿克罗特勒提乌姆

我要跌倒。

弥尔菲狄帕

为什么这样？

阿克罗特勒提乌姆

因为我已经站不住，   1260

我的心灵都已经从眼睛里跑走了。

弥尔菲狄帕

（环视）

请波卢克斯作证，你看见了军人。

阿克罗特勒提乌姆

是这样。

弥尔菲狄帕

我看不见，他在哪里？

阿克罗特勒提乌姆

你如果爱，就会看见他。

弥尔菲狄帕

天哪，女主人，如果你不生气，我爱他比你还强烈。

帕勒斯特里奥

（旁白，对皮尔戈波利尼克斯）

所有的女人不管她们谁一看见你，便都会爱上你。

皮尔戈波利尼克斯

不知道你是否听见我说过：我是维纳斯的孙子。 1265

阿克罗特勒提乌姆

（畏怯地）

亲爱的弥尔菲狄帕，你上前去和他说话。

皮尔戈波利尼克斯

（旁白，对帕勒斯特里奥）

她多害怕我！

帕勒斯特里奥

（看见弥尔菲狄帕走近）

她朝我们走来了。

弥尔菲狄帕

我想见你们。

皮尔戈波利尼克斯

我们也想见你。

弥尔菲狄帕

　　　　　　　　正如你吩咐的那样，
我把女主人领来了。

皮尔戈波利尼克斯

　　　　　　　　我看见。

弥尔菲狄帕

　　　　　　　　你吩咐她过来吧。

皮尔戈波利尼克斯

　　你请求过我，我心里对她并不像对其他女人那样厌恶。

弥尔菲狄帕

　　请波卢克斯作证，只要她一走近你，她便会立即　　　1270
说不出话来。她一看见你，眼睛便把舌头割掉了。

皮尔戈波利尼克斯

　　我看应该减轻女人的痛苦。

弥尔菲狄帕

　　　　　　　　她颤抖得多厉害！
她一看见你，便很害怕。

皮尔戈波利尼克斯

　　　　　　　　武装的男人也会像你说的那样，
这于女人没有什么好奇怪。她希望我做什么？

弥尔菲狄帕

　　她希望你去她那里，能和你一起生活，共度时光。　　　1275

皮尔戈波利尼克斯

　　　　　　　　我去找一个已婚的女人？她丈夫会把我捉住。

弥尔菲狄帕

　　她为了你，已经赶走了丈夫。

皮尔戈波利尼克斯

　　　　　　　　她怎么能够这样做？

弥尔菲狄帕

　　因为那住屋是她的嫁妆。

皮尔戈波利尼克斯

是这样吗?

弥尔菲狄帕

神明作证,是这样。

皮尔戈波利尼克斯

你让她回去,我一会儿就会去她那里。

弥尔菲狄帕

请你不要让她久等,不要折磨她的心灵。

皮尔戈波利尼克斯

肯定不会,你们走吧!

弥尔菲狄帕

好,我们离开。 1280

[弥尔菲狄帕与阿克罗特勒提乌姆回屋,下。

皮尔戈波利尼克斯

(看远处)

可我看见什么了?

帕勒斯特里奥

你看见什么了?

皮尔戈波利尼克斯

我看见一个人过来,水手装束。

帕勒斯特里奥

他正朝我们走来,肯定是来找你。他确实是一个水手。

皮尔戈波利尼克斯

他显然是为这个女人而来。

帕勒斯特里奥

我看是这样。

第七场

[普勒西克勒斯作水手打扮上。

普勒西克勒斯

（自语）

我也许永远不会知道人们由于爱情，

会这样那样地做出许多无用处的事情，　　　　　　1285

若不是我由于爱情以这番打扮来这里。

既然我听说许多人由于爱情会去做

各种甚至是不光彩的、不高尚的事情，

我现在也像阿基琉斯让军队遭屠戮①——

（看见帕勒斯特里奥和皮尔戈波利尼克斯）

我看见帕勒斯特里奥，同军人在一起，　　　　　　1290

我现在不得不立即改变说话的语调。

（大声地）

妇女显然是由延误女神所生育。

应该说世上任何可能发生的延误，

都不及由于妇女而造成的拖延。

我认为，这已经成为她们的习性。　　　　　　　　1295

我为菲洛科马西乌姆而来。我去敲门。

（走近屋门）

喂，这里有人吗？

帕勒斯特里奥

（走近普勒西克勒斯）

年轻人，怎么啦？

你想干什么？你为什么敲门？

普勒西克勒斯

我在找菲洛科马西乌姆。

---

① 阿基琉斯是特洛亚战争期间希腊联军的主要将领，战争过程中受到军队统帅阿伽门农侮辱后拒绝参战，结果希腊军队在特洛亚人的进攻下接连失败，遭受巨大损失。参阅荷马史诗《伊利亚特》。

　　　　　我从她母亲那里来。如果她想离开，那她就走。
　　　　　现在所有的人都被耽误着，我们很想解缆开船。　　　　　　1300

皮尔戈波利尼克斯

　　　　　一切已准备好。帕勒斯特里奥，你进去，
　　　　　带领助手们和你一起，把金子、饰物、
　　　　　衣服和所有值钱的东西全都送上船。
　　　　　我赠予的东西也已准备好，让她带走。

帕勒斯特里奥

　　　　　我这就进屋去。
　　　　　[进屋，下。

普勒西克勒斯

　　　　（对帕勒斯特里奥，大声地）
　　　　　　　　请你快一点。

皮尔戈波利尼克斯

　　　　　　　　　　　　不会有延误。　　　　　　　　　　　　1305
　　　　（瞧普勒西克勒斯眼睛上的绑带）
　　　　　请问，那是什么？你的眼睛上是什么东西？

普勒西克勒斯

　　　　　怎么啦，这是我的眼睛。

皮尔戈波利尼克斯

　　　　　　　　　我说的是左眼。

普勒西克勒斯

　　　　　　　　　　　　　我告诉你。
　　　　　是这样，由于爱情，我不太使用这只眼睛；
　　　　　但是如果爱情受阻，这只眼睛就会被使用。
　　　　（着急地）
　　　　　可是他们耽误我太久了。

皮尔戈波利尼克斯

　　　　（看见屋门被打开）
　　　　　　　　看，他们出来了。　　　　　　　　　　　　　1310

帕勒斯特里奥

（在门口，对门内的菲洛科马西乌姆）

你今天怎么这样哭哭啼啼？

第八场

［帕勒斯特里奥和菲洛科马西乌姆上。

菲洛科马西乌姆

我怎么能不哭泣？

我在这里生活得这样好，现在要离开。

帕勒斯特里奥

（指普勒西克勒斯）

你瞧这个人，

从你母亲和姐妹那里来。

菲洛科马西乌姆

我看见。

皮尔戈波利尼克斯

（大声地）

帕勒斯特里奥，你听见吗？

帕勒斯特里奥

你有什么吩咐？

皮尔戈波利尼克斯

你怎么没有吩咐把我给她的所有东西都带走？

（帕勒斯特里奥走近门，指点奴隶查看行李）

普勒西克勒斯

你好，菲洛科马西乌姆！

菲洛科马西乌姆

你好！

普勒西克勒斯

你的母亲和姐妹

托我向你转达她们的问候。

1315

菲洛科马西乌姆

       我也问候她们。

普勒西克勒斯

  她们请求你赶快离开,现在正是顺风,正好扬帆。
  如果不是你母亲眼睛有病,她们本会同我一起来。

菲洛科马西乌姆

  我走。这样做违背心愿,若不是由于虔敬。

普勒西克勒斯

        你很聪明。

皮尔戈波利尼克斯

  如果她不是同我一起生活,她至今仍会很愚蠢。   1320

菲洛科马西乌姆

  让我失去这样美好的人,心里真难受。
  要知道,你的幽默能够吸引每一个人,
  我因为和你一起生活,心中充满骄傲。
  我看到不得不放弃这种尊贵。

皮尔戈波利尼克斯

       不要哭!

菲洛科马西乌姆

       我不能不哭,
  当我看见你。

皮尔戈波利尼克斯

      你放坚强些。

菲洛科马西乌姆

       我知道我为什么痛心。   1325

帕勒斯特里奥

  菲洛科马西乌姆,如果你在这里感到很满意,他的容貌、
  习性和英武感动你的心灵,这没有什么好奇怪,甚至我
  作为一个奴隶,看着他也不禁流下眼泪,只因为得离开他。

菲洛科马西乌姆

  我请求你,在我离开之前,能不能再拥抱你一下?

皮尔戈波利尼克斯

可以。

菲洛科马西乌姆

（若倒）

啊，我的眼睛，我的心灵。

帕勒斯特里奥

（对普勒西克勒斯）

请你去扶住这个女人， 1330

她要跌倒了。

（普勒西克勒斯上前扶住菲洛科马西乌姆）

皮尔戈波利尼克斯

这是怎么回事？

帕勒斯特里奥

因为就要离开你，

她心里忽然感到特别难受。

皮尔戈波利尼克斯

你进屋拿点水来。

帕勒斯特里奥

用不着喝水，她现在需要安静。请不要打扰她，

在她没有苏醒过来之前。

皮尔戈波利尼克斯

他们的头挨得太近了。这样不好。

水手，你的嘴唇离开她的嘴唇，否则当心会倒霉！ 1335

普勒西克勒斯

我想看看她还有没有呼吸。

皮尔戈波利尼克斯

那就应该用耳朵。

普勒西克勒斯

如果你更愿意，那我放开她。

皮尔戈波利尼克斯

不，你扶住她。

帕勒斯特里奥

啊，真可怜！

皮尔戈波利尼克斯

（对屋内奴隶）

你们出来，把我赠送给她的东西都从屋里拿到这里来。

（众随从奴隶提东西出屋）

帕勒斯特里奥

（转身对住屋）

在我离开之前，家神啊，我向你致敬！

你们，一起为奴的男女同伙们，再见了，　　　　　　　　　1340

祝你们健康，诸事顺利，愿你们记住我。

皮尔戈波利尼克斯

帕勒斯特里奥，放坚强些。

帕勒斯特里奥

啊呀，就要离开你，

我不能不流眼泪。

皮尔戈波利尼克斯

你安静些。

帕勒斯特里奥

我知道我为什么心痛。

菲洛科马西乌姆

（苏醒，朦胧地）

这是什么？这是怎么回事？

（看四周）

我看见什么了？光明啊，你好——

普勒西克勒斯

你好！你苏醒过来了？

菲洛科马西乌姆

（惊恐地）

请问，我拥抱的是谁？　　　　　　　　　1345

我完了！我有理智吗？

普勒西克勒斯

      请你不要害怕,亲爱的。

皮尔戈波利尼克斯

  你们这是怎么回事?

帕勒斯特里奥

      刚才心灵抛弃了这个女人。

 (旁白)

 我真担心,我真害怕,他们不要当众太过分。

皮尔戈波利尼克斯

 (对帕勒斯特里奥)

 你这是怎么啦?

帕勒斯特里奥

  他们提着这些东西跟随我们穿过城市,

 不会有人指责你吧?

皮尔戈波利尼克斯

     我给的是我的东西,不是他们的东西, 1350

 我与他们没有关系。你们走吧,愿神明保佑你们!

帕勒斯特里奥

 我也这样祝愿你。

皮尔戈波利尼克斯

    我相信。

帕勒斯特里奥

    那就再见!

皮尔戈波利尼克斯

     祝你一路顺风,再见!

帕勒斯特里奥

 (对众人)

 你们快走。我随后赶上你们,我还想和主人说几句话。

 [菲洛科马西乌姆、普勒西克勒斯下,众奴隶提东西随后。

 (对皮尔戈波利尼克斯)

 尽管你一直认为其他奴隶都比我忠心,

> 但我仍为一切感谢你，并且尽管以前 1355
> 你这样看我，我仍更愿意给你做奴隶，
> 而不是为他人做获释奴隶。

皮尔戈波利尼克斯

> 你打起精神。

帕勒斯特里奥

> 我现在想，希望你的习性能有所改变，
> 迁就妇女们的习性，放弃军人的习性。

皮尔戈波利尼克斯

> 愿你成为一个能干的人。

帕勒斯特里奥

> 不可能，我已放弃一切希望。 1360

皮尔戈波利尼克斯

> 走吧，赶上他们，不要延迟。

帕勒斯特里奥

> 再见。

皮尔戈波利尼克斯

> 再见。

帕勒斯特里奥

> 请记住我，我如果偶然获得自由，
> 我会告诉你，请不要抛弃我。

皮尔戈波利尼克斯

> 那不是我的习性。

帕勒斯特里奥

> 愿你能不断地想到，我是一个如何忠实于你的奴隶。
> 你若能这样做，你就会知道谁对你好，谁对你不好。 1365

皮尔戈波利尼克斯

> 我知道，我经常这样考虑。

帕勒斯特里奥

> 与以前相比，你更会理解
> 今天的事情，你更会为我今天做的事情这样说。

皮尔戈波利尼克斯

　　我正在犹豫，要不要盼咐你留下来。

帕勒斯特里奥

　　　　　　　　　　　请你快不要这样做。
　　人们会说你是一个骗子，一个不可信的人，没有任何
　　诚信可言，还会说你除了我以外，没有一个忠心的奴隶。　　1370
　　如果我认为你这样做光彩，我自己就会向你提出建议。
　　这是不可能的。请不要这样做。

皮尔戈波利尼克斯

　　　　　　　　　　　那你走吧。

帕勒斯特里奥

　　　　　　　　　　　我会忍受一切。

皮尔戈波利尼克斯

　　那就再见吧。

帕勒斯特里奥

　　　　　　　我得赶快离开这里。

〔下。

皮尔戈波利尼克斯

　　　　　　　　　　　那就最后一次再见。
　　在这件事情之前，我一直认为他是个最坏的奴隶，
　　现在我认为他对我非常忠实，我心里还一直在想，　　1375
　　我释放他是不是做了一件蠢事。我现在该进屋去，
　　寻找我的爱情。不过我好像听见这里的屋门在响。

第九场

〔一小奴由佩里普勒克托墨努斯屋内上。

小奴

　　（回身对屋内）
　　你们不要再提醒我，我记得我的职责：
　　我得找到他，不管他在世间什么地方。

> 我会仔细地寻找，不会吝啬任何精力。 1380

皮尔戈波利尼克斯

（旁白）
他在找我。我向这个小奴临面走过去。

小奴

（发现皮尔戈波利尼克斯）
嘿，我正找你。你好，世上最最风雅的人，
最最令人喜欢的人，有两位神明对你的关怀
超过对所有其他人。

皮尔戈波利尼克斯

哪两位神明？

小奴

马尔斯和维纳斯。

皮尔戈波利尼克斯

一个讨人喜欢的小奴！

小奴

她请你进屋去，她在想你， 1385
求你，渴望地期待你。满足你的情人吧！
你为什么还站着？为什么还不进去？

皮尔戈波利尼克斯

我进去。

（进屋）

小奴

这个家伙是自己让自己去那里遭大殃。
埋伏已经安排好，老人已经摆好架势，
准备扑向这个好色之徒，他吹嘘自己漂亮， 1390
以为所有的女人只要一看见他，就都会
爱上他。其实不管男人或女人，全都憎恶他。
现在我得去看热闹。我听见屋里在喊叫。

［进屋，下。

第五幕

〔佩里普勒克托墨努斯由屋内上。

佩里普勒克托墨努斯
（对屋内）
把他带出来。如果他不跟你们走,你们就把他
高高地抬出来,让他在地和天之间,把他扯碎。   1395
〔众人抬军人出屋,卡里奥持菜刀随上。

皮尔戈波利尼克斯
海格力斯啊,佩里普勒克托墨努斯,我求求你。

佩里普勒克托墨努斯
请海格力斯作证,没有什么好请求。
卡里奥,你好好看看,认真看看你的刀子是否很锋利。

卡里奥
它早就想捅进这个淫棍的下腹,好让我
能像给顽皮孩童的脖子挂上发响的铃铛。

皮尔戈波利尼克斯
我完了!

佩里普勒克托墨努斯
你就这样喊叫,还不够。

卡里奥
我是不是该捅了他?   1400

佩里普勒克托墨努斯
不,首先应该用棍子狠狠揍他。

卡里奥

完全应该这样。

佩里普勒克托墨努斯

你这个无耻之徒,怎么竟敢勾引他人的妻子?

皮尔戈波利尼克斯

愿神明们可怜我,是有人来找我。

佩里普勒克托墨努斯

他在说谎,打!

皮尔戈波利尼克斯

请等一等,让我说。

佩里普勒克托墨努斯

(对奴隶)

你们等什么?

皮尔戈波利尼克斯

能不能让我解释解释?

佩里普勒克托墨努斯

你说吧!

皮尔戈波利尼克斯

有人求我,要我去找她。

佩里普勒克托墨努斯

你为什么就敢去?揍你!

1405

(奴隶鞭打皮尔戈波利尼克斯)

皮尔戈波利尼克斯

啊唷,啊唷,揍得我好苦!我求求你们。

卡里奥

我这就阉割吗?

佩里普勒克托墨努斯

你想阉割就阉割吧。你们把他反手抓住,把他押开。

皮尔戈波利尼克斯

海格力斯啊,我求你,在他阉割之前,请听我解释。

佩里普勒克托墨努斯

好吧，你说！

皮尔戈波利尼克斯

我这样做不是无缘无故，请海格力斯作证，
我以为她是个寡妇。女仆这样对我说过，她是牵线人。　　1410

佩里普勒克托墨努斯

你必须发誓，你不会为今天这件事报复任何人，
无论是为你今天已经挨揍，或者还会继续挨揍，
要是我们把你这个维纳斯的孙子不加伤害地释放。

皮尔戈波利尼克斯

我以尤皮特和马瓦尔斯①的名义发誓，我不会为在这里
挨揍而报复任何人，我承认这样对待我是理所应当。　　1415
只要我从这里离开时没被阉割，那就是由不幸变幸运。

佩里普勒克托墨努斯

如果你不履行誓言，那时怎么办？

皮尔戈波利尼克斯

让我一生永远遭人厌恶。②

卡里奥

（对佩里普勒克托墨努斯）

依我看，先揍他，再放他。

皮尔戈波利尼克斯

愿神明永远保佑你，你善良地为我辩护。

卡里奥

你得给我们一谟纳金子。

皮尔戈波利尼克斯

为什么？

卡里奥

因为我们今天　　1420

---

① 马瓦尔斯（Mavors）是战神马尔斯的古称。
② 按照古罗马习俗，毁誓者会毁掉自己的名声，首先是剥夺他出庭作证的权利。"遭人厌恶"的原文是 intestabilis，该词有两个意思，一是"不配作证人的"、"令人厌恶的"，另一个意思同上行诗（第1416行）中的 intestatus，意指"被阉割的"。

没有阉割你这个维纳斯的孙子，便把你放了。

否则你走不了，不要徒然妄想。

皮尔戈波利尼克斯

我会给。

卡里奥

你这就比较聪明。

你的衬衣、披篷和佩剑，你就不要想它们，你拿不走。

（对佩里普勒克托墨努斯）

我是继续揍他，还是你放了他？

皮尔戈波利尼克斯

我浑身都被揍得发软。①

我求求你们。

佩里普勒克托墨努斯

你们放了他吧。

皮尔戈波利尼克斯

我谢谢你。 1425

佩里普勒克托墨努斯

要是以后再在这里捉住你，你就得做阉人。

皮尔戈波利尼克斯

我不会反对。

佩里普勒克托墨努斯

卡里奥，现在我们进屋去。

〔佩里普勒克托墨努斯率众人进屋，下。

皮尔戈波利尼克斯

（看街道远处）

〔斯克勒德鲁斯上。

我看见我的奴隶在这里。

菲洛科马西乌姆已经走了吗？你告诉我。告诉我！

斯克勒德鲁斯

---

① 原文中"发软"（mitis）与上句中"放了"（mittis）谐音。

她早就走了。

皮尔戈波利尼克斯

啊，完了！

斯克勒德鲁斯

如果你知道了我知道的事情，
你更会叫苦。那个眼睛罩着羊绒的人也不是水手。　　1430

皮尔戈波利尼克斯

那他是谁？

斯克勒德鲁斯

他是菲洛科马西乌姆的情人。

皮尔戈波利尼克斯

你怎么知道？

斯克勒德鲁斯

我知道。他们离开港口之后没有丝毫迟疑，
就立即互相热烈地亲吻拥抱起来。

皮尔戈波利尼克斯

（旁白）

啊呀，我真倒霉，
我看出了，他们蒙骗了我。帕勒斯特里奥是无赖，
他把我诱进了这场骗局。不过我认为这样做应该。　　1435
如果其他的好色之徒都遭这种待遇，那时这种人
便会变少，他们会感到恐惧，而不是去做。

（对奴隶）

让我们进屋去。

（对观众）

请鼓掌！

［齐下。

剧　　终

凶 宅

MOSTELLARIA

导　言

公元2世纪古罗马文法家费斯图斯(Festus)曾经称引过普劳图斯的这部剧本的第240行诗，称这部剧本为《幽灵》（Mostelaria），这一标题一直被沿用下来。

研究者们关于普劳图斯的这部剧本的古希腊原剧的写作时间及其作者有许多议论。在古希腊新喜剧作家中，米南德和菲勒蒙都写作过这样题材的剧本。本剧第1149行把古希腊新喜剧作家狄菲洛斯与菲勒蒙并列相称，由此人们认为，普劳图斯用来改作的可能是菲勒蒙的作品。有人还注意到，虽然第1149行并列提到菲勒蒙和狄菲洛斯，而后者并没有什么作品与本剧有关，从而无从考虑其剧作可能成为本剧的原本。有的研究者据此情况类推，认为菲勒蒙的作品也不一定与普劳图斯的这部剧本有关，从而也就否定了前面的结论。

这部剧本的第一场是两个奴隶之间的对白，这一结构与普劳图斯的《埃皮狄库斯》一剧的结构近似，那部剧本也是由两个奴隶的对白开场。这部剧本中的第二个奴隶格鲁弥奥也像《埃皮狄库斯》中第二个对白奴隶一样，纯粹是一个补助角色，剧作家借口让满腹牢骚的他去到田庄后便再没有让他出现。有的研究者据此推测，这部剧本的希腊原剧可能与《埃皮狄库斯》的希腊原剧出自同一个作者。也有人认为，这样的开场属于比较早期的创作手法，许多希腊作家都采用过，因此上述推论也不一定可靠。

本剧第775行中把西西里的叙拉古统治者阿伽托克勒斯与马其顿的亚历山大并列相称。马其顿的亚历山大卒于公元前323年，阿伽托克勒斯卒于公元前289年，而写作这样的诗行应该说必须在他们本人去世之后，由此人们认为，希腊原剧的创作时间应该在公元前289年之后。

普劳图斯对希腊原作的改动也是一个既令研究者感兴趣，又非常复杂而难以定论的问题。由于这部剧本的抄本中剧本场次被搅乱，因此很难正确追寻情节的原有发展过程。从文艺复兴时期开始，研究者便力图恢复它们原有的次序，但并非总是很理想。有些场次顺利得以恢复，例如第601～646行。在一部抄本里，它们被随意地放在第885与886行之间。

幽灵情节可以见于一些古希腊罗马作家的作品。例如在希腊著名讽刺作家琉善的《爱说诳语的人》中有一个人便谈到科林斯一处被废弃的房屋闹鬼的故事。那处房屋之所以被废弃，就是因为有幽灵出现。有个人住进那座屋子，在暗淡的灯光下幽灵出现了，不过那人用咒语把幽灵赶到了昏暗的角落里，自己安静地睡着了，直至第二天清晨。天亮后他向人们说明了情况，把那座房屋打扫干净，把幽灵出现的那处地板挖开，人们把遗骨埋葬以后，幽灵也就没有再出现。古罗马作家小普林尼在其《书信集》第7卷第27信里也提到一个类似的故事。在雅典有一处宽大的房屋，被视为死亡之地，夜深人静中人们可以听到屋里发出铁器声，然后会出现一个枯瘦的老人，披散着头发，手和脚都戴着镣铐，因此房屋被废弃。后来一个名叫阿菲诺多罗斯的哲学家来到雅典，住进了那座房屋，夜里也出现了幽灵。幽灵的的遗骨被埋葬后，幽灵也就消失了。由此可以想见，普劳图斯让剧中人物特拉尼奥随机应变，临时想出关于出现幽灵的计谋不是偶然的异想天开，而是借用了民间传说故事，符合人们的宗教心理。普劳图斯在剧中让特奥普罗皮得斯听见特拉尼奥说他碰了受诅咒的屋门时，立即毛骨悚然地陷入了恐惧，反映的就是利用了人们的这种宗教心理。

剧中突出表现了奴隶特拉尼奥的敏锐智慧和主人特奥普罗皮得斯的超自我意识的呆愚。特拉尼奥在与特奥普罗皮得斯进行智力较量之前说："主人与奴仆谁更为聪明，差异如绒毛。"这句话表达的可能正是剧作者的创作意图，此后的剧情基本围绕着斗智而展开。每当特拉尼奥陷入困境时，他总是能急中生智，及时发现和抓住有利的情境和时机，另辟蹊径，摆脱对方的尾追或围堵，在智慧方面超过对方，使对方每每失算，陷入被动的境地，显露出弱智。这部剧本的开场很热闹，有奴隶对骂，有纵情狂饮的场面，但是纵观全剧，上述这些只是奉献给喜好娱乐的罗马观众的一点娱乐佐料，真正的喜剧内涵是奴隶与主人的斗智。"特奥普罗皮得斯"一名的含义是"解释神意的预言者之子"，由此不难看出这一名字的反讽性质。

剧中展示了商人之子菲洛拉克斯的放纵生活。他趁父亲去埃及经商三年在外，与朋友整天饮酒作乐，狎妓赎妓。父亲离家情况下的自由生活成为年轻人的生活理想。特奥普罗皮得斯起初务农，后来改从经商，成为当时罗马商人阶层的典型代表。他在城里有财产，在乡间也有地产。他自己外出经商，儿子在家自由自在地挥霍，其家庭生活也成为当时商人家庭的典型模式。特别具有典型意义的是当他听说儿子在他离家期间买了房子，立即情不自禁地感到高兴。儿子已经知道从事经营，子承父业，这对于作为新兴的商业阶层的他来说，确实是一个能让他对所从事的事业和他的家庭的未来充满希望的好消息。正是这一喜悦的心情使得特拉尼奥轻易地便把他拉入了自己临时构思的圈套，使得他心满意足地被特拉尼奥牵着鼻子走。

剧中没有明确指出另一个老人西蒙的职业，不过按照他的性格和生活状况，他显然也是属于商人阶层。剧中西蒙的形象与特奥普罗皮得斯的形象形成鲜明的对照。他乐意帮助年轻人的爱情追求，赞赏他们成天美酒佳肴地享受人生，愉快地度过青春年华。他有一个好纠缠的妻子，使他的家庭生活充满不愉快，从而宁可在外闲逛，也不愿待在家里被管束受气。他的一座装饰丰富的住宅充分表现了他的生活追求。

这部剧本的整个剧情在伴妓环境中展开。剧中出现了两个伴妓菲勒马提乌姆和得尔菲乌姆，她们在剧中的表现代表了这一群体的生活状况和心理特点。差不多在普劳图斯生活的时代，类似的生活风俗也同其他的希腊生活方式一起传入罗马，逐渐成为流行的社会现象。

在剧中得尔菲乌姆完全是一个配角，陪着自己醉醺醺的情人登场，然后搀扶着醉得几乎不省人事的情人退场，个性不明显。菲勒马提乌姆则代表了当时的喜剧中的另一种伴妓类型。"菲勒马提乌姆"这一名字的含义是"吻"，作为伴妓的名字很合适。剧中没有提及她是怎样沦为伴妓的，不过她身为伴妓，却仍然保持着一定的良好品性。菲洛拉克斯花钱赎了她，让她获得了自由，她真心感激菲洛拉克斯。她认为菲洛拉克斯真心爱她，她也应该以真心回报，真心爱菲洛拉克斯，决定从一而终，不再爱他人。尽管侍奴斯卡法认为她头脑太简单，太愚蠢，凭自己一生的亲历经验反复劝说她改变主意，但她仍然不为所动。最后不是斯卡法说服菲勒马提乌姆，而是菲勒马提乌姆说服斯卡法。当然菲勒马提乌姆对菲洛拉克斯的爱情并非单一纯情，她有自己的心计，不过不贪婪，属于一个身陷娼门勉强有幸得救的女子的视野和爱情观。斯卡法角色体现了喜剧中的职业妓馆主的所有基本特点。她从利益角度评价爱情，以她自己的经验指教她所侍候的伴妓。

剧中也出现了高利贷者，名叫弥萨尔古里得斯。其名的含义是"憎恶金钱者之子"，用来形象性地代称高利贷者。特拉尼奥多次表示了对高利贷者的蔑视，他对高利贷者的这种态度代表了当时的罗马社会对高利贷者的普遍态度。剧中对高利贷者弥萨尔古里得斯作了简洁而鲜明的刻画，对高利贷者的抨击自然会在普劳图斯的观众中得到应有的回应。

剧中对人物的刻画为舞台表演提供了丰富的材料。开场中两个奴隶的对白，乡村奴隶格鲁弥奥简朴、粗俗，对自己有穿、有吃、有喝的城市同伴特拉尼奥心怀不满。从他对少主人的行为和对其教唆者特拉尼奥的态度看，格鲁弥奥年岁应该比特拉尼奥要大一些，他对纵酒狂饮这种希腊式生活感到反感，代表了老一代罗马人的生活习惯和要求。

特拉尼奥是一个非常机敏的奴隶，无论是他对幽灵故事的叙述，或是察看西蒙房屋时的应时诱导，以及他在欺骗被揭露后的表现，都为演员的表演提供了丰富的材料。他利用寓言比喻恶意地嘲笑两个老人，向两个老人介绍实际上并不存在，而只是他想象出的画面，并且借助手势和眼神向观众表示他实际上指的是谁。场面非常有趣可笑。

陷入爱情的菲洛拉克斯进场时的独白显得长了一些，不过剧作者显然有自己的用意和目的。剧作者在这一长篇独白中让人物通过房屋比喻充分表达自己的后悔心理为剧本末尾父亲原谅他的过错，并与他和解打下了必要的伏笔。

剧情梗概

菲洛拉克斯赎释了自己的所爱,
乘父亲外出,耗尽了全部家财。
老人返回来后受特拉尼奥捉弄:
称家宅出现了令人恐怖的幽灵,
早就从那里迁居他处。贪财的 5
高利贷者这时恰好前来索要债利。
老头子再度受到嘲弄,诡称是
为购买房屋付押金不得不借贷。
询问何处房屋,指称邻家宅第。
查看新房老人恼怒自己受嘲弄, 10
拜托朋友出面儿子终于消余怨。

人　物

特拉尼奥　奴隶

格鲁弥奥　奴隶

菲洛拉克斯　青年

菲勒马提乌姆　伴妓

斯卡法　老媪，菲勒马提乌姆的侍奴

卡利达马特斯　青年

得尔菲乌姆　伴妓

特奥普罗皮得斯　老人，菲洛拉克斯的父亲

弥萨尔古里得斯　高利贷者

西蒙　老人

法尼斯库斯　卡利达马特斯的奴隶

皮纳基乌姆　卡利达马特斯的奴隶

其他奴隶

地　点

雅典，一街道。舞台上有两座房屋，中间有一通道。特奥普罗皮得斯和西蒙毗邻而居，屋前有一祭坛。

时　间

白天。

第一幕

第一场

[格鲁弥奥农人装束，从特奥普罗皮得斯的屋内上。

格鲁弥奥

（大声地，对屋内）
你现在从厨房里出来，挨鞭子的东西，
你只会在碗碟盘盏之间给我显露技巧。
败坏主人财产的东西，你从屋里出来。
天哪，只要我活着，我在乡下会好好报复你，
你从厨房里出来呀，火星子，你躲着干什么？ 5
[特拉尼奥衣着整齐地由屋内上。

特拉尼奥

你怎么啦，恶棍，在这住屋前大喊大叫？
你以为自己还是在田庄？快离开这座住屋！
你走吧，你走，去找死吧，离开这屋门！
嘿，你是想要这个？
（上前，揍格鲁弥奥）

格鲁弥奥

（退缩）
　　　　　啊呀，我要完蛋了，你怎么揍我？ 10

特拉尼奥

因为你还活着。

格鲁弥奥

> 我现在忍着。只要等老头子一回来，
> 只要他一平安归来，你现在是在乘他外出吃他。①

特拉尼奥

> 木橛头，你说话不近情理，也不符合事实，
> 他现在正离家外出，谁又怎么能把他吃了？

格鲁弥奥

> 你这个城市小丑②，供人们调侃取乐的家伙， 15
> 你瞧不起我是乡下人？可我相信，特拉尼奥，
> 那就是你知道自己很快就会被送去交给磨坊。
> 请海格力斯作证，特拉尼奥，你会受点折磨，
> 去给乡下增加人数，你这个该戴镣铐的族类。
> 乘现在你乐意，也可能，你就喝吧，耗费吧， 20
> 把我家主人一个好端端的年轻儿子教唆坏吧；
> 你们白天黑夜地狂饮，仿效希腊人生活，
> 你们就赎买伴妓，释放她们，
> 供养门客，用美味佳肴招待。
> 老人离开这里去外邦时是这样委托于你？ 25
> 他是要你这样糟蹋他的产业？
> 你认为一个好的奴隶就该这样尽责，
> 既毁掉主人的产业，又毁掉他的儿子？
> 他现在干这些事，我认为他被毁了；
> 先前在阿提卡的所有年轻人中间， 30
> 没有哪一个人比他更节俭，更自持，
> 现在他是在别的方面占有首席地位。
> 这些都是由于有你的德行和教导。

特拉尼奥

> 无赖，这与你何干？你怎么来管我？

---

① "吃他"的原文是comes，comes意同cliens，"门客"。
② "小丑"的原文是scurra，指富人家中作滑稽表演，专供主人逗笑取乐的仆从，有时为门客，有时为获释奴隶或家庭奴隶。

　　　　请问难道田庄上没有牛需要你照管？　　　　　　　35
　　　　我乐意吃喝、恋爱，把伴妓领回来。
　　　　我凭自己的而不是你的脊背干这些事情。
格鲁弥奥
　　　　你这样说话多么傲慢无耻。
特拉尼奥
　　　　　　　　　　但愿尤皮特和
　　　　所有的神明让你遭殃，啊呀，你发出臭味儿。
　　　　你是污秽的亲兄弟、乡巴佬、公山羊、臭猪圈，　　40
　　　　你是河里的淤泥、臭大粪。
格鲁弥奥
　　　　　　　　　　那你想要怎么样？
　　　　不可能所有的人都能像你那样抹外邦香膏
　　　　散气味，不可能所有的人都高傲地卧上席，
　　　　不可能所有的人都能像你那样吃美味佳肴。
　　　　你去管你的那些斑鸠、游鱼、飞鸟吧，
　　　　就让我爱吃我的大蒜，接受我的命运。
　　　　你幸运，我不幸，该怎么样就怎么样。
　　　　我会注定交好运，你却会注定遭灾殃。① 　　　　　　50
特拉尼奥
　　　　格鲁弥奥，我看你好像是在嫉妒我，
　　　　因为我过得好，你过得差；完全应该：
　　　　我就应该活得快乐，你就应该放牛；
　　　　我就应该过好日子，你就应该可怜地度日。
格鲁皮奥
　　　　你这个经常挨鞭打的东西，我相信只要　　　　　　55
　　　　老头子一回来，就会往你的脖子上套枷锁，
　　　　把你拖上大街，由刽子手们挥动刺棍驱赶。②
特拉尼奥

---

① 原文第41~50行只有8行。
② 这是当时流行的惩罚奴隶的方式。

你怎么知道你不会在我之前接受这种待遇?

格鲁皮奥

因为我从不该受,你早就该受,现在正应该。

特拉尼奥

我看你还是不要这样费尽心机贫嘴, 60
除非你希望让自己遭受巨大的不幸。

格鲁弥奥

(若离开)
你怎么还不给我草料,我拿去喂牛?
给我吧,除非你自己想吃。
(躲避特拉尼奥的进逼)
　　　　　　　　你们就继续这样,
像已经开始的那样:喝吧,像希腊人那样,
你们就吃吧,填吧,尽挑肥壮的家畜宰杀。 65

特拉尼奥

你别说了,去乡下。我得去皮赖欧斯,
我需要去那里买些鱼品好准备晚餐。
明天我会给你牛草,送到田庄上去。
你怎么啦?你这恶棍,还瞪着我干什么?

格鲁皮奥

请神明作证,这样的名字很快就会归于你。 70

特拉尼奥

(满不在乎地)
不妨会像你说的那样,只要现在舒坦。

格鲁弥奥

好吧,就这样。不过有一点你得知道:
你不希望的会比你所渴望的来到更快。

特拉尼奥

你不要再这样惹我心烦,快去乡下,离开我。
请海格力斯作证,你不可再这样继续耽误我。 75
[下。

格鲁弥奥

  他这就走了,我的话他一句也不听?
  不死的神明们啊,我请求你们庇佑,
  请让我们的主人尽快地返回家来吧,
  他离开这里已经三年,在这里所有的
  住宅、田产被毁掉之前,除非他回来, 80
  余下的要不了几个月也都会被耗尽。
  我现在就去田庄。
  (向街道远处张望)
      我看见少主人,
  走过来,一个优秀青年,现在被毁了。
  ［下。

第二场

  ［菲洛拉克斯上。

菲洛拉克斯

  (略带伤感地)
  我已经考虑了许多,思考了很久,
  还在胸中反复进行了许多论证, 85
  而且在我的心里,如果我也有心,
  就此作了种种思虑,长时间的讨论,
  人是一个什么事物,在他出生之后,
  应该认为他与什么相近,可与什么比拟。
  我现在已经找到这样一个类似之物。 90

  我觉得人与新建造的房屋相近似,
  从他出生开始。我这就说明理由。
  ［你们或许会觉得这个比喻不尽合理,
  不过我就要设法让你们相信是这样。
  我定能让你们说,使你们相信真是这样。］ 95

我知道，你们在听了我的说明之后，
我胆敢说，你们自己也会这么认为，
不可能说出什么其他的想法。
现在请你们注意听，我这就说明理由：
我希望你们能具有同我一样的看法。　　　　　　　100

一座房屋盖成之后，进行装修，
一切都完成得很认真，很完美，
人们赞赏工匠，称赞房屋，希望
　　　　　自己也能有类似的一座，
每个人都希望为自己仿造一处，
　　　　　花费多少工本都不在乎。
然而往那座房屋搬进去一个无能粗疏之人，　　　　105
同他一起的是懒惰的家奴，他自己也肮脏萎靡，
这就给房屋带来了危害，好好的房屋失去维护，
结果经常是这样：起了一阵风暴，
屋顶被毁了，砖瓦垮塌了，
懒惰的房主人却不愿把房屋维修，　　　　　　　　110
又来了暴雨，墙壁被打湿，浸透雨水，
房梁被腐朽，工匠的劳作被毁，
房屋已经毁坏得不能再居住。
不过这丝毫不是工匠的过失，
主要是人的习性：花费点钱就可以修补好，　　　　115
可人们总是拖沓，无所作为。
直至墙壁崩塌，整座房屋不得不重建。

我刚才评说的是房屋问题；现在想说说
在我看来人与房屋相近似的理由。
首先父母对于自己的孩子与工匠相近似：　　　　　120
他们为孩子的成长打造基础；
他们哺育，精心培养，建立支柱，

使他们成长得良好而体面,
无论对于人民或自己,不计工本,
需要花费时从不把它们视为耗费; 125
然后进行装饰,教导文学、法学、条规,
全靠花费自己的钱财和精力,
使得其他人的孩子都能以他们为榜样。
这样准备之后便让他们服军役,
从亲属中为他们找一个依靠。 130
从此他们离开了工匠。有一个服役期,
便可以看出建筑物未来会怎样。
我原先也是那样能干,那样优秀,
当我仍然处于工匠的监管之下。
在我顺着自己的意愿生活之后, 135
我便立即毁了工匠的心血。
懒惰来了,对于我来说那就是风暴,
它的到来给我带来冰雹和骤雨;
它搅乱了我的廉耻感和德操,
立即把它们从我身上剥去; 140
从此我蔑视它们,不想再要它们。
爱情替代暴风雨,立即到来,
一直淋进我的胸腔,浸入我的心里。
现在财产、诚信、名誉、德性、荣耀,
全都被抛弃:我已经变得毫无用处。 145
天哪,这些木料受雨水浸泡已经腐烂:
我好像已经不可能把这座房屋
　　　　　修理好,它已经完全崩塌,
既然基础已朽毁,谁也不可能再提供帮助。

我感到痛心,当我看到我现在,回想我过去,
当时年轻人中没有一个人比我更勤奋, 150
没有哪个人能在体育技巧方面超过我,

无论是掷饼，投枪，玩球，奔跑，
　　　　　马术，使用武器，
我曾经生活得既轻松又快活，
我在俭朴和毅力方面也曾经是其他人的榜样，
所有优秀的青年都希望向我学习那些品德。　　　　　　155
在我变得一文不值之后，我发现
　　　　　那也是由于自己的天性。

第三场

〔菲勒马提乌姆和斯卡法携带梳妆用品
　　由特奥普罗皮得斯屋内上。

菲勒马提乌姆

天哪，我好久没有洗过比这次更痛快的冷水澡，
亲爱的斯卡法，也从来没有洗得比这次更干净。
（开始化妆）

斯卡法

（嘲讽地）
一切事情都会有好结果，有如今年的
好收成。

菲勒马提乌姆

　　　这好年成与我洗澡有什么关系？

斯卡法

好年成与你洗澡是没有什么关系。　　　　　　　　　　160

菲洛拉克斯

（望着菲勒马提乌姆，旁白）
　　　　　　　可爱的维纳斯啊，
这就是我的那风暴，它把我的所有自制力全部
刮走了，我曾经以它作掩盖，但随即爱情和欲望
渗进了我的心里，从此我再也不可能作掩护：
雨水浸湿了我心里的墙壁，这座房屋彻底腐烂。　　　　165

菲勒马提乌姆

  亲爱的斯卡法,你仔细看看,这件衣服合不合我身。
  我希望菲洛拉克斯,我的主人,我的眼球能够喜欢。

斯卡法

  你本人已是很漂亮,你为何还要给漂亮的风度作装饰?
  要知道,情人们爱的不是服装,而是服装覆盖着的人。

菲洛拉克斯

  (旁白)
  愿神明保佑我,斯卡法令人喜欢,这个坏东西   170
  知道不少事情。她清楚知道恋人的习性和心理。

菲勒马提乌姆

  (摆好姿势)
  现在怎么样?

斯卡法

  (装着没有注意)
    什么怎么样?

菲勒马提乌姆

    你看看,注意观察,
  这样于我合适不合适。

斯卡法

  美丽的本质就是这样,你穿什么都会合适。

菲洛拉克斯

  (旁白)
  由于你这句话,斯卡法,我今天要奖赏你,   175
  我不能让你白白地这样称赞我所喜欢的人。

菲勒马提乌姆

  我可不希望你奉承我。

斯卡法

    你真是个愚蠢的女人。
  你要我说假话批评你,而不是说真话称赞你?
  波卢克斯啊,我宁可人们即使用假话称赞我,

不是用真话指责我，或者是讥笑我的外貌。 180

菲勒马提乌姆

我喜欢真实，希望人们对我说真话，我讨厌说假话。

斯卡法

就像你爱我，菲洛拉克斯爱你一样，你确实很漂亮。

菲洛拉克斯

（旁白）

你说什么？坏东西！你怎么这样发誓？说我爱她？
那你为什么不说她也同样地爱我？我不再奖赏你。
你这下完了，我答应给你的礼物你不可能得到它。 185

斯卡法

天哪，一个如此聪明，如此机灵，
　　　　　　　　受过如此良好教育的女人，
现在竟如此愚蠢地干蠢事。

菲勒马提乌姆

　　　　　　如果我做了什么错事，请你告诉我。

斯卡法

请卡斯托尔作证，你错了，因为你只向往他一人，
只对他一人一片真情，看不起其他人。只有那些
出了嫁的女人，而不是伴妓，才始终侍候一个男人。 190

菲洛拉克斯

（旁白）

尤皮特啊，住在我家里的是一个怎样的祸害？
愿全体男神和女神用最可悲的方法把我杀死，
要不我就让这个老妖婆渴死，饥寒交迫而死。

菲勒马提乌姆

斯卡法，我不希望你给我出坏主意。

斯卡法

　　　　　　　　你真愚蠢，
以为他会是你心地善良的朋友，陪伴你终身， 195
我提醒你：时间一久，他会厌烦，把你抛弃。

菲勒马提乌姆

　　我希望不是这样。

斯卡法

　　　　　然而不希望的往往比希望的更容易发生。
　　如果我的话说服不了你，不能让你相信它的真实，
　　那你就根据事实来判断。你看我现在这样，
　　　　　　　　　　　以前又是什么样子。
　　我以前也像你现在这样被爱，我也只倾心于一人，　　　　200
　　天哪，正是由于年龄使我的头发改变了颜色之后，
　　他便丢下我，抛弃了我。我相信你将来也会是这样。

菲洛拉克斯

　　（旁白）
　　我几乎控制不住自己，真想把这个教唆犯的眼睛抓瞎。

菲勒马提乌姆

　　他花自己的钱仅给我一人赎身，
　　我认为应该始终跟随他一个人。　　　　　　　　　　　205

菲洛拉克斯

　　（旁白）
　　不朽的神明啊，一个多么美好的女子，纯洁的天性！
　　天哪，我做得对，为我高兴，即使我为她变成赤贫。

斯卡法

　　请卡斯托尔作证，你真愚蠢。

菲勒马提乌姆

　　　　　　　为什么？

斯卡法

　　　　　　　　　　因为你还想着，
　　他会爱你。

菲勒马提乌姆

　　　　　为什么我不能这样想？

斯卡法

　　　　　　　你已经获得了自由。

菲洛拉克斯

　　你已经拥有了你渴望的东西，如果他不再爱你， 210
　　那么他为赎你而付出的那么多银钱就都是白费。

菲洛拉克斯

　　（旁白）
　　天哪，我定要用最令人可悲的手段处死她。
　　这个拉皮条的家伙用恶毒的教唆败坏女子。

菲勒马提乌姆

　　我永远不可能应有地报答他对我的恩惠。
　　斯卡法，请不要这样劝说我，要我轻视他。 215

斯卡法

　　请你好好想想：如果你只服侍他一人，
　　现在你还年轻，待你老了你就会抱怨。

菲洛拉克斯

　　（旁白）
　　我希望自己现在就能变成一个咽瘤，好堵住
　　这个巫婆的喉咙，把这个恶毒的教唆犯杀死。

菲勒马提乌姆

　　我得到了我所期望的东西，现在应该对他 220
　　心怀感激，要仍然像以前爱他那样对待他。

菲洛拉克斯

　　（旁白）
　　不管神明会对我怎样，由于你刚才的话，
　　我愿意再一次为你赎身，把斯卡法杀死。

斯卡法

　　如果你认为你的收入会足够你消耗一生，
　　并且愿意让他永远做你终生唯一的情人， 225
　　那么你就爱他一人吧，与他成结发夫妻。

菲勒马提乌姆

　　一个人只要有好名声，就会经常有收入，
　　如果我能够保住好名声，我就会很富有。

菲洛拉克斯

斯卡法

那些其他爱你的人呢？

菲勒马提乌姆

（旁白）

天哪，即使需要我卖掉亲父亲，我也很愿意，

而不是我活着，却让你忍饥挨饿或者去乞求。 230

斯卡法

那些其他爱你的人呢？

菲勒马提乌姆

他们会更爱我，

当他们看到我感激应受到感激的人。

菲洛拉克斯

（兴奋地旁白）

但愿我马上就会听到父亲死去的消息，

剥夺我的财产继承权，让她做继承人。

斯卡法

他的财产很快会被耗尽：这样白天黑夜地吃喝， 235

谁也不注意节俭：完全像在喂养供屠宰的牲口。

菲洛拉克斯

（旁白）

天哪，我决定从你开始，让我自己成为节俭之人，

让你在我这里连续十天什么也不吃，什么也不喝。

菲勒马提乌姆

你如果想说他的好话，那你可以随意说：

如果你想说他的坏话，天哪，你会挨揍。 240

菲洛拉克斯

（旁白）

请波卢克斯作证，如果我把为了赎她花的钱

用来给至高的尤皮特献祭，也不会这样称心。

你看出了，她是真心实意地爱我。我真能干，

她在为我辩护，我为自己赎出了一个保护人。

斯卡法

我明白了你认为任何人都不及菲洛拉克斯。 245

现在我就顺从你的看法，免得让自己挨揍。

[如果他能令你满意，愿他永远是你的朋友。]

菲勒马提乌姆

斯卡法啊，请你赶快递给我镜子和梳妆盒，
我要在意中人菲洛拉克斯到来之前梳妆好。

斯卡法

一个鄙视自己的年龄的女人才需要镜子， 250
对于镜子来说你就是最好的镜子，
   你还要镜子干什么？

菲洛拉克斯

（*旁白*）

斯卡法，你刚才说话真聪明，你不会徒然夸赞
亲爱的菲勒马提乌姆，我今天要给你一些赏钱。

菲勒马提乌姆

你看看我打扮得是否到位？头发是否梳理合适？

斯卡法

你自己长相合适，相信你的发型也会合适。 255

菲洛拉克斯

（*旁白*）

嘿，能想出来有什么东西比这个女人更无耻吗？
现在她成了一个顺从的女人，刚才还处处违逆。

菲勒马提乌姆

你递给我白粉。

斯卡法

   你要白粉干什么？

菲勒马提乌姆

      擦面颊。

斯卡法

你这完全像是要用黑墨来把象牙涂白。

菲洛拉克斯

（*旁白*）

这句关于黑墨和象牙的话说得好。

>斯卡法，我赞赏你。　　　　　　　　260

菲勒马提乌姆
>那就给我胭脂吧。

斯卡法
>我不给你，你真聪明。
>难道你想要给杰出的画作添加颜色吗？
>像你现在这年龄，无需涂抹任何颜色。
>不需要白粉油膏，不需要任何化妆品。

菲勒马提乌姆
>那就把镜子拿来吧。

菲洛拉克斯

（旁白）
>哎呀，真不幸，她给了镜子一个吻。　　265
>我真希望手里有块石头，对准砸破镜子的脑袋。

斯卡法
>你拿块毛巾把手好好擦擦。

菲勒马提乌姆
>为什么要这样？

斯卡法
>你拿过镜子，我担心你手上有银子气味，
>菲洛拉克斯会怀疑你在什么地方碰过它。

菲洛拉克斯

（旁白）
>我觉得确实从没见过比她更狡猾的妓馆老板。　　270
>这个坏家伙关于镜子的想法真聪明，真灵巧。

菲勒马提乌姆
>你看我要不要抹点香膏？

斯卡法
>完全没有那种必要。

菲勒马提乌姆
>为什么？

斯卡法

> 天哪,因为女人没有什么气味是真正的气味。
> 只有那些上了年纪的老婆子才用香水来修饰自己,
> 老态龙钟,牙齿掉光,靠乔装打扮掩饰身体缺陷。 275
> 当汗水与各种香味混和一起后,立即会发出一种
> 有如厨师把各种佐料和在一起烹调出来的浓肉汤,
> 你说不出那是一种什么气味,除了令你感到厌恶。

菲洛拉克斯

> (旁白)
>
> 她博学得精通一切。没有人会比这位博学者更博学。
>
> (对观众)
>
> 你们中的绝大部分人都会知道她的那些话符合真实, 280
> 只要他们家里有老年妻子,她们用嫁妆买下了你们。

菲勒马提乌姆

> 斯卡法,你再看看我的金首饰和外衣是不是很合适。

斯卡法

> 我不关心你说的那些东西。

菲勒马提乌姆

> 请问这是为什么?

斯卡法

> 我这就告诉你。
> 菲洛拉克斯若不确定他喜欢你,就绝不会赎买你。 285
> [恋人用黄金和漂亮衣服购买的是伴妓对他的温情。]
> 凡是他不希望具有的东西,又有何必要向他展示?
> [年老变丑陋的伴妓才需要漂亮衣服和金饰作掩盖。]
> 漂亮女人不用装饰比用衣服装饰会闪光耀眼更好看。
> [若是一个坏品性的女人,完全没必要徒然地装扮。 290
> 卑劣的品性常常会使漂亮的饰物遭受污秽的侵染。]
> 一个人长得漂亮,就无需任何打扮。

菲洛拉克斯

> (旁白)

我久久地控制自己。

（走上前，对菲勒马提乌姆）

你们在这里干什么？

菲勒马提乌姆

我在这里化妆，为讨你喜欢。

菲洛拉克斯

你已经化妆够了。

（对斯卡法）

你现在就进去，把这些化妆品拿进去吧。

[斯卡法携化妆品下。

（对菲勒马提乌姆）

亲爱的菲勒马提乌姆，

我的愿望，我想同你在这里称心如意地喝点酒。 295

菲勒马提乌姆

天哪，我也想同你一起喝，因为

你想怎样，我也便想怎样，

我的亲爱的！

菲洛拉克斯

为你这句话我花二十谟纳也算便宜。

菲勒马提乌姆

亲爱的，你就给我十谟纳：

为你这句话我愿意廉价卖给你。

菲洛拉克斯

现在你甚至还欠我十谟纳：你好好算一算。

我为你赎身付了三十谟纳。

菲勒马提乌姆

你为什么这样奚落我？ 300

菲洛拉克斯

难道我会奚落你？我宁可自己受人奚落。

许久以来我从没有花什么钱有这么值得。

菲勒马提乌姆

我也认为从来没有干什么比爱你更值得。

菲洛拉克斯

那就是我们之间支出和收入正好相等：
你爱我，我爱你！互相认为都值得。 305
愿为我们的幸福高兴的人们永远为他们

自己的幸福而高兴，

愿嫉妒我们的幸福的人们的事业不受任何人嫉妒。

菲勒马提乌姆

（请菲洛拉克斯登上卧榻）

现在你就坐下。

（对屋内的小奴隶）

孩子，快把冲手水递过来，

[小奴隶提水罐上。

（对小奴隶）

快把餐桌放到这边。

看看骰子在哪里？

（对菲洛拉克斯）

你要油膏吗？

菲洛拉克斯

我用它干什么，我同你在一起。

（向街道远处张望）

那是我的朋友正带着自己的女伴向这里走来吗？ 310
正是他，卡利达马特斯带着女伴。我的眼珠儿，
兵士们已经到齐，参战人员都渴望得到战利品。

第四场

[卡利达马特斯带领得尔菲乌姆上，一奴隶随上。

卡利达马特斯

（对奴隶）

我要你到时候前去菲洛拉克斯那里找我。

　　　　你必须听清楚，喂，我已经吩咐过你。
　　　　［奴隶下。
　　　　（对得尔菲乌姆，醉意浓浓地）
　　　　我从刚才我们待的地方逃了出来，　　　　　　　315
　　　　现在我要去菲洛拉克斯那里畅饮，
　　　　在那里我们会受到称心如意的接待。
　　　　你是不是认为我——我——喝醉了？
得尔菲乌姆
　　　　你总是这个样子。　　　　　　　　　　　　　　320
　　　　你又在晃晃悠悠。
　　　　（指菲洛拉克斯的住处）
　　　　　　　　你该去那里。
卡利达马特斯
　　　　你希望我搂着你，你搂着我吗？
得尔菲乌姆
　　　　只要合你的意愿。你就搂呗。
卡利达马特斯
　　　　　　　　　　　你真聪明。
　　　　亲爱的，领我走。
得尔菲乌姆
　　　　　　　　小心，别倒下，站稳。
卡利达马特斯
　　　　啊，我的眼珠儿，我是你的养子，我的蜜。　　　325
得尔菲乌姆
　　　　你当心，你可别在路上就躺倒，
　　　　到了卧榻，我们在那里再躺下。
卡利达马特斯
　　　　你——你让我——让我躺下吧。
得尔菲乌姆
　　　　我让你躺，不过让我把手里的东西先放下：
　　　　要是你倒下，免得你倒下时我同你一起倒下。
卡利达马特斯

我们倒下了，会有人来把我们扶起来。　　　　　　　　　　330
得尔菲乌姆
　　这个人喝醉了。
卡利达马特斯
　　　　　　你是说我喝——喝醉了？
得尔菲乌姆
　　你拉住我的手，我不想让你跌伤残。
卡利达马特斯
　　（伸过手来）
　　好吧，你抓住它。
得尔菲乌姆
　　（抓住）
　　　　　　来吧，你跟我一起走。
卡利达马特斯
　　　　　　　　要我去哪里？
得尔菲乌姆
　　　　　　　　　　你不知道？
卡利达马特斯
　　喔，我知道，想起来了：
　　我现在是要回家去喝酒。
得尔菲乌姆
　　不是的，
　　（指菲洛拉克斯的住屋）
　　　　是去这里。
卡利达马特斯
　　　　　　是这样，我想起来了。　　　　　　　　335
菲洛拉克斯
　　（对菲勒马提乌姆）
　　亲爱的，你让不让我过去迎接他？
　　在所有的朋友中我与他最为要好，
　　（向前走过去）
　　我一会儿就回来。

菲勒马提乌姆

　　　　　　　对于我来说那是很久。

卡利达马特斯

　　（朝菲洛拉克斯住屋方向）

　　这里有人吗?

菲洛拉克斯

　　　　　　　有人。

卡利达马特斯

　　　　　　　啊呀，菲洛拉克斯，

　你好，我的最最——最好的朋友。　　　　　　　　　　340

菲洛拉克斯

　　（扶卡利达马特斯到卧榻上）

　愿神明们保佑你，卡利达马特斯，你躺下。

　你从哪里来?

卡利达马特斯

　　（躺上卧榻）

　　　　　　　从能把人完全灌醉的地方来。

菲勒马提乌姆

　亲爱的得尔菲乌姆，你怎么不坐下来?

　给他点酒喝。

卡利达马特斯

　　　　　　　我现在想睡觉。

菲洛拉克斯

　　（对得尔菲乌姆）

　对他这样子不感到奇怪新鲜吧?　　　　　　　　　　345

得尔菲乌姆

　现在我把他怎么办?

菲勒马提乌姆

　　　　　　　亲爱的，就让他这样。

　　（对奴隶）

　拿大酒杯来，从得尔菲乌姆起赶快摆放。

第二幕

第一场

[特拉尼奥上。

特拉尼奥

（惊慌地，旁白）
至高的尤皮特正使用全部力量和一切手段，
使我和我的主人的儿子菲洛拉克斯遭毁灭。
我们的希望破灭了，信心之神已没有处所，   350
即使拯救之神愿意，他也拯救不了我们。
天哪！我到港口一看，灾难巨如山岳：
主人从外邦返回来了，特拉尼奥完了！
（对观众）
这里有没有人希望能从中挣一点儿钱，
今天愿让自己代替我去忍受严酷的惩罚？   355
这里有没有人能承受鞭打，忍受镣铐，
或者为了三块钱而愿意向敌人发起冲击，
不惧怕敌人的炮塔，让五根十根枪穿透身体？
我会给他一塔兰同，他第一个冲向十字架，
得按这样的条件，双手和双脚被双倍地钉住。   360
他在这样受刑之后，再来向我讨允诺的现钱。
可是我——不幸之人，怎么还不赶快往回跑？
（急忙跑向菲洛拉克斯的住屋）

菲洛拉克斯

(看见特拉尼奥,兴奋地)

来了,食品来了,看哪,特拉尼奥从港口回来了。

特拉尼奥

(看见菲洛拉克斯)

菲洛拉克斯!

菲洛拉克斯

什么事?

特拉尼奥

我和你——

菲洛拉克斯

什么我和你?

特拉尼奥

我们完了。

菲洛拉克斯

这是为什么?

特拉尼奥

你的父亲回来了。

菲洛拉克斯

我听见你说什么呀?

特拉尼奥

我们完蛋了。

我再说一遍,你的父亲回来了。

菲洛拉克斯

他现在在哪里?

特拉尼奥

已经快到了。

菲洛拉克斯

是谁说的?谁看见的?

特拉尼奥

是我说的,我看见的。

菲洛拉克斯

啊呀,天哪,我怎么办?

特拉尼奥

天哪,你怎么啦?你问我你怎么办?你就喝酒。

菲洛拉克斯

是你亲眼看见的?

特拉尼奥

是我,我再说一遍。

菲洛拉克斯

确实是?

特拉尼奥

是确实是。

菲洛拉克斯

我完了。如果你说的是真话。

特拉尼奥

如果我说谎,对我有什么好处? 370

菲洛拉克斯

现在我该怎么办?

特拉尼奥

你让这些人赶快离开这里。这个睡着的人是谁?

菲洛拉克斯

卡利达马特斯。

特拉尼奥

得尔菲乌姆,叫醒他。

得尔菲乌姆

卡利达马特斯,卡利达马特斯,你醒醒!

卡利达马特斯

我醒着,给我酒喝。

得尔菲乌姆

你快醒醒。菲洛拉克斯的父亲从外邦回来了。

卡利达马特斯

祝父亲健康!

菲洛拉克斯

他很健康,可我完了。

卡利达马特斯

你已经死了两次?怎么可能?①   375

菲洛拉克斯

天哪,请你起来吧!我父亲回来了。

卡利达马特斯

你的父亲回来了?
你让他返回去。他返回到这里来干什么?

菲洛拉克斯

我怎么办?真倒霉,父亲会碰见我醉醺醺,
发现屋里充满了酒鬼和女人。情况太紧急,
这真是如常言说道:口渴才想起来要挖井。   380
我现在也这样:父亲快到了,才考虑怎么办。

特拉尼奥

(指卡利达马特斯)
你看这个人,又倒下脑袋睡着了。快叫醒他。

菲洛拉克斯

(推卡利达马特斯)
快醒醒,我说了,我的父亲就要到这里。

卡利达马特斯

你说,父亲?
快给我鞋,我好拿武器。天哪,我要杀死父亲。   385

菲洛拉克斯

你把事情弄糟了。

---

① "我完了"的原文是dis-perii,卡利达马特斯把前缀听为bis,意为"两",成为bis-perii,因而疑惑怎么可能"死了两次"。

得尔菲乌姆

     亲爱的,别说话。

特拉尼奥

     你们抓住他,把他带到里面去。

卡利达马特斯

  天哪,如果你们不给我瓦罐,我要拿你们当瓦罐。

  〔扶卡利达马特斯下。

菲洛拉克斯

  我完了。

特拉尼奥

    你打起精神。

(思考)

     我会很好地医治你们的恐惧。

菲洛拉克斯

  我彻底完了。

特拉尼奥

     你别说话,我已经为你考虑好办法。
  如果你父亲到来,我要让他不仅不想进屋去,
  而且还会远远地躲避这座屋子,你看怎么样?   390
  只是你们都得离开去屋里,把这些东西搬走。

菲洛拉克斯

  我去哪里?

特拉尼奥

    你去哪里都可以,同这个女人,还有那个。

得尔菲乌姆

  那就让我们都离开这里?

特拉尼奥

     不用太久,得尔菲乌姆。
  你们就在里面饮酒,不必因为这件事情而少喝。

菲洛拉克斯

  啊呀,你说的这些话多动人,把我吓出一身冷汗。   395

特拉尼奥

你能不能放安静些，按照我的吩咐去做？

菲洛拉克斯

好吧。

特拉尼奥

菲勒马提乌姆，你进屋去，还有你，得尔菲乌姆。

得尔菲乌姆

我们俩听从你的安排，进屋去。

［菲勒马提乌姆、得尔菲乌姆
扶卡利达马特斯一起进屋。

特拉尼奥

愿尤皮特帮助我们。

（对菲洛拉克斯）

现在请你注意听我想作怎样的安排。
第一件事是在里面把屋门认真关好， 400
不得让任何人发出一点声响。

菲洛拉克斯

努力做到。

特拉尼奥

要像屋里没有任何活人居住那样。

菲洛拉克斯

好吧！

特拉尼奥

老头子敲这屋门时，任何人都不要答应。

菲洛拉克斯

还有什么事？

特拉尼奥

你吩咐人把这房屋的拉科尼亚钥匙①
给我送来：我要在这里从外面把屋门锁上。

菲洛拉克斯

---

① 拉科尼亚是希腊伯罗奔尼撒半岛东南部地区，斯巴达是其中心城市。拉科尼亚钥匙三齿，在希腊很有名，通常用来从外面锁宅门。

　　　　　　特拉尼奥，我现在把我自己和我的希望
　　　　　　　　　　　　　　　全都交给你保护。
　　[下。
特拉尼奥
　　（得意地）
　　主人与奴仆谁更为聪明，差异如绒毛。
　　一个人如果心中没有哪怕一点点胆量，
　　[对于任何人都一样，不管高贵或卑贱，]　　　　　　　410
　　都很容易不知怎么的就把事情弄糟：
　　这时需要认真思考，有聪明人校正，
　　把那些错误地计划和进行了的事情
　　全都恢复有条不紊，无差错地完成，
　　以免遭受任何损失，从而厌恶生活。　　　　　　　　415
　　我现在就要这样做，把我们搞乱了的
　　事情件件都恢复平稳，有秩序地进行，
　　免得有什么事情会给她们造成不快。
　　[一小奴隶从屋内上。
　　斯费里奥，你怎么从屋里跑了出来？
小奴隶
　　刚才——[主人让我把这钥匙交给你。]
特拉尼奥
　　很好。你们按照吩咐去做。
小奴隶
　　　　　　　　　　　他千方百计地　　　　　　　　　420
　　吩咐请求你，要你想个办法把父亲吓走，
　　绝对不能让他进屋去。
特拉尼奥
　　　　　　　　　你就这样对他说，
　　我会让他父亲甚至都不敢看房屋一眼，
　　还要把头蒙住，惊慌失措地立即逃跑。
　　你给我钥匙，赶快进屋去，把门关好，　　　　　　425

（接过钥匙）
我会从外面把门锁上。
(小奴隶回屋，特拉尼奥锁好门)
　　　　　　　　　好，现在就让他来吧。
今天我要在这里乘老头子活着给他演场戏，
我相信定会比他死后给他出殡时还要热闹。
我现在从这门前离开，从远处向这里张望，
老头子一走过来，我就从那里扔给他包袱。　　　　430
（退到一旁）

第二场

[特奥普罗皮得斯上，数奴隶背着行李随上。

特奥普罗皮得斯
尼普顿啊，我非常感谢你，
你让我仍然能活着回到家。
若是在这之后你看见我哪怕
迈出一步去航海，你就毫不迟疑地，
立即像这次想对我做的那样对付我。　　　　435
你现在走吧，从今以后你离开我：
我把想托付的一切都托付给了你。

特拉尼奥
（旁白）
请波卢克斯作证，尼普顿啊，你干了件
大错事，你错过了这样一次大好的机会。

特奥普罗皮得斯
（指自己的住屋）
我离开家三年去到埃及后返回来：　　　　440
我相信家里人都在期盼我快回返。

特拉尼奥
（旁白）

请波卢克斯作证,更为令人期望的是
有人能够前来报告你已经死去的消息。

特奥普罗皮得斯

(上前推门)

这是怎么回事?大白天里把门锁着。
我来敲门。

(上前敲门)

喂,里面有人吗?能来开门吗? 445

特拉尼奥

(走上前,故作惊慌状)

这是谁这样走近我们家的大门?

特奥普罗皮得斯

(环顾)

这是我的奴隶特拉尼奥。

特拉尼奥

(欣喜地,不走近)

啊,特奥普罗皮得斯,
主人,你好,我很高兴你健康地归来。
你一向可好?

特奥普罗皮得斯

一向像你现在看到的样子。

特拉尼奥

实在太好了!

特奥普罗皮得斯

你们怎么啦?发疯了?

特拉尼奥

什么怎么啦?

特奥普罗皮得斯

是这样!
你们出去转悠,屋里没有一个活人, 450
没有人过来开门,也没有人答应我,

　　　　我拍门差不多就要把这两扇门拍碎。
特拉尼奥
　　　　（吃惊地）
　　啊呀，你碰这扇门了？
特奥普罗皮得斯
　　　　　　　　为什么不能碰？
　　我已经说了，我碰了它们，还拍了。　　　　　　　　455
特拉尼奥
　　你碰门了？
特奥普罗皮得斯
　　　　我说了，我碰了，还拍了。

特拉尼奥
　　　　　　　　天哪！
特奥普罗皮得斯
　　　　　　　　怎么啦？
特拉尼奥
　　海格力斯啊，这下糟了！
特奥普罗皮得斯
　　　　怎么回事？
特拉尼奥
　　　　　　　　没法说，
　　你做了一件不应该做的、非常糟糕的事情。
特奥普罗皮得斯
　　为什么？
特拉尼奥
　　　　你就快跑吧，赶快离开这座屋子，　　　　　　460
　　（特奥普罗皮得斯离开门往回跑）
　　你向我这里跑，跑得离我近一些。
　　（特奥普罗皮得斯匆匆跑向特拉尼奥）
　　　　　　　　你碰门了？

特奥普罗皮得斯

我如果没有碰门,我怎么能敲门?

特拉尼奥

天哪,你害——

特奥普罗皮得斯

我害谁了?

特拉尼奥

你害了你全家的人。

特奥普罗皮得斯

愿全体男女神明把你和你的诅咒一起——

特拉尼奥

(指众奴隶)

我担心你无法为你自己和你的随行们赎罪。 465

特奥普罗皮得斯

为什么?或者你忽然又搞出了什么新花招?

特拉尼奥

啊呀,你就让那两个奴隶从那里走开吧。

特奥普罗皮得斯

(对奴隶)

你们走开!

(奴隶们提起行李)

特拉尼奥

你们不得碰这座屋屋,你们得摸一摸地上的土。①

[奴隶们摸地,惊恐地下。]

特奥普罗皮得斯

天哪,你说说是怎么回事。

特拉尼奥

因为已经有七个月没有任何人走进过 470
这座房屋,自我们从这里搬出去之后。

---

① 因为死者入土后属于土地神(Tellus),因此亵渎者得行此礼,向土地神求赎。

特奥普罗皮得斯

　　那你说说，究竟是怎么回事？

特拉尼奥

　　（害怕地）

　　　　　　　　　　你看看周围，

　　看有没有人会听见我们的谈话？

特奥普罗皮得斯

　　（环顾四周）

　　　　　　　　　　很安全。

特拉尼奥

　　你再看看。

特奥普罗皮得斯

　　（再次环顾四周）

　　　　　　没有其他任何人，你赶快说吧。

特拉尼奥

　　一件杀人凶案。

特奥普罗皮得斯

　　　　　　究竟是怎么回事？我还是不明白。　　　　　　475

特拉尼奥

　　我告诉你，这里发生过一件杀人凶案，

　　　　　　　　发生在很久很久以前。

特奥普罗皮得斯

　　发生在很久很久以前？

特拉尼奥

　　　　　　　直到现在我们才发现了这件事。

特奥普罗皮得斯

　　究竟是怎样的凶案？或者是谁干的？你说说。

特拉尼奥

　　一个房主人杀死了亲手捉住的房客，

　　我想就是卖给你这座房子的那个人。　　　　　　　　　480

特奥普罗皮得斯

他杀人了？

特拉尼奥

还夺走了客人的金子，
在原处再把那个客人埋在屋里。

特奥普罗皮得斯

你们凭什么作出这样的猜测？

特拉尼奥

我这就告诉你，你注意听。一次你儿子
在外面用晚餐，用完晚餐后返回家来，　　　　　485
我们都离去就寝，我们都已沉沉地熟睡，
当时我由于一时的疏忽，忘记了关灯。
突然间完全出乎意料地传来一声大叫。

特奥普罗皮得斯

谁大叫？是我的儿子？

特拉尼奥

嘘，别说话，注意听！
他说那个死去的人在梦中向他走来。　　　　　490

特奥普罗皮得斯

这就是说在梦中？

特拉尼奥

是这样，不过你注意听。
他说那个死去的人还这样对他说话。

特奥普罗皮得斯

是在梦中？

特拉尼奥

（嘲笑地）

要是你能醒着听他说话就怪了，
因为他被杀死至今已经过去了六十年。
特奥普罗皮得斯，你有时候也真糊涂。　　　　495

特奥普罗皮得斯

我不说话。

特拉尼奥

　　　　　　你看那个死人在梦中说了些什么:
　　　　"我是一个海外来客,名叫狄阿蓬提乌斯。
　　　　我就住在这屋里,这座房子就给我居住。
　　　　可是奥尔库斯不愿接受我为阿克戎居民, 500
　　　　因为我在死期未到来之前就失去了性命。
　　　　我被背信弃义地蒙骗,房主人杀害了我,
　　　　把我偷偷地埋在这屋里,未给我立坟茔,
　　　　罪恶之人,为了黄金。现在你从这里离开吧,
　　　　这是一座罪恶的房屋,在这里居住不得救赎。"
　　　　关于这屋里的怪异我用一年时间也说不完。 505

特奥普罗皮得斯

　　（惊恐地,静听）
　　嘘,嘘!

特拉尼奥

　　　　天哪,发生了什么事情?

特奥普罗皮得斯

　　　　　　　　屋门在响。

特拉尼奥

　　（走近门,静听,对特奥普罗皮得斯）
　　肯定是他在敲门!

特奥普罗皮得斯

　　（颤抖地）
　　　　　　我一滴血都色没有了,
　　死人们在召唤活着的我去阿克戎地狱。

特拉尼奥

　　（旁白）
　　真糟糕,现在他们这样子会把这场戏毁了。 510
　　我真担心,他不要就这样便把我当场捉住。

特奥普罗皮得斯

　　你在独个儿自言自语些什么?

特拉尼奥

你快离开门。

快跑，愿海格力斯保佑。

特奥普罗皮得斯

我往哪里跑？你也跑。

特拉尼奥

我不用害怕，因为我同死人处于和平状态。

屋内声音

喂，特拉尼奥。

特拉尼奥

（对屋门，好似对幽灵）

你要是聪明，就不要叫我。 515

我没有任何过错，我也没有拍这屋门。

屋内声音

请——

特拉尼奥

（继续对屋门）

你不要说话。

特奥普罗皮得斯

你告诉我，你为什么

不同他说话。

特拉尼奥

（对屋门）

你快离开这里。

特奥普罗皮得斯

特拉尼奥，你为什么着急？

你这是在同谁说话？

特拉尼奥

（惊异地，对特奥普罗皮得斯）

你是在同我说话？

愿神明保佑我，我还以为是那个死人 520

在指责我，因为你刚才拍打了屋门。

你还站在这里，我说的话你听不听？

特奥普罗皮得斯

我该做什么？

特拉尼奥

你不要回头看，快跑，把头蒙住。

特奥普罗皮得斯

（惊恐地，疑惑）

你为什么不跑？

特拉尼奥

我同死人处于和平状态。

特奥普罗皮得斯

我知道。刚才是怎么回事？你怎么那样害怕？ 525

特拉尼奥

我说你不要管我，我会照顾好自己。

你要像刚才那样，赶快从这里逃跑，

请求海格力斯保佑你。

特奥普罗皮得斯

海格力斯啊，我请求你。

［匆匆跑下。

特拉尼奥

还有我——老头子，给你巨大的不幸。

不死的众神明啊，我请求你们保佑我， 530

我今天可做了怎么样的一件大坏事啊！

第二幕

第一场

［弥萨尔古里得斯上。

弥萨尔古里得斯

  我从事放贷取息，还从来没碰上
  有哪一年比今年这样更令人厌恶。
  我今天从早晨到傍晚一直在广场，
  大概也不会向任何人贷出一点钱。 535

特拉尼奥

  （看着弥萨尔古里得斯，旁白）
  天哪，现在我算一步一步地彻底完了。
  高利贷者也来了，是他提供的高利贷，
  用来赎出女伴和支付其他方面的耗费。
  事情就会完全暴露，我若不采取措施，
  让老头子不明白真相。我向他迎过去。 540
  （发现特奥普罗皮得斯返回来）
  不过他为什么这么快就返身回家来？
  我担心他对事情已经知道了点什么。
  我走过去，与他说话。
  （走向特奥普罗皮得斯，停住）
      不过我多害怕见他。
  没有什么比意识到自己行为的人更可怜。 545

就像我现在这样。事情既然如此，
　　我就继续把事搅乱：情势这样要求。
　　[特奥普罗皮得斯上。
　　（对特奥普罗皮得斯）
　　主人，你从哪里来？

特奥普罗皮得斯
　　　　　　我刚才见到了卖房子的那个人。

特拉尼奥
　　难道你把我对你说的事情对他说了？

特奥普罗皮得斯
　　海格力斯作证，是这样，都说了。

特拉尼奥
　　（旁白）
　　　　　　　　　啊，真可怜，
　　我担心我施展的计谋就要彻底暴露了。　　　　　　550

特奥普罗皮得斯
　　你在自言自语地说些什么？

特拉尼奥
　　　　　　　没什么，你告诉我，
　　你对他说了？

特奥普罗皮得斯
　　　　　　我已经说过，我说了，都一一说了。

特拉尼奥
　　他承认了那个客人的事情？

特奥普罗皮得斯
　　　　　　不，他完全否认。

特拉尼奥
　　　　　　　　　　你再想想：
　　他没有承认？

特奥普罗皮得斯
　　　　　　要是他承认了，我就会告诉你。　　　　　555

你认为我们现在应该怎么办。

特拉尼奥

      我怎么认为？
请海格力斯保佑，我同他一起找仲裁人，
（旁白）
（但是得让他找一个相信我的话的人）？
那时你就会轻易获胜，犹如狐狸啃梨那样。

弥萨尔古里得斯

（看见特拉尼奥）
那个人就是菲洛拉克斯的奴隶特拉尼奥，   560
他们没有付给我利息，也没有还我本钱。

特奥普罗皮得斯

（见特拉尼奥向弥萨尔古里得斯移步）
你要到哪里去？

特拉尼奥

    我哪里也不去。
（旁白）
      我真可怜，
真邪恶，一生下来就遭受神明们憎恶。
主人正在场，他也赶来了。我真可怜，
他们两个人正好一左一右，对我夹击。   565
不过我要首先发起进攻。
（向弥萨尔古里得斯走过去）

弥萨尔古里得斯

（旁白）
    他向我走来，我有救了，
我的钱看来有希望。

特拉尼奥

（旁白）
    他还高兴，他估计错了。
（对弥萨尔古里得斯）

你好，弥萨尔古里得斯，祝你健康。

弥萨尔古里得斯

我也问候你。钱怎么样？

特拉尼奥

你滚吧，畜牲。
我刚来到这里，你就对着我掷投枪。① 570

弥萨尔古里得斯

（观察，失望地）
这个家伙两手空空。

特拉尼奥

这个家伙倒真会预言。

弥萨尔古里得斯

你能不能不这样胡扯？

特拉尼奥

你想要什么就说吧。

弥萨尔古里得斯

菲洛拉克斯在哪里？

特拉尼奥

你每次来找我，
从来没有能像今天来得这样巧。
（试图让弥萨尔古里得斯离开一些）

弥萨尔古里得斯

（不理解地）
你要干什么？

特拉尼奥

你到这边来。

弥萨尔古里得斯

（大声地）
你给不给我利息？ 575

---

① 这里以罗马军事实践相喻。古罗马军队战斗时，首先以投掷武器向敌方阵线进攻，然后才短兵相接地冲杀。

特拉尼奥

  我知道你嗓子好,用不着大声嚷嚷。

弥萨尔古里得斯

  请海格力斯作证,我就嚷。

特拉尼奥

  (安抚地)

      啊呀,你就听我的。

弥萨尔古里得斯

  你要我听你什么?

特拉尼奥

      请你离开这里回家去。

弥萨尔古里得斯

  要我离开?

特拉尼奥

      你到中午时候再回到这里来。

弥萨尔古里得斯

  到时候你给我利息?

特拉尼奥

      会给的,你走吧!   580

弥萨尔古里得斯

  我为何要再回到这里来?费力又费时?
  我为何不就直接留在这里等待到中午?

特拉尼奥

  不,你还是回去,真的,天哪,你走吧!

[**弥萨尔古里得斯**

  我不离开,你们先给我利息。

特拉尼奥

      我说了,你走,走吧!]

弥萨尔古里得斯

  你们就把利息给我吧,你们怎么说空话?   585

特拉尼奥

啊呀，天哪，你就赶快走吧，听我的话。

弥萨尔古里得斯

（大喊）

啊，天哪，我要控告他。

特拉尼奥

       好啊，你就叫吧。

你这样大叫，感到高兴吧。

弥萨尔古里得斯

      我要我的钱。

你们已经这么多天了一直在有意蒙骗我。

要是你们讨厌我，你们还我钱，我就走。   590

你只要一句话就可以免去你所有的答复。

特拉尼奥

那你把本金拿走吧！

弥萨尔古里得斯

     不，利息，我首先要利息。

特拉尼奥

你这个无比令人讨厌的东西，你在说什么？

你到这里来强贷？你爱怎么办就怎么办吧。

他不给，他不欠你的。

弥萨尔古里得斯

    他不欠我的？

特拉尼奥

       你不可能   595

从这里拿走一个钱。你是担心他会

为了逃避利息离开这座城市去流亡，

在你收到本钱之后？

弥萨尔古里得斯

     我现在不是要本钱，

我要利息，你们得首先把利息付给我。   600

特拉尼奥

弥萨尔古里得斯

你不要再烦人。谁也不会给,你看着办。
我想大概只有你一个人这样放债收利息。

弥萨尔古里得斯

你们付利息,还我利息,把利钱给我。
你们会立即地,立即把利钱付给我吗?
付给我利钱吗?

特拉尼奥

　　　　　你左一个利钱,右一个利钱。
你除了反复说利钱,其他什么都不会说。　　　　　605
你就滚蛋吧,在我看来,我还从来没有
见过有哪个畜牲比你更加令人感到厌恶。

弥萨尔古里得斯

请神明作证,现在你用这些话吓不了我。

特奥普罗皮得斯

(旁白)

这里真热,尽管离这么远,也会被烤坏。
(对特拉尼奥)
你告诉我,他讨要什么?讨要什么利息?　　　　　610

特拉尼奥

(指特奥普罗皮得斯,对弥萨尔古里得斯)
这就是他的父亲,刚从外邦回来,
他会把本钱和利息都一起付给你,
你把向我们索要的钱向他索要吧。
看他会不会拖延。

弥萨尔古里得斯

　　　　　只要有人给,我都要。

特奥普罗皮得斯

(走近,对特拉尼奥)
你说什么?

特拉尼奥

　　　　　你想知道什么?

特奥普罗皮得斯

> 那人是谁？他为什么， 615
> 他凭什么要控告我的儿子菲洛拉克斯，
> 他竟然在你面前如此大声地吵嚷喊叫？
> 你们欠他什么？

特拉尼奥

> 凭海格力斯的名义，你就吩咐
> 把那些钱扔到这个卑鄙的畜牲的脸上。

特奥普罗皮得斯

> 要我吩咐——？

特拉尼奥

> 你不吩咐用钱揍这家伙的脸？ 620

弥萨尔古里得斯

> 你们若用银子揍我，我会很容易忍受。

特拉尼奥

> （对特奥普罗皮得斯）
>
> 你听见吗？请海格力斯作证，你没看见吗？
> 高利贷者，最无耻的一类人，就是这样子。

特奥普罗皮得斯

> （严厉地）
>
> 我不管他是谁，怎样的人，从哪里来。
> 我要你告诉我，我要你让我明白一点， 625
> 那笔钱是怎么回事？

特拉尼奥

> 是菲洛拉克斯——欠他
> 一点钱。

特奥普罗皮得斯

> 到底多少钱？

特拉尼奥

> 大概是——四十谟纳，
> 你当然不会觉得很多。

特奥普罗皮得斯

倒真是"一点钱"。

此外我还听说有什么利息。

特拉尼奥

一共欠那个家伙四十四谟纳，   630

本钱加利息。

弥萨尔古里得斯

就这么多，我一点也不会多要。

特拉尼奥

海格力斯作证，我还希望你多要一个钱呢。

（对特奥普罗皮得斯）

你就对他说你付，好让他离开。

特奥普罗皮得斯

要我说付给他？

特拉尼奥

你就说吧。

特奥普罗皮得斯

要我说？

特拉尼奥

是的，是你说。你就说吧，听我的。

你就允诺吧，你就这样说：我同意。

特奥普罗皮得斯

你回答我，   635

用这些钱干什么了？

特拉尼奥

完好无损。

特奥普罗皮得斯

你们也会

完好无损，如果钱完好无损。

特拉尼奥

（机灵地）

　　　　　　　你的儿子
　　买房子了。

特奥普罗皮得斯
　　　　买了房子？

特拉尼奥
　　　　　　是买了房。

特奥普罗皮得斯
　　（欣悦地）
　　　　　　　好啊，菲洛拉克斯
　　已经继承父业：他已经开始从事经营了。
　　你说买了房子？

特拉尼奥
　　　　　是买了房子。你知道是什么样的吗？　　　　　　640

特奥普罗皮得斯
　　我怎么会知道？

特拉尼奥
　　（赞叹地）
　　　　　哇！

特奥普罗皮得斯
　　　　　怎么样的？

特拉尼奥
　　　　　　　你用不着问我。

特奥普罗皮得斯
　　为什么这样？

特拉尼奥
　　　　　明亮得有如镜子，一片洁白。

特奥普罗皮得斯
　　天哪，干得真漂亮。买下它花了多少钱？

特拉尼奥

> 　　　　　　等于把我和你加在一起的塔兰同数目。① 　　　　　645
> 　　　　　　不过为此已经预付四十谟纳的保证金，
> 　　　　　　（指弥萨尔古里得斯）
> 　　　　　　预付的钱就是向他借的贷，你明白了？
> 　　　　　　自从这座房屋发生了我告诉你的事情，
> 　　　　　　他也就这样为自己购买了另一处房屋。

特奥普罗皮得斯

> 　　　　　　海格力斯作证，干得真漂亮。

弥萨尔古里得斯

> 　　　　　　　　　　　啊呀，喂，已快中午了。　　　　　650

特拉尼奥

> 　　　　　　（对特奥普罗皮得斯）
> 　　　　　　请你给他，免得他在这里把我们烦死。

特奥普罗皮得斯

> 　　　　　　（对弥萨尔古里得斯）
> 　　　　　　年轻人，你同我算账吧。

弥萨尔古里得斯

> 　　　　　　　　　　你让我向你要钱？

特奥普罗皮得斯

> 　　　　　　你明天来取。

弥萨尔古里得斯

> 　　　　　　　　　那我走了。只要明天能拿到，我就满意。
> 　　　　　　[下。

特拉尼奥

> 　　　　　　（旁白）
> 　　　　　　愿所有的男神和女神降灾于他，
> 　　　　　　他把我设想的计划彻底搅乱了。　　　　　655
> 　　　　　　波卢克斯作证，现今世上没有哪个人
> 　　　　　　比高利贷者更令人厌恶，更无情无义。

---

① 塔兰同既是货币单位，也是重量单位。作为重量单位，1塔兰同约合26.2公斤，"等于我和你加在一起"指两个人的体重的和。

特奥普罗皮得斯

　　我的儿子买的那座房子在什么地方?

特拉尼奥

　（旁白）

　　我这下完了。

特奥普罗皮得斯

　　　　你怎么不回答我的问题?　　　　　　　　　　660

特拉尼奥

　　我这就告诉你。我正在想房主的名字。

特奥普罗皮得斯

　　好,那你就想吧。

特拉尼奥

　（旁白）

　　　　　　现在我该怎么办?
　　除非我把这件事推到相近的邻居身上。
　　我就说他儿子买的是这位邻居的房屋?
　　我听说,最好的谎言常常是急促编就。　　　　　665
　　只要神明们说什么,你就决定说什么。

特奥普罗皮得斯

　　现在怎么样?想起来了?

特拉尼奥

　　　　　愿神明让他遭殃——
　（旁白）
　　不,我说的是你。
　（大声地）
　　　　　你的儿子买的是
　　这位近邻的房屋。

特奥普罗皮得斯

　　　　　这笔交易可靠吗?　　　　　　　　　　　670

特拉尼奥

　　如果你会付钱,那就会是可靠,

如果你不想付钱，那就不可靠。
　　他买的这地区很好吧？

特奥普罗皮得斯
　　　　　　　　是非常好。
　　我想看看那座房子。你去敲门吧，
　　特拉尼奥，叫屋里的人到这里来。　　　　　　　　675

特拉尼奥
　　（旁白）
　　啊呀，我又完了。不知道该说什么。
　　风浪再一次把我推向了同一块礁岩。
　　现在怎么办？天哪，我想不出办法：
　　我被当场捉住了。

特奥普罗皮得斯
　　　　　　　　你赶快去叫人出来，
　　让他带领看房屋。

特拉尼奥
　　（焦虑地）
　　　　　　啊呀，瞧你，这里是女眷，　　　　　　680
　　首先得看看，她们是否愿意给你看房。

特奥普罗皮得斯
　　你说得好，说得对。你现在去问问。
　　去吧，我暂且在这门外等待你回来。

特拉尼奥
　　（旁白）
　　老头子，愿全体男女神明毁了你，
　　你一而再再而三地打乱我的计划。　　　　　　685
　　（听见屋门响，注意观察）
　　好啊，太好了，房屋主人西蒙恰好
　　从屋里走出来。我稍许退到这旁边，
　　（后退）
　　暂且让我在心里召集元老会议协商。

待我想出了主意，我再上前去找他。

第二场

[西蒙由屋内上。

西蒙

(心情愉快地)

这一年我在家从没有这样高兴过，　　　　　　　　　　690
从来没有哪一顿饭菜使我更为满足。
妻子给我准备的饭菜简直好极了，
现在她要我去睡觉，绝对不能这样。
我立即明白了，她绝不是偶然地
给我提供比通常要好得多的饭菜：　　　　　　　　　　695
老婆子其实是想把我带进卧室。
吃完午饭就睡觉那不好，算了吧！
于是我就从屋里偷偷地跑了出来。
我相信，妻子现在正在屋里生气呢。

特拉尼奥

(旁白)

这个老头子今天晚上将会不顺心，　　　　　　　　　　700
无论是晚饭或是睡觉都会不如意。

西蒙

我常常这样暗自思忖，越想越觉得：
若有人娶了带嫁妆的妻子，且已年迈，
他一定不可能安稳睡觉：睡觉会令
所有的人感到憎恶，就像我现在　　　　　　　　　　　705
想去干其他的事情，例如宁可
离开这里去市场，而不是在家躺卧。

(对观众)

神明作证，我不知道你们的家庭生活，
但我自己的妻子我知道，对我很不好。

我的处境将来还会比过去更加糟糕。   710
特拉尼奥

（旁白）

老头子，你这样往外跑会给你惹麻烦：
没有什么好让你对神明们反复指责；
责任全在你自己，你应该好好地自责。
现在我应该上前去同这个老头子说话。
我有了主意，我想出了蒙骗老头子的办法，   715
我要用计谋把灾难从我身边远远地赶走。
我现在就走过去。

（上前）

      愿神明非常喜爱你，西蒙，

西蒙

  你好，特拉尼奥。

特拉尼奥

     你怎么样？

西蒙

       还不错。
你在干什么？

特拉尼奥

     与一位有德之人相遇。

西蒙

      你真友好，
这样称赞我。

特拉尼奥

     理所应当。

西蒙

      是这样，彼此彼此。   720

（旁白）

天哪，我是在同一个卑鄙的奴隶拉手。

[**特奥普罗皮得斯**

喂，无赖，你到我这里来。

特拉尼奥

我一会儿就过去。] 721a

西蒙

你们现在怎么样？不会很久？

特拉尼奥

你指什么？

西蒙

指通常你们

屋里的事。

特拉尼奥

什么事？

西蒙

你知道我在说什么，应该这样，
你做得对……
你应该想到，人生短暂。

特拉尼奥

什么？嗯……①
我终于明白了你所说的我们的事情。

西蒙

海格力斯啊，你们愉快地度过年华，
美酒佳肴，生活舒适，精选的鱼品， 730
享受生活。

特拉尼奥

不，不，那是我们以前的生活：
现在我们的这一切突然全部都完了。

西蒙

为什么？

特拉尼奥

---

① 此处原文有残损。

西蒙，我们就这样突然都完了。

西蒙

真是那样？在这之前你们曾经一切
都很称心如意。

特拉尼奥

我不否认，是曾经像你说的那样。　　　　735
我们确实曾经像我们希望的那样舒服地生活。
西蒙，现在风把我们的船只抛下了。

西蒙

怎么回事？
怎么会这样？

特拉尼奥

彻底糟了。

西蒙

你们的船被平安地
送到陆地了吗？

特拉尼奥

啊！

西蒙

怎么回事？

特拉尼奥

我太不幸，我完了！

西蒙

怎么啦？

特拉尼奥

来了一只船，那只船把我们的船撞碎了。　　　740

西蒙

特拉尼奥，祝你能如愿。怎么回事？

特拉尼奥

我告诉你。
主人从国外回来了。

西蒙

　　这对于你来说首先必定是一顿鞭子,然后是
带着镣铐进监狱,再后是钉上十字架。

特拉尼奥

　　　　　　　　　我以你的双膝的名义请求你,
不要告诉我的主人。

西蒙

　　　　　　你放心吧,他从我这里什么也不会知道。　　　745

特拉尼奥

　　我的庇护人,谢谢你。

西蒙

　　(旁白)
　　　　　　我完全不想要像他这样的门客。

特拉尼奥

　　现在我们家老头子派我来——

西蒙

　　　　　　不,你首先回答我的问题:
你们家老头子已经知道你们的事情了?

特拉尼奥

　　一点也不知道。

西蒙

　　　　　　他一点也没责怪儿子?　　　　　　　　　　750

特拉尼奥

　　他像通常良好的天气那样平静。
现在他吩咐千万请求你一件事,
就是允许他来看看你这座房屋。

西蒙

　　我的这座房屋不出售。

特拉尼奥

　　　　　　这一点我知道。
老头子想在自己家里建造妇女内院,　　　　　　　　755

有浴池、林荫小径和带立柱的走廊。

西蒙

他做了什么梦？

特拉尼奥

我这就告诉你。
他想能尽快地给儿子娶个妻室，
为此他想新建一处女眷内院。
他说有一位建筑师对他称赞说，　　　　　　　　　　760
你的这座房屋建造得特别美好；
他想以你这座房屋为榜样，要是你不反对。
他想以你这座房屋为典范，特别由于一点，
那就是他听说你的房屋夏天特别阴凉，
即使阳光特别强烈，也会整天都是这样。　　　　　765

西蒙

不，神明作证，实际上随处都有阴凉时，
我这里从早晨一直到傍晚都总是有太阳：
如同有讨债人总是矗立在我家的大门口，
我家里除非在水井里，其他没一处是阴凉。

特拉尼奥

什么，若没有翁布里亚女人，
那该有萨尔栖纳女人吧？① 　　　　　　　　　　770

西蒙

不要开玩笑了。这里的情况就像我说的那样。

特拉尼奥

不过他还是想看看房子。

西蒙

他想看，就让他看呗。
如果这里有什么令他喜欢，那他就照样子
自己建造吧。

---

① 拉丁文"阴凉"是umbra，与Umbra（翁布里亚女人）发音近似。萨尔栖纳是翁布里亚一城市。

特拉尼奥

  那我就招呼他过来？

西蒙

    你去招呼他吧！

特拉尼奥

  （旁白）

  听说伟大的亚历山大和阿伽托克勒斯①   775
  曾经完成过伟大的功业，我独自一人
  就完成了不朽的事业，我该不该数第三？
  他背上了驮框，那个老头子也背上了驮框。
  我为自己创立了一个不坏的新鲜行业，
  通常驴夫能套驮载东西的驴，   780
  我却能套驮载东西的人。
  他们很能驮载，驮载什么都可以。

  （看特奥普罗皮得斯）

  嘿，现在我该找他说话了。我走过去。

  （对特奥普罗皮得斯，大声地）

  喂，特奥普罗皮得斯！

特奥普罗皮得斯

    哎，谁在叫我的名字？

特拉尼奥

  我是你的非常忠心的奴隶。

特奥普罗皮得斯

    你去哪儿了？   785

特拉尼奥

  去了你派我去的地方，带回来你的委托。

特奥普罗皮得斯

  你说说看，你为什么在那里待了这么久？

特拉尼奥

---

① "伟大的亚历山大"指著名的马其顿的亚历山大大帝。阿伽托克勒斯，西西里人，亚历山大大帝的同时代人，军事统帅，曾经长期在南意大利作战。

> 那老头子没空，我只好等待他。

特奥普罗皮得斯

> 你还是这个老毛病：行动缓慢。

特拉尼奥

> 啊呀，你不妨想想，俗话说得好： 790
> 要同时又吹又吸可不是件容易事情。
> 我不可能同时既在这里又在那里。

特奥普罗皮得斯

> 现在怎么样？

特拉尼奥

> 去看吧，你可以随意看。

特奥普罗皮得斯

> 那就走吧，你带路。

特拉尼奥

> 我没有耽误吧。

特奥普罗皮得斯

> 我跟着你。

特拉尼奥

> （停住）
> 你看哪，老头子亲自在门口等待你。 795
> 不过他显得多伤心，把这房子卖了。

特奥普罗皮得斯

> 那怎么办？

特拉尼奥

> 他要我劝劝菲洛拉克斯，
> 把房子退还给他。

特奥普罗皮得斯

> 我看那不行。
> 各人收获自己的田地。我们买亏了，
> 我们也不能把房子退回去。 800
> 不管是怎样的收获，都应该拉回家。

人可不应该有太多的怜恤之心。

特拉尼奥

天哪,你说话耽误了我,快跟我来。

特奥普罗皮得斯

好吧。

我听你安排。

特拉尼奥

就是那位老人。

(对西蒙)

喂,我把他带来了。

西蒙

祝贺你从外邦安全归来,特奥普罗皮得斯。 805

特奥普罗皮得斯

愿神明保佑你。

西蒙

他告诉我说你想看看这座房子。

特奥普罗皮得斯

只要你没有什么不方便。

西蒙

不,方便。请进去看吧。

特奥普罗皮得斯

可是女眷们——

西蒙

(不悦地)

你用不着管妇女的事情。

你随意看吧,就像是你自己的房屋。

特奥普罗皮得斯

(对特拉尼奥)

怎么"就像是"?

特拉尼奥

(对特奥普罗皮得斯)

啊呀，你看他现在正苦着脸， 810
为你买了这房子。你没看见老头子满脸愁容？

特奥普罗皮得斯

我看见。

特拉尼奥

因此你不能显露讥笑，也不要过分自傲，
千万不要提你自己买了这座房子。

特奥普罗皮得斯

我明白。
你提醒得很好，我认为这也合乎人情。
（对西蒙）
现在怎么样？

西蒙

请你进屋，随意仔细观看。 815

特奥普罗皮得斯

我认为你做事真慷慨大度。

西蒙

神明在上，应该这样。

特拉尼奥

你看这前庭院，这漫步小径，怎么样？

特奥普罗皮得斯

天哪，简直漂亮极了。

特拉尼奥

你再看这些立柱，
它们建造得是多么坚固，又多么厚实！

特奥普罗皮得斯

我还从没有看见过这么漂亮的立柱。

西蒙

神明作证， 820
我曾经花了大价钱买它们。

特拉尼奥

　　　　　　你听见他说"曾经"？

　　好像好不容易才止住了泪水。

特奥普罗皮得斯

　　（对西蒙）

　　　　　　你买它们花了多少钱？

西蒙

　　为这一对柱子我当时花了三谟纳，运费除外。

特奥普罗皮得斯

　　（仔细察看立柱）

　　海格力斯作证，它们远不像我最初以为的那样好。

特拉尼奥

　　　　为什么？

特奥普罗皮得斯

　　　　请神明作证，因为它们从根部起都被虫蛀了。　　　　　825

特拉尼奥

　　我想是由于采伐不合季节，从而对它们造成损害。
　　不过如果现在给它们涂上油漆，它们还会相当好；
　　起码这些活儿不是那些光吃小麦面的蛮族人①干的。
　　你再看这大门的合缝？

特奥普罗皮得斯

　　　　　　我看见。

特拉尼奥

　　　　　　你看它们睡得多么香？

特奥普罗皮得斯

　　它们睡觉？

特拉尼奥

　　　　　　我这是想打个比方，如同闭着眼睛。　　　　　　　830
　　你满意吗？

---

① 有的研究者认为，"光吃小麦面的蛮族人"指迦太基人，因为迦太基木工在古代很有名。不过许多研究者仍然认为，这里也像经常可以见到的那样，"蛮族人"系指罗马人。小麦是古罗马人的重要粮食品种，小麦糊是古罗马人的重要餐食。

特奥普罗皮得斯

对它所有的方面我愈观察愈加喜欢。

特拉尼奥

你看见这图画,一只乌鸦戏弄两只秃鹫?①

特奥普罗皮得斯

(注视)

请神明作证,我没看见。

特拉尼奥

可我看见。那只乌鸦站在两只秃鹫中间,它正在逗弄旁边的两只秃鹫。

(见特奥普罗皮得斯仍然否认)

那么请你向我这边看,你就可以看见乌鸦了。 835

(特奥普罗皮得斯转过脸来看)

现在看见了吗?

特奥普罗皮得斯

我确实什么乌鸦也没有看见。

特拉尼奥

(站到特奥普罗皮得斯另一侧)

现在你向你们那边看,虽然你不可能

看见乌鸦,但是也许能够看见秃鹫。

特奥普罗皮得斯

(转过脸去再看)

算了吧,我根本没有看见这里有任何画着的鸟。

特拉尼奥

那就算了,对不起,你由于年岁不可能看见。 840

特奥普罗皮得斯

不过凡我看到的,它们都令我感到非常满意。

西蒙

你们可以再到里面去看看。

---

① 古代罗马人视乌鸦为机巧、敏锐的象征,秃鹫代表贪婪。

特奥普罗皮得斯

请神明作证,你提醒得对。

西蒙

(对屋内的奴隶)

喂,孩子,你带领他们到处看看屋里的房间。
我本会带领你们看,若不是广场上我有事情。

特奥普罗皮得斯

不,我不需要任何人引导,你不会耽误我观看。　　　　845
不管怎么样,我宁可走错道,也不要人领着走。

西蒙

我说的是看房子。

特奥普罗皮得斯

那我就这样不用向导地进去看。

西蒙

听便。

特奥普罗皮得斯

那我现在就进去。

(推门进屋)

特拉尼奥

(对特奥普罗皮得斯)

你等一等,让我看看那狗——

特奥普罗皮得斯

你去看看。

特拉尼奥

(走近门)

咳,恶狗,滚开!怎么还不走开?
怎么还不去上十字架?　　　　850
你还待在这里?快从这里滚开!

西蒙

没有什么危险,你去吧。
这条狗很温和,有如羊羔,你可以放大胆进屋去。

我得离开这里了,去广场。
[下。

特奥普罗皮得斯

（对西蒙）

太谢谢你了,你走好!

（对特拉尼奥）

特拉尼奥,你过去,叫人把那条狗从门口牵走,
尽管不用害怕它。

特拉尼奥

（指狗）

你看它多么安静地躺着。 855

你用不着心烦,也用不着显得胆小。

特奥普罗皮得斯

好吧。

那你就跟我来。

特拉尼奥

我绝对不会离开你的脚步。

[二人进屋,同下。

第四幕

第一场

〔法尼斯库斯上。

法尼斯库斯

(自鸣得意地)

奴隶没有犯过失也害怕挨打,

这样的奴隶通常对主人有利。

那些挨打以后仍不害怕的奴隶,   860

他们让自己形成愚蠢的想法:

尝试逃跑,然而如果被捉住,

挨打便成为他们的财产,

靠安分不可能得到它,

于是乎不断积少而成为库房。   865

我怀抱的主意是避免挨鞭子,

在后背忍受痛苦之前!

由此如今我的皮肤应该还在,

完好无损,躲开了鞭子。

(举起右手)

只要我能管住它,便会保全我的后背,   870

让鞭打雨滴般落到别人身上,不会降临我。

奴隶想让主人怎样就会是怎样,

奴隶善良主人也善良,奴隶邪恶主人也邪恶。

　　　　　我们家现在生活着一帮卑劣的家伙，
　　　　　毫不吝啬财产，这些挨鞭子的东西。　　　　　　　875
　　　　　你叫他们去迎主人，回答说：
　　　　　　　　　　"我不去，别烦我。
　　　　　我知道你为什么着急，想去干事情，
　　　　　你这头牝骡，你肯定是想去牧场。"
　　　　　这就是我得到的好处，离开了走出来。
　　　　　那么多奴隶中只有我一个人来迎接主人。　　　　　880
　　　　　明天主人知道这件事情后，
　　　　　一大早便会用牛皮鞭子抽他们。
　　　　　他们的脊背不如我的宝贵，
　　　　　他们挨牛皮鞭子抽多于我挨绳子。
　　　　　〔向特奥普罗皮得斯的房屋走去。

第二场

　　　　　〔皮纳基乌姆上。

皮纳基乌姆
　　　　　你站住，你就站在那里，
　　　　　法尼斯库斯。你回过头来看。　　　　　　　　　　885

法尼斯库斯
　　　　　请你不要惹我心烦。

皮纳基乌姆
　　　　　你看，这猴子多拿架子。
　　　　　无耻的门客，你站不站住？

法尼斯库斯
　　　　　我怎么成了门客？

皮纳基乌姆
　　　　　我这就告诉你：哪里有饭吃，你就去哪里。

法尼斯库斯
　　　　　这是我的事，我喜欢这样，你管这干什么？

皮纳基乌姆

　　你这样凶狠,就因为主人喜欢你。　　　　　　　　　　890

法尼斯库斯

　　啊呀,我的眼睛难受。

皮纳基乌姆

　　　　　　为什么?

法尼斯库斯

　　　　　　　　　　因为进了烟灰。

皮纳基乌姆

　　别说了,你这个手工匠,制造假币的家伙。

法尼斯库斯

　　你不可能让我说你的坏话,
　　主人知道我。

皮纳基乌姆

　　　　　神明作证,他当然知道自己的褥垫。

法尼斯库斯

　　你要是没有喝醉,你就不会说这样的坏话。　　　　　895

皮纳基乌姆

　　如果你没有招惹我,我怎么会回报你?

法尼斯库斯

　　卑鄙的东西,你现在同我一起去迎接主人,
　　天哪,不要再说那些事情。

皮纳基乌姆

　　　　　　　好吧,我来敲门。

（上前敲门）

　　喂,喂,这里有谁过来让这门
　　免招巨大的不幸?有谁来开门?　　　　　　　　　　900

（静听）

　　还是没有人走出来。
　　这是由于他们都不是东西,
　　不过我更要小心提防,

不要有人出门来把我揍一顿。

第三场

［特拉尼奥和特奥普罗皮得斯由西蒙屋内上。

特拉尼奥

你觉得这笔交易怎么样?

特奥普罗皮得斯

非常满意。

特拉尼奥

你不觉得买得太贵了?

特奥普罗皮得斯

神明作证，我从没有在什么地方 905
看到过比这座房屋更便宜的房子。

特拉尼奥

那你一定是喜欢。

特奥普罗皮得斯

你问我喜欢不喜欢? 不, 天哪, 是非常喜欢。

特拉尼奥

那女眷房间怎么样? 画廊怎么样?

特奥普罗皮得斯

简直太好了。
我在公共场所都没有见过有比它更大的门廊。

特拉尼奥

我自己和菲洛拉克斯亲自比较过所有的公共门廊。 910

特奥普罗皮得斯

结果怎么样?

特拉尼奥

它比所有的公共门廊都要长很多。

特奥普罗皮得斯

不死的天神啊, 多好的交易。海格力斯作证,

即使现在他为这座房子拿来六塔兰同的现款，
　　我怎么也不会卖。

特拉尼奥

　　　　　　是这样，即使你愿意，我也不会允许。

特奥普罗皮得斯

　　这笔交易真是为我们好好地置备了一处产业。　　　915

特拉尼奥

　　你就大胆说吧，这都是由于我的劝说和激励，
　　是我促使他从放贷者那里借贷了一笔付息债，
　　向高利贷者交了一部分押金。

特奥普罗皮得斯

　　　　　　　　　你拯救了整条船。
　　你是说我们欠他八十谟纳？

特拉尼奥

　　　　　　是这样，不多一分钱。

特奥普罗皮得斯

　　让他今天就来拿钱吧。　　　920

特拉尼奥

　　　　　　这样很好，免得又推托。
　　或者你就把钱交给我，然后我再把钱交给他。

特奥普罗皮得斯

　　要是我把钱交给你，但愿不会受到什么蒙骗。

特拉尼奥

　　难道我敢哪怕是玩笑性地说话或做事蒙骗你？

特奥普罗皮得斯

　　难道我能不提防着要求我委托给你什么事情？　　　925

特拉尼奥

　　什么？自从我属于你之后，
　　　我什么时候在什么事情上蒙骗过你？

特奥普罗皮得斯

　　我提防着你是对的：你应该感谢我和我的用心。

特奥普罗皮得斯

我一直提防着你是有充分的理由。

特拉尼奥

我同意你的说法。

特奥普罗皮得斯

现在你去乡下,告诉儿子,说我回来了。

特拉尼奥

按你的吩咐办。

特奥普罗皮得斯

让他同你一起跑步赶快返回城里。

特拉尼奥

好吧。 930

(旁白)

现在我从后门进去找纵酒的人们,告诉他们,
这里事情已平静,我已把老头子从这里带开。
[下。①

法尼斯库斯

(再次走近特奥普罗皮得斯的屋门)

这里怎么不像往日那样,听不见饮宴吵嚷,

(皮纳基乌姆走近法尼斯库斯)

听不见歌女演唱或者是其他任何人的声音。

特奥普罗皮得斯

(望着法尼斯库斯和皮纳基乌姆,旁白)

那里是怎么回事?那些人在我家屋前找什么? 935
他们想干什么?为什么向屋里张望?

皮纳基乌姆

让我来敲门。

(上前使劲敲门)

喂,开门,喂,特拉尼奥,还不来开门?

特奥普罗皮得斯

---

① 有的版本此处分场。

（旁白）

　　　　　　　　　那里在演什么戏？

皮纳基乌姆

　　怎么还不开门？我们来接我们的主人卡利达马特斯。

特奥普罗皮得斯

（走过去）

　　孩子们，你们在干什么？你们要把这座屋子砸烂？

法尼斯库斯

　　喂，老人家，你为什么来管与你毫不相干的事情？　　　　940

特奥普罗皮得斯

　　与我毫不相干？

法尼斯库斯

　　　　　　　除非你可能是新上任的城市长官，

　　为了管理别人的事情，在这里询问、查看、打听。

特奥普罗皮得斯

　　你们面前的这座房子已不是你们认为的那样。

法尼斯库斯

　　　　　　　　　　你说什么？

（对皮纳基乌姆）

　　难道菲洛拉克斯把房子卖了？

　　　　　　　或者这个老人在对我们说谎。

特奥普罗皮得斯

　　我说的是真话，不过你们在这里有什么事？

法尼斯库斯

　　　　　　　　　　我告诉你。　　　　　　　　945

　　我们的主人在这里饮酒。

特奥普罗皮得斯

　　　　　　　你们的主人在这里饮酒？

法尼斯库斯

　　　　　　　　　　我是这样说。

特奥普罗皮得斯

孩子啊，你太爱开玩笑了。

法尼斯库斯

我们就是前来接他。

特奥普罗皮得斯

你们来接什么人？

法尼斯库斯

接我们的主人，请问需要对你说多少遍？

特奥普罗皮得斯

孩子，这里没有任何人住。

（细看）

我看你是个诚实孩子。

法尼斯库斯

难道菲洛拉克斯少主人不就住在这座屋子里？ 950

特奥普罗皮得斯

他在这座房子里住过，不过已经搬走很久了。

皮纳基乌姆

看来这个老头子肯定是个疯子。

法尼斯库斯

老人家，你完全错了。
除非他今天或昨天从这里搬了家，我确实知道
他就住在这里。

特奥普罗皮得斯

这里已经有六个月没有任何人居住。

皮纳基乌姆

你在说梦话。

特奥普罗皮得斯

我在说梦话？

皮纳基乌姆

是你。

特奥普罗皮得斯

请你别打搅，让我同孩子说话。 955

（对法尼斯库斯）

这里没有人居住！

法尼斯库斯

他肯定住在这里，因为昨天，前天，大前天，再大前天，再再大前天，再再再大前天，一直自他父亲离开这里远行之后，从来没有哪个三两天不在这里喝酒。

特奥普罗皮得斯

（疑惑）

你说什么？

法尼斯库斯

我说没有哪个三两天空过不在这里喝酒，逗伴妓，过希腊式的生活，还有竖琴女，吹笛女。 960

特奥普罗皮得斯

（疑惑，追问）

你说谁这样做？

法尼斯库斯

菲洛拉克斯。

特奥普罗皮得斯

哪个菲洛拉克斯？

法尼斯库斯

我听说他父亲的名字叫特奥普罗皮得斯。

特奥普罗皮得斯

（旁白）

啊呀，我完了。

要是他说的这些是实话。现在让我继续问问他。

（大声地）

你说的菲洛拉克斯不管是谁，他经常如你所说，同你家主人喝酒？

法尼斯库斯

我说了，就在这里。

特奥普罗皮得斯

孩子，你看起来比外表还糊涂。　　　　　　965
你想想看，是不是去了个什么地方吃了点东西，
还比应有的那样稍微多喝了一点。

法尼斯库斯

　　　　　　　　　　你这是什么意思？

特奥普罗皮得斯

我的意思是说你不要匆匆地来到他人的家门。

法尼斯库斯

我知道我该去什么地方，我也知道该去哪里。
菲洛拉克斯住在这里，他父亲叫特奥普罗皮得斯。　　970
自从他父亲离开这里去经商，他就在这里赎买了
一个吹笛女。

特奥普罗皮得斯

　　　　你说是菲洛拉克斯？

法尼斯库斯

　　　　　　　　是的，赎了菲勒马提乌姆。

特奥普罗皮得斯

花了多少钱？

法尼斯库斯

　　　　三十——

特奥普罗皮得斯

　　　　　　塔兰同？

法尼斯库斯

　　　　　　　　不，阿波罗啊，[①]是谟纳。

特奥普罗皮得斯

赎了她？

法尼斯库斯

　　　确实是赎了她，为她花了三十谟纳。

特奥普罗皮得斯

---

① "不，阿波罗啊"原文是古希腊文。

你是说花三十谟纳为菲洛拉克斯赎了情人？ 975

法尼斯库斯

我是这样说。

特奥普罗皮得斯

赎了释放了她？

法尼斯库斯

我是这样说。

特奥普罗皮得斯

还有，在他的父亲从这里去到外邦之后，他经常喝酒，而且是同你的主人一起？

法尼斯库斯

我是这样说。

特奥普罗皮得斯

那他买了这里这座相邻的房子吗？

法尼斯库斯

我没有说。

特奥普罗皮得斯

他甚至还付了四十谟纳给他作为定金？

法尼斯库斯

这我也没有说。

特奥普罗皮得斯

（激动地）

啊，你毁了我！

法尼斯库斯

不，他这样毁了他父亲。

特奥普罗皮得斯

你预言中了！

法尼斯库斯

我倒希望是空话。看来你是他父亲的朋友。 980

特奥普罗皮得斯

天哪，你在预言他那不幸的父亲。

法尼斯库斯

这算不了什么，
才只有三十谟纳，若与他其他吃喝的耗费相比。

特奥普罗皮得斯

他的父亲被彻底毁了！

法尼斯库斯

他有个奴隶真是坏透到极点，
名叫特拉尼奥，他甚至能够毁掉海格力斯的财产①。
请神明作证，我真可怜他那可怜的父亲，待他知道　　　985
儿子的所作所为后，他的心会痛苦得如被炭火烧灼。

特奥普罗皮得斯

如果你说的这一切都是真实。

法尼斯库斯

我欺骗你，对我有什么好处？

皮纳基乌姆

（重新敲门）
喂，你们谁来开门？

法尼斯库斯

里面没有人，你敲它们干什么？
我看他们是去了别的地方饮酒。现在我们走吧，
到别的地方继续去寻找他们。你跟我走。

（离开）

皮纳基乌姆

好，我跟着。　　990

特奥普罗皮得斯

喂，孩子，你现在就走？

法尼斯库斯

自由身份是你后背的披篷，

---

① "毁掉海格力斯的财产"是一句谚语，指挥霍掉绝大部分家财。当时的风俗是把十分之一的财富献给海格力斯。

要是我不害怕和不侍候主人，我却没有
任何东西来遮盖我的后背。

〔法尼斯库斯和皮纳基乌姆下。

第四场

特奥普罗皮得斯

海格力斯啊，我完了，还用得着多说吗？
按照我刚才听到的话，我这次不是从这里
去了埃及，而是周游了遥远的海角天涯，　　　　　995
以至于我现在都不知道自己在什么地方。
不过我就会搞清楚，因为从那边走来了
卖给我儿子房子的人。

〔西蒙上。

你好啊！

西蒙

我打从广场回家来。

特奥普罗皮得斯

今天广场上难道发生了什么新奇的事情？

西蒙

有呀。

特奥普罗皮得斯

究竟什么事情？

西蒙

我看见抬走死人。

特奥普罗皮得斯

啐！　　　　　1000

西蒙

〔一件新鲜事：看见人们把死人抬出门外。〕
据人们说那个人不久前还活着。

特奥普罗皮得斯

你真该死!

西蒙

你怎么好像闲着没有事似的打听新闻?

特奥普罗皮得斯

因为今天我刚从外邦回来。

西蒙

我已经答应去外面,
请你不要期望我会邀请你吃饭。　　　　　　　　　　1005

特奥普罗皮得斯

请波卢克斯作证,我没有这样想。

西蒙

不过除非有人
预先邀请我,我明天将可以去你那里吃饭。

特奥普罗皮得斯

请神明作证,我没有那样想。不过如果你
现在没有事情,我想打搅你一下。

西蒙

完全可以。

特奥普罗皮得斯

据我所知,你从菲洛拉克斯那里　　　　　　　　　　1010
收了四十谟纳?

西蒙

据我所知,我一分钱也没收。

特奥普罗皮得斯

那就是从奴隶特拉尼奥那里?

西蒙

请神明作证,更没有那回事。

特奥普罗皮得斯

那是付给你的定金?

西蒙

你在说什么梦话?　　　　　　　　　　　　　　　　1015

特奥普罗皮得斯

　　我在说梦话？那是你，企图采用这种办法，
　　若无其事，使你能够赖掉那笔账不用归还。

西蒙

　　究竟怎么回事？

特奥普罗皮得斯

　　　　　　就是在我外出期间我的儿子
　　同你做的那笔交易。

西蒙

　　　　　　　他同我做的那笔交易，
　　你不在家的时候？作过什么交易？哪一天？① 　　　　1020

特奥普罗皮得斯

　　我现在还欠你八十谟纳钱。

西蒙

　　请神明作证，你不欠我。要不好吧，既然你欠我，
　　那你把钱还给我。应该守信用，你不要想赖账。

特奥普罗皮得斯

　　我当然绝对不会赖你的账，我会把钱给你；
　　你也不要否认从我这方面收到过四十谟纳。

西蒙

　　请神明作证，看着我，回答我的问题。 　　　　1025
　　按照你刚才说的话，你的儿子为什么
　　欠我四十谟纳？

特奥普罗皮得斯

　　　　　　好吧，我这就告诉你。
　　特拉尼奥告诉我，他花两塔兰同
　　向你买了房子。

西蒙

　　　　　　他向我买了房子？

---

① 原文第1010—1020行只有8行。

　　　　　他曾经说你想要给你的儿子娶亲，
　　　　　还说因此你想在宅院里建新建筑。

特奥普罗皮得斯

　　　　　我想在这里建新建筑?

西蒙

　　　　　　　　　　　他是这样对我说。

特奥普罗皮得斯

　　　　　啊呀，我被毁了！我都说不出话来了。　　　　　1030
　　　　　邻居啊，我完了，我彻底完了！

西蒙

　　　　　　　　　　　　难道是
　　　　　特拉尼奥捣乱了?

特奥普罗皮得斯

　　　　　　　　不，他把一切都搅乱了。
　　　　　他今天采用不光彩的手法捉弄了我。

西蒙

　　　　　你说什么?

特奥普罗皮得斯

　　　　　　　　事情是这样，我告诉你：
　　　　　他今天曾经一再不断地捉弄我。　　　　　　　　1035
　　　　　现在我请求你帮助我做件事情。

西蒙

　　　　　你想做什么?

特奥普罗皮得斯

　　　　　　　　请你同我一起从这里去你家里。

西蒙

　　　　　可以。

特奥普罗皮得斯

　　　　　　　　请给我几个奴隶好干活，给我皮鞭。

西蒙

　　　　　你拿吧！

特奥普罗皮得斯

　　　　一会儿我会对你详细说明事情，
　　　他今天采用什么样的办法捉弄了我。　　　　　　　1040
　　　〔二人进西蒙的住屋，下。

第五幕

第一场

[特拉尼奥上。

特拉尼奥
　　凡是遇有疑难事情便胆怯的人微不足道,
　　不过我也不知道微不足道究竟是什么意思。
　　刚才主人派我前去乡下把他的儿子叫回来,
　　我离开那里经过小巷偷偷去到我们家的后院,
　　后院的门就开在小巷里,我打开了门,　　　　　　　　　　1045
　　把整个军团从那里带走了,有男有女,
　　我把我的兵士们领出包围进入安全地带后,
　　我想召开会议,召集那帮酒肉朋友们商量。
　　但是召集了他们,他们却弃下我离开了会场。　　　　　　1050
　　我看到我来到了自己的广场,我要像
　　许多其他人在情况危急混乱时那样:
　　继续把事情搅混,使得混乱无法被澄清。
　　我知道已经没法继续瞒着老头子。
　　任何一个别的朋友都不可能……　　　　　　　　　　　　1055
　　或者……
　　………………
　　为了……
　　………………

　　　　他……　　　　　　　将一起①　　　　　　　　　　1060
　　　我要首先占据，首先赶到，打破同盟。
　　　　　　　　　　　　　　我在耽误自己。
　　　（向前）
　　　不过那是怎么回事？邻居家的门怎么在响？
　　　（看见特奥普罗皮得斯由西蒙屋内出来）
　　　我的主人就在这里。我想听听他说些什么。
　　　〔特奥普罗皮得斯上。

特奥普罗皮得斯

　　　（回身对屋内）
　　　你们就站在那门里面，一听见我呼叫，
　　　就立即跑出来。迅速把手铐给他拷上。　　　　　　1065
　　　我要到屋前去等待那个捉弄我的家伙，
　　　我今天只要活着，就要好好
　　　　　　　　　　捉弄他身上那层皮。

特拉尼奥

　　　（旁白）
　　　事情已经暴露，特拉尼奥，你得好好想想怎么办。

特奥普罗皮得斯

　　　待他来到这里，我要智慧地巧妙地蒙骗他一下。
　　　我不立即把铁钩向他露出来，我要慢慢地放线。　　1070
　　　我要装作什么都不知道。

特拉尼奥

　　　（旁白）
　　　　　　　　啊，好狠毒的家伙，
　　　在整座雅典城里没有谁比他还要狡猾。
　　　没有人今天能像蒙骗石头那样蒙骗他。
　　　我上前去找他，和他打招呼。
　　　（上前）

---

① 原文第1055～1060行严重残损。

特奥普罗皮得斯

（未看见特拉尼奥）

我希望他现在就过来。

特拉尼奥

（大声地）

请神明作证，如果你找我，我现在就站在你面前。 1075

特奥普罗皮得斯

太好了，特拉尼奥，事情办得怎么样？

特拉尼奥

田庄上的人已经从乡下到来。
菲洛拉克斯已经在这里。

特奥普罗皮得斯

波卢克斯作证，他来得正好。
我看我们的这位邻居是一个胆大妄为的邪恶之人。

特拉尼奥

怎么会这样？

特奥普罗皮得斯

因为他说他不认识你们。

特拉尼奥

他说不认识？

特奥普罗皮得斯

他还说
你们从没有给过他一个钱币。

特拉尼奥

算了吧，你在取笑我，我相信他不会否认。 1080

特奥普罗皮得斯

你说什么？

特拉尼奥

我知道，你在开玩笑。神明作证，他肯定不会否认。

特奥普罗皮得斯

不，神明作证，他否认，他还说他没把这座房子卖给菲洛拉克斯。

特拉尼奥

啊呀，请问他是不是也否认付给他钱了？

特奥普罗皮得斯

他说如果我愿意，他可以向我赌咒发誓。
说他既没有卖房子，也没有人给过他钱。　　　　　　　　1085
……①

我也是那样对他说。

特拉尼奥

他说什么了？

特奥普罗皮得斯

他答应把他所有的奴隶
都交给我审问。

特拉尼奥

笑话，神明作证，他不会交给你。

特奥普罗皮得斯

他肯定会给。

特拉尼奥

你去同他打官司。让我去找他。

（准备离开）

特奥普罗皮得斯

你站住！

（特拉尼奥站住）
我想进行拷问。已经决定了。

特拉尼奥

不，你把他交给我吧。　　　　　　　　1090
或者你要求他把房子交给你。

特奥普罗皮得斯

不，我想首先做这件事，

---

① 此处缺第1086行。

把奴隶带来审问。

特拉尼奥

请波卢克斯作证，我认为应该这样做。

特奥普罗皮得斯

既然这样，我现在就把他们叫出来?

特拉尼奥

早就应该这样做。

（走向祭坛）

我先占住这座祭坛。

（坐上祭坛）

特奥普罗皮得斯

你这是干什么?

特拉尼奥

你什么都不明白。

这样在审问他们时，他们就不可能逃到这里来。　　　　1095

特奥普罗皮得斯

你站起来。

特拉尼奥

绝对不行。

特奥普罗皮得斯

我请你不要占据祭坛。

特拉尼奥

为什么?

特奥普罗皮得斯

我告诉你，
因为我非常希望能这样，让他们跑到祭坛那里去，
这样要是去法官那里，我就更容易获得损害赔偿。

特拉尼奥

你就做你准备做的事情吧。你为什么又要去诉讼?　　　　1100
难道你还不知道，法庭上审起案子来是多么烦杂?

特奥普罗皮得斯

你还是从那里站起来吧,我有点事情想同你商量。

特拉尼奥

我就这样从这里给你出主意。我坐在这里会更聪明。
而且你也知道,从神圣的地方想出的主意会更可靠。

特奥普罗皮得斯

你就站起来吧,别再胡诌。你看着我。

特拉尼奥

我看着。

特奥普罗皮得斯

你看着? 1105

特拉尼奥

我看着。若是有第三个人来到这里,他会饿死。

特奥普罗皮得斯

为什么?

特拉尼奥

因为他什么也得不到。天哪,我们俩都很狡猾。

特奥普罗皮得斯

啊,我完了!

特拉尼奥

你怎么啦?

特奥普罗皮得斯

你蒙骗了我。

特拉尼奥

这话怎么说?

特奥普罗皮得斯

你狠狠地把我欺骗了。

特拉尼奥

你看怎么样?足够了?还流鼻涕吗?①

---

① "欺骗"的原文是emungere。该词的转义为"欺骗",原意是"擤鼻涕",故特拉尼奥如此讥讽、嘲弄地询问。

特奥普罗皮得斯

不,你甚至把我的脑髓都从我的脑袋里擤干了。 1110
你干的所有坏事我已经从根部都弄得一清二楚。
海格力斯作证,甚至不是从根部,而是从根底。

特拉尼奥

请神明作证,只要我活着,我就不会
　　　　　　离开这座祭坛,尽管你不乐意。

特奥普罗皮得斯

你这个恶棍,我会让人用干材和树枝把你围起来。

特拉尼奥

请不要这样,我通常是煮着吃比烤着吃更有滋味。 1115

特奥普罗皮得斯

请波卢克斯作证,我要以你为榜样。

特拉尼奥

　　　　　因为我令你满意,所以你要以我为榜样?

特奥普罗皮得斯

你说说,我从这里离开时我留下的儿子是怎样的?

特拉尼奥

有双腿、两只手、还有手指、耳朵、眼睛、嘴唇。

特奥普罗皮得斯

我问你其他的方面。

特拉尼奥

　　　　　所以我现在也回答你其他的方面。
（遥望）
不过你的儿子的朋友卡利达马特斯向这里走过来。 1120
如果你想说什么,那你就不妨当着他的面对我说。

第二场

[卡利达马特斯上。

卡利达马特斯

（自语）
我让自己完全沉入梦境，借醉意酣睡了一番，
菲洛拉克斯告诉我，他父亲已从外邦返回来，
刚回到这里便被奴隶这样那样地捉弄了一番，
他还说他自己非常害怕与父亲直接见面。 1125
现在我在同伴们中间被作为唯一的辩护人，
去争取他父亲的和解。
（看见特奥普罗皮得斯）
　　　　　　　　　太好了，他就在这里。
（跑上前）
你好，特奥普罗皮得斯，你平安地从外邦归来，
为你高兴，你今天在我们这里吃饭，你可得来。

特奥普罗皮得斯

卡利达马特斯，愿神明保佑你，吃饭就免了吧。 1130

卡利达马特斯

怎么不来？

特拉尼奥

　　　　你就答应吧，要是你不想去，我可以代你去。

特奥普罗皮得斯

该挨鞭子的家伙，你还开玩笑？

特拉尼奥

　　　　　　　　我想是因为我要代你去吃饭。

特奥普罗皮得斯

不，你去不了。我要把你送上十字架。

卡利达马特斯

这件事就算了，你就答应去我那里吃饭。

特拉尼奥

（对特奥普罗皮得斯）
　　　　　　　　你怎么不说话？

卡利达马特斯

（对特拉尼奥）

可是你这是怎么啦？怎么逃到祭坛上？

特拉尼奥

          因为来了个   1135
最最无知的家伙，把我吓坏了。
（对特奥普罗皮得斯）
       现在你说我干了什么：
现在这里有个可以给我们评理的人，你就说理吧！

特奥普罗皮得斯

我说你败坏了我的儿子。

特拉尼奥

       现在请你听我说，
我承认他在你离开家后喝了酒，嫖了妓，
按一定利息借了钱，我承认把钱花掉了。   1140
如果贵族子弟们不干这些，还能干什么？

特奥普罗皮得斯

天哪，我真得提防你，你是个机敏的演说家。

卡利达马特斯

现在让我来评理。
（对特拉尼奥）
      你起来，我要坐到你那地方。

特奥普罗皮得斯

很好，你就来判这个案子吧。
（卡利达马特斯上前把特拉尼奥挤下祭坛）

特拉尼奥

（对卡利达马特斯）
       你当心有欺骗。
你不得让我感到害怕，要免除我的恐惧。   1145

特奥普罗皮得斯

其他事情我都不在乎，主要是他那样捉弄了我。

特拉尼奥

请海格力斯作证，这样做得好，我喜欢这样做。

像你们这样的年纪，头发已灰白，应该聪明些。

特奥普罗皮得斯

（对卡利达马特斯）

我现在该怎么办？

特拉尼奥

如果你是狄菲洛斯或菲勒蒙①的朋友，
你就应该对他们说，你的奴隶们怎样捉弄了你。 1150
你可以给他们的喜剧提供非常出色的愚弄材料。

卡利达马特斯

（对特拉尼奥）

你暂时别说话。让我来说几句，你听着。

特奥普罗皮得斯

可以。

卡利达马特斯

（对特奥普罗皮得斯）

首先，你知道我是你儿子的最要好的朋友。
他要求我，由于他现在羞于同你直接照面，
因为他知道你已知道一切，现在我请求你， 1155
请你宽恕他的糊涂和年轻，他是你的儿子。
你知道这样的年龄通常喜欢玩这样的游戏。
不管他做了什么，是同我们一起，我们都有错。
至于利息、本金和他用来赎妓的一切花费， 1160
都由我们给，我们支付，由我们开销，不由你。

特奥普罗皮得斯

不可能有哪个演说家来找我比你更有说服力。
我现在已不再对他发怒了，也不再对他生气。
就让他当着我的面恋爱，喝酒，干他想干的事情。
只要他有羞愧之感，他就花费吧，我感到满意。 1165

卡利达马特斯

---

① 狄菲洛斯（约公元前340—约公元前292年）和菲勒蒙（公元前363—前263年）都是古希腊新喜剧著名作家，作品失传。

他确实感到羞愧。

特拉尼奥

　　　　　　　他受到原谅,现在对我怎么样?

特奥普罗皮得斯

我要把你吊起来,让你狠狠地挨鞭子。

特拉尼奥

　　　　　　　　　　如果羞愧呢?

特奥普罗皮得斯

神明作证,只要我活着,我就要让你丧命。

卡利达马特斯

　　　　　　　　　　　　请你也宽宥他:
请你看在我的面上,饶了特拉尼奥的这次过失。

特奥普罗皮得斯

你请求我其他任何东西,你都可以轻易得到,　　　　1170
但是我不能让他为自己的可鄙行为不受惩罚。

卡利达马特斯

我请求你放了他!

特奥普罗皮得斯

　　　　　　你要我放了他?
(指特拉尼奥)
　　　　　　你不看见他一副恶棍的样子?

卡利达马特斯

特拉尼奥,你要是聪明,就放安静些。

特奥普罗皮得斯

　　(对卡利达马特斯)
　　　　　　　　　你不用再管
他的事情;我会用鞭子对付他,使他变安静。

特拉尼奥

完全没有必要。

卡利达马特斯

　　　(对特奥普罗皮得斯)

你就放过他吧，请允许我请求你。　　　　　　　　　1175

特奥普罗皮得斯

我不要你求情。

卡利达马特斯

请看在海格力斯的面上。

特奥普罗皮得斯

我说了不要你求情。

卡利达马特斯

你不愿意也不行。

请看在我的份上，请你就宽恕他的这一次过失。

特拉尼奥

怎么这样为难？好像我明天不会再犯过失受惩罚，

那时你可以把这次和那次两次过失一起狠狠惩罚我。

卡利达马特斯

请允许我请求你。

特奥普罗皮得斯

（对特拉尼奥）

你走吧，不受惩罚地走吧。

（指卡利达马特斯，对特拉尼奥）

你应该感谢他。　　　　　　　　　1180

（对观众）

观众们，戏剧故事到此结束，请你们鼓掌。

剧　终

波斯人
PERSA

导 言

关于普劳图斯的这部剧本的希腊原剧,研究者们曾经进行过许多的探索和讨论,最终仍未能获得令人信服的结论。由于剧本本身对其希腊原剧问题未作任何提及,而且也没有任何其他材料对这一点有所指称,从而使得人们只能从剧本本身的个别场面或诗行、段落进行分析、推测。

剧本中提到波斯人占领阿拉伯的克律索波利斯(第506行,此名意为"黄金之城")。有些研究者据此认为,剧本可能写于波斯人与阿拉伯人之间的某次战争期间。于是人们仔细翻阅历史,然而并未见史册里提到实际上发生过如剧中所言的那次战争。由此有的研究者推测,这里可能暗指马其顿的亚历山大去世后他的遗产的继承者们之间的战争,即公元前312—前311年得墨特里奥斯·波利奥尔克特斯(Demetrius Poliorcetes,生于公元前336年)对居住在阿拉伯半岛北部的纳巴特伊人(Nabatei)的战争。如果真是这样,那么根据历史事件发生的时间,普劳图斯的这部喜剧便是根据希腊中期喜剧作品改编的,并且由于古希腊中期喜剧只有一些剧本标题和一些非常零散的片段传世,从而使得普劳图斯的这部喜剧对于后代研究古希腊喜剧发展历史具有特别重要的史料意义。

上述这一推测遭到一些人的反驳。一种意见认为,普劳图斯一向只是改作希腊新喜剧世态内容的剧本,很难想象他这一次会别出心裁地利用希腊中期喜剧的作品;另一种意见认为,剧中虚构的那个女子是在阿拉伯内地被强行抢劫而来(第622行),这样的事实与公元前312—前311年发生在半岛北部的战争事实不符;还有一种意见认为,实际上根本就不存在克律索波利斯这样的城市,因而所谓的"战争"显然也是剧作家的虚构。

上述反驳意见看起来都颇具说服力,否定普劳图斯的这部剧本是根据希腊中期喜剧改编的,不过仍然有一些研究者认为,普劳图斯用来改作的希腊剧本可能是米南德之前的希腊戏剧家的作品。持这种观点的人主要不是从剧中可能涉及的历史事实,而是从剧本本身的艺术特点出发,特别是剧中不少戏剧手法与阿里斯托芬的手法相接近。

剧本以两个名叫托克西卢斯和萨伽里斯提奥的奴隶互相对称的独白开场,前者抱怨自己经受的爱情折磨,后者抱怨为奴命运的艰难。在这之后是他们简洁的短句对白,采用符合格律的节奏,具有希腊戏剧圆舞的特点,结果形成了类似于阿里斯托芬的喜剧《阿卡奈人》中的双人舞(《阿卡奈人》第952—968行)。这样结构的场面在普劳图斯的这部剧本的进程中经常出现,直到最后以欢乐的饮宴结束。饮宴以托克西卢斯的独白开始,对获得的胜利作了史诗式的叙述。

多尔达卢斯以怒诉式的独白闯进奴隶们充满喜悦的饮宴场面,只是后来他才发现托克西卢斯及其他奴隶正在那里饮宴,庆祝自己的胜利。奴隶们越是愉快地邀请他参加饮宴,他越是被刺激得怒不可遏,从而为对他进行新的嘲弄提供了前提。这一结束场面与阿里斯托芬的喜剧《阿卡奈人》的"退场"很相似。在阿里斯托芬那里,政敌拉马科斯作战失败归来,反战的农人狄开俄波利斯喝得醉醺醺的,挟持两个吹笛手庆祝自己的胜利。①托克西卢斯和萨伽里斯提奥以舞蹈来继续嘲弄妓馆老板,是对古代某种双人舞的模拟。这一场面让人们想起阿里斯托芬的《马蜂》的"退场",那里也是以戏拟舞蹈结束全剧。②

一些研究者根据剧中两次提到竞技场(第199、436行)推断这部剧本在罗马演出时间的,并且把它们与历史学家李维关于罗马文化生活的一些方面的叙述相比较,认为普劳图斯的这部剧本可能演出于公元前197或前196年。不过这样只能推测一个时间界限,即剧本的演出时间不可能比上述时间更早,而不能准确地确定这部剧本的演出时间,因为那些诗句也可能是后来加工时增补的。

普劳图斯的这部喜剧完全是一部奴隶喜剧。剧中的主要人物都是真正的奴隶,剧情完全在奴隶环境中展开。虽然剧中涉及主人派奴隶去买牛的情节,但剧作者只是让被遣的奴隶提到这件事,并没有让其主人亲自出现在舞台安排他去买

---

① 参阅阿里斯托芬:《阿卡奈人》,罗念生译,见《罗念生全集》第四卷,上海人民出版社,2007年版,第80—8页。
② 参阅阿里斯托芬:《马蜂》,罗念生译,见《罗念生全集》第四卷,上海人民出版社,2007年版。

牛，从而使得整部剧本的情节仍然都始终在奴隶中间展开。剧本开始时托克西卢斯声称：主人外出，他正享受着充分的自由（第29行）。他的这句话显然也预示了这部戏剧的基本特点：行为的自由放任，以体现奴隶暂时的自由自在。

这一特点也在戏剧表现手法方面得到反映。老媪索福克利狄斯卡与年轻的小奴隶斗嘴的一场明显地表现了希腊民间戏剧和阿里斯托芬的喜剧的特点。剧中包含不少非常自由放纵的隐晦表达，剧本结束时的舞蹈显然也包含许多放肆的动作。在普劳图斯的这部剧本里，小奴隶的作用远远超出了其他同类角色的作用。派格尼乌姆在剧中是作为斟酒者出现的（第772行），但他在整部剧本中的表现远远超出了这类角色的作用。在剧中，他是喜剧"竞争"的参与者。他起初同索福克利狄斯卡"竞争"（第201—250行），后来他又同萨伽里斯提奥"竞争"（第272—297行），这后一竞争完全表现为阿里斯托芬式的。同一角色在一部剧本里出现两次"竞争"，这在喜剧结构方面是非同寻常的。研究者们甚至认为，派格尼乌姆可能像古希腊旧喜剧表演那样，显然戴着阳性"法洛斯"道具。

综合上述特点，研究者们一般认为，上述这些特点主要反映的是米南德之前的希腊戏剧的特点，与米南德的戏剧的雅致有很大的区别。

普劳图斯的这部剧本的另一个特点是描写奴隶的爱情。普劳图斯的其他剧本也涉及奴隶的爱情，不过对这一主题往往只是约略一提，在剧情发展中不起多大作用。虽然正如《卡西娜》一剧的开场词提到，奴隶举行婚礼被视为令人惊异的事情，普劳图斯在这部剧本里没有描写奴隶婚礼，但是他却把这部剧本完全用来描写奴隶的恋爱及其有关的事件，特别是还突出表现了托克西卢斯对女伴的柔情（第763行）。

在这部剧本里，萨图里奥以门客的身份出现。在希腊，门客最初是由于特殊的经济条件从社会人群中分化出来的，而且其行善行为具有宗教特征。很快地，门客人群类型具有了一些最为否定性的特点，由一群喜欢自我吹嘘的人变成最为昧着良心地献媚和巴结的人，从而为喜剧和讽刺诗提供了非常丰富的材料。这一怪诞的社会现象在马其顿国王腓力和亚历山大大帝及其继承人时期获得特别的发展。这一形象出现在普劳图斯的一系列剧本里：不惜进行任何杜撰，忍受任何屈辱，只求受邀请去吃饭。剧作者让他冒充波斯人，把自己的亲生女儿冒充被掳来的波斯女子出售。侍女对父亲要卖女儿信以为真，感到无法理解，认为一个人再贫穷，也不能没有亲情，从而引起了父女之间的思想冲突。父亲称，只要能用女儿换得聘礼，其他一切都可以不在乎。少女却非常看重一个人在世上的名声，从而涉及嫁妆问题。无嫁妆女子的地位问题在古代戏剧中是一个非同寻常的突出的问题。这部剧本通过无嫁妆女子形象使自己超出了通常逗趣的水平，在整个古代戏剧中也是少见的。作者通过少女之口提出了一系列道德观念，展示了少女强烈的意志力和思考能力，反映了希腊进步哲学思想的影响。

　　门客父亲为了自己能填饱肚皮而卖亲生女儿这一情节可能受到流行的古代传说的启示，其中最著名的是古罗马诗人奥维德在《变形记》第8卷里叙述的关于希腊特萨利亚人埃律西赫同（Erysichthon）的故事（第733—870行）。此人亵渎了农业女神得墨特尔的圣林，女神以永远忍受饥饿惩罚他。若不是女儿姆涅斯特拉相救，他便可能饿死。姆涅斯特拉具有魔力，能够变化成各种形象。父亲正是利用女儿的这一特性，每天把变换了形象的女儿卖给新的买主，然后让女儿从买主那里逃跑，从而不断为父亲换取食物。奥维德没有直接称呼这位特萨利亚女子的名字，但是他所叙述的特点使人们可以把她与本剧中扮波斯少女的人物相联系。阿里斯托芬的喜剧《阿卡奈人》中也有一个情节与这部剧本中的情节很相似。剧中的墨伽拉人把自己的女儿领去出售，以解除自己的饥饿。

　　在普劳图斯的这部剧本的人物中，妓馆老板多尔达卢斯占有显著的位置。这一肮脏职业的代表人物也出现在普劳图斯的其他喜剧里，如《库尔库利奥》、《布匿人》等。对这些人的普遍憎恶如此强烈，以至于在剧本结束时遭到如此强烈的蒙骗和羞辱。显然只有这样的结尾才能满足观众的心理要求。普劳图斯的这部剧本里有一句话很值得注意。按照托克西卢斯的话，妓馆老板多尔达卢斯也正是由墨伽拉迁来雅典的（第137行）。可能这一小小的细节暗示了普劳图斯的剧本里这一不寻常的情节的来源和含意。在阿里斯托芬之前的古希腊喜剧中，曾经有一种喜剧分支，即被称之为的"墨伽拉"喜剧。鉴于那种喜剧的性质，它完全有可能包含类似的戏剧情节。作为普劳图斯的材料来源的那部剧本对这一细节的提及有可能是在暗示相关人物和情节的来源。不过这部剧本里的妓馆老板有一个另样的、很微小的特点，那就是他也企图通过释放女奴来为自己赢得诚实市民的声誉（第474）。这一意图好像表明他意识到自己职业的可鄙和希望为自己辩白。

　　门客的女儿怨叹奴隶挨鞭打的悲苦命运不是偶然的。剧中还特别对获释奴隶所处的依附地位进行了议论。这些都是当时普遍存在的社会问题。

剧情梗概

托克西卢斯趁主人出门在外,赎买了
自己的情人,让妓馆老板解除了她的奴籍;
他还劝说这位老板购买了一个被劫女子,
让他自己家的门客的女儿装扮成那个女子,
狠狠嘲弄了受蒙骗的老板多尔达卢斯。
……①

---

① 剧情梗概只完整地传下来开始的5行诗,其余的诗行残损得只能辨认出一些字母,难以成词,从而无法读出它们的意思。

人　物

托克西卢斯　奴隶
萨伽里斯提奥　奴隶
萨图里奥　门客
索福克利狄斯卡　老媪
伦尼塞勒尼斯　伴妓
派格尼乌姆　童奴
少女
多尔达卢斯　妓馆老板

地　点

雅典，一街道。舞台上有两座房屋，相向而立，分别为多尔达卢斯和托克西卢斯的主人的家，中间有一通道。

时　间

白天。

第一幕

第一场

［托克西卢斯上。

托克西卢斯

（从广场跑回来，喘着气）

一个贫穷的恋爱之人初次走上阿摩尔①之路，
忍受的艰辛超过海格力斯完成的各项苦差事。
我宁可斗雄狮，斗毒蛇，斗牝鹿，斗埃托利亚野猪②，
也不想同爱情争斗；我为借贷成了一个如此不幸的人， 5
不管我向谁求借，给我的回答都是只知道说"没有"。
［萨伽里斯提奥上。

萨伽里斯提奥

（未看见托克西卢斯）

如果一个奴隶希望自己能很好地为主人服务，
请波卢克斯作证，他就应心里总是想着主人，
知道主人的喜好，不管主人在家还是出门在外。
我不太尽心地为主人服务，主人对我也不尽满意， 10
不过主人也犹如避免让手接触发炎的眼睛，

---

① 阿摩尔是古罗马神话传说中的小爱神，被视为爱神维纳斯的儿子，实际上"阿摩尔"（Amor）是对拉丁文普通名词amor（意为"爱"、"爱情"）的拟人神性化的结果。
② 海格力斯即古希腊神话传说中的赫拉克勒斯，"海格力斯"是其罗马名字。文中提到的"斗雄狮，斗毒蛇，斗牝鹿，斗埃托利亚野猪"是赫拉克勒斯完成的许多苦差事中的几件。

既不吩咐我，也不委派我去管理他的事情。

托克西卢斯

（看见萨伽里斯提奥，旁白）

站在我对面的那个人是谁？

萨伽里斯提奥

（看见托克西卢斯，旁白）

这是谁站在我对面？

托克西卢斯

（旁白）

他与萨伽里斯提奥很相像。

萨伽里斯提奥

（旁白）

他是我的朋友托克西卢斯。

托克西卢斯

（旁白）

那个人肯定是他。

萨伽里斯提奥

（旁白）

我看就是他。

托克西卢斯

（旁白）

让我走过去。

萨伽里斯提奥

（旁白）

我向他走过去。

15

托克西卢斯

（走向前）

萨伽里斯提奥，愿神明保佑你。

萨伽里斯提奥

（走上前）

啊，托克西卢斯，我也同样祝愿你。

你怎么样?

托克西卢斯

（忧愁地）

勉勉强强。

萨伽里斯提奥

究竟怎么样?

托克西卢斯

就这么活着。

萨伽里斯提奥

还算满意吗?

托克西卢斯

（更加忧愁地）

要是结果如我所希望,那就满意。

萨伽里斯提奥

你太傻,不找朋友帮助。

托克西卢斯

什么意思?

萨伽里斯提奥

你应该找朋友帮忙。

托克西卢斯

我觉得你好像已经死去,我一直没有能见到你。

萨伽里斯提奥

神明作证,我一直忙着。

托克西卢斯

（微笑地）

大概是戴着镣铐?

萨伽里斯提奥

（郑重其事地）

一年有余,
我一直戴着镣铐,作为司令,绕着磨盘转圈圈。

托克西卢斯

萨伽里斯提奥

  做这种服役你是久经锻炼。

萨伽里斯提奥

        你一向如意吗?

托克西卢斯

          不怎么样。

萨伽里斯提奥

  天啊,你脸色苍白。

托克西卢斯

      与维纳斯作战使我受尽折磨。
  库皮得用箭射中了我的心。

萨伽里斯提奥

   (嘲笑地)
       现在这里的奴隶也恋爱?   25

托克西卢斯

  我能怎么办? 要我与神明们对抗? 像提坦神^①那样,
    同他们进行战争,我怎么会有那样的能力?

萨伽里斯提奥

  你当心榆树枝条不要像弩炮那样戳穿你的腰。

托克西卢斯

  现在我正享受着自由,如同国王一般。

萨伽里斯提奥

  这怎么说?

托克西卢斯

      因为主人去了外邦。

萨伽里斯提奥

         你说什么?
  主人去了外邦?

托克西卢斯

---

① 提坦神是古希腊神话传说中的老一辈神,指天神乌拉诺斯的儿女及其后代,曾经帮助宙斯推翻父亲克罗诺斯的统治,建立新的神界秩序。

　　　　　　如果你也想能舒适地生活，　　　　　　　　　30
　　　　你就同我一起，我会让你享受国王般招待。

萨伽里斯提奥

　　　　啊呀，我的肩胛骨在发痒，一听你这么说。

托克西卢斯

　　　　现在有一件事在折磨我。

萨伽里斯提奥

　　　　　　　什么事情在折磨你？

托克西卢斯

　　　　今天是关键的一天，我的女友或是自由，
　　　　或是永远地做奴隶。

萨伽里斯提奥

　　　　　　　现在你需要什么？　　　　　　　　　　35

托克西卢斯

　　　　你可以让我永远是你的朋友？

萨伽里斯提奥

　　　　　　　　需要怎样做？

托克西卢斯

　　　　请你借给我六百银币①，我好用来为她赎身。
　　　　过三十或四十天我就会还你。请发善心帮助我！

萨伽里斯提奥

　　　　你真是胆大妄为，竟然要向我借这么多钱！
　　　　即使我现在把自己卖了，也不一定能得到　　　　40
　　　　你要求的这么多钱，你这是在向口渴之人
　　　　讨水喝。

托克西卢斯

　　　　　　　你就这样对待我？

萨伽里斯提奥

　　　　　　　我能怎么办？

----

① 六百银币（nummi）约合12谋纳。

托克西卢斯

你还问?

不管从哪里找一些钱。

萨伽里斯提奥

你就自己做要我做的事情吧!

托克西卢斯

我寻找过,但哪里也没能找到。

萨伽里斯提奥

我去找,也许有人会借贷。

托克西卢斯

(兴奋地)

我肯定钱一定会到手!

萨伽里斯提奥

若是我家里有,我便会答应你。　　　　45

我会努力去办这件事。

托克西卢斯

不管事情如何,你得回来找我。

你去找吧,像我那样用心。

萨伽里斯提奥

如果我找到,我会告诉你。

托克西卢斯

我请求你,恳求你,请你帮助我。

萨伽里斯提奥

啊呀,不要让我厌恶。

托克西卢斯

是由于爱情,不是我的错,我才对你说这么多话。

萨伽里斯提奥

那我现在就离开。

〔下。

托克西卢斯

你这就走了?祝你一路顺风。　　　　50

不过请你尽可能返回来，不要过久地寻求。
　　（自语）
我会一直留在家，给老板烤制巨大的不幸。
　　[进屋，下。

第二场

　　[萨图里奥上。

萨图里奥
　　我现在从事的是一种古老的、源于古代的
　　祖传行业，坚持不懈，专心致志，关注有加。
　　事实上在我所有的先辈中间，从没有哪个人　　　　　55
　　以门客为生而不为自己的肚子担忧：父亲、祖父、
　　曾祖父、高曾祖父、高高曾祖父、高高高曾祖父，
　　他们都一个个像耗子一样吃别人家的食物，
　　从来没有哪个人能在暴食方面超越过他们；
　　他们甚至还获得一个雅号——"结实的大脑袋"①。　　60
　　我继承了这种行业，占了先辈们的职位。
　　我既不想充当控告人，也不愿让自己
　　并非不冒危险去追逐他人的财产，
　　凡这样行事之人我都不喜欢。我说清楚了？
　　一个人做事是为公共事务而不是为一己利益，　　　　65
　　这样做的人应该被称为忠实而高尚的市民。
　　不过我希望能这样立法，如果有谁
　　控告人触犯法律，就让他把罚款的
　　一半纳入国库；甚至还可以这样立法：
　　在告密者控告了某个人之后，　　　　　　　　　　　70
　　让那个人也同样反过来控告他，
　　让他以同样的风险出现在三人法庭。

---

① 指门客经常被主人捶打脑袋。

若是能够这样，我就能让那些
用白色罗网掠夺他人财产的人匿迹。①
可我这不是犯愚蠢？竟然关心起国家事务， 75
既然有各类官员，他们应该关心这些事情。
现在我就进屋去，看看昨天那些剩余东西
是不是还安静地待着，有没有犯上热病，
有没有被盖好，有没有人乘机潜入屋里。
不过我看见那边屋门开了，我也太延误。 80

第三场

[托克西卢斯由屋内上。

托克西卢斯

（兴高采烈地）

我想出了一个办法，要让老板
今天用自己的钱为那个姑娘赎身。

（看见萨图里奥）

不过那个人就是门客，我需要他的帮助，
我装着没有看见他，这样引起他的注意。

（对屋内，大声地）

喂，你们要认真准备，要尽可能快一点， 85
当我返回屋里时，不会让我有什么耽误。
你把蜂蜜和好，把木瓜和豆子准备好，
装进盘里适当地加温，再添加些芦秆。

（自语）

---

① 门客的这段议论（第62—74行）是把希腊法律因素与罗马法律因素混合到一起。"充当控告人"的拉丁原文是quadrapulari。按照罗马法律，控告人可以得到被告的四分之一财产。古代希腊有许多告密者，他们为了私利，诬陷无辜，以求在被告被判有罪后获得被没收财产的一定份额。不过这样做也包含风险。如果控告未获得五分之一的陪审员的支持，告密者便面临1000德拉克马的罚款。普劳图斯把希腊的告密者换成为罗马的控告人quadrupulator，其意为可得被告四分之一财产的控告者。在罗马，如果控告高利贷者，控告者往往可以从中获得很大的好处，即使控告失败，也只是被视为诬告。

波卢克斯啊，我想我的酒肉朋友这就会到来。

萨图里奥

（旁白）

好啊，他正在说我。

托克西卢斯

我相信他这就会

从浴堂沐完浴过来。

萨图里奥

（旁白）

他好像一切都知道。

托克西卢斯

（继续大声地）

把粗面条煮软一点，给肉片多浇点汁，

给我不要太烤熟。

萨图里奥

（旁白）

他说的是制作火候。

我可不喜欢生吃，除非你把它煮熟；

浇面条的汤汁应该是浓稠浓稠的，

那种稀薄、透明的汤汁不令人喜欢：

要像浓糊状的才能作为面条的浇汁。

它们不该是流进皮囊，而是流进胃里。

托克西卢斯

（观察四周，注意听）

这里附近好像有人在说话。

萨图里奥

尤皮特啊，

大地之神！你的酒肉朋友在招呼你！

托克西卢斯

（上前）

啊，萨图里奥，你到我这里来得正巧。

萨图里奥

　　波卢克斯作证，你没有说错，也不该说错，
　　我是饿着肚子而来，不是吃饱了肚子前来。

托克西卢斯

　　你就吃吧，屋子里已经为暴食生起了火炉。
　　我已经吩咐给剩余的食品加热。

萨图里奥

　　（热切地）
　　　　　　　　　凉火腿　　　　　　　　　　　　　　105
　　应该是第二天才被端上桌。

托克西卢斯

　　我已经这样吩咐。

萨图里奥

　　　　　　汁料呢？

托克西卢斯

　　　　　　　　哎，那还用问？

萨图里奥

　　你真是天生的聪明。

托克西卢斯

　　　　　　不过你还记得
　　我昨天晚上曾经同你商量的事情？

萨图里奥

　　全都记得：不要把海鳝海鳗加热；　　　　　　　　110
　　因为它们作为凉菜食用非常可口。
　　可是我们为什么还迟迟不投入战斗？
　　趁现在是早晨，人们都应该吃东西。

托克西卢斯

　　不过现在还太早。

萨图里奥

　　　　　　如果早一点开始
　　从事事业，会带来一整天的顺利。　　　　　　　　115

托克西卢斯

   （严肃地）

请你注意听。昨天我曾经对你说，
我请求你，希望你能不能借给我
六百银币。

萨图里奥

     我全都记得，全都知道，
你求过我，可我没有钱可以借给你。
门客家里有钱，那他会一无所有：   120
因为那时他会立即开始盛宴吃喝，
贪婪地把家里拥有的一切吃喝光。
门客最好应该是一贫如洗的穷学究：
只有双耳长颈瓶、刷子、酒碗、凉鞋、
披肩、钱袋，钱袋里只有一点零星守卫，   125
仅仅可以勉强维持他自己家庭的生活。

托克西卢斯

我不要借你钱：把你的女儿借给我使使。

萨图里奥

   （愤慨地）

神明作证，我从来没有把她借给人使过。

托克西卢斯

不是为了像你想象的那样。

萨图里奥

    那你想干什么？

托克西卢斯

      你会知道。
因为她容貌漂亮、高尚。

萨图里奥

     是像你说的那样。   130

托克西卢斯

这里有个老板，既不认识你，也不认识你女儿。

萨图里奥

　　除了供我吃饭的人,谁还会认识我?

托克西卢斯

　　确实是这样。你这就能为我找到钱。

萨图里奥

　　海格力斯作证,我乐意。

托克西卢斯

　　　　　　请允许我卖了她。

萨图里奥

　　(吃惊地)

　　你想卖了她?

托克西卢斯

　　(思考)

　　　　　　不,不,我会让另一个人 　　　　135
　　去出售她。此人将宣称自己是外邦人。
　　好像这个妓馆老板从墨伽拉①迁来这里,
　　还不到半年时间。

萨图里奥

　　(指房屋)

　　　　　　我的剩余财产正在朽毁。
　　你刚才提的事情以后再说。

托克西卢斯

　　　　　　你知道结果会怎样?
　　海格力斯作证,你今天会徒然等待没饭吃, 　　140
　　直到你就我对你的请求给予我明确的答复。
　　如果你不想把自己的女儿赶快带到这里来,
　　海格力斯作证,我就把你从这个街区赶走。
　　现在怎么样?你说什么?你究竟想怎么办?

萨图里奥

---

① 墨伽拉位于科林斯地峡,距离雅典不远。

请海格力斯作证，如果你乐意，你甚至都可以   145
把我卖了，只要能让我吃饱肚子。

托克西卢斯

      如果你愿意，那就行动吧！

萨图里奥

 我会按你说的办。

托克西卢斯

      谢谢你。你现在赶紧回家；
好好向女儿说明情由，认真开导她一番。
告诉她需要编造些什么：她出生在哪里，
她的父母是什么人，她在哪里被抢劫，   150
不过她得说自己出生的地方离雅典很远；
她叙说这些时要不断流眼泪。

萨图里奥

       你还不住嘴？
她可比你自己想象的样子还要机灵三倍。

托克西卢斯

 天哪，你说得太好了！你知道还该做什么？
你把短衫和腰包，把大氅和帽子，给那个   155
要把你的女儿卖给老板的人送去。

萨图里奥

       啊呀，太好了。

托克西卢斯

 好让他像一个外邦人。

萨图里奥

      我赞成。

托克西卢斯

      你也把你的女儿
好好打扮成一个外邦式样的女子送过去。

萨图里奥

 从哪里得到那些服装？

托克西卢斯

　　　　　　　　你去向服装管理员索要。
他该提供：市政官已安排需要提供的东西。　　　　　　160

萨图里奥

　　我会准备好一切。我对这些一点都不知晓。

托克西卢斯

　　是这样，你确实什么都不知晓。我一得到钱，
你就立即通过法庭把女儿从老板手里夺回来。

萨图里奥

　　若我不能立即把女儿带走，她就得属于老板。

托克西卢斯

　　你走吧，去办你自己的事情。

　　　　〔萨图里奥下。

　　　　　　　　　　　　现在我得　　　　　　165
派个童奴去见我的女伴，好让她放心，
今天我会把事情安排好。我说话太多了。

　　　　〔进屋，下。

第二幕

第一场

［索福克利狄斯卡由多尔达卢斯屋内上。

索福克利狄斯卡
  （转身对站在门边的伦尼塞勒尼斯）
  不死的天神啊，不管我多么愚笨，我得说多少遍！
  我知道你认为我极端蠢笨，是个愚昧无知的村妇。
  尽管我喝酒，可我没把对我的盼咐也一起喝进肚里。 170
  我原以为你应该已经清楚地知道我的为人和习性。
  我跟着你已经有五年的时间，你想即使在这期间，
  让一头好游玩的绵羊去上学，也会学会了认字，
  而你在这期间无论是学会了说话或尚不会说话，
    甚至都未能熟悉我的性格。
  你能保持沉默吗？你能不教训人吗？ 175
  我记得，我明白，我知道，我记住了，
  神明作证，你迷恋地爱了，心潮激荡。

我要做到，让你的心灵变得平静起来。

伦尼塞勒尼斯

陷入爱情的人真可怜。

〔进屋，下。

索福克利狄斯卡

（自语）

一个人一点不知道爱，
那是一文不值：这样的人为什么还要活着？ 180
我该走了，我得帮助女主人，让她尽快获释。
我现在去找托克西卢斯，告诉他对我的委托。

（向托克西卢斯的住屋走去）

第二场

〔托克西卢斯和派格尼乌姆由屋内上。

托克西卢斯

（对派格尼乌姆）

你对这些都明白了，清楚了？记住了，理解了？

派格尼乌姆

甚至比教导人自己还清楚。

托克西卢斯

（生气地）

该挨揍的东西，你告诉她？

派格尼乌姆

我确实会告诉她。

托克西卢斯

是我说的话？

派格尼乌姆

我会准确地对她说。 185

托克西卢斯

天哪，你不知道。

派格尼乌姆

请神明作证,让我们打赌,如果我没有记住,不知道一切,

(嘲弄地)

还有你,如果你知道今天你手上有几个指头。

托克西卢斯

(傲视地)

我和你打赌?

派格尼乌姆

放勇敢些,要是你准备认输。

托克西卢斯

最好还是让我们言和吧!

派格尼乌姆

那你就让我走。

托克西卢斯

好,你走吧。

你得赶快走,我认为你该到达时,你就得在家里。   190

派格尼乌姆

我会那样。

托克西卢斯

你现在去哪里?

派格尼乌姆

我回家:你以为我在那里时我就在那里。

托克西卢斯

你这个孩子真是个无赖,我会为此给你一点奖赏。

派格尼乌姆

我知道,他们通常指责主人的诚信——缺少良心,你怎么也不可能强迫他们,要他们听从你的判决。

托克西卢斯

你立即滚开。

派格尼乌姆

我相信，你会称赞我。

托克西卢斯

现在你，派格尼乌姆， 195

（给派格尼乌姆信）

你把这封信交给伦尼塞勒尼斯，告诉她我的吩咐。

索福克利狄斯卡

（自语）

我为什么还在这里迟疑，不前去派我去的地方？

（向托克西卢斯的住屋走去）

派格尼乌姆

（懒散地）

我现在就走。你走，去办事情。

托克西卢斯

我现在进屋去。认真把事情办好。

赶快去吧！

〔进屋，下。

派格尼乌姆

竞技场里的比目鱼通常就是那个样子。

他从这里进屋去了。

（看见索福克利狄斯卡）

不过那是谁朝我迎面走来？ 200

索福克利狄斯卡

（旁白）

那就是派格尼乌姆。

派格尼乌姆

（旁白）

那就是索福克利狄斯卡，专门侍候

我前来找的那个女子。

索福克利狄斯卡

（旁白）

现在你找不到有哪个孩子比他更恶劣。

派格尼乌姆

（旁白）

我上前去招呼她。

索福克利狄斯卡

（旁白）

我得拦住他。

派格尼乌姆

（旁白）

我得站到这屋墙边。

索福克利狄斯卡

（大声地）

派格尼乌姆，孩子，你好！你有什么事？还好吗？

派格尼乌姆

（忧伤地）

索福克利狄斯卡，愿神明保佑我。

索福克利狄斯卡

那我呢？

派格尼乌姆

保佑我们中的一个。 205

不过如果是让你受之无愧，那就是憎恶你，让你遭殃。

索福克利狄斯卡

不要说不吉利的话。

派格尼乌姆

若说的话你理所应得，是说好话，不是坏话。

索福克利狄斯卡

你在干什么？

派格尼乌姆

我在看迎面站着的邪恶女人。

索福克利狄斯卡

我确实从来没有见过比你更卑劣的孩子。

派格尼乌姆

我在干什么坏事或说谁的坏话?

索福克利狄斯卡

神明作证,只要一有机会。 210

派格尼乌姆

从没有哪个人这样认为。

索福克利狄斯卡

神明作证,许多人都知道是这样。

派格尼乌姆

去你的吧!

索福克利狄斯卡

该死的东西。

派格尼乌姆

你是按照你自己的本性看人。

索福克利狄斯卡

我承认我完全像是一个妓馆老板家里应有的那种人。

派格尼乌姆

我觉得有你这么说就足够。

索福克利狄斯卡

那你是什么样人?承认像我说的那样?

派格尼乌姆

要是我真是那样,我就承认。

索福克利狄斯卡

你走吧,你胜利了。

派格尼乌姆

还是你走吧!

索福克利狄斯卡

你告诉我, 215
你要去哪里?

派格尼乌姆

你要去哪里?

索福克利狄斯卡

你说!

派格尼乌姆

你说。

索福克利狄斯卡

我首先问的你。

派格尼乌姆

然后得到回答。

索福克利狄斯卡

我要从这里去不远的地方。

派格尼乌姆

我也要从这里去不远的地方。

索福克利狄斯卡

坏蛋,究竟去哪里?

派格尼乌姆

如果我不首先听到你的回答,你从我这里

永远得不到对问题的答复。

索福克利狄斯卡

请卡斯托尔作证,在我听到你的答复之前

今天你永远不会得到答复。

派格尼乌姆

是这样?

索福克利狄斯卡

是这样。

派格尼乌姆

你真坏。

索福克利狄斯卡

你是个恶棍。

派格尼乌姆

与我正合适。

索福克利狄斯卡

与我也合适。

派格尼乌姆

你说什么?坏东西,你坚决不说你要去哪里?

索福克利狄斯卡

坏透的家伙,你决定要坚决隐瞒你要去哪里?

派格尼乌姆

你真是平等地一问一答。那你去吧,既然已经决定。我丝毫不需要知道。

(离开)

再见!

索福克利狄斯卡

(着急地)

你停住!

派格尼乌姆

(停住脚步)

我着急赶路。

索福克利狄斯卡

天哪,我也是。

派格尼乌姆

(注视索福克利狄斯卡)

你拿着什么东西?

索福克利狄斯卡

那你呢?

派格尼乌姆

我什么也没有拿。

索福克利狄斯卡

把手伸出来。

派格尼乌姆

(伸出右手)

这只手?

索福克利狄斯卡

你的另一只手,偷窃之手呢?

派格尼乌姆

　　　　　　　　　留在了家里,没有带来。

索福克利狄斯卡

　　(拉对方左手)
　　你拿着什么东西。

派格尼乌姆

　　　　　　你别碰,不知羞的女人。

索福克利狄斯卡

　　　　　　　　要是我喜欢你?

派格尼乌姆

　　你找错了对象。

索福克利狄斯卡

　　　　为什么?

派格尼乌姆

　　　　　　因为你徒然爱一个不会感激的人。

索福克利狄斯卡

　　你应该及时爱惜自己的容貌和年龄。
　　当你一头白发时,你便会形容污秽。
　　你的体重不会超过八十磅。

230

派格尼乌姆

　　　　　　侍候那种服役
　　远不是体重,需要的是充分的胆量。
　　不过我在白费唇舌。

索福克利狄斯卡

　　　　什么意思?

派格尼乌姆

　　　　　　我在向经验之人说经验。
　　我在耽误自己。
　　(离开)

索福克利狄斯卡

　　　　你站住!

派格尼乌姆

     你让人厌烦。

索福克利狄斯卡

      我会继续这样,除非你

告诉我,你要去哪里。

派格尼乌姆

     去你们那里。

索福克利狄斯卡

     我也是去你们那里。

派格尼乌姆

      去那里干什么?

索福克利狄斯卡

        你去干什么?   235

派格尼乌姆

  (上前阻拦)

你不可能前去,除非你告诉我去干什么。

索福克利狄斯卡

      你让人讨厌。

派格尼乌姆

       我愿意。

你肯定不可能这样纠缠下去,变得比我现在还要坏。

索福克利狄斯卡

这是在竭力同你竞争谁更恶劣。

派格尼乌姆

     你真是个邪恶的女人。

索福克利狄斯卡

你究竟在害怕什么?

派格尼乌姆

    害怕你所害怕的东西。

索福克利狄斯卡

      你就说吧!

不让我对任何人说，所有的哑巴也会先于我说话。　　　240

派格尼乌姆

也这样严厉地命令我，不让我相信任何人，
直到所有的哑巴在我之前开口说话。

索福克利狄斯卡

那你就这样做，
让我们互相发誓。

派格尼乌姆

我知道，所有的妓馆老板都不讲信用。

索福克利狄斯卡

亲爱的，你说吧！

派格尼乌姆

亲爱的，你说吧。

索福克利狄斯卡

我不希望你爱。

派格尼乌姆

你很容易得到。　　　245

索福克利狄斯卡

你也是这样。

派格尼乌姆

别说这个了。

索福克利狄斯卡

你也别说了。

派格尼乌姆

一定保守秘密。

索福克利狄斯卡

（展示信函）
我是去给你的主人托克西卢斯送信。

派格尼乌姆

你去吧，他在家。

（展示信函）

索福克利狄斯卡

我则是给你的女主人伦尼塞勒尼斯送这封印章信。

索福克利狄斯卡

信上写着什么?

派格尼乌姆

如果你不知道,我也同你一样不知道;

无非可能是一些奉承的话语。

索福克利狄斯卡

我走了。

派格尼乌姆

我也走。

[进多尔达卢斯屋,下。

索福克利狄斯卡

你去吧! 250

[进托克西卢斯屋,下。

第三场

[萨伽里斯提奥上。

萨伽里斯提奥

我很愿意,也完全应该感谢强大的、

著名的尤皮特,奥普斯之子,①至高无上、

强大无比、富有能力,赐予人们力量、

善良的愿望和财富,以及其他众神明,

因为他们友好地给予了合适的手段助佑我的朋友。 255

贷到了钱,使我有可能给陷于困境的他提供帮助;

我甚至都没有梦见,没有想到,没有意识到,

我会有这样的机遇,它现在就好像从天而降;

---

① 按照罗马神话传说,尤皮特是萨图尔努斯的女儿奥普斯之子。奥普斯相当于古希腊神话中的大地女神、众神之母瑞娅。

主人突然派我前去埃瑞特里亚①赎买调训过的牛,
他给了我钱,还告诉我说那里第七天有集市: 260
他真愚蠢,尽管他知道我的性格,却还交给我钱。
我拿去把它们作别的用场,不会按主人吩咐去买牛;
现在我要让朋友称心如意,同时安慰自己的心灵。
我会获得满足,只一天就会被解脱:任后背受鞭打。
现在我要从我的钱袋里慷慨地赠予朋友调训过的牛。 265
最令人愉快的是狠狠地咬这些无比吝啬、老迈、干瘪、
贪婪的人们一口,他们平日给盐粒都要对奴隶打上印记。
能看出来机遇指向的是一种德操。他会怎样对待我?
他会吩咐人鞭打我,给我戴上镣铐,那就来吧,
只是不要以为我会请求他宽恕:这个该倒霉的家伙, 270
可能还会想出点我从未经历过的新花样。
(听见多尔达卢斯家的门响,注视)
    那是托克西卢斯的童奴派格尼乌姆。

第四场

  [派格尼乌姆上。

派格尼乌姆
  (未看见萨伽里斯提奥)
我完成了使命,现在返回去。

萨伽里斯提奥
      你站住,尽管你着急赶路。
派格尼乌姆,你听我说。

派格尼乌姆
    你想让一个人听从你,你应该首先购买他。

萨伽里斯提奥
       你站住!

---

① 埃瑞特里亚是希腊东部近海中尤卑亚岛的主要城市,与阿提卡隔海相望。

派格尼乌姆

（不理会）

我看要是我欠你的债，你才可以这样惹人厌烦，
可是你现在这样惹我讨厌。

萨伽里斯提奥

无赖，你回过头来看看！ 275

派格尼乌姆

（停住，环顾）

我知道我的年龄，你这样咒骂我不会不受惩罚。

萨伽里斯提奥

你的主人托克西卢斯在哪里？

派格尼乌姆

在他乐意待的地方，无须同你商量。

萨伽里斯提奥

你这个好投毒的家伙，还不告诉我他在哪里？

派格尼乌姆

我说了，不知道，你这个该挨榆树枝的家伙。

萨伽里斯提奥

你辱骂年长者。

派格尼乌姆

你完全更应该首先忍受这一点。 280
主人吩咐我干奴隶的活儿，但舌头是自由的。

萨伽里斯提奥

你能告诉我托克西卢斯在哪里吗？

派格尼乌姆

我说你该永远遭殃。

萨伽里斯提奥

愿你今天会挨鞭子抽。

派格尼乌姆

你这个笨蛋，那是由于你。

请海格力斯作证，我会担心把你的脸往死里抽。

萨伽里斯提奥

我看你是已经受了坏调教。

派格尼乌姆

我是这样。你怎么样？ 285

不过我完全不像你那样受人感激。

萨伽里斯提奥

我相信是这样。

派格尼乌姆

请海格力斯作证，
是这样，我相信我会获得自由，而你永远没有希望。

萨伽里斯提奥

你能不能不让人感到讨厌？

派格尼乌姆

好像你自己没有让人感到讨厌！

萨伽里斯提奥

你去遭殃吧！

派格尼乌姆

而你回家去吧，那里已经为你准备好一切。

萨伽里斯提奥

（嘲笑地）
这个家伙像要我按时出庭。

派格尼乌姆

但愿没有足够的保证人，好让你待在监牢里。

萨伽里斯提奥

什么意思？

派格尼乌姆

什么什么意思？

萨伽里斯提奥

无赖，你还想继续辱骂我？

派格尼乌姆

　　　　　　　　　　　　　完全可以。　　　　　290
　　既然你是奴隶，奴隶可以骂你。
萨伽里斯提奥
　　　　　　　　　真是这样吗？当心我会
　　回敬你。
派格尼乌姆
　　你无可回敬，因为你一无所有。
萨伽里斯提奥
　　　　　　　让全体男神女神毁了我——
派格尼乌姆
　　我作为朋友，愿事情能像你希望的那样。
萨伽里斯提奥
　　　　　　　　　　　但愿会这样：
　　如果我今天不抓住你，揍你的耳光，把你打倒在地。
　　　（上前比试拳头）
派格尼乌姆
　　　（闪开）
　　你想揍我？很快就会有其他人把你自己钉上十字架。　　295
萨伽里斯提奥
　　愿男女众神明让你——你知道我会继续说什么，
　　若是我不控制自己的舌头。你还不滚开？
派格尼乌姆
　　　　　　　　　　你很容易把我赶走。
　　因为我的影子已经在屋里挨揍。
　　　〔进托克西卢斯的住屋，下。
萨伽里斯提奥
　　　（对着进屋的派格尼乌姆）
　　　　　　　　愿男女众神明让你遭殃。
　　真是个爬行的兽类，口是心非的家伙，无耻之徒。
　　请海格力斯作证，他从这里离开了，我真高兴。
　　　（静听，屋门开启）　　　　　　　　　　300

正是我最热切希望见到的那个人从屋里走了出来。

第五场

[托克西卢斯和索福克利狄斯卡由屋内上。

托克西卢斯

请你告诉她,已经准备好从哪里能弄到钱,
吩咐她保持良好的心境,就说我非常爱她;
她能坚定,也就会让我坚定。你都记住了,
我让你转告些什么?

索福克利狄斯卡

我的记忆比野猪的皮还结实。 305

[下。

托克西卢斯

你快走,回去吧!

萨伽里斯提奥

（旁白）

现在我要友好地出现在他面前。
让我现在耸起双肩,尊贵地披裹好外袍。

托克西卢斯

（看见萨伽里斯提奥）

谁在这里双手叉腰地漫步?

萨伽里斯提奥

（旁白）

让我大摇大摆地清清嗓门。

托克西卢斯

（旁白）

这就是萨伽里斯提奥。

（大声地）

怎么样?萨伽里斯提奥,很好吗?
托你办的事情如何?能够明镜般地相信你?

萨伽里斯提奥

                你过来。   310

就会看见。我要你靠近些,你走过来。移动脚步。

托克西卢斯

你的脖子上怎么鼓着个大包?

萨伽里斯提奥

       那是肿块,不要挤压它。

如果是不懂行的手去触碰它,那会感到疼痛。

托克西卢斯

你那肿块生了多久了?

萨伽里斯提奥

       就刚才。

托克西卢斯

       你得把它割掉。

萨伽里斯提奥

我担心没有长好就割它,会惹更大的麻烦。   315

托克西卢斯

让我看看你这病。

  (上前)

萨伽里斯提奥

       啊呀呀,请你快走开!

当心角。

托克西卢斯

    什么角?

萨伽里斯提奥

       因为在这背囊里是两头公牛。

托克西卢斯

你放了它们吧,免得把它们饿死,让它们去牧场。

萨伽里斯提奥

我担心那时无法把它们赶回牛棚,它们会走散。

托克西卢斯

我会把它们赶回来。你放心吧。
萨伽里斯提奥
       好吧，就这样，   320
（小心地）
你过来。
（展开背囊）
  这里装的是银子，你早就向我请求过。
托克西卢斯
你说什么？
萨伽里斯提奥
  主人派我前去埃瑞特里亚购买牛。
现在你的住屋对于我就是埃瑞特里亚。
托克西卢斯
       你说得太好了！
我们会很快就如数地归还所有这些银钱；
因为我已经构思周全，准备好了全部计谋，   325
从妓馆老板那里得到这笔银子。
萨伽里斯提奥
       这太好了。
托克西卢斯
我要让女子获得自由，而且是他自己付出银子。
现在你跟我走：这件事需要你的帮助。
萨伽里斯提奥
       我很乐意。
〔二人进屋，下。

第三幕

第一场

〔萨图里奥上,女儿身穿波斯妇女服装随上。

萨图里奥

（严肃地）

愿这件事对我对你都有利,对我的肚子
也有好处,能够为它带来永恒的食物,　　　　　　　330
使我能时时食物充足,有剩余,有积存!

（指托克西卢斯的住屋）

我的女儿,跟我到这边来,愿神明保佑。
你知道,你明白,你理解为什么要这样做,
我曾经把整个计划详细地对你做过说明。
我正是为这件事才给你穿了这么一身衣服。　　　　335
女儿啊,我今天要卖你。

少女

　　　　　　　　我的亲爱的父亲,
尽管你一向很乐意追求他人家的食物,
难道你为了胃就得把自己的女儿卖了?

萨图里奥

（焦急地）

　　　　　真奇怪，我不是为了国王腓力或阿塔洛斯①，
　　　　　而是为我自己出售你，尽管你是我的女儿。　　　　　　　　　　　340

少女
　　　　　你是把我当作一个女奴，还是当作女儿？

萨图里奥
　　　　　请海格力斯作证，要看怎样对胃更有利。
　　　　　依我看，是我命令你，而不是你命令我。

少女
　　　　　　　（温和地）
　　　　　父亲，你说的那种权利当然属于你。
　　　　　不过尽管我们的生活处于贫困之中，　　　　　　　　　　　　　　345
　　　　　我们最好还是朴素、节俭地过日子；
　　　　　若是在贫穷之外再让名誉遭受损害，
　　　　　那会让贫穷更难忍，更不受人信任。

萨图里奥
　　　　　你真令人厌恶。

少女
　　　　　　　　　不，我相信自己不是那样，
　　　　　尽管我还年纪轻轻，就对你提出劝告。　　　　　　　　　　　　　350
　　　　　是那些敌视我们的人在散布流言蜚语。

萨图里奥
　　　　　让他们传播流言诽谤吧，让他们倒霉；
　　　　　对于我来说，这些恶意流言不值一提，
　　　　　我更关心的是面前的餐桌是否空荡荡。

少女
　　　　　父亲啊，人们的毁誉会永远存在；　　　　　　　　　　　　　　355
　　　　　你却以为你还活着，它就会消逝。

---

① "国王腓力"指马其顿国王腓力，以富有著称，其中腓力五世（公元前221—前179年）是普劳图斯同时代人。阿塔洛斯（公元前241—前197年）是西亚古国帕伽马国王，也是普劳图斯同时代人。

萨图里奥

什么？你担心我会真的把你卖了？

少女

我不担心，父亲。
我不希望造成这样的假象。

萨图里奥

你用不着顾虑这些。
事情更应该按我的安排，而不是按你的想法。
这件事怎么样？

少女

父亲啊，我请你考虑考虑： 360
如果主人威胁要让自己的奴隶遭受不幸，
即使他最终不这样做，而只是拿起鞭子，
但是奴隶已经被剥去外衣，变得多可怜！
尽管这样不会发生，但我仍然感到害怕。

萨图里奥

若是少女或妇女好对父母喜欢的东西 365
卖弄聪明，她们没有哪个不令人厌恶。

少女

若是少女或妇女对看见不正确的事情
保持沉默，她们没有哪个不令人厌恶。

萨图里奥

你最好还是提防不好的东西。

少女

要是自己的行为
无所指责，我该怎么办？我看需要提防你。 370

萨图里奥

难道我这样不好？

少女

我不是那个意思，我不能那样说，
不过我确实很担心，其他人可能会这样说。

萨图里奥

　　让别人想说什么就说吧；对于自己的观点，
我不会退让。

少女

　　　　　　　如果我也可以说说自己的看法，
我愿你干事明智，而不要干蠢事。

萨图里奥

　　　　　　　　　　那是我愿意。　　　　　　375

少女

　　我知道，你可以随意地对我做任何的事情；
不过如果可能，你最好还是不要如此随意。

萨图里奥

　　你究竟想不想顺服地听从父亲说的规劝？

少女

　　我会那样做。

萨图里奥

　　　　你已经记住了给你的指导？

少女

　　　　　　　　　　全都记住了。

萨图里奥

　　还有你是被人抢来的？

少女

　　　　　　　记得非常牢靠。　　　　　　　380

萨图里奥

　　还有，你的父母怎么样？

少女

　　　　　　　　　我记得。
你这样做是要强逼我成为坏女人。
不过你可得注意，你想让我结婚，
不要这一传闻使婚姻变得不光彩。

萨图里奥

愚蠢，别说话。你还不知道人们的习性？　　　　　　385
任凭人们去评说，让这一婚姻顺利办成，
只要能得到财礼，任何缺失都不是缺失。

少女

因此你也应该让自己牢牢地记住一点：
我可是没有嫁妆地嫁人。

萨图里奥

　　　　　　　　　　你可不要这样说。
波卢克斯作证，由于神明和祖先的眷顾，　　　　　　390
你不要说自己是无嫁妆女子，家里就有：
我有整整一抽屉，里面装满了各种册录。
如果你能认真做好我们交给你的这件事，
我会由此给你整整六百块银币作为嫁妆，
全是阿提卡铸币，不会有一块西西里币：　　　　　　395
带着这样一笔嫁妆或许还算贫寒地出嫁。

少女

父亲，你怎么还不带我去你想让我去的地方？
或是把我卖出去，或是随你乐意对我怎么办。

萨图里奥

你说得非常对。现在跟我走。

（向托克西卢斯的住屋走去）

少女

（随后）

　　　　　　　　　　我听从你吩咐。

〔二人同下。

第二场

〔多尔达卢斯上。

多尔达卢斯

我感到奇怪，我的这位邻居会怎么办？　　　　　　400

他曾经对我发誓，今天会把钱交给我。
要是他不给我钱，今天这一天过去了，
对我来说是失去钱，对他来说是毁誓。
　　（静听）
不过那边门在响。是谁从屋里出来了？

第三场

　　［托克西卢斯由屋内上。

托克西卢斯
　　（对屋内）
你们在屋里准备，我一会儿就回来。

多尔达卢斯
　　（上前）
喂，托克西卢斯，你在忙什么？

托克西卢斯
　　（抖动钱袋）
　　　　　　　　老板中的渣滓，
你这个由臭恶的污秽混和而成的社会垃圾，
不洁之物，卑鄙的家伙，不讲信义的东西，
无法之徒，人民的污点，贪婪而嫉妒金钱的人，
无耻之徒，凶残之人，贪得无厌的家伙，　　　　　　410
即使用三百行诗也说不清你们的无耻行径。
你不是想要钱吗？无耻的东西，接钱吧，
你拿住这些钱，你究竟接不接钱？
污浊的东西，我能不能让你接住这笔钱？
你原以为我不可能找到这些钱？　　　　　　　　　415
除非我发誓，你怎么也不愿意相信我。

多尔达卢斯
　　（向托克西卢斯靠近）
请允许我喘口气，以便我回答你，

　　　　人民中最伟大的人，女奴们的栏厩，
　　　　淫荡之人的救星，擦亮鞭子的家伙，
　　　　研磨脚镣的人物，磨坊国的杰出邦民，　　　　　420
　　　　永恒的奴隶，贪嘴的家伙，窃贼，逃奴，
　　　　快把钱交给我，把钱给我，无耻的东西。
　　　　我能从你那里得拿到钱吗？我说，把钱给我，
　　　　你给不给我那些钱？难道你一点也不害臊？
　　　　妓馆老板向你要钱，当惯了奴隶的家伙，　　　　425
　　　　为了赎自己的女友，要让大家全都听见。

托克西卢斯

　　　　（恐惧地四处张望）
　　　　你别叫嚷，天哪。你的嗓门儿确实不错。

多尔达卢斯

　　　　我天生长着舌头是为了回敬感激之人。
　　　　我也是按照同你一样的价钱购买的盐。
　　　　若舌头不保护我，它就永远舔不着盐。　　　　　430

托克西卢斯

　　　　（安抚地）
　　　　请不要生气。我也生过你的气，
　　　　只因为你曾经拒绝借给我钱款。

多尔达卢斯

　　　　（停止生气）
　　　　我没有贷款给你没什么好奇怪，因为你
　　　　也会像一些钱庄主通常做的那样对待我：
　　　　你刚贷给他，他便会立即迅速跑去广场，　　　　435
　　　　有如兔子被从门边放进竞技场那样迅疾。

托克西卢斯

　　　　（抓住萨伽里斯提奥的背囊）
　　　　你接住它。

多尔达卢斯

　　　　（见托克西卢斯收回背囊）

你怎么不把它交给我?

托克西卢斯

（看看背囊）

这里是六百银币,
全都是好成色,现钱。请你允许赎那女子,
并且立即把她带到这里来。

多尔达卢斯

绝不会有任何延迟。
神明作证,我不知道该把它们交给谁检验。 440

托克西卢斯

你现在显然害怕把它们交到检验人手里?

多尔达卢斯

那才怪呢,[若钱庄主们不立即离开广场,
就如同马车上的小轮盘迅速地转动那样。]"

托克西卢斯

你现在赶快顺着这些胡同前去广场;
让你掌握的那个女子迅速穿过花园, 445
到我这里来。

多尔达卢斯

我让她立即就来。

托克西卢斯

不要让人看见。

多尔达卢斯

你考虑得非常明智。

托克西卢斯

让她明天去谢神。

多尔达卢斯

神明作证,应该这样。
[下。

托克西卢斯

（大声地）

你这么站着,都可以把她带来了。

第四幕

第一场

托克西卢斯

(满意地)

你若能头脑清醒、计算精确地从事一件事情,
通常事情本身也会顺利地、得心应手地进行。 450
波卢克斯作证,不管谁能这样从事一项事业,
通常也差不多都是这样由开始直到最后终结:
若他本人恶劣懒惰,他所从事的事业也会那样;
若他是一个勤劳之人,事情也会按预期的进行。
我非常认真、机敏地开始了现在这件事情, 455
因此我相信它肯定会为我带来良好的结果。
我今天要让妓馆老板被狠狠地捉弄一番,
使他怎么也不明白自己是怎样受了蒙骗。

(大声对屋内)

喂,萨伽里斯提奥,你出来,把少女也带来,
还有我给你准备好的那些信函也一起拿来, 460
就是你由波斯为你的主人给我捎来的信函。

第二场

〔萨伽里斯提奥由屋内上，
　　萨图里奥的女儿着波斯服装同上。

萨伽里斯提奥

（对托克西卢斯）

我没有耽误吧？

（把信函交给托克西卢斯）

托克西卢斯

（注视萨伽里斯提奥）

太好了，衣着真华丽；
戴的帽子也很漂亮，样子非常合适。

（对少女）

平底鞋也很好看，适合于外邦女子。

（稍停）

你们都清楚自己的角色？

萨伽里斯提奥

从来没有哪个
悲剧和喜剧演员能知道得更清楚。

465

托克西卢斯

天哪，太好了！
现在退到那边去，远离视线，别吭声。
当你看见我正在同那个妓馆老板说话，
那就是你们该出来的时候。现在走开。

第三场

〔多尔达卢斯上。

多尔达卢斯

（怡然自得地）

一个人虔敬神明，神明便会让他有利可图；

470

今天我一天便储存了两个面饼。事情是这样：
我拥有的那个女奴，她已经属于自己，

  （指托克西卢斯）

             他赎买了她。
今天她就在别人家吃晚饭，不用再耗费我的食物。
我该算是一个良好的邦民，还是高尚的邦民？
我使阿提卡成为更伟大的城邦，增加了女邦民。   475

  （向往地）

尽管我今天显得很慷慨，对许多人都表示信任，
不寻求任何人提供保障，一直这样相信所有的人，
不过我并不担心今天我所信任的人会有人背弃誓言：
我希望从今天起做一个善良之人——

      这是从来未曾有过的事情。

托克西卢斯

  （旁白）

我今天就是要用计谋让这个人陷入罗网，   480
已经周到地安排了陷阱。我向他走过去。

  （对多尔达卢斯）

你好啊？

多尔达卢斯

  我想是这样。

托克西卢斯

  多尔达卢斯，你从哪里来？

多尔达卢斯

       我相信你。

愿神明让你一切如愿。

托克西卢斯

  喂，你已经释放了那个女子？

多尔达卢斯

  我相信你，神明作证，我说我相信你。

托克西卢斯

　　　　　　　　　她已经获得了自由？

多尔达卢斯

　　　　　　　　　　　　　　　你真烦人。
　　我说我相信人。

托克西卢斯

　　　　　　你凭良心说，她已经自由了？

多尔达卢斯

　　　　　　　　　　　早就自由了。　　　　485
　　你去吧，去广场找裁判官①询问，你若不相信我。
　　我说了，她自由了。你听见吗？

托克西卢斯

　　　　　　　愿全体神明让你幸运。
　　我从今以后不会再祝愿你和你的任何家人
　　遭受不幸。

多尔达卢斯

　　　　　　你走吧，不用发誓，我很相信你。　　490

托克西卢斯

　　那女子现在在哪里？

多尔达卢斯

　　　　　　在你家里。

托克西卢斯

　　　　　你说在我家里？

多尔达卢斯

　　　　　　我说了，在你家里，我再说一遍。

托克西卢斯

　　愿神明眷顾我，就像我由此而让你获得无数的幸运。
　　有一件事我一直瞒着没有对你说，现在我就告诉你，
　　你从中可以获得巨大的好处：我要让你永远记住我，

---

① 裁判官是罗马执法官。

多尔达卢斯

　　　　　　　　我的耳朵要求对好的言辞以好的行为帮助。　　　　　495

托克西卢斯

　　对于你的善举我也应该有善报。请你接过这封信函，
　　读一读，你好知道我会做什么。

　（递过信函）

多尔达卢斯

　　　　　　　你那信函与我有什么关系?

托克西卢斯

　　　　　　　　　与你有关，涉及你的许多事情。
　　这信函正是我的主人从波斯给我捎来。

多尔达卢斯

　　　　　　　　　　什么时候?

托克西卢斯

　　　　　　　　　　　　不久前。

多尔达卢斯

　　信里说些什么?

托克西卢斯

　　　　　　你向信函打听，它会详细告诉你。

多尔达卢斯

　　　　　　那你把信函给我。

托克西卢斯

　　　　　　你大声朗读。

多尔达卢斯

　　　　　　　别说话，我现在读。

托克西卢斯

　　　　　　　　　　我不说话。　　　　　　　　　500

多尔达卢斯

　　（读信）
　　提马尔塞得斯问候托克西卢斯

和全家的人。你们安康,我会高兴。
我健康无恙,正忙于事务赚钱,
因此从这里返回来不会早于八个月,
这里有一件事情一直把我缠住。 505
波斯人占领了阿拉伯的克律索波利斯①,
一座充满无数财宝而古老的城市:
那些战利品都汇集到一起拍卖,
正是这件事使我无法脱身往回返。
请你对持信函前来之人给予帮助, 510
友好接待。要满足他的一切愿望,
他在自己家里非常热情地招待过我。

  (冷淡地)
这与我或我的事业有什么关系,不管波斯人
或你的主人干什么?

托克西卢斯

    别说话,别瞎扯!你不明白
自己面临怎样的好处,助获利的
    幸运女神想给你点起火炬。 515

多尔达卢斯

你说的这位幸运女神如何助人获利?

托克西卢斯

  (指信函)
    你向叙述这件事的信函询问吧。
我就知道你想知道的东西,既然我在你之前也读过信函。
现在已经开始,你就继续从信函里知道事情吧。

多尔达卢斯

      你提醒得很好。
请你不要说话。

托克西卢斯

---

① "克律索波利斯"意为"黄金之城市"。

> 现在你就要到达你感兴趣的地方。

多尔达卢斯
> （继续朗读信函）
> 那位送达信函之人同时也带来一个女子，　　　　　　　　　　520
> 具有令人称心如意的容貌，自由人出身，
> 从阿拉伯遥远的内陆地域抢劫而来；
> 我希望你认真安排，把她在那里卖出去。
> 那个购买她的人同时也为自己购买了风险：
> 谁也不要允诺是合法交易，谁也不要答应。　　　　　　　　525
> 请你着意安排，让他得到足成色的现金。
> 请多关照，友好地招待来客。祝一切顺利。

托克西卢斯
> 怎么样？在读了这些蜡封的信函中的委托之后，
> 你现在相信我了吗？

多尔达卢斯
> 那位送来这封信函的客人现在在哪里？

托克西卢斯
> 我想他很快就会到来；已经带着她离了船。

多尔达卢斯
> 　　　　　　　　　　我完全不需要　　　　　　　　　　530
> 牵连任何诉讼和麻烦。我为什么要白白地抛银子？
> 要是我不能得到我对这件商品必须享有的所有权？

托克西卢斯
> 你说完没有？我还从来没有认为你是这样一个大笨蛋。
> 你担心什么？

多尔达卢斯
> 　　　　　　　神明作证，我确实担心。我已经不止一次并非
> 无经验地遭遇过这种事情，不要又掉进这样的泥潭。　　　　535

托克西卢斯
> 我觉得没有什么危险。

多尔达卢斯

　　　　　我知道你的意思，不过我仍然为我自己担心。

托克西卢斯

　　　　　这件事情对于我完全无关紧要：我这样做全是为了你，
　　　　　为了让你有可能第一个做成这件事。

多尔达卢斯

　　　　　我非常感谢你。不过更为令人愉快的是你从别人那里，　　　　540
　　　　　而不是别人从你这里吸取教训。

托克西卢斯

　　　　　　　　　　　　不可能有人
　　　　　从阿拉伯内地追踪而来。你究竟买不买她？

多尔达卢斯

　　　　　我得看看货物。

托克西卢斯

　　　　　　　　　你说得对。

　　　（遥望街道远处）

　　　　　　　　　　　不过你看非常巧，那位客人
　　　　　正好走了过来，就是他捎来那信函。

多尔达卢斯

　　　　　　　　　　　　就是他？

托克西卢斯

　　　　　　　　　　　　　正是他。

多尔达卢斯

　　　（注意看）

　　　　　那就是劫来的那个女子？

托克西卢斯

　　　　　　　　　　我知道的也像你一样。　　　　　　　　　　545
　　　　　不管她是什么人，天哪，样子看起来真高雅。

多尔达卢斯

　　　　　请神明作证，样子确实很匀称。

托克西卢斯

　　　（旁白）

> 一个多么无耻的家伙！

（大声地）

> 别说话，让我们仔细看看她。

多尔达卢斯

> 我赞成你的意见。

第四场

[萨伽里斯提奥和萨图里奥的女儿上。

萨伽里斯提奥

（装作未看见多尔达卢斯和托克西卢斯，对少女）

在你看来，雅典足够强大、足够富裕吗？

少女

（装作未看见多尔达卢斯和托克西卢斯，认真地）

我只看到城市的外表，还不了解人们的习性。 550

托克西卢斯

（旁白，对多尔达卢斯）

难道她一开始说话便不是显得很有智慧？

多尔达卢斯

（旁白，对托克西卢斯）

可我从她第一句话里并没有看出智慧来。

萨伽里斯提奥

你看到的东西呢？城墙护卫城市，你看如何？

少女

我认为如果居民具有好道德，城市才算有好护卫。
若能把背信弃义、盗窃国库、贪得无厌赶出城市， 555
第四是嫉妒憎恨，第五虚荣献媚，第六诽谤诋毁，
第七发伪誓作伪证，……

托克西卢斯

> 说得太好了！

少女

第八是粗疏大意，
第九是无法无序，第十是坏的习性——残暴恶劣。
若没有这些恶习，城市有简单的城垣防卫就足够；
如果存在这些恶习，即使一百道城市防卫也不够。 560

托克西卢斯

（旁白，对多尔达卢斯）

你怎么说？

多尔达卢斯

我说什么？

托克西卢斯

你同这十条每一条都亲密为友，
应该从这里把你驱逐出去。

多尔达卢斯

为什么这样？

托克西卢斯

因为你残忍恶劣。

多尔达卢斯

她说这些话确实很聪明。

托克西卢斯

我再说一遍，对你有好处，你买下她！

多尔达卢斯

请波卢克斯作证，我越是看她，越觉得喜欢她。

托克西卢斯

你若买下她，将不会有哪个妓馆老板比你更富有。 565
你将会用尽心思彻底破坏人们的习性和家庭；
你会同杰出的人们交往，人们渴望你的美意：
都会前来与你联系。

多尔达卢斯

可我不会让他们走进屋。

托克西卢斯

然而他们会在夜里来门前唱歌，烧毁大门：

这时你不得不吩咐用铁制的大门关闭房屋，　　　　　　　570
　　　把自己的房屋改变成铁屋，把门换成铁制，
　　　门闩铁制，门环铁制，一点也不要吝惜铁；
　　　你还要吩咐给你自己穿上肥胖的铁制外袍。

多尔达卢斯

　　　你就去遭殃吧！

托克西卢斯

　　　　　　你确实应该买了她，听我的！

多尔达卢斯

　　　我得知道，他会开什么价。

托克西卢斯

　　　　　　你想把他叫过来？

萨伽里斯提奥

　　　　　　　　　　不，我去找他。　　　　　　　　　　575

（二人上前）

托克西卢斯

　　　客人，你好！

萨伽里斯提奥

　　　　　　我来了，把她给你带了来，正如我说过。
　　　正如你知道，我乘坐的船只是昨天晚上到达港口，
　　　希望能把她卖掉。如果不可能，我就尽快返回去。

多尔达卢斯

　　　你好啊，年轻人。

萨伽里斯提奥

　　　　　　只要我能够把她卖个好价钱。

托克西卢斯

　　　（指多尔达卢斯）
　　　你就卖给他，一个好买主，其他人不如他。　　　　580

萨伽里斯提奥

　　　（感兴趣地）
　　　你同他是朋友？

托克西卢斯

就像居住在天上的全体神明那样。

多尔达卢斯

（旁白，对托克西卢斯）

这就是说你不是我的朋友。从来没有哪个神明如此友善，以至于会对妓馆老板之类表示善意。

萨伽里斯提奥

现在说正事。你想买这个女子吗？

多尔达卢斯

（警惕地）

如果你想卖，可以卖给我；如果你一点也不着急出售，那我也就不想买她。

萨伽里斯提奥

好吧，请说个价钱。

多尔达卢斯

这是你的商品，应该你开价。

托克西卢斯

（对萨伽里斯提奥）

这个人的要求很合理。

萨伽里斯提奥

你想合意地购买？

多尔达卢斯

你想如意地出售？

托克西卢斯

请神明作证，我知道你们在打什么主意。

多尔达卢斯

请你开个准价。

萨伽里斯提奥

我声明，不会以合法所有权卖给你。明白吗？

多尔达卢斯

我明白。

> 你就说吧，你可以让人把她买走的最低价。 590

托克西卢斯

（把多尔达卢斯拉到一边，旁白）

别说话，别说话。天哪，你太小孩子般的愚蠢。

多尔达卢斯

什么意思？

托克西卢斯

因为你应该首先向少女询问询问
与交易有关的问题。

多尔达卢斯

请海格力斯作证，你向我提醒得很好。你看尽管我
是一个如此富有经验的老板，也差点掉进了陷坑，
若不是有你在。一个人办事时有个朋友是多么重要。 595

托克西卢斯

她属于哪个民族，或者出生于哪个城邦，或者父母亲是谁，
免得你会说是由于我的劝说和鼓励冒失地做成了这笔交易，
我想这些你都应该询问。

多尔达卢斯

我确实，我再说一遍，很赞赏你的劝说。

托克西卢斯

（转身对萨伽里斯提奥）

你如果不感到厌烦，他想在这里向少女询问一些情况。

萨伽里斯提奥

很好，随意问吧！

托克西卢斯

（对多尔达卢斯）

你怎么站着？走过去，亲自作同样的请求， 600
好让他亲自允诺你询问你所希望询问的那些情况；
尽管他已经应允我这样做，不过我仍然很希望你
向他本人走过去，让他允许你这样做。

多尔达卢斯

你提醒得完全对。

（走向萨伽里斯提奥，郑重其事地）

客人，我希望能对她作些询问。

萨伽里斯提奥

由大地到天空，都可以随意询问。

多尔达卢斯

请让她到我这里来。

萨伽里斯提奥

（对少女）

你过去，听他的安排。

（对多尔达卢斯）

你问吧，请随意询问。

托克西卢斯

（旁白，对少女）

喂，喂，现在由你行动，
注意，先占卜，再战斗。

少女

占卜很吉利，别说话。
我还会让你成功地带着战利品返回营地。

托克西卢斯

（旁白，对多尔达卢斯）

你跟我来，我把少女带过来。

多尔达卢斯

（旁白，对托克西卢斯）

你看着办吧，只要你认为需要。

托克西卢斯

（大声地）

喂，姑娘，你过来，

（旁白，对少女）

你注意自己的行动。

少女

別说话，我会按你的吩咐做。 610

托克西卢斯

（对姑娘，大声地）

你跟我来。

（两人一起走向多尔达卢斯）

（对多尔达卢斯）

我把她带来了，你想询问她什么就问吧！

多尔达卢斯

我希望你留在这里。

托克西卢斯

我得去照顾那这位客人，主人这样吩咐。

若他有什么事情，要我和他在一起。

萨伽里斯提奥

不，你不要过去。

托克西卢斯

（回到多尔达卢斯身旁）

好吧，我为你效劳。

多尔达卢斯

你帮助自己的朋友，也就是在帮助你自己。

托克西卢斯

（对多尔达卢斯）

你问吧！

（对少女）

喂，你头脑清醒点儿。

少女

你说得够多的了，尽管我是个女奴， 615

但我知道自己的职责，我会像指导的那样回答他。

托克西卢斯

姑娘，

（指多尔达卢斯）

他是个正派之人。

少女

> 我相信。

托克西卢斯

> 你在他那里为奴不会太久。

少女

> 神明作证,但愿如此,只要父母能尽自己的职责。

多尔达卢斯

我不希望你感到惊奇,如果我们想询问你点什么,
例如你的祖邦,或是父母亲。

少女

> 可敬的人啊,我为什么要惊奇?

(哽咽地)

我的奴隶处境教会我,对我的不幸处境不要有惊奇。

多尔达卢斯

请不要哭泣。

托克西卢斯

> (旁白)
> 真是神明助佑,多么机敏,多么灵巧!

有一个智慧的头脑,需要什么就说什么!

多尔达卢斯

> 你叫什么名字?

托克西卢斯

> (旁白)

我担心她不要出错。

少女

> 我在祖邦的名字是卢克里斯。①

托克西卢斯

这名字是一个很好的预言。你怎么还不买下她?

> (旁白)

---

① "卢克里斯"(Lucris)是一个虚构的名字,拉丁文含义是"会带来利润的"。

我曾经非常担心她不要出错。

多尔达卢斯

如果我把你买下来，
我相信你对于我也会是"卢克里斯"。

托克西卢斯

如果你买下她，
神明作证，我相信她为奴于你不会超过这个月。

多尔达卢斯

我也希望会这样，请海格力斯作证。

托克西卢斯

为了能如愿，你就努力吧。

（旁白）

她到目前为止没有出什么错。

多尔达卢斯

你出生在哪里？

少女

据我母亲 630
告诉我，我出生在灶台边，在左手边的角落里。

托克西卢斯

（窃喜，对多尔达卢斯）

她会是个能够为你带来吉利的妓女：她出生在
温暖的地方，那里总是储存着各种美好的食物。

（旁白）

老板被捉弄了，老板询问她出生在哪里，
她巧妙地作了嘲弄。

多尔达卢斯

不，我是问你的祖邦在哪里。 635

少女

如果不是我现在在的地方，还能在哪里？

多尔达卢斯

我是问你先前的祖邦。

少女

  我现在对先前的一切都感到毫无意义,尽管它存在过:
  一个人的灵气飘走之后,你还会询问他以前是什么人?

托克西卢斯

    (对多尔达卢斯)
  我的天哪,多么聪明,甚至还让人产生恻隐之心。
    (对少女)
  不过,姑娘,你的祖邦究竟在哪里,请你告诉我。 640
    (见少女沉默不语)
  你怎么默不作声?

少女

    好吧,我告诉你,我在哪里为奴,
      哪里就是我的祖邦。

托克西卢斯

    (对多尔达卢斯)
  你不要再问这个问题,你没有看见她不愿意说?
  显然她不想回忆自己遭遇的种种不幸。

多尔达卢斯

        好吧,怎么样?
  你的父亲被俘过吗?

少女

    没有被俘过,但失去了自己拥有的东西。

托克西卢斯

    (对多尔达卢斯)
  她显然出生高贵;她除了说真话,其他什么也不说。 645

多尔达卢斯

  他是谁?你告诉我名字。

少女

    要我回忆一个遭遇不幸的人?
  现在他是不幸之人,我应该被称为不幸的女子。

多尔达卢斯

他在自己的部族里经营什么事业?

少女

没有哪个人比他更闻名：
奴隶和自由人都喜欢他。

托克西卢斯

按照你的话，他是一个不幸的人，
既然他自己差一点丧命，失去了所有善意的朋友。　　　650

多尔达卢斯

（对托克西卢斯）

我有意购买她。

托克西卢斯

还仅仅是有意？我看她出生于高贵的家庭；
你从她那里可以大大地赚一笔。

多尔达卢斯

但愿神明保佑。

托克西卢斯

你就买吧！

少女

有一点我想告诉你：神明作证，他一知道我被卖为奴，
就会立即赶来，把我从你这里赎出。

托克西卢斯

（对多尔达卢斯）

现在怎么样？

多尔达卢斯

什么怎么样？

托克西卢斯

你听见她说什么了吗？

少女

尽管发生的事情让人伤心，但我们还有许多朋友。　　　655

多尔达卢斯

请你不要哭，你会获得自由，尽管你遭遇了不幸。

你想成为我的吗？

少女

我愿意暂时成为你的，只是不要太长久。

托克西卢斯

（对多尔达卢斯）

你看她多么牢记着自由！她会给你带来巨大的好处。
你就做你正在做的事情吧。

（指萨伽里斯提奥）

我现在去找他。

（对少女）

你跟我来。

（对萨伽里斯提奥）

年轻人，你想出售她吗？

萨伽里斯提奥

更愿意卖她，而不是毁了她。

多尔达卢斯

那就闲话少说：你开个价，要多少钱可以出售她。

萨伽里斯提奥

（郑重其事地）

我的意见如下：鉴于你想购买她，我开价一百谟纳。

多尔达卢斯

你开价太高。

萨伽里斯提奥

八十谟纳。

多尔达卢斯

还是太高。

萨伽里斯提奥

不能从这个价钱再作退让，
现在我可以再说个价。

多尔达卢斯

（渴望地）

究竟是多少：你不妨开口说说看。

萨伽里斯提奥

我同你冒个险，我决定就六十谟纳卖掉这女子。　　　665

多尔达卢斯

（旁白，对托克西卢斯）

托克西卢斯，你觉得怎么样？

托克西卢斯

（着急地）

笨蛋，看来男女神明们让你犯糊涂，

若是你还不决定买下她。

多尔达卢斯

（对萨伽里斯提奥）

就这样说定了。

托克西卢斯

（旁白，对多尔达卢斯）

好啊，准备付款吧。

波卢克斯作证，即使三百谟纳也不贵。你获利了。

萨伽里斯提奥

喂，朋友，你还得为她身上的衣服加付十谟纳。

多尔达卢斯

（气愤地）

它们与这无关，不应该增加。

托克西卢斯

（旁白，对多尔达卢斯）

你别说话，你没有看出来，　　　670

他正在找借口，想毁约？你快走，去备钱？

像应有的那样遭……①

多尔达卢斯

（对托克西卢斯）

---

① 此处原文有残损。

你注意看着他。

托克西卢斯

你怎么还不进去？

多尔达卢斯

我这就进屋去，把钱拿来。

〔进屋，下。

第五场

托克西卢斯

请神明作证，姑娘，你提供了值得大加称赞的帮助，
非常机敏、聪明、清醒。

少女

如果是为善良的人们做了
善良的事情，那应该是有意义的，而且令人愉快。 675

托克西卢斯

（对萨伽里斯提奥）

波斯人，你听见了吗？当你从他那里接收钱时，
你要装作好像就要直接去登船。

萨伽里斯提奥

用不着你吩咐。

托克西卢斯

你就顺着这条胡同，经过那座园子
回到我那里去。

萨伽里斯提奥

会按照你的吩咐去做。

托克西卢斯

你可不要带着钱立即直接返回家去。 680
我提醒你。

萨伽里斯提奥

你认为我怎样做才符合你的要求？

托克西卢斯

（注视多尔达卢斯）

你别说话,少出声:我们的收获出来了。

第六场

［多尔达卢斯上。

多尔达卢斯

（展示钱袋）

这里是六十谟纳,上好成色的银子,

不足两谟纳。

萨伽里斯提奥

那为什么还不足两谟纳?

多尔达卢斯

用来买这个钱袋,或者你让它退回来。 685

萨伽里斯提奥

原来你非常担心你自己会不像一个真正的老板。

无耻的东西,贪婪的家伙,连一个钱袋也不愿失去?

托克西卢斯

请你不要生气。他既然是老板,就丝毫不奇怪。

多尔达卢斯

我已经占卜过,今天是一个赚钱的日子,

就不能有任何损失,哪怕非常微不足道。 690

喂,把它们拿过去吧!

萨伽里斯提奥

如果不令你感到厌烦,

就请把它们放到我的肩上。

多尔达卢斯

（顺从地）

好吧。

萨伽里斯提奥

　　　　　　　　你们还有什么事
　　与我有关吗？
多尔达卢斯
　　　　　　你怎么这么着急？
萨伽里斯提奥
　　　　　　　　我还有其他事情：
　　受人委托，我得把一封信函迅速交出去。
　　我听说我的一个同胞兄弟就在这里为奴，　　　　　　695
　　我想找到他，并且希望能够把他赎出来。
托克西卢斯
　　　　　（思索）
　　请波卢克斯作证，你让我想起了一个人。
　　我就在这里见过他，模样与你非常相像，
　　也是你这样的体型。
萨伽里斯提奥
　　　　　　　他可能就是我的兄弟。
多尔达卢斯
　　　　　（对萨伽里斯提奥）
　　你叫什么名字？
托克西卢斯
　　　　　　这与你有什么相干？　　　　　　　　　700
多尔达卢斯
　　我为什么不能知道？
萨伽里斯提奥
　　　　　　好吧，你听着，好知道：
　　我的名字就叫空话大王，贩卖少女者，
　　还好说废话，一个敲诈勒索金钱之徒，
　　说话语无伦次，冷漠无情，巴结奉承，
　　贪婪的掠夺者，吝啬透顶，像你一样。　　　　　705
多尔达卢斯
　　好啦，天哪，你的名字那么多种多样。

萨伽里斯提奥

　　这就是波斯人的习俗，名字一长串，

　　我们的名字都是这样既复杂又难懂。

　　还有事吗？

多尔达卢斯

　　　　再见！

萨伽里斯提奥

　　　　再见，我的心早就去到了海船。

托克西卢斯

　　你最好明天出发，今天在这里吃晚饭。

萨伽里斯提奥

　　（摇头示意）

　　　　　　　　再见！　　　　　　　710

〔下。

第七场

托克西卢斯

　　（欣喜地）

　　他已经离开，我们可以在这里随意说话。

　　今天这一天对你光芒普照，让你赚大钱。

　　你完全不是花钱购买下了她，而是净赚。

多尔达卢斯

　　（目送萨伽里斯提奥远去）

　　他清楚地知道，我做成了一桩怎样的买卖，

　　他把抢劫来的东西给卖了，由我承担风险，　　715

　　他拿到了钱，离开了。我现在怎么会知道，

　　她不会立即被宣布是自由人？我怎么去找他？

　　前去波斯？无稽之谈。

托克西卢斯

　　（委屈地）

　　　　　　　　　　我却认为我的效劳
　　是为你做了件大好事。

多尔达卢斯
　　　　　　　　不，托克西卢斯，
　　我对你充满感激之情，我觉得你是　　　　　　720
　　真诚地认真帮助我。

托克西卢斯
　　　　　　　　我对你？当然是这样。

多尔达卢斯
　　　　　（猛然想起）
　　啊呀呀，我刚才忘了，我得进屋去，
　　作必要的交代。得好好看住她。
　　　　〔急忙进屋，下。

托克西卢斯
　　　　　　　　　她很安全。

少女
　　　　　（焦急地）
　　父亲怎么在拖延。

托克西卢斯
　　　　　　要不要我把他叫来？

少女
　　　　　　　　　　是时候了。

托克西卢斯
　　　　　（对屋内）
　　喂，喂，萨图里奥，你出来。现在是　　　　　725
　　报复敌人的好机会。
　　　　〔萨图里奥由屋内上。

萨图里奥
　　　　　　我就在这里。难道我耽误了？

托克西卢斯
　　你现在走开，退到视线之外，别说话。

你注意，当看到我同老板开始说话时，
你就开始叫嚷。

萨图里奥

对智慧之人稍作提示就足够。

托克西卢斯

当你一离开——

萨图里奥

你怎么还说？我知道你的想法。 730

第八场

［多尔达卢斯重上。

多尔达卢斯

我一回屋，就把所有的家奴狠狠抽打了一顿，
家具让我觉得那样的肮脏，整座屋子也一样。

托克西卢斯

你终于返回来了！

多尔达卢斯

返回来了。

托克西卢斯

我今天为你做了
那么多好事。

多尔达卢斯

我承认，也非常感谢你。

托克西卢斯

还有什么事需要我帮忙吗？

多尔达卢斯

祝你顺利。 735

托克西卢斯

神明作证，你的祝愿我去屋里履行，
将会与你的获释女奴一起娱乐饮宴。

[下。

第九场

[萨图里奥吼叫着上。

萨图里奥
  我若不把那个无赖杀死，那我就死去。
  （看见多尔达卢斯）
  还真巧，他就站在屋前。

少女
  （迅速跑向萨图里奥）
    父亲啊，你好！

萨图里奥
  我的女儿，你好！

多尔达卢斯
  （旁白）
  啊呀，波斯人彻底毁了我！

少女
  （对多尔达卢斯）
  这是我的父亲。

多尔达卢斯
    啊，什么？父亲？我彻底完了。
  （旁白）
  我真是个不幸之人，我怎么还在这里迟疑，
  不为我那六十谟纳哭泣？

萨图里奥
  （走向多尔达卢斯）
    请波卢克斯作证，
  无赖，我还要让你为你自己哭泣。
  （上前揍多尔达卢斯）

多尔达卢斯

啊呀，快把我揍死了！

萨图里奥

　　老板，跟我去法庭。

多尔达卢斯

　　　　　　你为什么要求我去法庭？ 745

萨图里奥

　　我会在裁判官面前作说明。现在你跟我走。

多尔达卢斯

　　你也不提供证人？

萨图里奥

　　　　　　你这个刽子手，难道我
还得由于你而去打扰某个自由人的耳朵，
尽管你自己就是一个贩卖自由人的家伙！

多尔达卢斯

　　请允许我解释。

萨图里奥

　　　　　　不允许。

多尔达卢斯

　　　　　　请你听一听。

萨图里奥

　　　　　　我不听，你走吧！ 750
无耻之徒，你跟着我走，抢劫少女的家伙！
女儿，你跟我走，跟我直接去找裁判官。

少女

　　　　　　我跟着。

　　〔齐下。

第五幕

第一场

　　　　［托克西卢斯上。

托克西卢斯
　　　　　（兴高采烈地）
　　　我战胜了敌人,解救了邦民,事情已平静,恢复了和平,
　　　战斗已停止,事情顺利结束,军队完好无损,卫队平安无事,
　　　尤皮特啊,你成功地帮助了我们,还有所有其他居住在　　　755
　　　天上的神明,我非常感谢你们,因为我成功地报复了敌人。
　　　为此现在我要向参战的人们论功行赏,分配胜利果实。
　　　　　（对屋内）
　　　喂,你们都出来,我想在这屋门旁边
　　　　　　　　　　好好招待我的参战的人们。
　　　　［派格尼乌姆及其他奴隶抬着餐榻,
　　　　　携着各种饮宴用品上。
　　　你们把餐榻放在这里,摆上需要的东西。
　　　　　　　　　　你们把陶罐就为我摆在这里,
　　　我希望你们所有的人都能享受喜悦、快乐、欢欣,　　　760
　　　他们的帮助使得我希望完成的东西轻易得到实现。
　　　凡知道接受帮助,却不知道回报的人是无用之人。
　　　　［伦尼塞勒尼斯跟随萨伽里斯提奥到门边。

伦尼塞勒尼斯

  （多情地）

 托克西卢斯，我怎么能没有你，你又怎么能没有我？

托克西卢斯

  （高兴地）

 好吧，你过来，拥抱我。

伦尼塞勒尼斯

    我很愿意。

托克西卢斯

    啊，没有什么比这更甜蜜。

 亲爱的，我的眼珠儿，我们现在为何不登上餐榻？   765

伦尼塞勒尼斯

 我希望能让你一切如愿。

托克西卢斯

    我也一样。

  （两人登上餐榻，留下一个空位）

      喂，喂，

 萨伽里斯提奥，你登上那上首位置。

萨伽里斯提奥

    这就来，还有我的伙伴。

托克西卢斯

 一会儿就到。

萨伽里斯提奥

    你这"一会儿"对于我来说太迟缓。

托克西卢斯

     好吧，各就各位。让我们

 一起愉快地度过这一天——我的美好的生日。

  （对侍奴们）

     你们拿水来，摆上食物。

  （对伦尼塞勒尼斯）

 我给鲜花般的你戴上这顶花冠。你在这里是我们的主持。 770

伦尼塞勒尼斯

（对派格尼乌姆）

喂，孩子，从最高位起，用七只酒杯开始我们今天的娱乐。

托克西卢斯

派格尼乌姆，动手，快点儿！把酒杯慢慢给我，到这里来！

（举起酒杯）

祝我幸运，祝你们幸运，祝我的女伴幸运，

神明们把今天这样美好的一天赐给我，

（对伦尼塞勒尼斯）

让我可以拥抱自由的你。

伦尼塞勒尼斯

都是由于你的努力。

托克西卢斯

现在为大家干杯，

（对伦尼塞勒尼斯）

我的手把这一杯酒献到你手里，好让恋爱之人为心爱之人干杯。

775

伦尼塞勒尼斯

递过来吧。

托克西卢斯

你接住。

（伦尼塞勒尼斯接过酒杯）

为嫉妒我和羡慕我的人干杯！

（众一起自由干杯）

第二场

［多尔达卢斯上。

多尔达卢斯

（没有看见众人，悲伤地）

不管是现在,不管是过去,不管是在这之后的未来,
我一个人超过了所有的人,我活着比所有的人都不幸。
我完了,我彻底完了。今天这一天彻底把我毁了,   780
托克西卢斯彻底把我蒙骗了,彻底夺去了我的财富。
可怜的我抛掉整车的银子,我想得到的却一无所获。
让那个波斯人见鬼去吧,所有的波斯男人和女人都同他一起。
愿所有的神明都让他们遭不幸,是托克西卢斯为
                可怜的我安排了这一切。
我本来在花钱的事情上对他并不信任,结果他
                策划了这一场蒙骗: 785
请波卢克斯作证,只要我活着,我若不把他送上
                十字架,让他戴上镣铐,
只要待他的主人什么时候一返回到这里——
    (发现饮宴的人们)
                不过我看见那是怎么回事?
你们看,他们在演什么戏?天哪,他们
              还在这里饮宴,我走过去。
    (走上前,对托克西卢斯)
                朋友,你好!我问候你,
    (对伦尼塞勒尼斯)
还有你,这位获释的女子!

托克西卢斯

    (略带醉意地)
              啊,这是多尔达卢斯。

萨伽里斯提奥

    (高兴地)
                请他来吧。   790

托克西卢斯

    (对多尔达卢斯)
    如果你乐意,请过来。

萨伽里斯提奥

（对其他人）

让我们一起拍掌欢迎他。

托克西卢斯

多尔达卢斯，最最亲爱的，你好。

这里是你的位置，就在这里入席吧。

（对奴隶）

拿水来给他冲脚，孩子，快一点！

（派格尼乌姆端着水盆来到多尔达卢斯的榻前）

多尔达卢斯

你胆敢用手指碰一碰我，小无赖，我就把你打倒在地。

派格尼乌姆

那时我就会立即用这只斟酒用的搯杯砸碎你的眼睛。

多尔达卢斯

（对托克西卢斯）

恶棍，打磨刺棍的家伙，你说什么？

你今天把我蒙骗得好苦，   795

让我陷入了如此巨大的烦恼，利用波斯人

让我落入了这样的圈套！

托克西卢斯

你带着你的争吵从这里离开吧，要是你还有理智！

多尔达卢斯

（对伦尼塞勒尼斯）

还有你，高尚的女自由人，你知道事情，也瞒着我？

伦尼塞勒尼斯

（温和地）

一个人用争吵毁掉自己可能得到的享受是愚蠢的行为，   800

你最好还是以后再这样做。

多尔达卢斯

（狂怒地）

我的心在燃烧。

托克西卢斯

（对奴隶）

递给他大酒杯，

（对多尔达卢斯）

那你就灭灭火，

尽管心在燃烧，可不要让脑袋燃着。

多尔达卢斯

我非常清楚，你们大家都在嘲弄我。

托克西卢斯

派格尼乌姆，想不想要新的取笑对象？

（指多尔达卢斯）

你就像通常那样取笑他吧，现在正是机会。 805

（派格尼乌姆上前戏弄多尔达卢斯）

啊呀，太妙了，动作多么优美、灵巧！

派格尼乌姆

我应该好好嘲弄嘲弄这个妓馆老板，

令人愉快，他应该受到这样的对待。

托克西卢斯

就像刚才开始的那样。

派格尼乌姆

（装着要拥抱多尔达卢斯）

老板，给你这个。

（拳击老板）

多尔达卢斯

啊唷唷，快把我揍死了。

派格尼乌姆

再挨一下。 810

（重又揍多尔达卢斯）

多尔达卢斯

（挥舞拳头）

你现在随意玩耍，趁主人不在这里。

派格尼乌姆

（躲闪）

看见我怎么听你的话？

现在你也得听我一句话，

按照我的话去做。

多尔达卢斯

做什么？

派格尼乌姆

你快给自己找一根粗绳子上吊。 815

多尔达卢斯

你别碰我，否则我这根手杖

会让你倒霉。

（挥舞手杖）

派格尼乌姆

你来吧，我回敬你。

（再次上前揍老板）

托克西卢斯

派格尼乌姆，够了，够了，让他歇一歇。

多尔达卢斯

神明作证，我会把你们连根除掉。

派格尼乌姆

可是那个位居我们之上，

对你心怀憎恶的人想让你遭殃。不是他们，是我说。 820

（企图再次上去揍多尔达卢斯）

托克西卢斯

（对派格尼乌姆）

得啦，快——斟上蜜酒，让我们大杯大杯地喝，

我们已经好长时间没有喝酒，我们感到口太渴。

多尔达卢斯

愿神明们让你们这样喝：永远没有一滴酒喝下去。

萨伽里斯提奥

（摇晃着站起来）

老板，我不得不在你面前跳一跳一种舞蹈，

从前赫革娅这样跳过。

（在多尔达卢斯面前舞蹈）

你看，如果这样你喜欢。　　　　　　825

托克西卢斯

（站起来）

我也想跳一段舞蹈，狄奥多罗斯从前在伊奥尼亚跳过。①

（与萨伽里斯提奥一起舞蹈）

多尔达卢斯

你们不走开，我就让你们倒霉。

萨伽里斯提奥

无耻的东西，你敢再吭一声？

如果你敢激怒我，我就把那个波斯人重新给你带过来。

多尔达卢斯

（仔细观看萨伽里斯提奥）

"好吧，我不说了。"你就是那个波斯人，把我全身都刮光。

托克西卢斯

笨蛋，住嘴，这是他的兄弟，双胞胎。

多尔达卢斯

他是双胞胎？

托克西卢斯

绝对的双胞胎。　　　　　　830

多尔达卢斯

愿男女神明们残酷地折磨你和你那个双胞胎。

萨伽里斯提奥

那是他让你遭损失；

与我绝对没有任何关系。

多尔达卢斯

---

① 赫革娅和狄奥多罗斯可能都是伊奥尼亚著名的舞蹈演员，具体情况不详。

　　　　　　　我要让你承受他应该承受的东西。

托克西卢斯

　　　　（旁白，对众饮宴者）

　　如果你们愿意，让我们一起嘲笑哄骗他。

伦尼塞勒尼斯

　　　　（对托克西卢斯）

　　　　　　　要是理所应得，你们就这样对付他。
　　只是我不合适。

托克西卢斯

　　　　　我相信是这样，因为当我想赎你，他没有太作难。

伦尼塞勒尼斯

　　不过——可是——

托克西卢斯

　　　　（生气地）

　　你可要当心不要陷入苦难，你要跟随我。　　　　　　　　　　835
　　你应该听从我对你的吩咐，请海格力斯为我作见证，
　　若是没有我和我的帮助，他很快就会让你成为妓女。
　　不过大部分获释奴隶都是这样：若有人与主人作对，
　　他就不享有充分的自由、充分的尊严和充分的荣誉；
　　要是你被发现说主人的坏话，没有表示足够的感激。　　　　　840

伦尼塞勒尼斯

　　神明作证，你的行动鼓励了我，我会听从你的吩咐。

托克西卢斯

　　我现在是你真正的主人，因为是我为你给他付了钱。
　　我希望你能好好地嘲弄他。

伦尼塞勒尼斯

　　　　　　　轮到我的时候我会这样做。

多尔达卢斯

　　　　（旁白）

　　他们那些人肯定在商量什么恶主意对付我。

萨伽里斯提奥

（对托克西卢斯）

你们怎么啦？

托克西卢斯

你说什么？

萨伽里斯提奥

这个多尔达卢斯就是在这里购买自由女子的老板？ 845
就是这个人曾经横行无忌？

（上前揍多尔达卢斯）

多尔达卢斯

这是怎么回事？见鬼，他就这样揍我。
我会让你们遭殃！

托克西卢斯

我们已经这样揍了，还会这样揍你。

（众人一起扑向妓馆老板）

多尔达卢斯

啊呀，我的臀部好疼。

派格尼乌姆

这没什么，因为它们早就经常挨揍。

多尔达卢斯

你这个小东西，甚至这么说？

伦尼塞勒尼斯

（对多尔达卢斯）

我的主人进来吧，和我们一起用餐。

多尔达卢斯

忘恩负义的东西，现在你也嘲笑我？ 850

伦尼塞勒尼斯

所以我才叫你，好使你感到高兴。

多尔达卢斯

我不要你让我高兴。

伦尼塞勒尼斯

那不行。

托克西卢斯

（上前狠揍多尔达卢斯）

这是怎么啦？怎么像是六百个银币在一起嘈杂地喧闹？

多尔达卢斯

（旁白）

我现在彻底完了，他们都知道如何很好地感激仇人。

托克西卢斯

（停止揍多尔达卢斯）

好吧，我们已经惩罚够了。

多尔达卢斯

我同意，伸出双手。

托克西卢斯

然后把你交给十字刑架。

萨伽里斯提奥

你进去——上十字架吧！

多尔达卢斯

（跑向住屋）

他们还没有拿我操练够？ 855

托克西卢斯

你会永远记住与托克西卢斯的这次相遇。

观众们，再见，让老板去遭殃，请鼓掌！

［众下。

剧　终